In seiner Kindheit und Jugend verschlang Andreas Winkelmann die unheimlichen Geschichten von John Sinclair und Stephen King. Dabei erwachte in ihm der unbändige Wunsch, selbst zu schreiben und andere Menschen in Angst zu versetzen. Heute zählen seine Thriller zu den härtesten und meistgelesenen im deutschsprachigen Raum. In seinen Büchern gelingt es ihm, seine Leserinnen und Leser von der ersten Zeile an in die Handlung hineinzuziehen, um sie dann, gemeinsam mit seinen Figuren in ein düsteres Labyrinth zu stürzen, aus dem es scheinbar kein Entrinnen gibt. Die Geschichten sind stets nah an den Lebenswelten seines Publikums angesiedelt und werden in einer klaren, schnörkellosen Sprache erschreckend realistisch erzählt. Der Ort, an dem sie entstehen, könnte ein Schauplatz aus einem seiner Romane sein: der Dachboden eines vierhundert Jahre alten Hauses am Waldesrand in der Nähe von Bremen.

ANDREAS
WINKELMANN

WASSER-MANNS ZORN

THRILLER

ROWOHLT
TASCHENBUCH VERLAG

2. Auflage April 2025
Neuausgabe
Veröffentlicht im Rowohlt Taschenbuch Verlag,
Kirchenallee 19, 20099 Hamburg, März 2025
Copyright © 2012 by Rowohlt Verlag GmbH,
Reinbek bei Hamburg
Die Nutzung unserer Werke für Text- und Data-Mining
im Sinne von § 44b UrhG behalten wir uns explizit vor.
Covergestaltung zero-media.net, München
Coverabbildung Getty Images
Satz aus der Foundry Wilson
bei Pinkuin Satz und Datentechnik, Berlin
Druck und Bindung CPI books GmbH, Leck
ISBN 978-3-499-01667-7

Kontaktadresse nach EU-Produktsicherheitsverordnung:
produktsicherheit@rowohlt.de

Halte dich vom Gorreg fern,
dort lebt der Nöck in kalter Tiefe,
du siehst ihn nicht, doch kannst ihn hörn,
ganz so als ob der Tod dich riefe.

Die Bezeichnung *Wassermann* ist ein Oberbegriff
für männliche Wassergeister. Er ist eine Gestalt aus
vielen Sagen und Mythen. Er ist von eher bösem
Charakter, tritt aber auch ambivalent auf. Der Nöck
ist ein Wassergeist. Sein Name geht auf das
lateinische «necare» = *töten* und auf altenglisch
«nicor» = *Wasserdämon* zurück.
Quelle: Wikipedia

Dieses Buch ist für Steffi und Nina,
die nie in dunkles Wasser gehen.

... bleibt dabei!

VORHER

Eiskaltes Wasser umschloss ihren Körper und spülte die Be-
nommenheit fort, die der heftige Schlag auf ihren Hinterkopf
ausgelöst hatte. Instinktiv presste sie die Lippen aufeinander,
riss die Augen weit auf und spürte sofort das Wasser brennend
auf ihren Augäpfeln.

Wenige Zentimeter unter sich sah sie einen Abfluss mit ei-
nem schwarzen Plastikstöpsel darin und einem schmutzig
braunen Rand darum. An dem Stöpsel hing der kurze Rest ei-
ner silbernen Kugelkette, die schon zerrissen gewesen war, als
sie die Wohnung bezogen hatten. Auch der braune Rand war
damals schon da gewesen. Einige lange Haare waren unter
dem Stöpsel eingeklemmt und trieben im Wasser wie Fang-
arme umher. Die meisten stammten von ihr. Ausgerechnet in
diesem unpassenden Moment erinnerte sie sich an die häufi-
gen Ermahnungen, endlich den Abfluss zu reinigen. Sie hatte
nie darauf gehört und wünschte sich jetzt, es nachholen zu
können. Zeit zu bekommen dafür. Doch ihre Zeit lief gerade
unaufhaltsam ab.

Zwei kräftige Hände drückten sie unter Wasser. Eine
packte sie im Nacken, die Finger der anderen gruben sich wie
Stahlklauen in die Muskulatur ihres Hinterns.

Sie strampelte mit den Beinen, schlug mit den Händen auf
den Wannenrand, fand aber keinen Halt, sondern glitt im-
mer wieder ab an der nassen, rutschigen Emaillebeschich-
tung. Ihre langen Nägel kratzten darüber und quietschten
jämmerlich.

Erst jetzt bemerkte sie, dass sie nackt war. Er musste sie entkleidet haben, während sie besinnungslos gewesen war. Alles war so schnell gegangen, sie hatte keine Chance gehabt, sich zu wehren. Dabei hätte sie es wissen können. Sie hätte aus den Geschehnissen der letzten Wochen nur die richtigen Schlüsse ziehen müssen.

Zu spät. Jetzt war es dafür zu spät.

Die Anstrengungen ihrer Gegenwehr forderten bereits nach wenigen Sekunden ihren Tribut. Ihre Lunge lechzte nach Sauerstoff, ihr ganzer Körper schrie danach. Aber ihr Verstand stemmte sich verzweifelt dagegen.

... nicht atmen, auf keinen Fall atmen ...

Sie war es nicht gewohnt, die Luft anzuhalten, kämpfte gegen den Atemreflex an, presste weiterhin ihre Lippen fest aufeinander und nahm sich vor, sie nie, nie, nie zu öffnen. Denn mit dem Wasser würde der Tod in sie eindringen, und sie wollte nicht sterben, nicht jetzt und nicht hier. Nicht in ihrer Wanne, jenem Platz in der Wohnung, an dem sie sich, eingehüllt in warmes Wasser und Schaumberge, stets so sicher und geborgen gefühlt hatte.

... nicht atmen, auf keinen Fall atmen ...

Sie mobilisierte all ihre Kräfte, trat noch heftiger aus, wand sich wie ein Aal, und tatsächlich schaffte sie es, den Kopf aus dem Wasser zu recken. Sofort riss sie den Mund auf und schnappte mit einem gierigen Geräusch nach Luft.

Doch mit brachialer Gewalt wurde sie wieder hinuntergedrückt und atmete unweigerlich Wasser ein.

Jetzt war es in ihr, in ihrem Hals, wo es einen Würgereflex auslöste. Obwohl sie es nicht wollte, atmete sie ein weiteres Mal ein. Ihre Lunge verkrampfte sich.

Unbarmherzig wurde sie tiefer hinuntergedrückt, gegen den Wannenboden, bis ihre Nase brach. Der heftige Schmerz ließ sie die Augen erneut weit aufreißen, und sie sah, wie sich ihr Blut wie roter Nebel mit dem Wasser vermischte. Die langen, unter dem schwarzen Plastikstöpsel eingeklemmten Haare verschwanden hinter dem Rot.

Das Letzte, was ich sehe, sind unsere Haare, dachte sie. Meine und ihre, miteinander verflochten, so wie unsere Leben.

Ein paar Luftblasen stiegen von ihren Lippen auf. Silbrig schimmernde Kugeln, die sie so gern zurückgestopft hätte in ihren Mund, damit das bisschen Sauerstoff ihr noch eine Sekunde verschaffte. Eine Sekunde länger im Leben, im Hier und Jetzt ...

Ihre unkontrollierten Zuckungen erlahmten. Durch das Wasser gedämpft und verzerrt hörte sie ihre eigenen Schluckgeräusche, entsetzlich, unmenschlich. Die dröhnende Stimme des Todes hallte durch ihren Kopf, füllte ihn aus, lauter als die Angst, lauter noch als der Schrei nach Leben.

Sie atmete ein letztes Mal ein.

Und dann war Stille.

JETZT

I

«Hast du Lust zu baden, Stiffler?»

Die Stimme am anderen Ende des Telefons klang wässrig, so, als trinke der Mann beim Sprechen.

«Wer ist da?», fragte Eric Stiffler.

Ein paar Sekunden sagte niemand etwas. Der Anrufer atmete mühsam, und das rasselnde, schleimige Geräusch jagte Eric einen Schauer über den Rücken. In seinem Kopf wollte sich eine Erinnerung entfalten.

«Die Vergangenheit holt dich ein, Stiffler.»

Eric nahm das Handy vom Ohr und sah auf das Display. Entgegen seiner Gewohnheit hatte er es nicht getan, bevor er das Gespräch entgegengenommen hatte. Er hatte gerade Kaffee getrunken. *Werkstatt ruft an*, stand dort, gefolgt von einer Mobilnummer, die er nur zu gut kannte.

Er presste das Handy wieder ans Ohr.

«Hören Sie. Wenn ...»

«Nein. Du hörst zu, und besser ganz genau, denn ich werde es nur einmal sagen. Sie badet, Stiffler ... Sie badet, und wenn du sie nicht rechtzeitig findest, wird es das letzte Bad ihres Lebens sein. Sie hat nach dir gefragt, und ich habe ihr gesagt, dass du zu feige bist, um ihr zu helfen. Hab ich recht damit? Bist du immer noch so ein gottverdammter Feigling?»

Die Stimme troff geradezu vor Hass. Eric spürte, wie sich sein Magen zu einem festen Klumpen verkrampfte und die Säure in die Speiseröhre drückte.

Er hasste es, ein Feigling genannt zu werden, hatte es schon in der Schule gehasst. Schon damals war er klein und spindeldürr gewesen, keiner körperlichen Auseinandersetzung gewachsen. Er hatte früh gelernt, dass man den rauflustigen Rabauken nur durch Flucht oder Schlauheit entkommen konnte, und darauf seine Lebensstrategien aufgebaut. Auf dem Präsidium hatte mal jemand behauptet, er habe keinen Arsch in der Hose. In physischer Hinsicht stimmte das, jede Hose schlackerte an ihm herum wie ein Segel im Wind, aber der Kollege hatte es natürlich im übertragenen Sinn gemeint. Tja, heute war er nicht mehr da, weil er sich nach diesem dummen Spruch auch noch einen Fehler geleistet hatte.

Eric drehte sich mit dem Handy am Ohr im Kreis. Er stand in der Nähe des Marktplatzes am Zeitungskiosk, an dem er sich seinen üblichen Feierabendkaffee geholt hatte. Jetzt, am späten Nachmittag, herrschte in der Fußgängerzone der Vierhunderttausend-Einwohner-Stadt reger Betrieb. Menschen eilten vorbei, ohne von ihm Notiz zu nehmen, aber er konnte in der Menge niemanden ausmachen, der sich für ihn interessierte. Trotzdem hatte er das Gefühl, beobachtet zu werden.

«Wenn du ihr auch nur ein Haar krümmst, ich schwöre dir ...»

«Halt deine Klappe und beeil dich besser.»

Damit war das Gespräch beendet.

Eric Stiffler blieb mit dem Echo dieser nasal-nassen, hasserfüllten Stimme im Kopf zurück. Er fühlte sich wie gelähmt. Den Betrieb um sich herum nahm er nur noch als ein gedämpftes Hintergrundrauschen wahr.

Eben noch hatte er sich auf den Feierabend gefreut, hatte mit dem Duft des frischen Kaffees in der Nase und den warmen Sonnenstrahlen auf dem Gesicht überlegt, ob er heute vielleicht den Rasen mähen und sich danach auf die Terrasse legen sollte, statt wie immer nur vor der Glotze abzuhängen. Er könnte auch den Grill, der seit Jahren schon nicht mehr benutzt worden war, aus dem Schuppen holen und ein paar Würstchen auf den Rost legen. Das Wetter war danach, also warum nicht? Es war ein schöner Gedanke gewesen, und er hatte sich gut gefühlt. All die Schatten, die ihn sonst stets umgaben, waren einer sonnigen Helligkeit gewichen. Alles schien möglich.

Aber jetzt nicht mehr. Dieser Anruf hatte das kurze Aufflackern von Entschlossenheit und Unternehmungslust im Keim erstickt.

Er sah Annabells Gesicht vor sich. Ihr schwarzes Haar, ihre helle, ebenmäßige Haut. Die leichten Grübchen neben ihren Mundwinkeln, die ihr Lächeln so ehrlich wirken ließen. Ihre dunkelbraunen, mandelförmigen Augen, die Ruhe und Gelassenheit ausdrückten. In diesem Moment begriff er, dass ihn schon immer ihre Augen am allermeisten fasziniert hatten. Aber dieses Begreifen ging darüber hinaus, bohrte sich schmerzhaft in seine Eingeweide und riss ein Tor weit auf, hinter dem Einsamkeit und Verlust lauerten.

Mit zittrigen Fingern öffnete er das Telefonbuch seines Handys und suchte ihre Nummer heraus, die er unter «Werkstatt» gespeichert hatte. Er ließ es eine Weile klingeln, legte aber auf, bevor die Mailbox seinen Anruf entgegennehmen konnte.

Seine Gedanken überschlugen sich. Wieso jetzt? Wieso sie? Wer war das gewesen am Telefon? *Die Vergangenheit holt dich ein, Stiffler.* Die lange verschüttete Erinnerung drängte sich erneut machtvoll in sein Bewusstsein, und Eric bemühte sich nach Kräften, sie zurückzudrängen. Er durfte jetzt keinen Fehler machen und sich nicht zu überstürzten Aktionen hinreißen lassen, denn wahrscheinlich war es genau das, was der Anrufer beabsichtigte.

Eric warf den vollen Kaffeebecher in den Mülleimer. Dann fuhr er sich mit beiden Händen übers Gesicht und durch sein langes, dünnes Haar.

Denk nach, denk nach, denk nach ...

Schließlich fällte er eine Entscheidung und machte sich mit langen Schritten auf den Weg.

2

Die alte Angst tauchte auf wie eine Hand aus dunklem Wasser, packte sie und riss sie aus der Realität zurück in den Albtraum, den sie nie vergessen hatte und der offenbar längst noch nicht zu Ende war. Augenblicklich brach ihr kalter Schweiß aus.

Lavinia Wolff sah in der Schaufensterscheibe nur das weichgezeichnete Spiegelbild einer schlanken Frau Mitte zwanzig, fast schon zu dünn, die Hüften knabenhaft, der Busen nicht der Rede wert. Das blond gefärbte Haar fiel ihr sanft auf die Schultern.

Ein Blinzeln wechselte die Perspektive. Lavinia konzentrierte sich und beobachtete ihre Umgebung im Fensterglas. Die Auslage dahinter störte. Sie stand vor einem auf Krimis und Thriller spezialisierten Buchladen. Auf blutrotem Tuch lagen die Bestseller aus dem Genre.

Zorn. Hass. Tod. Wut. Terror.

Die einzelnen Worte auf den Buchdeckeln drangen wie Gewehrfeuer in ihren Kopf. Angst wurde zu Panik. Lavinia begann am Nagel ihres rechten Zeigefingers zu kauen, wie sie es immer tat, wenn sie sich sehr unwohl fühlte. Es half, die Panik niederzuringen. Sie durfte es auf keinen Fall so weit kommen lassen.

Hatte er sie gefunden?

Oder erlag sie nur wieder einem dieser Anfälle, die sie

in schöner Regelmäßigkeit heimsuchten? Sie wusste, dass sie paranoide Züge entwickelt hatte seit damals, aber das hatte nichts mit dem zu tun, was sie gerade fühlte.

Dabei war heute früh um acht, zum Schichtbeginn, noch alles in Ordnung gewesen – sah man davon ab, dass sie sich wieder einmal nur mühsam zu ihrem Arbeitsplatz beim Bekleidungsdiscounter geschleppt hatte. Die beschissene Bezahlung und der Gestank nach Plastik und Chemikalien in den billigen Klamotten konnte sie gerade noch ertragen. Nicht aber die neue Filialleiterin, die sie jeden Tag drangsalierte. Lavinia wäre spielend mit Frau Kropf fertiggeworden, wenn sie den Job nicht so dringend bräuchte. Sich jemandem unterzuordnen, dem sie eigentlich überlegen war, war so sehr gegen ihre Natur, dass es ihr körperliche Schmerzen verursachte.

Während der Acht-Stunden-Schicht hatte sie nichts bemerkt. Wie jeden Tag in den letzten zwei Jahren waren die Kunden wie eine graue Masse an ihr vorübergezogen. Aber kaum hatte sie gegen siebzehn Uhr die Filiale verlassen, hatte sie sofort das Gefühl gehabt, beobachtet und verfolgt zu werden.

Früher hatte Lavinia nie an ihren Instinkten gezweifelt, aber nachdem sie sie bereits ein paar Mal getrogen hatten, war sie vorsichtiger geworden. Sie wollte nur zu gern glauben, wieder einer Täuschung zu erliegen, doch da gab es so etwas wie eine Stimme in den Tiefen ihres Kopfes, und die sprach die Wahrheit aus.

Er ist wieder da … Er ist wieder da …, flüsterte sie … *Und diesmal wird er dich ertränken.*

Sie nahm ihren ganzen Mut zusammen und wandte sich mit einem Ruck von dem Schaufenster ab.

Und dann sah sie ihn.

Ungefähr fünfzig Meter die Straße hinunter stand er unter der ausgefahrenen dunkelgrünen Markise eines türkischen Gemüsehändlers. Er stand neben den mit Melonen vollbeladenen Körben ganz dicht an der Hauswand, wo der Schatten undurchdringlich war, und Lavinia konnte weder sein Gesicht noch seine Augen sehen. Aber sie wusste, dass er sie anstarrte.

Er war es, ganz sicher.

Lavinia starrte zurück. Sie war unfähig, sich zu bewegen.

Die warme Luft über dem sonnenheißen Pflaster begann zu flirren und zu schwimmen, so als verwandele sich der feste Boden in Wasser. Alles, was sich jenseits dieses Sees befand, geriet in geisterhafte Bewegung.

Schwindel erfasste Lavinia, Erinnerungsbilder schossen an ihren Augen vorbei. Ein See. Ein Kopf, der durch die Oberfläche brach. Ein zersprungener Glasbilderrahmen auf dem Flur. Aufgefächertes Haar in blutrotem Wasser. Sie schüttelte den Kopf, zwang ihren Blick zu Boden, um die Bilder loszuwerden, und als sie wieder aufsah, war die Gestalt unter der grünen Markise verschwunden.

Er schleicht sich an! Mach, dass du fortkommst!, schrie es in ihr.

Hektisch sah Lavinia sich um, konnte aber niemanden in der Nähe entdecken. Trotzdem wurde die Angst immer größer. Sie packte ihre Handtasche fester, wandte sich nach rechts und lief die Fußgängerzone hinunter. Die harten Absätze ihrer Stiefel klapperten geradezu ohrenbetäubend, sie zog Blicke auf sich, aber das war ihr egal. Sie musste weg hier. So schnell es ging.

Um sie herum waren zahllose Menschen, und doch hätte ihre Einsamkeit in diesem Moment nicht größer sein können. Niemand würde ihr jemals helfen können, solange dieser Schatten der Vergangenheit hinter ihr her war.

Mit wild pochendem Herzen und einem Stechen in der

Lunge erreichte sie endlich die S-Bahn-Station und erwischte gerade noch eine Bahn. Sie sprang hinein, blieb mit der Handtasche am Griff hängen, zerrte daran, bis der billige Karabiner zersprang, und fiel dadurch beinahe hin.

Leise zischend schlossen sich die Türen. Die Bahn setzte sich in Bewegung.

Lavinia presste sich an die Tür, ihr Atem beschlug die schmutzige Scheibe. Durch den Nebel hindurch beobachtete sie die rasch kleiner werdende Haltestelle. Es war, als hätte die Bahn sie aus ihrem Leben gerissen.

3

«Hey, Superwoman, fang die bösen Buben. Ich bin stolz auf dich.»

Zum siebten Mal an diesem Tag las Manuela Sperling die SMS auf ihrem neuen Smartphone. Sie stammte von ihrem kleinen Bruder, Timmy. Er hatte sie ihr schon heute früh um sechs geschickt. Der Einzige aus der Familie, der an sie gedacht hatte und nachempfinden konnte, wie es ihr an ihrem ersten Tag in der neuen Dienststelle ging.

Es ging ihr beschissen. Seit gestern stand der Termin für das Gespräch mit dem Polizeichef fest, und seitdem spielte ihr Körper verrückt. Kein Appetit, kein Stuhlgang, dafür gebärdete sich ihre Blase, als hätte sie literweise Brennnesseltee getrunken, aber heraus kam so gut wie nichts.

Derart heftige körperliche Reaktionen auf Stress hatte sie während der gesamten Akademiezeit nicht gehabt. Sie verstand nicht, was die Aufregung sollte. Hans Bender war nur ein Mensch, wie hoch dekoriert und berühmt-berüchtigt er auch sein mochte. Aber seit Eric Stiffler, Leiter des Morddezernats und ihr direkter Vorgesetzter, sie heute früh vor dem cholerischen Wesen des Polizeichefs gewarnt hatte, war ihr gewohntes Selbstbewusstsein wie weggeblasen. Das irritierte Manuela ganz gewaltig, denn Angst vor Männern war ihr, die mit drei Brüdern aufgewachsen war und alle denkbaren Kämpfe mit ihnen ausgefochten hatte, eigentlich fremd.

In der stillen Abgeschiedenheit der Toilettenräume setzte sie sich abermals auf die kalte Klobrille. Sie schrieb Timmy eine Antwort-SMS, in der sie ihm von dem bevorstehenden Termin berichtete und ihm dankte, dass er an sie gedacht hatte. Zu Timmy hatte sie schon immer eine besondere Beziehung gehabt. Er war dreiundzwanzig, zwei Jahre jünger als sie und das jüngste Kind der Sperlings. Er studierte im zweiten Semester Journalismus und war der Erste aus der Familie, der eine richtige Uni besuchte. Die Polizeifachhochschule zählte nicht, egal wie oft Manuela ihrem Vater auch erklärte, dass sie dort ein reguläres Studium abgeschlossen hatte. In seinen Augen war sie eine gewöhnliche Beamtin, und die rangierten bei ihm gleich hinter Versicherungsvertretern. Als Timmy es noch nötig gehabt hatte, war es meistens Manuela gewesen, die auf ihn aufgepasst hatte. Wie alle Sperlinge konnte auch er seinen Mund nicht halten. Er redete zwar deutlich weniger als sie, mischte sich aber überall ein, wo es seiner Meinung nach ungerecht zuging. In der Schulzeit hatte er sich damit oft in die Bredouille gebracht. Timmy und sie waren sich sehr ähnlich. Manuela liebte Timmy, und er fehlte ihr. Heute war ihr Bruder zwei Köpfe größer als sie, ein Schrank von einem Kerl, der ihren Schutz nicht mehr benötigte.

Als sie die SMS abschickte, stellte Manuela fest, dass ihr nur noch neun Minuten blieben, um hinauf in die Teppichabteilung zu gelangen, wo der Chef residierte.

«Mist!» Mit einem Ruck sprang sie von der Klobrille auf. Dabei stieß sie mit dem rechten Oberschenkel gegen den viel zu niedrig angebrachten Papierrollenhalter, blieb mit dem Ledergürtel daran hängen und riss ihn mitsamt den Schrauben aus der dünnen Pressholzwand. Laut klappernd fiel das Metallteil zu Boden und übertönte ihren Fluch.

Manuela erstarrte. In dem gekachelten Raum hallte das Geräusch ewig nach. Als es wieder still war, zog sie sich an, hob den Papierrollenhalter auf und legte ihn auf den Spülkasten. Zum Glück war sie allein in der Toilette, sonst hätte sie an ihrem ersten Tag in der neuen Dienststelle schon eine Sachbeschädigung melden müssen.

Dann verließ sie die Kabine, trat ans Waschbecken und wusch sich eilig die Hände. Sie war, bereits eine Stunde bevor ihr Wecker am Morgen geklingelt hatte, auf Socken und im Schlafanzug durch ihre neue Wohnung getigert und hatte Regale eingeräumt. Dabei hatte sie es geschafft, die Zeit zu vertrödeln und zu spät loszukommen. Zwar war sie pünktlich zum ersten Dienstantritt im Büro erschienen, allerdings mit unfrisiertem Haar. Ein Blick in den Spiegel verriet ihr, dass ihre Haare jetzt, am Nachmittag, nicht besser aussahen.

Egal. Sie war schließlich nicht als Schönheitskönigin hier, sondern als frischgebackene Kommissarin. Ihr Aussehen sollte überhaupt keine Rolle spielen. Trotzdem versuchte sie mit ein paar geübten Griffen zu retten, was nicht zu retten war. Sie mochte ihr haselnussbraunes Haar, aber es war leider zu dünn und ließ sich nur schlecht frisieren. Feenhaar, wie ihre Mutter immer sagte.

Mit einem tiefen Seufzer gab sie es auf, verließ den Toilettenraum und eilte mit kleinen, schnellen Schritten durch das Treppenhaus nach oben. Es gab auch Fahrstühle, aber die waren nichts für sie, schon gar nicht, wenn sie so aufgeregt war wie jetzt. Dann musste sie entweder reden oder sich bewegen, am besten beides gleichzeitig.

Eine Minute vor der vereinbarten Zeit erreichte sie die Tür zum Vorzimmer. Sie vergaß zu klopfen und stürmte einfach hinein.

Im Blick der persönlichen Assistentin des Polizeichefs, die laut einem Schild auf dem Tisch Clara Heidkowski hieß, lag eine Mischung aus Überraschung und Missbilligung. Ihre dünngezupften Brauen zogen sich zur Mitte zusammen, als kreuzten sich zwei Klingen.

«Entschuldigung», sagte Manuela und deutete auf die Türklinke, als sei die schuld an allem. «Ich wollte nicht ...»

Sie brach ab, atmete tief ein, versuchte sich zu sammeln und begann noch einmal von vorn.

«Ich bin Manuela Sperling. Ich habe einen Termin bei Herrn Bender.»

Die Assistentin wirkte jetzt belustigt. «Das ist schön», sagte sie. «Dann warten Sie doch bitte auf dem Gang. Herr Bender spricht gerade mit dem Innenminister.»

Die Fröhlichkeit in der Stimme dieser doch so streng wirkenden Frau irritierte Manuela. Sie wandte sich ab und wollte den Raum verlassen, als die Assistentin sich räusperte.

«Und ich würde etwas wegen Ihrer Hose unternehmen», sagte sie.

Manuela drehte sich zu ihr um, sah, dass die Frau mit dem Finger auf ihren Oberschenkel wies, und folgte dem Hinweis.

In ihrer dünnen schwarzen Stoffhose klaffte ein Loch in Form eines Dreiecks und entblößte die nackte Haut ihres Oberschenkels. Der Papierrollenhalter.

«O nein», stöhnte Manuela, presste die Hand darauf, verließ das Büro und zog die Tür hinter sich zu.

Diese Hose hatte sie sich extra für den ersten Tag neu gekauft. Sie war nicht billig gewesen. Sie untersuchte das Loch genauer und stellte fest, dass da nichts zu machen war. Der Stofffetzen klappte immer wieder herunter, selbst als sie versuchte, ihn mit Spucke an der Haut zu befestigen. Zwecklos. Und das Loch war auch noch vorn am Oberschenkel, für jeden gut sichtbar. Weiße Haut unter schwarzer Hose, einen auffälligeren Kontrast konnte es gar nicht geben.

«So ein verdammter Bockmist.»

Manuela stieß zornig mit dem Hacken in den Teppichboden wie ein kleines bockiges Kind. Wie konnte alles nur so schieflaufen? Weil es so warm war, hatte sie nicht einmal eine Jacke dabei, mit der sie das Loch hätte kaschieren können. Ihre schmalgeschnittene, violette Bluse war dafür viel zu kurz.

Im nächsten Moment wurde die Tür geöffnet, und Frau Heidkowski kam heraus.

«Herr Bender lässt bitten», sagte sie und reichte ihr eine braune, halblange Sommerjacke. «Nehmen Sie die, dann fällt es nicht so auf.»

Manuela war zu überrascht, um zu reagieren.

«Na los doch. Bender wartet nicht gern», sagte die Assistentin und lächelte.

Manuela griff zu und zog die Jacke an. Sie war bestimmt zehn Zentimeter kleiner als die Assistentin, aber dadurch war die Jacke so lang, dass sie das Loch in der Hose knapp verdeckte. Sie musste die Jacke nicht einmal schließen. Das hätte bei den sommerlichen Temperaturen sicher auch merkwürdig gewirkt.

«Vielen Dank», sagte sie.

Die Assistentin nickte und schob sie ins Büro.

«Auf in die Höhle des Löwen», sagte sie.

4

Das Haus stand unweit der City in einer Nebenstraße. Anfang des neunzehnten Jahrhunderts als imposante Kaufmannsvilla gebaut, dreigeschossig, mit zehn Fenstern pro Geschoss in der Vorderfront und zwei Säulen, die die Eingangstür flankierten, wirkte es inzwischen heruntergekommen.

Putz bröckelte von den Säulen, stellenweise schienen ihn nur noch die Graffitischmierereien zusammenzuhalten. Der schmale Vorgarten diente als Stellplatz für drei hässliche Müllcontainer und eine Herde altersschwacher Fahrräder, von denen die meisten umgekippt waren. Sechs Satellitenschüsseln weinten rostige Tränen und verunstalteten die Front zusätzlich. Seit geraumer Zeit war die Stadt im Besitz des Hauses und vermietete die Wohnungen darin. Wegen der zentralen Lage waren sie beliebt, aber da hinter dem Haus eine Schule lag, war es bisher nicht gelungen, einen solventen Käufer für das Haus zu finden.

Eric Stiffler stand auf der gegenüberliegenden Straßenseite und beobachtete das Haus aus dem Schatten einer mit unzähligen dummen Sprüchen beschmierten Bushaltestelle heraus. In zehn Minuten würde der nächste Bus halten. Wollte er keine Aufmerksamkeit erregen, musste er bis dahin verschwunden sein.

Er hatte sich entschieden, die Sache erst einmal allein zu überprüfen. Vielleicht wollte ihm der Anrufer ja nur einen Streich spielen, ihn dazu treiben, den ganzen Apparat in Gang zu setzen und sich selbst zu denunzieren. Es war möglich, dass er trotz aller Vorsichtsmaßnahmen mit Annabell zusammen gesehen worden war und sich dieses Arschloch nun einen Spaß daraus machte, ihn zu erschrecken.

Seine Erfahrung sagte ihm, dass er sich an eine Hoffnung klammerte, die die Realität nicht einlösen würde. Das tat sie nie, sie entschied sich immer für die schlimmste Variante. Leider schützte ihn seine Erfahrung nicht vor diesem letzten bisschen Hoffnung. Dabei war sie nichts anderes als die Feigheit, der Wahrheit ins Gesicht zu sehen.

Sein Unterbewusstsein wollte nicht wahrhaben, was sein Verstand längst akzeptiert hatte: Der Anruf war von ihrem Handy gekommen, folglich musste ihr etwas passiert sein. Ausgerechnet Annabell, der Ersten, mit der er sich länger als ein Jahr regelmäßig traf. Die Gewohnheit und Routine beim Sex war ihm wichtig geworden, er hatte es satt, immer wieder von vorn beginnen zu müssen. Außerdem hatte Annabell Verständnis für ihn, und das war etwas, was er wirklich brauchte. Ihre mitfühlende Art war für ihn zu etwas geworden, worauf er nur noch schwer verzichten konnte.

In einem günstigen Moment, als die Straße leer und die Mutter mit dem Kinderwagen im Nachbarhaus verschwunden war, lief Stiffler mit den Händen in den Taschen und gesenktem Kopf hinüber. Ohne zu zögern, drückte er die alte metallene Pforte auf und ging auf die Haustür zu. Er war diesen Weg oft gegangen, aber bisher nur in der Dunkelheit, und es fühlte sich absolut falsch an, es jetzt bei Tageslicht zu tun.

Drinnen empfingen ihn sofort die intensiven Gerüche verschiedener Abendessen, die im Treppenhaus zu einem olfaktorischen Unwetter kumulierten. Ohne den Handlauf zu berühren – er ekelte sich vor dem Dreck daran –, stieg er die Treppe hinauf, wandte sich nach rechts und ging vor bis zur Mitte des Flures. Schon bevor er die Tür erreichte, sah er, dass sie einen Spaltbreit offen stand.

Mit rasendem Puls blieb er davor stehen, lauschte, hörte aber kein Geräusch. Er zog seine Waffe, sah sich nach rechts und links um, drückte die Tür mit dem Knie auf und schob sich durch den erweiterten Spalt in die Wohnung. Dort lehnte er sich gegen die Tür und drückte sie mit dem Rücken ins Schloss.

Er entsicherte die Waffe und rief Annabells Namen.

Kein Laut.

Es gab hier keinen Flur. Durch die Eingangstür gelangte man sofort in den Wohnraum. Der war großzügig bemessen und wirkte durch die drei Meter hohe Decke beinahe wie ein Saal. Zwei Fenster befanden sich in der Wand gegenüber. Auf die zugezogenen Vorhänge schien die Abendsonne und tauchte den Raum in Orange.

Annabells Parfum lag in der Luft.

Sein Blick ging sofort zu dem weißen Sideboard neben der Tür. Von seinen zahlreichen Besuchen wusste er, dass sie dort ihre Handtasche, ihr Schlüsselbund und ihr Handy abzulegen pflegte. Kratzspuren auf dem weißen Lack zeugten davon, wie oft sie das getan hatte, aber heute war der Platz leer.

Die Tür war nur angelehnt, ihre wichtigen persönlichen Sachen waren nicht da, das konnte bedeuten, dass Annabell nicht in der Wohnung gewesen war, als jemand eingedrungen war. Es konnte aber auch genauso gut bedeuten, dass der Täter ihre Sachen mitgenommen hatte, nachdem er sie ...

Eric dachte den Gedanken nicht zu Ende. Das musste er auch nicht. Er wusste aus Erfahrung, worauf es bei solchen Konstellationen hinauslief.

Die Waffe mit beiden Händen umklammert, den kurzen Lauf zu Boden gerichtet, schlich Eric in Richtung des Badezimmers.

Dabei passte er auf, keinen Gegenstand zu berühren. Soweit er wusste, putzte Annabell regelmäßig, und er konnte nur hoffen, dass sie es nach seinem letzten Besuch auch getan hatte, ansonsten würde es eng für ihn werden, sollte sich die Wohnung als Tatort entpuppen.

Die Tür zum Bad war ebenfalls nur angelehnt.

Eric blieb davor stehen, um zu lauschen. Diesmal hörte er etwas: ein leises Tropfen in kurzen, aber regelmäßigen Abständen. Vor seinem geistigen Auge entstand ein Bild. Er sah die ausladende Badewanne, in der er selbst schon gelegen hatte, sah die altmodische Armatur aus Bronze-imitat, von der sich Tropfen lösten, um in die mit rotem Wasser gefüllte Badewanne zu fallen. Sah den wunder-schönen Körper darin, die Haut noch bleicher als sonst, weil alles Blut herausgelaufen war und sich mit dem Wasser vermischt hatte.

Eric stieß die Tür auf.

Die Wanne war gefüllt mit klarem Wasser. Niemand lag darin.

Obwohl er hätte erleichtert sein müssen, versetzte ihm der Anblick einen Stich, den er bis tief in seinen Einge-weiden spürte. Wenn Annabell die Wanne nicht selbst ge-füllt und später vergessen hatte, den Stöpsel zu ziehen, dann hatte es der Anrufer getan.

Er wandte sich ab und durchsuchte auch die anderen beiden Zimmer der Wohnung. Annabell war nicht da. Als er wieder im Wohnraum ankam, vibrierte sein Handy.

Werkstatt ruft an.

«Du verschwendest Zeit, Stiffler», sagte die wässrige Stimme.

«Was soll die Scheiße?»

«Sie badet an eurem Lieblingsplatz unter der Weide, Stiffler, und ich fürchte, du kommst zu spät.»

5

Das einzige Taxi parkte nicht vor der S-Bahn-Endstation, sondern im Schatten unter den Kastanienbäumen etwa hundert Meter entfernt. Schon als Lavinia sich dem silbernen Škoda mit dem gelben Schild auf dem Dach näherte, konnte sie erkennen, dass der Fahrer schlief. Vielleicht hatte er Pause und stand deshalb nicht auf dem Taxistreifen. Obwohl ihr Budget es nicht hergab und sie die Fahrt später sicher bereuen würde, hatte Lavinia sich entschieden, nicht zu Fuß durch die Flusswiesen zu gehen, sondern ein Taxi zu nehmen. Das hatte sie früher schon ein paar Mal getan, aber bisher nur im Winter, wenn es nach Feierabend bereits dunkel und ihre Angst mal wieder zu groß gewesen war.

Von der letzten S-Bahn-Haltestelle bis zu dem Haus, in dem sie zur Miete wohnte, war es ein Fußmarsch von fünfzehn Minuten, vorbei an einem Sportplatz, durch den kleinen Rhododendronpark und die Flusswiesen bis in ihr Wohnviertel. Diese fünfzehn Minuten genoss Lavinia in der Regel sehr, denn nach einem Achtstundentag in den Ausdünstungen der Billigklamotten war die frische Luft am Fluss wie eine Offenbarung.

Doch heute fürchtete sie sich.

Die Bahnfahrt hatte vierzehn Minuten gedauert. Die Zeit hatte nicht ausgereicht, um sich von dem Vorfall in der Innenstadt zu erholen. Lavinia war immer noch verwirrt und verängstigt. Vor dem Aussteigen aus der Bahn hatte sie ihr Schlüsselbund so in die Faust genommen, dass der längste Schlüssel zwischen Zeige- und Mittelfinger herausragte und als Stichwaffe dienen konnte.

Erst als sie das Taxi erreichte, ließ sie das Schlüsselbund in ihrer Handtasche verschwinden. Dann pochte sie heftig gegen die Seitenscheibe und riss den Fahrer aus dem

Schlaf. Er schoss aus seiner Liegeposition hoch und sah für einen Moment so aus, als wüsste er nicht, wo er sich befand.

Er ließ das Fenster hinunter.

«Ich habe eigentlich ...»

«Lassen Sie mich rein, bitte!»

Er brauchte nur den Bruchteil einer Sekunde, um die Türen zu entriegeln.

Lavinia stieg hinten ein.

«Fahren Sie», sagte sie und schaute durch das Heckfenster.

Der Fahrer startete den Motor und fuhr los.

«Alles in Ordnung mit Ihnen?», fragte er.

Lavinia wartete ab, bis sie die Haltestelle nicht mehr sehen konnte. Erst dann entspannte sie sich etwas, drehte sich um und sah den Taxifahrer im Rückspiegel an.

Er war etwa dreißig Jahre alt, hatte volles braunes Haar, eine blasse Gesichtsfarbe mit dunklen Schatten unter den Augen und vielleicht zehn Kilo Übergewicht. Er trug Jeans und ein einfaches schwarzes T-Shirt. Aus dem Rückspiegel blickten Lavinia bernsteinfarbene Augen an. Sie warf einen raschen Blick auf seine rechte Hand, die auf dem Schalthebel ruhte. Er trug keinen Ehering. Der Blick stammte aus ihrem anderen Leben, ein Reflex, den sie nicht mehr abstellen konnte.

«Ja, alles in Ordnung», sagte sie zögernd.

Natürlich musste ihr Verhalten einen merkwürdigen Eindruck auf den Fahrer gemacht haben. Jetzt, in der Sicherheit des Wagens, fragte Lavinia sich, warum sie so heftig reagiert hatte. Ein Mann hatte im Schatten einer Markise gestanden, und sie hatte seinen Blick mehr gespürt als gesehen. Das war es auch schon gewesen.

Das war es nicht, und das weißt du ganz genau, rief die Stimme in ihrem Kopf.

«Sie sehen aber so aus, als seien Sie auf der Flucht vor jemandem», sagte der Fahrer.

Im Grunde war es ziemlich dreist, dass er sich in ihre Angelegenheiten einmischte, aber die Art und Weise, wie er sprach und Lavinia dabei ansah, zeigte ihr, dass er sich wirklich sorgte und sie nicht nur anbaggern wollte. Taxifahrer machten in ihrem Job eine ganze Menge mit und hatten oft ein sensibles Gespür für Notsituationen. In ihrem anderen Leben hatte Lavinia sie immer als hilfsbereit erlebt.

«Stimmt», sagte sie kurz entschlossen. «Ich hatte tatsächlich das Gefühl, verfolgt zu werden.»

«Soll ich Sie zur Polizei bringen?», bot der Fahrer an.

Lavinia schüttelte den Kopf.

«Ist nicht nötig.»

Sie beugte sich zwischen den Sitzen vor.

«Wie heißt du?», fragte sie.

Falls der Fahrer von der Frage und dem Du überrascht wurde, ließ er es sich zumindest nicht anmerken.

«Frank.»

«Schön, dich kennenzulernen, Frank. Ich bin Lavinia.»

Da sie ihm während der Fahrt nicht die Hand schütteln konnte, berührte sie ihn kurz an der Schulter. Sie wusste, wie sehr Männer auf kleine und scheinbar unbewusste Berührungen hübscher Frauen reagierten.

«Könntest du vielleicht umdrehen und zurück zur Endstation fahren?», bat sie ihn. «Ich möchte etwas überprüfen.»

«Klar doch», sagte Frank. «Für dich steige ich auch aus und stelle den Kerl zur Rede.»

Lavinia berührte ihn abermals an der Schulter und schenkte ihm ein Lächeln. Sie kannten sich seit zwei Minuten, und schon würde er sich für sie in den Kampf stürzen. Wie konnten Männer nur so wunderbar mutig und so erschreckend dumm zugleich sein?

«Ist nett von dir, aber wirklich nicht nötig. Ich möchte nur wissen, ob mir jemand mit der Bahn gefolgt ist.»

«Kein Problem», sagte Frank und drückte eine Taste am Taxameter. Die Digitalanzeige hatte bereits bei sechs Euro gestanden, sprang jetzt aber auf null.

«Ich schalte es an der Haltestelle wieder ein, und wir fangen noch mal von vorn an», sagte er.

«Nicht, dass du meinetwegen Ärger bekommst.»

Er grinste sie durch den Spiegel hindurch an.

«Ich bin mein eigener Chef, ist also kein Problem.»

Nach ein paar Minuten erreichten sie die Haltestelle. Frank reihte sich nicht hinter die beiden wartenden Taxen ein, sondern blieb in einiger Entfernung in der Feuerwehreinfahrt zur Turnhalle des Sportvereins stehen.

«In zwei Minuten kommt die nächste», sagte er nach einem Blick auf die Uhr.

Lavinia nickte abwesend. Zwei Teenager spielten mit ihren Skateboards vor einem Geländer, ein in Orange gekleideter Mitarbeiter des Bauhofs leerte eine Mülltonne auf die Ladefläche seines Transporters. Sie begann wieder an ihrem Fingernagel zu kauen. War er doch mit ihr zusammen ausgestiegen und beobachtete sie aus einem der vielen tiefen Schatten des Überdachs heraus?

«Steigst du jeden Tag hier aus?», fragte Frank und riss sie damit aus ihrer Konzentration.

Lavinia suchte seinen Blick im Spiegel.

«Warum?»

«Nur so. Ich dachte, ich hätte dich schon mal gesehen. Arbeitest du in der Stadt?»

«Wird das ein Verhör?», konterte sie, versuchte aber, ihre Stimme trotz der Anspannung nett klingen zu lassen. Seine Augen gefielen ihr. Die Farbe war faszinierend.

«Nein, nur Konversation. Gehört bei Taxifahrern zur Jobbeschreibung.»

«Und du nimmst es damit sehr genau, oder?», sagte Lavinia.

«Da kommt die Bahn», wich er der Frage aus.

Beide starrten hinüber.

Etwa ein Dutzend Pendler strömten aus der kleinen Vororthaltestelle. Die meisten von ihnen strebten auf den kleinen Parkplatz am Rand des Platzes zu und stiegen dort in ihre Fahrzeuge. Zwei Mädchen im Teenageralter begrüßten die Skater-Jungs und zogen lachend mit ihnen davon. Eine ältere Dame stieg in ein Taxi. Nach ein paar Minuten lag der Vorplatz wieder verlassen da.

«Hm», machte Frank. «Das war wohl nichts.»

Lavinia antwortete nicht. Sie starrte immer noch hinüber.

«Da kommt niemand mehr», sagte Frank.

Sie sah ein, dass er recht hatte, drehte sich um und nickte.

«Okay, fahr los», sagte sie und ließ sich erleichtert in den Sitz sinken.

Frank fuhr aus der Feuerwehreinfahrt, wendete den Wagen auf dem Vorplatz und gab Gas.

Aus dem Schatten der Haltestelle trat ein Mann und sah ihnen lange nach.

6

Kriminalhauptkommissar Eric Stiffler stand unter der mächtigen Weide, deren lange Äste einen grünen Vorhang bildeten und wie Angelschnüre in das trübe Wasser des Flusses eintauchten.

Das große Frühjahrshochwasser lag noch keine drei Monate zurück. Es hatte einiges an Treibgut den Fluss hinuntergespült, und ein paar kleinere Stämme hatten sich zwischen dem Ufer und den ein Stück weit ins Wasser hineinragenden Wurzeln der Weide verkeilt. An dieser Barriere waren Zweige, Äste und Gräser hängen geblieben, sie war angewachsen, Müll hatte sich angesammelt, das Rot einiger Coladosen blitzte daraus hervor, aber auch das gelbe M einer Frittenkette auf einer braunen Tüte.

Das Gesicht daneben war weiß.

Der Körper war unter der schwimmenden Barriere aus Treibgut verborgen, das Gesicht jedoch lag frei, die weit aufgerissenen Augen waren zum Himmel gerichtet. Vorwurfsvoll.

Warum kommst du jetzt erst, Eric?

Vielleicht waren das ihre letzten Gedanken gewesen, als sie um ihr Leben gekämpft hatte, vielleicht auch nicht, aber in Erics Kopf würde es für immer so sein. Der Anrufer mit der wässrigen Stimme hatte dafür gesorgt. Dieser Wichser kannte sich aus mit dem Innenleben der Menschen, er wusste, wie man Gedanken einpflanzte.

Sie badet, Stiffler ... sie badet ...

Eric wandte den Blick ab von Annabells totem Gesicht und sah auf. Es war still hier am Flussufer, wie meistens. Die Luft roch nach lebendigem Wasser, und der feine weiße Sand am Ufer gab jetzt die gespeicherte Wärme des Tages frei. An diesem Sandstrand hatte er oft mit Annabell gelegen, meistens am Abend, wenn dort kein Mensch mehr war. Es war der einzige Platz, an dem er sich mit ihr in die Öffentlichkeit gewagt hatte. Sie fand das romantisch, aber um Romantik war es ihm nicht gegangen, als er den Platz ausgekundschaftet hatte. Sondern nur um Abgeschiedenheit.

Zuletzt hatte er sich vor einem Monat mit Annabell hier getroffen. Mindestens von dem Tag an musste der Anrufer ihn also beobachtet haben. Ihm wurde schlecht bei dem Gedanken. Warum hatte er nichts bemerkt?

Nach dem Anruf in ihrer Wohnung hatte er beinahe eine Stunde vergehen lassen, bis er rausgefahren war. Er hatte sich gelähmt und kraftlos gefühlt und nicht gewusst, was er tun sollte. Ob er überhaupt etwas tun sollte. Am Ende hatte die Logik gesiegt. Er war von ihrem Handy aus angerufen worden, so etwas ließ sich nachvollziehen, aus der Sache kam er also nicht raus. Den Zeitverlust zu erklären würde schon schwierig genug werden.

Eric folgte mit seinem Blick der schmalen Teerstraße, die aus der Ortschaft Hönisch hierherführte, direkt neben der Weide aber in einen Feldweg überging. Folgte man diesem Feldweg, gelangte man nach vierhundert Metern an einen Wald. Dieser Wald wurde in vier Kilometer Entfernung vom Fundort der Leiche von der A 27 durchschnitten. Über den Feldweg kam man auf den Parkplatz der Raststätte und von dort aus auf die Autobahn – ein idealer Fluchtweg. Zwei weitere Möglichkeiten führten von hier über Wirtschaftswege auf die B 215 und von dort aus in alle Richtungen. Für ihn selbst war es immer ideal gewesen. Für den Täter natürlich ebenso.

Dr. Heinemann, Mitarbeiter der Rechtsmedizin, trat neben ihn.

Heinemann war ein emsiger kleiner Streber mit dem Gesicht einer Ratte: spitz und schmal und auf eine unangenehme Art neugierig. Seine Augen zuckten ständig hin und her, als hätte er Angst, irgendwas zu verpassen.

«Sie wollen nicht näher ran, nehme ich an», sagte Heinemann mit dem für ihn typischen Unterton.

Eric kannte den Mann mehr als fünfzehn Jahre und hatte ihn nie anders sprechen hören. Immer dieses Vorwurfsvolle und Anmaßende, so, als wären alle anderen schuld an seinem beschissenen Job!

«Es reicht ja, wenn sich einer von uns beiden nasse Füße

holt», erwiderte er und erntete den erwarteten missbilligenden Blick.

Heinemann trug eine wasserdichte Wathose, die ihm bis unter die Achseln reichte und von seinem schmalen Körper abstand, als hätte er eine zweite Person daraus vertrieben. Die Hosenträger spannten an seinen knochigen Schultern.

«Ich muss wissen, ob sie angetrieben oder absichtlich dort abgelegt wurde», sagte Eric. «Den Rest können wir nach der Leichenschau besprechen.»

Er wollte sich schon abwenden, hielt aber noch mal inne.

«Ach ja, und suchen Sie doch bitte nach Ausweispapieren. Das würde mir eine Menge Arbeit ersparen.»

Ohne auf eine Entgegnung zu warten, wandte Eric sich ab. Heinemann hätte sowieso danach gesucht, er war schließlich Profi, aber Eric hatte sich für eine bestimmte Strategie entschieden, und danach kannte er die Leiche in dem Treibguthaufen nicht. Bisher hatte er nur gesagt, dass er von einem unbekannten Anrufer auf die Tote aufmerksam gemacht worden sei. Den Leuten, die ihn jetzt umgaben, musste er nichts weiter erklären, und alle anderen Details würde er sich später zurechtlegen. Jetzt hatte er dafür keinen Kopf. Immer, wenn er versuchte, logisch zu denken, schlich sich diese wässrige Stimme in seine Gedanken.

Sie badet, Stiffler ... sie badet ...

Er ging zurück zu seinem Wagen, den er zweihundert Meter den Weg hinauf an der Kreuzung abgestellt hatte. An die Motorhaube gelehnt stand dort Manuela Sperling und telefonierte. Sie quasselte auf ihr Handy ein, als verkaufe sie Zeitungsabos.

Die Sperling war seit heute seine Assistentin. Sie war mit ihrem Studium fertig, hatte sich für eine feste Dienststelle im Fachbereich Mord beworben und machte gerade den obligatorischen Lehrgang, im Rahmen dessen sie alle Inspektionen durchlaufen würde. Ihr Praktikum hier würde nicht länger als vier Wochen dauern, nur deswegen hatte Eric sich von seinem Chef überreden lassen, sich um das Küken zu kümmern. Er ahnte allerdings schon, dass es sehr lange vier Wochen werden würden. Schon während des kurzen Gesprächs zum Kennenlernen am Vormittag war sie ihm mit ihrer emsigen Art und dem losen Mundwerk auf die Nerven gegangen.

Manuela Sperling war fünfundzwanzig Jahre alt, erreichte gerade so die vorgeschriebene Mindestgröße von 1,63 und war mit vielleicht 50 Kilo viel zu dünn. Ein kräftiger Windstoß würde sie einfach davonpusten. Sie hatte braunes Haar, braune Augen und genau die Art von knabenhafter Figur mit kleinen Titten und kleinem Hintern, auf die Eric überhaupt nicht stand. Er hielt sowieso nichts von elfenhaften Wesen bei der Polizei, die sich im Falle eines Falles nicht verteidigen konnten. Gab es für solche Frauen keine anderen Jobs? In Krankenhäusern oder Schönheitssalons vielleicht?

Die Sperling besaß aber eine schnelle Auffassungsgabe, das hatte Eric schon bemerkt, und in ihr brannte das Feuer der Frischlinge, die sich noch beweisen mussten. Sie war übereifrig, übermotiviert und konnte kaum zwei Minuten lang den Mund halten. Alles in allem waren das keine guten Voraussetzungen, um mit ihr auszukommen – vor allem jetzt nicht.

Als er seinen Wagen erreichte, steckte sie mit einer an Zauberei grenzenden Bewegung das Handy weg. Eric wusste nicht einmal, in welche Tasche sie es hatte verschwinden lassen.

«Also», begann sie und hob ihre Augenbrauen. «Der Fluss führt seit genau vierundsechzig Tagen Normalwasser. Hochwasser gab es über einen Zeitraum von vierzehn Tagen von Mitte bis Ende März. Am ersten April fand auf diesem Teilstück des Flusses eine traditionelle Kanu-Hochwasserrallye statt, an der mehr als vierzig Kanuten teilnahmen. Man kann also davon ausgehen, dass einer von denen die Leiche ...»

«So lange liegt sie noch nicht im Wasser», schnitt Eric ihr Geplapper ab.

Sie war erst vor ein paar Minuten angekommen und konnte nichts von dem Anrufer wissen. Eric hatte Polizeichef Hans Bender telefonisch über die Sache informiert, nachdem er die Leiche im Fluss gefunden hatte. Da war die Sperling gerade bei dem Alten im Büro gewesen, und der hatte sie sofort wieder rausgeschickt. Wahrscheinlich war sie Bender ebenso auf die Nerven gegangen wie ihm.

Eric hatte überhaupt keine Lust, sie jetzt einzuweihen. Er brauchte ein paar Minuten für sich allein. Seit dem Anruf waren die Ereignisse mit der Geschwindigkeit eines ICE über ihn hinweggerast.

«Was ist mit ihrer Hose?», fragte er und deutete auf das klaffende Loch auf ihrem Oberschenkel.

Schnell presste sie ihre Hand darauf.

«Nichts, ich äh ... hatte einen kleinen Unfall.»

«Unfall. Aha. Na schön. Dann gehen Sie doch bitte zu Heinemann. Der braucht Hilfe bei der Bergung, und Sie können noch was lernen. Aber passen Sie auf, dass Sie nicht verunglücken.»

«Aber ich ...»

«Gehen Sie schon.»

Sie verzog ihren zugegebenermaßen hübschen Mund zu einer Schnute, sah ihn mit einem prüfenden Blick an, machte sich dann aber auf den Weg.

Als sie fort war, lehnte sich Eric an die Motorhaube und zündete sich eine Zigarette an. Er war weit genug vom

Fundort der Leiche entfernt, die Geräusche drangen nicht bis zu ihm, und es hatte etwas Tröstliches, den Spurentechnikern dabei zuzusehen, wie sie in akribischer Langsamkeit ihrer Arbeit nachgingen. Die drei Krähen in der hohen Krone der Weide schienen das genauso zu sehen. Vielleicht trauerten sie aber auch nur einem vielversprechenden Abendessen nach.

Im Inneren seiner Jacke begann das Handy zu brummen.

Eric erstarrte, und obwohl er es eigentlich nicht tun wollte, holte er es doch hervor.

Annabells Nummer.

«Ja», meldete er sich.

«Ich wusste, du würdest zu feige sein, Stiffler.»

«Ich werde dich erwischen, du krankes Arschloch, und dann werden wir beide zusammen ein Bad nehmen.» Stifflers Stimme kippte fast.

Der Anrufer lachte.

«Du weißt gar nicht, wie recht du damit hast, Stiffler. Am Ende werden wir alle baden. Denk an meine Worte. Wir hören bald wieder voneinander.»

«Wer bist du?», fragte Eric.

Rasselnde, schleimige Atemgeräusche drangen aus dem Telefon, und Eric meinte, etwas Feuchtes an seinem Ohr zu spüren.

«Das weißt du doch, Stiffler.»

«Nein. Sag es mir.»

Stille. So tief wie ein Bergsee.

«Der Wassermann, Stiffler. Ich bin der Wassermann.»

7

«Warum will er sich mit dir an einem See treffen? Findest du das nicht merkwürdig?», fragte Lavinia und sah ihre Freundin an.

«Bullshit», sagte Susan. Es war ihr Lieblingswort, sie benutzte es dauernd, und Lavinia kannte niemanden, bei dem es fröhlicher klang. «Bei diesem Wetter ein paar Stunden in der Sonne liegen, was ist daran merkwürdig? Das kann ich doch nicht ablehnen. Schon gar nicht, wenn ich dafür auch noch Geld bekomme.»

Seit sie angefangen hatten, für ihren großen Traum zu sparen, nahm Geld einen viel zu großen Raum in ihrem Leben ein. Vor allem Susan war gierig geworden und beachtete kaum noch die Sicherheitsregeln, die sie sich selbst auferlegt hatten.

«Und warum kann er nicht ein Hotelzimmer buchen wie die anderen auch?», fragte Lavinia.

Susan zuckte mit den Schultern und steckte die großen, perlmuttfarbenen Ohrringe in ihre Ohrläppchen. Sie waren handtellergroß und sehr auffällig. Susan liebte diese Art von Modeschmuck und war meistens behangen wie ein Weihnachtsbaum. Sie besaß eine große Kiste voll von dem Zeug. Bis auf ein paar Stücke, die richtig teuer gewesen waren, war das meiste billiger Tand.

«Ist ihm zu peinlich, sagt er. Und bei ihm zu Hause geht es wegen seiner Mutter nicht. Ich sag dir, der ist so verklemmt, da läuft heute gar nichts. Ich werde ein bisschen in der Sonne liegen und mich bräunen, das ist alles. Der Typ ist in Ordnung, glaub mir. Die ersten beiden Male hat er sich kaum getraut, mich anzuschauen. Der ist fast noch ein Kind, ein großes, schüchternes Kind. Aber süß.»

Lavinia schüttelte den Kopf. «Ich weiß nicht.»

«Komm, hab dich nicht so. Du fährst doch hinterher. Was soll schon passieren?»

Susan zwinkerte ihr aufmunternd zu, stieg dann mit einer einzigen eleganten Bewegung aus dem engen Wagen, schlug die Tür zu, klopfte einmal aufs Dach und lief über die Straße. Sie war eins achtzig groß und hatte lange, schlanke Beine, die in Röhrenjeans atemberaubend aussahen. Ihr Gang war selbstbewusst, sie ging mit gestreckten Schultern, den Kopf erhoben. Susan versuchte nie, sich kleiner zu machen oder gar zu verstecken. Lavinia beneidete sie ein wenig um dieses Selbstbewusstsein.

Sie musste keine fünf Minuten warten, bis ein schwarzer Volvo an der Bushaltestelle auf der anderen Straßenseite hielt. Die Person hinterm Steuer konnte Lavinia nicht erkennen, weil sie selbst hinter einer Buchenhecke versteckt parkte. Sie sah Susans blondes, langes Haar, mehr nicht. Dem Kunden hatte Susan gesagt, sie würde mit dem Bus zu diesem Treffpunkt kommen. Er musste nicht wissen, dass sie zu zweit unterwegs waren und er beobachtet wurde.

Lavinia wartete, bis der Volvo in ihrem Rückspiegel kaum noch zu sehen war. Dann wendete sie den kleinen Twingo und folgte ihnen. Bei dem schwachen Verkehr hatte sie keine Probleme damit, weit zurück zu bleiben und dennoch den Anschluss nicht zu verlieren. Die Fahrt dauerte keine zwanzig Minuten, dann bog der Volvo von der Landstraße in einen unbefestigten Feldweg ab. Lavinia wartete, bis er nicht mehr zu sehen war, und fuhr dann hinterher. Das hohe Gras streifte am Unterboden des Wagens entlang. Rechts und links stand das Getreide hüfthoch.

Lavinia stoppte den Wagen, als die Getreidefelder in offene Feuchtwiesen übergingen und sie ihren Sichtschutz verlor. Sie stieg aus, ging ein paar Meter vor und sah den schwarzen Volvo am Ende des Feldweges vor einer hölzernen Schranke unter Bäumen stehen. Susan und der Fahrer saßen schon nicht mehr darin. Den See konnte Lavinia nicht sehen, weil er von einem dichten Baumgürtel umgeben war. Sie lief zu ihrem

Wagen zurück und fuhr ein paar Meter vor, parkte und behielt den Volvo im Auge.

Schon nach fünf Minuten klingelte ihr Handy.

«Ich bin's», meldete sich Susan. Sie klang unbeschwert. «Du glaubst es nicht, der Typ ist so schüchtern, der wollte mich nicht einmal mit Sonnencreme einreiben.»

«Wo ist er denn?», fragte Lavinia.

«Im Wasser. Er schwimmt. Ich hab's ja gesagt, hier läuft heute nichts. Na, wenigstens werde ich schön braun.»

«Okay, ruf mich, wenn etwas ist. Ich müsste dich hier hören können.»

Lavinia legte auf. Sie war erleichtert. So wie Susan geklungen hatte, war wirklich alles in Ordnung, und wenn der Typ lieber schwamm, als sich mit einer schönen Frau zu beschäftigen, dann war er selbst schuld. Vielleicht, so dachte Lavinia, sollte sie öfter mal auf Susans Menschenkenntnis vertrauen. Die schien besser zu sein als ihre eigene, obwohl sie nur zwei Jahre älter war. Allerdings war Susan auch durch eine ganz andere, viel härtere Schule gegangen als sie selbst.

Susan war bis zu ihrem achten Lebensjahr bei ihrer Mutter aufgewachsen, ihren Vater kannte sie nicht. Ihre Mutter war psychisch labil gewesen, hatte sie geschlagen, einige Therapien durchgemacht und war viel zu sehr mit sich selbst beschäftigt gewesen, um ein Kind aufzuziehen. Deshalb war Susan bei vier verschiedenen Pflegefamilien gewesen, hatte dort aber immer wieder Probleme gehabt. Sie war ein Freigeist, der sich nicht unterordnen wollte und seine eigenen Vorstellungen vom Leben hatte, auch in jungen Jahren schon. In die biedere Spießigkeit einer angepassten Durchschnittsfamilie passte sie nicht. Sie sprach nicht über das, was zwischen ihr und ihrer Mutter vorgefallen war, und auch nicht darüber, was sie in den Pflegefamilien erlebt hatte, aber immer, wenn sie in Gesprächen am Rand ihrer Erinnerungen entlangschrammte, konnte Lavinia den Schmerz und die Enttäuschung in den Augen ihrer Freundin sehen.

Sie selbst hatte immerhin bis zum fünfzehnten Lebensjahr Liebe und Fürsorge erfahren. Bevor ihre eigene Welt zerbrochen war.

Lavinia musste daran denken, dass ihre Mutter morgen Geburtstag hatte. Ein Jahr lang hatte sie sich immer wieder vorgenommen anzurufen, spürte aber, dass sie es wieder nicht tun würde. Sie hatten schon seit Jahren nicht mehr miteinander gesprochen. Ihre Mutter gab ihr eine Teilschuld am Tod ihres Vaters. Anfangs hatte Lavinia sie aus Wut darüber nicht angerufen. Jetzt tat sie es aus Scham nicht, denn ihre Mutter hatte recht.

Im Wagen wurde es ihr zu heiß, deshalb stieg Lavinia aus. Sie war gerade bis zur Motorhaube gekommen, da hörte sie den Schrei.

Laut und gellend.

Ohne nachzudenken, lief Lavinia los. Vorbei an dem Volvo, über die hölzerne Schranke, einem schmalen Weg folgend, dann durch dichtes Gebüsch, bis sie schließlich das Seeufer erreichte.

Was sie dort sah, ließ ihr Herz aussetzen.

Susan war im Wasser. Sie schwamm mit wilden, unkontrollierten Bewegungen auf das Ufer zu, hatte es auch schon fast erreicht, wurde dann aber mit einem heftigen Ruck unter Wasser gezogen und verschwand.

Lavinia rang ihre Angst nieder, überwand ihre Schockstarre, sah sich suchend um und entdeckte einen armdicken Ast im Unterholz. Sie hob ihn auf und lief damit zum Ufer. Als sie es erreichte, durchbrach Susan wieder die Wasseroberfläche, spie hustend und würgend Wasser aus und kraulte auf sie zu.

Lavinia watete bis zu den Knien ins Wasser, streckte einen Arm aus und half ihrer Freundin heraus.

«Wo ist er?», schrie sie.

«Im Wasser ... im Wasser.»

Vor ihr tauchte ein Kopf auf, zumindest glaubte Lavinia das. Sie schlug zu. Sie spürte einen Widerstand, wusste aber nicht, ob sie ihn getroffen oder nur aufs Wasser geschlagen hatte.

Rückwärts, die Wasseroberfläche immer im Auge, den Ast zum Schlag erhoben, stolperte Lavinia mit Susan aus dem See ans Ufer.

«Komm her, du Arschloch», schrie sie in Angst und Wut, und ihre Worte trugen weit über den See.

«Hast du ihn getroffen?», keuchte Susan hinter ihr.

«Ja, am Kopf, ich hab ihn am Kopf getroffen.»

Lavinia zitterte am ganzen Körper. Sollte er auftauchen, würde sie so lange auf seinen verdammten Schädel einschlagen, bis er sich nicht mehr rührte. Er sollte nie wieder eine Chance bekommen, eine Frau anzugreifen!

Doch das Wasser blieb still. Es schien den Mann nicht mehr hergeben zu wollen.

Hatte sie ihn getötet?

Die Erinnerung war heiß und schmerzhaft. Die Tränen liefen wie Sturzbäche über ihre Wangen und versickerten im Kissen. Lavinia hatte ihren Kampf verloren, die Bilder ließen sich nicht zurückdrängen, dafür war das Gefühl, verfolgt zu werden, zu intensiv gewesen. Der Taxifahrer Frank hatte sie vor ihrem Haus abgesetzt und sogar noch gewartet, bis sie ihm aus dem vorderen Fenster heraus ein Zeichen gegeben hatte, dass alles in Ordnung war. Lavinia hatte, ohne vorher etwas zu essen, das erste Glas Rotwein nur so heruntergestürzt. Das war vor vier oder fünf Stunden gewesen. Jetzt war die Flasche leer, ihr Kopf schwer, aber der Alkohol hatte die Erinnerungen nicht zurückgedrängt. Er hatte sie nicht einmal blasser oder weniger schmerzhaft gemacht. Alles war noch genau so präsent, als wäre es erst gestern geschehen und nicht vor drei Jahren.

Nichts davon würde jemals verschwinden, nicht, solange sie in diesem Land und in dieser Stadt blieb. In jedem Schatten und hinter jeder Ecke lauerte er, jedes nächtliche Geräusch ließ die Angst erneut aufflammen. Da half es nicht, dass sie von neugierigen Nachbarn umgeben war, die alles mitbekamen.

Und die Nächte waren nach wie vor am schlimmsten.

Nicht alle, aber die schlaflosen, in denen die Bilder kamen. Dieses leuchtende Rot zwischen all dem Weiß, das schwarze Haar, ausgebreitet wie die Federn eines Pfaus, das nackte Fleisch ...

Lavinia stöhnte laut und presste sich die Handballen auf die Augen, bis es weh tat und sie Sterne sah. Schmerz und Sterne waren immer noch besser, viel besser als diese entsetzlichen Bilder.

8

Die Dämmerung hatte eingesetzt, und der Himmel wechselte seine Farbe. In das Kobaltblau des Tages sickerte die Dunkelheit. Im Westen verteidigte noch ein heller Streifen den Horizont, aber über dem Osten lag bereits die sterngesprenkelte Schwärze der Nacht.

Frank Engler holte eine Packung *Malboro* aus der Seitenablage seines Taxis, klopfte eine Zigarette heraus und zündete sie an. Ans Auto gelehnt betrachtete er den Himmel. Diese Tageszeit mochte er besonders. Sie löste den Stress und Lärm des Tages ab, und wenn man sich darauf einließ, konnte man sich wie der einzige Mensch auf Erden fühlen.

Heute klappte das nicht, da Frank immer noch aufgeregt war. Schuld daran trug einzig und allein die Frau, die er von der S-Bahn nach Hause gefahren hatte: Lavinia. Jetzt, mehr als vier Stunden später, ärgerte er sich darüber, sie nicht zum Essen oder auf einen Kaffee eingeladen zu haben. Sie faszinierte ihn, und er hätte sie gern näher kennengelernt.

Aber er wusste, warum er sie nicht eingeladen hatte. Es war keiner Frau zuzumuten, mitten in der Nacht aus dem Bett gerissen zu werden, um nach einem abgetrennten Bein zu suchen. Oder stets befürchten zu müssen, dass sich die Grenze zwischen Realität und Wahn irgendwann öffnete und das Messer im Rücken nicht länger nur eine unschöne Vorstellung blieb. Er war unzumutbar für jede Frau, und deshalb blieb er lieber allein. Nach all den Jahren war die Einsamkeit sein bester Freund geworden. Ein Freund, der schweigen konnte und keinen Anstoß nahm an blutbesudelten Laken, Nächten voller Angst oder Aussetzern, die andere Menschen das Leben kosten konnten.

Trotz alledem ... diese Lavinia würde er wirklich gern wiedersehen.

Sein Handy klingelte. Er beugte sich ins Taxi, nahm es aus der Halterung und drückte den grünen Knopf.

«Hast du schon Schluss gemacht?», fragte Barbara.

Sie nahm es ihm nie krumm, wenn er mal vergaß, sich abzumelden. Streng genommen war er sein eigener Chef. Das Taxi gehörte ihm, und er fuhr auf eigene Rechnung, aber Teamwork war in einem kleinen Familienunternehmen unabdingbar.

«Nein, bin noch voll da. Hast du was für mich?»

«Draußen am Campingplatz beim Stedeberger See will jemand abgeholt werden.»

«Um diese Zeit! Wohin will er denn?»

«Hat er nicht gesagt. Er steht vorn an der Bushaltestelle.»

«Okay, ich fahr hin. Danach mach ich dann Schluss.»

«Alles klar, bis morgen ... Und schlaf gut.»

Diesen Witz musste Barbara immer anhängen, sie konnte einfach nicht anders. Er war ihr nicht böse deswegen. Sie und Helmut durften das. Sie waren die einzigen Menschen, die ihn wirklich kannten. Ohne ihre Hilfe würde er wahrscheinlich vom Sozialamt leben.

Frank warf die Zigarette auf den Asphalt, trat sie aus, stieg ein und fuhr los. Bis zum Campingplatz am See dauerte es zwölf Minuten. Als er dort ankam, war es bereits dunkel. Um diese Zeit hatte er noch nie jemanden aus dieser einsamen Ecke weit draußen abgeholt. Hier gab es nichts weiter als Wald, Wiesen, den See und den Campingplatz, der zu dieser Jahreszeit noch nicht allzu gut besucht war. Die Camper blieben lieber unter sich. Von denen wollte kaum mal jemand abends in die Stadt.

Als er langsam auf die Bushaltestelle zurollte, war Frank schon ein bisschen mulmig zumute, und er erschrak, als tatsächlich ein Mann aus dem tiefen Schatten hervortrat.

Er war dunkel gekleidet und hielt den Rücken krumm.

Wie ein Wiesel eilte er auf das Taxi zu und war drin, ehe Frank es sich anders überlegen konnte.

9

Nach der Scheidung vor zwei Jahren war Eric Stiffler in dem gemeinsamen Haus geblieben. Kathi hatte keinen Anspruch darauf erhoben, aber eine faire Auszahlung erwartet. Die hatte sie bekommen – und ihn damit finanziell an den Rand des Ruins getrieben. Dafür durfte Eric in einem viel zu großen Haus mit einer viel zu hohen Hypothek leben, in dem er von neun Zimmern nur drei ständig nutzte: die Küche, das Bad und das Wohnzimmer. Ins Schlafzimmer kam er nur unregelmäßig, weil er die meisten Nächte auf der ausziehbaren Couch vor dem Fernseher verbrachte.

Trautes Heim, Glück allein.

Seine Augen brannten. Er konnte sie kaum noch offen halten, als er spätabends endlich die Tür hinter sich zudrückte und sorgfältig abschloss. Er legte sogar die Sicherheitskette vor – eine Anschaffung seiner Frau –, obwohl ihm klar war, dass sie zu nichts nütze war.

Im Haus war es warm und stickig. Wie immer waren tagsüber alle Fenster geschlossen gewesen. Er beließ es auch jetzt dabei. Statt zu lüften, zog er sich bis auf die Unterhose aus, ging dann in die Küche und holte eine Flasche Bier aus dem Kühlschrank. Er entfernte den Kronkorken und trank den ersten Schluck an die Arbeitsplatte gelehnt.

Die Hoffnung, mit dem Bier den Tag hinunterspülen zu können, erfüllte sich natürlich nicht. So viel Bier konnte er gar nicht trinken, dass sich diese Bilder vertreiben ließen.

Ein Geschenk für Stiffler.

Die Worte waren nach dem vorläufigen Urteil Heinemanns mit einem Lötkolben in die zarte Bauchhaut gebrannt worden. Ob vor oder nach ihrem Tod, würde die Leichenschau ergeben.

Eric setzte die Flasche ab und hielt inne.

Das Bier hatte eine vollkommen andere Wirkung, als er es sich erhofft hatte. Da draußen am Fluss war er standhaft geblieben, auch als sein Magen sich bei Annabells Anblick zusammenzog. Aber jetzt spürte er alles aufsteigen, was sich darin befand.

Den Weg zur Toilette sparte er sich. Er beugte sich vor und erbrach sich ins Spülbecken. Ein scharfer Geruch brannte in seiner Nase und sorgte für einen erneuten Würgereflex. Es kam jedoch nur noch Flüssigkeit. Eric drehte den Wasserhahn auf, wusch sich das Gesicht, nahm eine Gabel aus der Schublade und zerdrückte seine vorverdauten Essensreste so lange, bis sie durch das Abflusssieb passten.

Angewidert griff er nach der Bierflasche und ging hinüber ins Wohnzimmer. Auf dem Tisch lag die Fernbedienung auf der aufgeschlagenen Fernsehzeitung, daneben standen der gutgefüllte Aschenbecher und zwei leere Bierflaschen. In der Holzschale, die Kathi aus ihrem gemeinsamen Urlaub in Griechenland vor sechs Jahren mitgebracht hatte, lagen gesalzene Erdnüsse. Eric nahm eine Handvoll und stopfte sie sich in den Mund. Sie hatten noch nie so gut geschmeckt.

Er trat vors Fenster.

Es bot einen Ausblick auf die Terrasse und den hinteren Teil des Gartens. Beides lag in völliger Dunkelheit. Jemand hätte ihn von dort aus beobachten können, ohne dass er es gemerkt hätte. Schnell ließ er den Rollladen herunter. Der war seit Monaten nicht mehr bedient worden und funktionierte nur schwergängig und mit viel Lärm.

Dann fiel sein Blick auf die gerahmten Fotografien, die neben dem Zugband für den Rollladen an der Wand hingen. Kathi hatte sie dort aufgehängt, vor Jahren schon, doch heute nahm er sie zum ersten Mal wirklich wahr. Die nackten Nägel verrieten, dass es ursprünglich zehn Bilder gewesen waren, jetzt hingen nur noch vier dort. Die übrigen hatte sie mitgenommen, und Eric konnte sich nicht erinnern, was das für Bilder waren, an die sie anscheinend ihr Herz gehängt hatte. Er machte sich nichts aus Fotografien, es sei denn, es handelte sich um Tatortaufnahmen. Als er jetzt auf das Foto starrte, das er von Kathi im Urlaub auf Gran Canaria geschossen hatte, spürte er so etwas wie Wehmut. Sie lag auf einer Sanddüne und lächelte in die Kamera. Sie war eine schöne Frau, mit großen grünen Augen und einem geheimnisvollen Blick.

Geheimnisse hatte sie auch gehabt. Es hatte lange gedauert, bis sie sich ihm offenbart hatte, und sie hatte es auch nur getan, weil er sich immer öfter über ihre Teilnahmslosigkeit und Kälte im Bett beklagt hatte. Meist war sie steif wie ein Brett gewesen, so etwas wie zügellose Leidenschaft hatte es zwischen ihnen nie gegeben. Aber schuld daran war nicht er selbst, sondern Kathis Vater. Nur einmal hatte sie ihm davon erzählt. Heulend, mit abgehackten, oft zusammenhanglosen Sätzen, sodass er sich das meiste hatte zusammenreimen müssen.

Der miese Kerl hatte sie missbraucht, als sie zehn Jahre alt gewesen war. Eric hatte den Mann nie getroffen, denn er war schon Jahre tot, als er und Kathi sich kennenlernten. Aber was musste das für ein Schwein gewesen sein! Wie konnte man sich an seinem eigenen Kind vergreifen? Überhaupt an kleinen Kindern? Das war doch einfach nur krank.

Und letztlich hatte Kathis Vater damit ihre Ehe zerstört. Denn nachdem sie sich dieses eine Mal geöffnet hatte, hatte sie nie wieder darüber sprechen wollen. Im Bett war sie danach noch unnahbarer gewesen. Eric hatte es vermieden, sie noch einmal darauf anzusprechen. Seine eigene Frau so leiden zu sehen und nichts tun zu können gehörte zu dem Schlimmsten, was er je durchgemacht hatte. Sein Hass auf Typen, die kleine Mädchen missbrauchten, war seitdem grenzenlos.

Ihm war gar nichts anderes übrig geblieben, als zu Nutten zu gehen. Sein erstes Mal hatte Kathi ihm noch verziehen, weil er hoch und heilig versprochen hatte, es nie wieder zu tun. Und obwohl er danach sehr, sehr vorsichtig gewesen war, hatte Kathi doch davon erfahren. Bis heute wusste Eric nicht, wie. Aber er hatte einen Verdacht. Vielleicht hatte diese eine Nutte seiner Frau etwas gesteckt, weil er ihr kein Geld mehr geben wollte.

Eric nahm das Bild von der Wand, setzte sich damit auf die Couch und betrachtete es.

Die Sehnsucht nach ihr kam unerwartet und warf ihn beinahe um.

Minutenlang saß er einfach nur da und sah in ihre grünen Augen. Schließlich griff er nach seinem Handy und tippte ihre Nummer ein. Sie hatte ihm nur ihren Festnetzanschluss verraten. Er ließ es lange klingeln, doch am Ende ging nur ihr Anrufbeantworter ran. Im ersten Moment war er enttäuscht, dann spürte er aber, wie gut es ihm tat, einfach nur ihrer Stimme zu lauschen, ohne selbst etwas sagen zu müssen.

Er rief sie wieder und wieder an, so lange, bis die Bierflasche leer war und ihm die Augen zufielen.

10

Der Kerl stank, und zwar nicht zu knapp.

Frank konnte nicht einmal sagen, wonach. Es war ein alter, beißender Geruch, der sicher ewig in den Polstern seines Taxis haften bleiben würde. Er wagte einen Blick zur Seite und schaute direkt in ein Ohr. Lange, gekräuselte Haare wucherten auf einer harten gelben Masse.

«Wohin?», fragte Frank und versuchte, seine Übelkeit zu unterdrücken.

«Inne Stadt», war die Antwort, hervorgepresst zwischen kaum geöffneten Lippen.

Frank nickte, legte den Gang ein und wendete den Wagen auf der einsamen Landstraße. Jetzt wurde ihm klar, wonach dieser Kerl roch: nach Ärger. Hätte Frank ihn nur zwei Sekunden vorher gesehen, dann hätte er Gas gegeben und ihn einfach stehen lassen. Immerhin war es allein seine Entscheidung, wen er beförderte und wen nicht, und wenn ihm jemand nicht geheuer erschien, konnte er die Person stehen lassen. Aber dafür war es jetzt zu spät.

Vielleicht bleibt er ja friedlich, dachte Frank. Aber irgendetwas am Verhalten dieses Mannes sagte ihm, dass das nicht der Fall sein würde.

Ruhig bleiben, ich muss ruhig bleiben, sonst geht es wieder los, und weder der Typ noch ich überleben diesen Abend.

«So spät noch unterwegs?»

Frank versuchte, ein Gespräch in Gang zu bringen. Vielleicht konnte er etwas über den Mann erfahren. Etwas Beruhigendes.

Doch der brummte nur vor sich hin.

Leider war es im Wagen dunkel, und Frank konnte kaum etwas von ihm erkennen. Seine nackten Füße steckten in alten Ledersandalen, die Jeans hatte auch schon bessere Tage erlebt, und der graue Kapuzenpullover glich mehr einem Kartoffelsack als einem Kleidungsstück. Frank war bereits einmal überfallen worden, und es war ihm peinlich gewesen, der Polizei keine wirklich gute Beschreibung von dem Täter liefern zu können. Auch damals war der Mann im Dunkeln eingestiegen. Saß ein Fahrgast erst auf dem Beifahrersitz, war er so gut wie aus dem Blickfeld.

«Geht's Ihnen gut?», versuchte Frank es noch einmal.

«Geht», kam die einsilbige Antwort.

«Freut mich zu hören. War ein ruhiger Tag bisher, und Sie sind meine letzte Fahrt. Danach geht es in den Feierabend. Was machen Sie beruflich?»

«Blöde Quatschköpfe ausrauben», sagte der Stinker, und im selben Moment lag das große Messer schon auf seinem Oberschenkel.

Das Licht des Cockpits reichte aus, um es in seiner ganzen bedrohlichen Länge erkennen zu können.

«Ist ein Scherz, oder?», sagte Frank und zwang sich, seine Stimme betont lässig klingen zu lassen.

Er hatte sich solche Situationen ausgemalt, war sie wieder und wieder in seinem Kopf durchgegangen. Autosuggestion nannte man so etwas, und angeblich sollte es vor falschen Reaktionen schützen – zumindest hatte ihm das sein Therapeut gesagt. Für Frank war es enorm wichtig, nicht die Ruhe zu verlieren, denn regte er sich einmal auf, dann ... Nein, darüber wollte er lieber nicht nachdenken. Beim ersten Überfall hatte die Autosuggestion prima funktioniert, und er würde es auch diesmal schaffen.

«Sieht das wie'n beschissener Scherz aus?», fragte der Stinker und hob die Hand mit dem Messer. «Deine Börse und dein Handy. Und mach keinen Scheiß, sonst stech ich dich ab.»

Frank nickte und versuchte, sich die Stimme des Mannes einzuprägen. Sie klang irgendwie nasal und ein wenig zu hoch für einen Mann.

«Soll ich rechts ranfahren, oder erledigen wir das während der Fahrt?», fragte Frank.

Merkwürdigerweise war er jetzt, da er wusste, woran er war, tatsächlich ganz ruhig. Sein Herz schlug in normalem Rhythmus, sein Puls war in Ordnung, also würde er nicht ausrasten. Allerdings konnte sich das jederzeit ändern.

«Suchst du Ärger?», fragte der Typ.

Er riss das Messer hoch und hielt es Frank vors Gesicht. Die Bewegung schickte eine Welle von Gestank durch das Innere des Autos.

«Keineswegs. Du kannst die Kohle haben. Sind hundertzwanzig Euro. Aber das mit dem Handy wäre wirklich ärgerlich. Ich hab die ganzen Nummern nirgendwo notiert und weiß gar nicht, wie ich da wieder rankommen soll. Könnten wir uns nicht darauf einigen, dass ich dich in die Stadt fahre, und du bekommst das Geld, lässt mir aber das Handy. Dann wären wir ...»

«Halt die Schnauze», fuhr der Stinker dazwischen. «Fahr rechts ran, Mann, und dann gib mir die Kohle, aber ein bisschen dalli.»

Das letzte Wort merkte Frank sich, während er das Taxi am Straßenrand ausrollen ließ. Man konnte Menschen auch anhand ihrer Ausdrucksweise wiedererkennen, gerade wenn sie so veraltete Worte benutzten wie dalli.

«Kein Problem, ich mach ja schon.»

Frank war nicht angeschnallt, deswegen konnte es funktionieren, was er vorhatte. Taxifahrer mussten sich von Gesetzes wegen nicht anschnallen, sobald sie einen Fahrgast beförderten, und viele gewöhnten es sich ganz ab. Frank auch. Jetzt war er froh darum.

Er nahm den Gang raus. Das Messer war vielleicht dreißig Zentimeter von seinem Gesicht entfernt, doch der Typ achtete nicht auf ihn, sondern schaute nach vorn. Mit einem heftigen Ruck brachte Frank den Škoda zum Stehen, und der Stinker, der ebenfalls nicht angeschnallt war, kippte nach vorn. In einer einzigen, fließenden Bewegung zog er den Zündschlüssel ab, trat mit dem linken Fuß auf den Alarmknopf und stieß mit der Schulter die Tür auf, und er war draußen, ehe der Stinker sein Messer benutzen konnte.

Die Alarmanlage jaulte laut durch die Nacht, und sämtliche Lichter des Wagens leuchteten auf. Das würde hier draußen zwar niemand bemerken, aber es war doch beeindruckend.

Frank lief ein paar Schritte vom Wagen weg und blieb in der Mitte der leeren Landstraße stehen.

Der Stinker stieß die Beifahrertür auf. Er stieg aus dem Taxi und sah sich mit hektischen Blicken um. Franks große schwarze Geldbörse befand sich im Ablagefach der Fahrertür, und da diese offen stand, war der Stinker noch nicht daran gekommen.

«Nimm die Kohle und hau ab», rief Frank ihm zu. «Der Alarm geht auch bei der Polizei ein. Dauert nicht lange, dann sind die hier.»

Das war gelogen, aber wenn er Glück hatte, wusste sein Gegner das nicht.

Der kam um das Heck des Wagens herum und hielt das Messer drohend in Franks Richtung.

«Keinen Scheiß mehr!», rief er.

Jetzt spürte Frank sein Herz doch schneller schlagen. Nicht aus Angst vor dem Mann, der bekifft oder angetrunken sein musste, so unsicher, wie er sich bewegte, sondern vor Wut. Wut war ganz schlecht. Frank konnte sich nur zu gut daran erinnern, wie durch seine Wut ein Mensch ums Leben gekommen war, und das durfte nie wieder passieren.

Bleib ruhig, nicht aufregen, lass ihn das Portemonnaie nehmen, scheiß auf das bisschen Geld.

Es waren immerhin die Einnahmen eines ganzen Tages, und wenn der Blödmann sie mitnahm, hatte er heute umsonst gearbeitet. Durfte er es dem Stinker wirklich so leicht machen? Okay, er hatte ein beeindruckendes Messer, aber sein Gegner stand nicht gerade sicher auf den Beinen und konnte vielleicht gar nicht damit umgehen.

Lass es, rief eine Stimme in Franks Kopf. Und weil er spürte, wie das Herz hart in seinem Brustkorb wummerte, zog er sich noch weiter von seinem Wagen zurück, verschwand im Dunkel der Böschung und sah dabei zu, wie der Stinker die Geldbörse aus der Seitentasche und das Handy aus der Halterung in der Mittelkonsole nahm. Dann lief er in die Richtung davon, aus der sie gekommen waren.

Frank blieb noch eine Weile im Dunkeln stehen.

Sein Herz beruhigte sich nur langsam. Er spürte, wie nah dran er gewesen war, in seine ganz eigene Hölle abzurutschen, und das machte ihm weit mehr Angst als der Überfall.

Vielleicht sollte er doch wieder seine Tabletten nehmen.

II

Es war stockdunkel in dem dichten Tunnel aus Laub- und Nadelbäumen, doch das störte ihn nicht. Hier kannte er jeden Stein, jeden Strauch und jede Wurzel. Diesen Weg konnte er, ohne zu stolpern, mit geschlossenen Augen gehen. Zwar lag es Jahre zurück, dass er tagtäglich hier entlanggegangen war, aber das alles hatte sich tief in sein Inneres eingebrannt, und es war, als sei er nie fort gewesen.

Irgendwo am Wasserrand stieg eine Ente auf. Das flappende Geräusch ihrer Flügel trug weit übers Wasser und schallte laut durch die Nacht.

Was hast du getan ...? Sag, was du getan hast ... na los, sag es schon ... Hast du sie angefasst ...?

Unwillig schüttelte er den Kopf und drehte sich um, suchte in der Dunkelheit nach der Quelle der Stimme, doch da war niemand. Natürlich nicht. Diese verhasste Stimme existierte nur in seinem Kopf, er verband sie mit diesem Weg. Er durfte sich davon nicht einschüchtern lassen. Nicht jetzt, wo er seinem Ziel so nahe war wie nie zuvor.

Was hast du getan ...? Sag es mir, Junge ...

«Nein!», schrie er in die Dunkelheit, als könne er die Stimme damit vertreiben.

Aber nicht Stimmbänder, Zunge und Lippen brachten diese Worte hervor, sondern alles, was ihn umgab. Der Geruch des Wassers nach Algen und Mineralien und Leben und Tod, dazwischen der schwere Duft feuchter Erde und würziger, vor Harz triefender Fichtenrinde. Seine Nase erinnerte sich an jedes Detail und koppelte es mit Bildern, Worten und Gefühlen. Alles war da. Deutlich und klar. Die Wucht der Eindrücke war archaisch und trieb ihm die Tränen der Wut in die Augen.

Allein Stiffler zu sehen. Der lebte sein Leben wie eh und je, tat, als sei nichts passiert, dabei hatte er seine Welt zerstört, hatte ihm alles genommen, was ihm lieb und teuer gewesen war. Dafür würde er zahlen! Der Anfang war gemacht, und es lief besser, als er es sich vorgestellt hatte. Der Kerl war so arrogant und dumm, dass er gar nicht bemerkte, wie schnell er auf den Schlund der Hölle zusteuerte.

O ja, Stiffler, du wirst leiden, so wie ich damals gelitten habe und heute noch leide. Diesmal entkommst du mir nicht.

Wegen Stiffler hatte er lange auf das hier verzichten müssen, auf seinen See, sein Reich. Wie ein Streuner war er durch die Welt gezogen, von einem Wasser zum anderen, von warmem zu kaltem, von sauberem zu schmutzigem, immer auf der Suche, und immer mit dem Wissen, dass es nur eine Heimat gab für ihn, einen Ort, an dem seine Sehnsucht befriedigt werden konnte.

Er näherte sich dem Ende des natürlichen Tunnels. Die schwarzen Umrisse des Hauses tauchten vor ihm auf. Es schwebte über dem Wasser, mächtig und kompakt wie eine Festung, gleichzeitig aber auch ätherisch und geisterhaft wie eine Fata Morgana. Schon immer war es ihm vorgekommen, als wäre es nicht von dieser Welt, und wenn er darin war, fühlte er sich von den stabilen Eichenholzbrettern beschützt.

Doch er betrat das Haus nicht sofort, sondern ging auf den langen Steg hinaus. Er war noch viel zu aufgewühlt, um sich schon schlafen zu legen. Der Rhythmus des Wassers würde ihn beruhigen, würde die Stimme in seinem Kopf zum Schweigen bringen.

Der schmale Steg ohne schützendes Geländer führte weit auf den See hinaus. Früher hatte es vorn eine alte Holzbank gegeben, aber die war verschwunden. Also setzte er sich auf die moosig überzogenen Planken und ließ die Beine über dem schwarzen, öligen Wasser baumeln. Leise leckte es an den uralten Pfählen, die den Steg seit Jahrzehnten trugen.

Er musste an die Frau denken, an Stifflers Freundin.

Im Leben war sie eine Hure gewesen, im Wasser jedoch eine Göttin. Unvergleichlich schön in ihrer Hilflosigkeit, und je länger sie sich gegen seine Umarmung gewehrt hatte, desto mehr hatte er ihren gemeinsamen Tanz, ihr Bad genossen. Er hatte nicht mehr tun müssen, als sie so fest zu halten wie ein Liebender seine Geliebte, und obwohl sie erstaunlich lange durchgehalten hatte, war doch unweigerlich der Moment gekommen, in dem sich Luftblasen von ihren Lippen gelöst und das Leben aus ihrem Körper mit an die Oberfläche genommen hatten.

In diesem einzigartigen Moment hatte ihr Körper ekstatisch zu zucken begonnen. Gleichzeitig war ihre Gegenwehr schwächer geworden, und in ihren Augen hatte er die Erkenntnis gesehen, dass es gleich zu Ende gehen würde. Und obgleich sie doch wusste, was es für sie bedeutete, hatte sie den Mund aufgerissen und Wasser eingeatmet.

Als sie schließlich schlaff geworden war in seinen Armen, hätte er sie gern sinken lassen, doch das entsprach nicht seinem Plan. Es reichte nicht aus, jede Frau zu töten, die Stiffler nahestand, nein, er musste auch dafür sorgen, dass alle Welt erfuhr, was für ein Mensch Eric Stiffler war.

Der Anfang war gemacht, die Spur gelegt.

Und die Nächste war schon auserwählt. Sie wartete bereits, und er freute sich auf das Bad mit ihr.

Manuela Sperling ließ sich in Ermangelung einer Sitzgelegenheit auf den blauen Teppichboden im Wohnzimmer sinken, lehnte sich mit dem Rücken gegen die Wand und starrte die noch immer nicht ausgepackten Umzugskartons an. Ein stilisierter Lkw mit breitem Grinsegesicht und Scheinwerferaugen rief ihr zu: *Willst du weg von diesem Ort, dann wende dich an Isenfort.*

Abhauen war natürlich keine Option, aber ein wenig war ihr schon danach. Sie hatte ihren ersten Tag hinter sich und war bereits frustriert.

Es war nicht alles schiefgelaufen, das konnte man wirklich nicht sagen. Das Gespräch mit Polizeichef Bender war ganz in Ordnung gewesen. Er hatte sie dazu beglückwünscht, dass sie bei Eric Stiffler, einem der erfahrensten Ermittler der Behörde, lernen würde, wie Polizeiarbeit im Alltag aussah. Dann war Bender regelrecht ins Schwärmen geraten. Vor zehn Jahren hatte Stiffler praktisch im Alleingang den Zigarrenmörder überführt. Vier Morde, und an den Tatorten hatte man als einzige Spur Reste von Zigarrenstummeln gefunden. Stiffler war der Einzige gewesen, der durchgeblickt hatte.

Bevor Polizeichef Bender auf die Details eingehen konnte, hatte das Telefon geklingelt. Nach dem kurzen Gespräch hatte er sie fortgeschickt. «Raus an die Front», wie er es genannt hatte. Raus zu Eric Stiffler.

Und der war dann ganz anders gewesen, als Bender ihn beschrieben hatte. Abweisend, mundfaul, unfreundlich. Manuela hoffte, dass es nur an dem aktuellen Fall lag, immerhin hatte man Stifflers Namen auf dem Opfer gefunden. So etwas konnte einem schon die Petersilie verhageln. Aber sie hatte so ein Gefühl, dass es mit ihnen beiden nicht klappen würde.

Und dann die Leiche.

Ihre erste überhaupt, und gleich eine Wasserleiche.

Stiffler hatte sie einfach so an den Fluss geschickt. Die Spurentechniker hatten ihre Hilfe nicht gebraucht. Sie hatte nur daneben stehen und zusehen müssen, wie sie die Leiche aus dem Treibguthaufen bargen. Hatte Stiffler sie etwa testen und herausfinden wollen, ob sie beim Anblick ihrer ersten Leiche zusammenklappte oder sich zumindest übergab? Aber den Gefallen hatte Manuela ihm nicht getan. Sie hatte Angst gehabt, das gab sie gerne zu, und während des kurzen Fußmarsches von Stifflers Wagen bis zu der großen Weide am Flussufer war ihr der Schweiß ausgebrochen, und ihr Magen hatte zu rumoren begonnen. Unten am Wasser war dann aber alles in Ordnung gewesen. Sicher, die Leiche bot keinen schönen Anblick, und in ihrer Kehle war es eng geworden, aber der Würgereiz war ausgeblieben, und sie hatte sich nicht einmal abwenden müssen. Vielleicht wäre es anders gelaufen, wenn die Leiche länger im Wasser gelegen hätte. Eigentlich hatte sie ganz ... na ja, sauber und ordentlich gewirkt – bis auf den Schriftzug natürlich.

Um sich nicht länger damit beschäftigen zu müssen, öffnete Manuela den Deckel eines der Kartons. Da sie sie nicht beschriftet hatte, hatte sie keine Ahnung, was sich darin befand: jeder Karton war ein Überraschungsei. Dieser stammte vom Dachboden ihrer Eltern, wo er nach ihrem Umzug in die WG auf ihre erste eigene Wohnung gewartet hatte.

Obenauf lag ein alter Schuhkarton mit dem Aufdruck ihrer bevorzugten Laufschuhmarke. Anima Sana in Corpore Sano, was übersetzt so viel wie «Gesunder Geist in gesundem Körper» bedeutete. Sie war überzeugt davon, dass das bei ihr zutraf, und deshalb würde sie ein solcher Tag auch nicht aus der Bahn werfen.

Sie klappte den Deckel zurück. In dem Karton befanden sich keine Schuhe mehr, das Paar daraus war schon längst zerschlissen. Stattdessen war er mit allerlei Krimskrams aus ihrer Jugend gefüllt. Sie wühlte darin herum, zog ein Pandora-Armband heraus und fragte sich, wieso es darin gelandet war. Es war mit silbernen und goldenen Elementen bestückt, hauptsächlich Herzen, auf einem war sogar ihr Name eingraviert. Sie hatte das Armband von ihren Eltern zur Konfirmation bekommen, als Glücksbringer. Damals, mit vierzehn, hatte sie an seine magische Kraft geglaubt und es nie abgelegt.

Manuela streifte es über ihre linke Hand und betrachtete es. Warum hatte sie es vergessen? Es war wunderschön.

Ab heute würde sie es nicht wieder ablegen und es als Glücksbringer für ihr neues Leben betrachten.

Sie gähnte, streckte sich und stand auf. Es war zwar schon beinahe Mitternacht, aber sie wollte trotzdem noch ein Bad nehmen. Nach hektischen Tagen hatte sie oft Probleme, abends abzuschalten. Ihre Rappelkiste, ihr Kopf, lief einfach immer weiter unter Volllast, egal wie sehr sie dagegen ankämpfte. Aber ein heißes Bad hatte bislang immer geholfen. Das, und ihre Lieblingssünde.

Sie ließ Wasser einlaufen, zog sich aus und ging in die Küche, zuckte wegen der kalten Fliesen auf dem Fußboden zusammen, holte einen Esslöffel aus der Schublade und stieß ihn tief in das neue Glas Nutella. Sie leckte die Nougatcreme genüsslich vom Löffel ab und wiederholte die Prozedur noch zweimal. Es ging doch nichts über eine ordentliche Portion Nutella mitten in der Nacht.

Mit dem süßen, nussigen Geschmack auf der Zunge lief sie ins Bad hinüber. Dampfschwaden füllten den kleinen Raum. Als sie in die Wanne steigen wollte, klingelte ihr Handy.

«Kann doch nur unser Student sein», murmelte Manuela und lief ins Wohnzimmer hinüber. Timmy hatte im Laufe des Abends dreimal angerufen, aber sie war zu beschäftigt gewesen, um seine Anrufe entgegenzunehmen.

Das Handy steckte noch in der Tasche ihrer Hose, die sie achtlos auf den Boden hatte fallen lassen. Sie klaubte es heraus, sah seine Nummer auf dem Display und nahm ab.

«Hallo, Bruderherz.»

«Hey, sie lebt ja doch noch. Ich hab mir schon Sorgen gemacht, die großen bösen Jungs hätten dich an deinem ersten Tag bereits erwischt. Wie war's denn?»

Manuela begann mit dem, was ihr Vater früher «zwitschern» genannt hatte: Ohne Punkt und Komma plapperte sie drauflos und ließ keine Einzelheit aus. Dabei stieg sie in die Badewanne, tauchte ein und genoss das herrliche Gefühl, wie sich das Wasser warm um ihren Brustkorb schloss. Schließlich unterbrach Timmy sie.

«Also ein ganz normaler Tag ... zumindest für dich», sagte er.

«Sehr witzig. Das war sogar für mich heftig, ganz ehrlich.»

«Glaub ich dir doch. Aber du schaffst das schon. Meine große Schwester schafft doch alles.»

«Ja, weil ihr drei Kerle so ein hartes Training wart. Danke noch mal für deine SMS. Die hat echt geholfen.» Sie lächelte, als sie das sagte.

«Gern geschehen.»

«Und was macht dein Studium?», fragte Manuela.

Jetzt legte Timmy los, aber Manuela erfuhr weniger von seinem Studium als vielmehr von einem Mädchen namens Ayleen. Sie hatte ihm den Kopf verdreht, das hörte Manuela deutlich aus seinem Geplapper heraus. Ihr kleiner Bruder war verliebt. Sie freute sich für ihn.

Nach ein paar Minuten verabschiedeten sie sich voneinander.

Manuela legte ihr Handy auf den Badewannenrand und ließ sich tiefer ins Wasser sinken.

Sie schloss die Augen, hielt die Luft an und tauchte unter. Das warme Wasser schloss sich über ihr, und unweigerlich musste sie an die Frau denken, die sie unter der Weide am Fluss gefunden hatten. Sie war absichtlich dort zwischen dem Treibgut verkeilt worden. Jemand hatte sie ertränkt. An ihre Augen würde Manuela sich noch lange erinnern, das ahnte sie. Was war das gewesen in ihrem Blick? Überraschung? Angst? Enttäuschung? Vielleicht von allem etwas, aber ganz sicher keine Erlösung und kein Frieden.

Plötzlich wurde es eng in Manuelas Hals. Mit einem heftigen Ruck tauchte sie auf und atmete gierig ein.

Für eine Sekunde hatte sie geglaubt, ertrinken zu müssen.

TAG ZWEI

I

«Wenn Sie nicht kurz davor sind, zu sterben, rate ich Ihnen, herzukommen.»

«Wie bitte?»

«Sie haben schon verstanden. Überlegen Sie sich gut, was Sie tun. Es ist ja nun wirklich nicht so, als wären Sie unentbehrlich.»

Lavinia konnte kaum glauben, was sie da hörte. Zorn stieg in ihr hoch. Schon lag ihr die passende Erwiderung auf diese Unverschämtheit auf der Zunge, doch sie schluckte sie hinunter. Es schmeckte bitter, wieder einmal, und sie spürte, dass sie nicht mehr viel davon schlucken würde. Das Maß war voll.

Sie hatte im Laden angerufen und sich krankmelden wollen. Vor einer halben Stunde war sie mit migräneartigen Kopfschmerzen aufgewacht, aber auch wenn diese Schmerzen schlimm waren, waren sie doch nicht der wirkliche Grund. Nein, sie hatte im Haus bleiben wollen, weil sie sich davor fürchtete, hinauszugehen. Die alte Angst war noch da, die Nacht mit allen ihren Erinnerungen hatte sie wach gehalten. Außerdem flüsterte die Stimme ihr ein, sie dürfe sich heute nicht hinauswagen, und Lavinia war entschlossen, auf ihre Instinkte zu hören.

Aber was nützte das, wenn das Umfeld nicht mitspielte?

Sie hatte gehofft, eine ihrer Kolleginnen an den Apparat zu bekommen, und war von der Kropf überrascht worden.

Lavinia räusperte sich. Ihr Hals fühlte sich merkwürdig geschwollen an.

«In einer Stunde bin ich da», presste sie mühsam zwischen ihren Lippen hervor. Selbst zu Gott zu sprechen – was sie seit Ewigkeiten nicht getan hatte – wäre ihr in diesem Moment leichter gefallen.

«Das wollte ich ...»

Sie drückte das Gespräch weg und widerstand dem Impuls, das Telefon gegen die Wand zu werfen. Mit vor Wut zitternden Fingern legte sie es auf den Tisch in der Küche. Tränen bahnten sich ihren Weg, ihre Unterlippe begann zu zittern. Sie grub ihre Zähne hinein, bis es wehtat, schlug mit beiden Händen auf den Tisch und ertrug den Schmerz in den Handflächen. Dann ging sie ins Bad hinüber. Dort hielt sie ihre Hände unter kaltes Wasser und presste sie sich auf Stirn und Augen. Das tat sie so lange, bis die hilflose Wut erträglicher wurde. Sie stellte sich vor, wie sie später in den Laden gehen, ein paar billige, auch unbenutzt stinkende Socken vom Grabbeltisch nehmen und sie Frau Kropf so tief in den Hals stecken würde, bis sie ihrem Namen alle Ehre machte.

Die Vorstellung war wunderbar. Aber natürlich würde sie sie nicht in die Tat umsetzen.

Sie brauchte diesen beschissenen Job, in dem sie 6,20 Euro brutto die Stunde verdiente. Bei der Wirtschaftslage war es für Ungelernte so gut wie unmöglich, einen Job zu finden, schon gar keinen besser bezahlten. Wenn sie sechzig Stunden die Woche knüppelte, konnte sie wenigstens die Miete bezahlen, überleben und sogar die Summe zurücklegen, die sie sich vorgenommen hatte.

Ein Jahr noch, höchstens. Dann hatte sie es geschafft.

Lavinia trocknete sich das Gesicht ab und betrachtete sich im Spiegel. Ihr blondiertes Haar war vom Schlaf etwas zerzaust. Es hatte eine Weile gedauert, bis sie sich an die neue Farbe gewöhnt hatte. Von Natur aus war sie brünett, eine schöne, kräftige Farbe, um die viele Mädchen sie beneidet hatten, und es war ihr nicht leichtgefallen, sich so drastisch zu verändern. Aber die neue Farbe hatte eine andere Frau aus ihr gemacht, und genau das hatte sie gewollt. Wenn es möglich gewesen wäre, hätte sie nach dem Vorfall damals auch ihr Gesicht verändert. Leider hatte sie nicht einmal genug Geld gehabt, um die Stadt zu verlassen. Allein der Umzug hier raus ins Randgebiet, das wenigstens ein bisschen Schutz bot, weil die Nachbarn sich untereinander kannten, war viel zu teuer gewesen.

Lavinia entschied, ihr Haar heute nicht zu waschen. Wozu auch? Für die blöde Kropf oder gar für Kunden, die sie sowieso nicht sahen?

Sie legte auch kein Make-up auf. Das tat sie schon lange nicht mehr. Auch das gehörte zu ihrer Veränderung. Früher, in ihrem anderen Leben, hatte sie sich jeden Tag eine Art Maske übergezogen, bestehend aus Make-up, Eyeliner, Lippenstift, falschen Wimpern und was sonst noch alles dazugehörte.

Nein, keine Maske mehr, nur noch die echte Lavinia. Die starke Lavinia, die sich nicht unterkriegen ließ, auch nicht von der Kropf.

2

«Was ist das für eine verdammte Scheiße?»

Einige kleine Speicheltropfen landeten auf der blankpolierten, mit Klavierlack überzogenen Schreibtischoberfläche, und Eric Stiffler konnte nicht anders, als hinzusehen und sich zu ekeln.

Hans Bender, Polizeichef und damit sein Vorgesetzter, war schon am frühen Vormittag richtig in Fahrt. Bender war ein ausgemachter Choleriker, der – und da war Eric sich sicher – seine Pension nicht erleben würde. Sein ständig roter Kopf dokumentierte einen immensen Blutdruck.

Bender war genauso groß wie Eric, wog aber locker doppelt so viel. Ein imposanter Bauch spannte das teure, stets tadellos gebügelte Hemd zum Zerreißen. Wenn Bender in Fahrt war, standen schnell dicke Schweißperlen auf seiner hohen Stirn, aber nie sah man ihn mit Schweißflecken oder gar Salzrändern unter den Achseln. Eric vertrat die Theorie, dass Bender sich die Schweißdrüsen hatte entfernen lassen, weil er Schwitzen als Ausdruck von Angst verstand, und die durfte es in seinem Alphamännchen-Universum nicht geben. Wahrscheinlicher aber war, dass er sein Hemd ein paar Mal am Tag wechselte, der eitle, selbstverliebte Kerl.

Bender hatte ihn in seinem Büro empfangen und ihm keinen Platz angeboten. Also wartete Eric hinter dem Besucherstuhl, die Hände auf der Lehne abgelegt, und beobachtete seinen Chef dabei, wie er vor der großen Fensterfront, die auf den Fluss hinausging, auf und ab marschierte.

Eric war von seinem Ausbruch weder beeindruckt noch eingeschüchtert. In ihrer gemeinsamen Zeit bei der Polizei, die mittlerweile fünfzehn Jahre dauerte, hatte es Vorkommnisse gegeben, die Bender seine Autorität gekostet hatten. Sie hatten zusammen studiert und einige Lehrgänge besucht, und schon immer war klar gewesen, dass es Bender mit seinem brennenden Ehrgeiz und seiner Rücksichtslosigkeit schnell weiter bringen würde als die meisten anderen. Aber er war nicht integer und wäre längst gestolpert auf seinem Weg, wenn Eric nicht von Zeit zu Zeit die Klappe gehalten hätte.

Das würde sich jetzt auszahlen. Es musste sich einfach auszahlen.

«Wieso steht Ihr Name auf dem Bauch eines Mordopfers?», fragte Bender unnötig laut.

Eine blöde Frage, denn die Antwort lag doch auf der Hand. Der Täter wollte jedermann wissen lassen, warum Annabell getötet worden war. Es hatte ihm nicht gereicht, Eric anzurufen und die Leiche an ihrem geheimen Treffpunkt unter der Weide zu deponieren, denn das hatte Eric ja nur zeigen sollen, wer die Spielregeln festlegte. Der Schriftzug auf dem Bauch war für die anderen. Für seine Kollegen und die Spurentechniker. Er sollte verhindern, dass Eric die Sache irgendwie verschleierte.

In der zurückliegenden Nacht, in der er nur wenig geschlafen hatte, war ihm immer wieder Annabells Gesicht erschienen. Unter Wasser, wie sie nach Luft schnappte, ihr langes Haar geisterhaft neben ihrem Gesicht trieb.

Sie badet, Stiffler ... sie badet ...

Die Gedanken gerieten ihm durcheinander. Es fiel ihm schwer, sich zu konzentrieren. Der Schlafmangel füllte seinen Kopf mit Watte, durch die selbst Benders Gebell nur gedämpft drang.

Geschenk für Stiffler.

Eric erinnerte sich an den Blick, den Manuela Sperling ihm zugeworfen hatte, als sie die schwarz eingebrannten Buchstaben auf der weißen Haut des Bauches der Leiche sah. Forschend, argwöhnisch, neugierig. Sie hielt nur selten den Mund, aber da hatte sie geschwiegen. Niemand hatte etwas gesagt, und er hatte sich nicht erklärt, aber die Frage, die Bender jetzt stellte, war in den Augen aller Umstehenden zu sehen gewesen.

«Weil er mich meint, nicht das Opfer», antwortete Eric.

Bender sah ihn an. Er fraß ihn geradezu auf mit seinen Augen, die tief unter einem Vordach buschiger Augenbrauen lagen.

«Und wieso meint er Sie?»

Benders Stimme klang jetzt ruhiger. Cholerisch und laut war der Mann ungefährlich, doch wenn er sich beruhigte, musste man auf der Hut sein.

Eric zuckte mit den Schultern und setzte zu der Lüge an, die er sich zurechtgelegt hatte, wohl wissend, dass er dann nicht mehr zurückkonnte.

«Das kann ich zum gegenwärtigen Zeitpunkt nicht sagen. Sie wissen so gut wie ich, dass wir uns eine Menge Feinde machen. Irgendwann bin ich wohl jemandem zu sehr auf die Füße getreten, und nun kommt die Revanche. Ich werde die Akten der jüngst entlassenen Straftäter durchgehen, und ich bin mir sicher, den Täter dort zu finden.»

Bender fixierte ihn.

«Nehmen Sie Platz», sagte er dann, wies mit einem Nicken auf den Besucherstuhl und ließ sich selbst in seinen Chefsessel fallen.

Eric setzte sich und sah Speicheltropfen wie kleine Pickel auf dem Klavierlack stehen. Bender schob einen Schnellhefter von sich und verwischte sie damit.

«Was ist mit dem Opfer?», fragte er, und die offenkundige Belanglosigkeit in seiner Stimme verriet Eric, dass sie jetzt zu der Frage kamen, die Bender wirklich interessierte.

«Anna Meyer, in ihren Kreisen Annabell genannt. Eine Prostituierte», antwortete er. «Ich kannte sie.»

Das *Woher?* und *Wie gut?* musste Bender nicht aussprechen, es schwebte auch so im Raum.

«Werden wir kompromittiert werden?», fragte Bender.

Die dicken Finger seiner rechten Hand tanzten einen Stepptanz auf dem Schreibtisch.

Eric ließ sich mit einer Antwort Zeit. Nicht weil ihm die Worte fehlten, sondern weil er deutlich machen wollte, dass er nicht hier saß, um sich zu rechtfertigen. Er konnte Bender aber auch nicht völlig im Regen stehen lassen. Politik war dem Mann wichtig, wichtiger als alles andere, und das Spiel der Täuschung und Doppelmoral beherrschte er sehr gut, sonst wäre er niemals in diese Position aufgestiegen. Eric selbst hasste es, aber nun hatte er sich darauf eingelassen. Nur wenn er sich mit Bender einig war, würden sie beide mit heiler Haut aus der Sache herauskommen.

«Als Leiter der *Mordkommission Ufer* hätte ich die Möglichkeiten, das zu verhindern.»

Diesen Satz hatte Eric sich wohl überlegt. Für ein Gespräch dieser Art, an dessen Ende es keinen Verlierer geben durfte, musste man seine Worte gut abwägen. Bis vor zwei Sekunden hatte es noch keine Mordkommission und keinen leitenden Beamten gegeben, und es gab auch nur einen im Raum, der das ändern konnte.

«Bekommen Sie das hin?», fragte Bender.

Seine Wurstfinger lagen still.

«Daran kann kein Zweifel bestehen. Aber ich müsste mir das Team eigenverantwortlich zusammenstellen können.»

«Im Rahmen der Möglichkeiten natürlich.»

«Natürlich.»

«Und Frau Sperling gehört dazu.»

Diese Kröte musste Eric schlucken. Es war einfach nicht möglich, die Sperling plötzlich einer anderen Abteilung zuzuordnen, ohne damit Aufmerksamkeit zu erregen.

Also nickte er.

Ihre Blicke prallten aufeinander, hakten sich ineinander fest, gingen einen widerwilligen Bund ein.

«Ich verlasse mich auf Sie, Stiffler. Bauen Sie keine Scheiße.»

3

Der Betriebshof des Taxiunternehmens lag in einem kleinen Gewerbegebiet an der Westumfahrung der Stadt. Gegen neun Uhr lenkte Frank seinen Škoda auf den großen gepflasterten Platz. Im schrägen Licht der frühen Junisonne glänzten zwei frischgewaschene Taxen vor einem silbernen Doppelcontainer, der als Büro und Zentrale diente.

Barbaras runder Hintern ragte aus der Beifahrertür eines der Taxen. Die Frau seines Bruders war klein und drall, immer gut gelaunt und von nichts und niemandem aus der Ruhe zu bringen. Ohne ihr Organisationstalent wäre das Unternehmen längst pleite. Sie konnte fahren, sich mit einem Fahrgast unterhalten, nebenbei telefonieren und sich fünf Termine merken, ohne sie aufschreiben zu müssen. Mehr Multitasking ging nicht. Frank mochte sie, und er ärgerte sich, wenn er sah, dass sie zwischendurch auch noch die Wagen reinigte, während sein Bruder nur herumfuhr. Helmut hatte ein Arbeitstier geheiratet. Und er nutzte das aus.

Sie hörte ihn nicht kommen. Der große Industriesauger neben ihr machte ein Höllenspektakel. Jemand hätte auf den Hof kommen, ins Büro gehen und die Kasse klauen können, ohne dass Barbara etwas mitbekommen hätte.

Weil er sie nicht erschrecken wollte, schaltete Frank den Sauger ab.

Das Heulen des Elektromotors verklang, und Barbara schaute das Handrohr einen Moment stirnrunzelnd an, bevor sie sich rückwärts aus dem Wagen schob.

«Guten Morgen, Teuerste», begrüßte Frank sie.

«Ach, du bist es! Und ich dachte schon, dieses Mistding wäre wieder kaputt.»

Völlig überraschend umarmte sie ihn. Schweißtropfen standen auf ihrer Stirn, und ihr Kunstfasershirt roch etwas unangenehm.

«Ich bin so froh, dass dir gestern Abend nichts passiert ist», sagte sie, schob ihn ein Stück von sich fort und betrachtete ihn prüfend. «Hast du denn überhaupt geschlafen?»

Frank zuckte mit den Schultern.

«Wie immer, du kennst das ja.»

Er hatte vergleichsweise gut geschlafen, zumindest im Lichte dessen betrachtet, was gestern passiert war. Nachdem der Stinker verschwunden war, hatte er sich ins Taxi gesetzt und war in die Innenstadt zum Polizeipräsidium gefahren. Dort hatte er den Überfall gemeldet und eine einigermaßen aussagekräftige Personenbeschreibung abgegeben. Falls der Mann auf dem Campingplatz lebte – es gab Menschen, die das ganze Jahr dort verbrachten –, würde die Polizei ihn finden. Dann würde er eventuell sein Handy wiederbekommen, aber ganz sicher nicht das Geld. Das konnte er abschreiben.

Als könnte Barbara seine Gedanken lesen, sagte sie:

«Helmut und ich ersetzen dir das Geld.»

Frank hob abwehrend die Hände.

«Kommt gar nicht in Frage, so viel war es auch nicht.»

Klar tat der Verlust weh, aber mit einem Taxiunternehmen waren keine Reichtümer zu verdienen, nicht bei den Sprit- und Fahrzeugpreisen, und er wusste, dass sein Bruder und seine Schwägerin gerade so am Limit wirtschafteten.

«Red nicht so ein Unfug», sagte Barbara barsch. «Du bekommst das Geld, und damit basta. Und im Büro in der Schublade findest du bestimmt auch ein Handy. Da liegen ein paar, und die holt ja doch keiner ab.»

«Ein Nein akzeptierst du wohl nicht.»

«Immerhin habe ich dich da rausgeschickt», erwiderte Barbara.

«Wie? Hat der Typ am Telefon etwa angekündigt, dass er mich überfallen will?»

Barbara knuffte ihn gegen die Schulter.

«Mach nur deine Scherze. Ich frage mich jedes Mal, wenn so etwas passiert, warum wir überhaupt noch weitermachen.»

«Weil wir nichts anderes können.»

«Das wäre ja traurig. Du willst doch nicht schon wieder fahren, oder?»

«Eigentlich hatte ich vor, nur meinen Wagen sauber zu machen und dann wieder loszufahren. Warum denn nicht? Ist ja weiter nichts passiert.»

«Du solltest dir einen Tag freinehmen», sagte Barbara kopfschüttelnd.

«Um was zu tun? Zu Hause zu sitzen und nachzudenken? Nein danke.»

«Wie du willst. Dann lass deinen Wagen stehen, geh ins Büro und mach dir einen Kaffee.»

«Kommt gar nicht in ...», wollte Frank aufbegehren, wurde aber durch eine resolute Handbewegung unterbrochen.

«Tu mir den Gefallen und setz dich kurz ans Telefon, dann kann ich hier in Ruhe weitermachen», sagte Barbara und schob ihn weg. «Na los, nun geh schon.»

Frank beugte sich ihrem Willen und ging in den Container.

Trotz der noch frühen Tageszeit lag die Luft warm und schwer darin. Die Sonne schien bereits seit ein paar Stunden auf das metallene Flachdach. Fenster und Türen standen offen, doch das half nicht viel. Der Container war ausgestattet mit einem Tisch und vier Stühlen, einem Schreibtisch und einem Regal voller Aktenordner. Auf einer alten Blechspüle stand eine Kaffeemaschine, das Heiligtum des Unternehmens. Ohne Kaffee lief bei Taxifahrern gar nichts.

Frank befüllte die Maschine, ließ sich auf den Stuhl fallen und zog die oberste Schreibtischschublade auf. Darin lagen sieben Handys. Vier waren alt und zerkratzt, die anderen neuwertig. Er nahm eines der neueren heraus, öffnete den rückseitigen Deckel und entfernte die SIM-Karte. Frank würde sich später eine neue SIM-Karte besorgen und das Handy so lange benutzen, bis sich der Eigentümer meldete. Und wenn er sich nicht meldete, dann blieb es eben seins.

Er wollte die Schublade schon wieder schließen, als ihm die kleine schwarze Dose ganz hinten auffiel. Er holte sie hervor und betrachtete das Etikett. Es handelte sich dabei um Tierabwehrspray – die einzige in Deutschland zugelassene Form von Pfefferspray. Natürlich wirkte es auch gegen Menschen hervorragend, aber man durfte es nicht einsetzen, deshalb hatte Frank bisher nie welches dabeigehabt. Er kannte Kollegen, die Pfefferspray gegen Angreifer eingesetzt hatten und später zu Geldstrafen verknackt worden waren, weil die Richter gerade Taxifahrern den Vorsatz unterstellten, es dafür und nicht für die Abwehr von Tieren mitgeführt zu haben.

Vielleicht sollte er es trotzdem einstecken. Nur so, zur Sicherheit. Er hatte großes Glück gehabt, dass der Stinker viel zu stoned gewesen war, um mit dem Messer wirklich umgehen zu können. Beim nächsten Mal würde es vielleicht anders sein.

Frank steckte die Dose in seine Hosentasche.

Das Telefon klingelte.

«Taxi Engler», meldete er sich.

«Morgen, Bruder. Was machst du in der Zentrale?»

Es war Helmut. Den Hintergrundgeräuschen nach zu urteilen, fuhr er.

«Deine Frau wäscht ja mal wieder Autos, allein», sagte Frank.

«Alles klar bei dir?», überging sein Bruder den Vorwurf.

«Alles bestens.»

«Dann notier doch bitte einen Termin.»

Helmut nannte ihm Namen und Uhrzeit, und Frank trug beides in den Timer ein. Dann war das Gespräch beendet.

Die Kaffeemaschine röchelte in die Stille hinein. Frank wollte gerade aufstehen, um sich eine Tasse einzuschenken, da klingelte das Telefon erneut.

«Taxi Engler.»

Zunächst Stille. Rauschen. Dann ein merkwürdiges, gurgelndes Geräusch, als hätte jemand im Hintergrund die Klospülung abgezogen.

«Hallo», setzte Frank nach.

«Ich habe gestern meine Sonnenbrille in einem Ihrer Taxis liegen lassen», sagte eine männliche Stimme.

«Kein Problem. Sagen Sie mir einfach die Uhrzeit und die Fahrtstrecke, dann finde ich den Wagen heraus. Wenn die Brille noch da ist, können Sie sie hier bei uns auf dem Betriebshof abholen.»

«Später Nachmittag, nach siebzehn Uhr», sagte die Stimme.

«Und welche Strecke sind Sie gefahren?»

Pause und schweres Atmen.

«Nennen Sie mir bitte den Namen und die Adresse des Fahrers, dann hole ich die Brille bei ihm zu Hause ab. Das wäre für mich am einfachsten», sagte die Stimme.

Frank wurde hellhörig.

«Wo sind Sie denn eingestiegen?»

«S-Bahn-Station *Schwarzer Berg*.»

Damit hatte Frank gerechnet.

«Wir können die Namen unserer Fahrer natürlich nicht rausgeben, aber wenn Sie mir Ihren Namen und Adresse ...»

Abrupt beendete der Anrufer das Gespräch.

«Hallo», versuchte Frank es noch einmal.

Dann legte er den Telefonhörer auf. Ihm wurde gleichzeitig heiß und kalt. Er verstand nicht, was da vor sich ging.

Zu der besagten Zeit war er selbst von der S-Bahn-Station *Schwarzer Berg* gestartet. Aber nicht mit einem männlichen Fahrgast, sondern mit der Frau, die sich Lavinia genannt hatte. Die sich verfolgt gefühlt hatte.

Die Sache mit der Sonnenbrille war vorgeschoben, so viel war klar, aber warum wollte jemand seinen Namen und seine Adresse erfahren?

4

Die Frau, die schließlich die mühsam aufrechterhaltene Fassade zum Einsturz brachte, war Mitte vierzig, hatte deutlich zu viel Gewicht und blutleere Lippen in einem Gesicht aus teigiger Haut, überzogen von einem Netz geplatzter roter Äderchen auf Wangen und Nase.

Vielleicht konnte sie etwas für ihr Aussehen, vielleicht auch nicht, aber das war Lavinia egal. Für den Ausdruck von Abscheu und Überheblichkeit in ihrem Gesicht konnte sie auf jeden Fall etwas. Normalerweise nahm Lavinia so etwas nicht persönlich, aber dieser Tag war nicht normal und sie selbst weit entfernt von ihrer Bestform.

«Mindestens fünfzig Prozent», wiederholte die Dicke und dehnte das blau gestreifte XXL-Shirt zwischen ihren pummeligen Händen. Dadurch wurde ein kleines Loch unter dem rechten Arm sichtbar, das der Dehnung nicht mehr lange standhalten würde. Das Shirt sollte 3,99 Euro kosten.

«Ich kann es Ihnen für drei Euro fünfzig verkaufen», sagte Lavinia gemäß den Regeln, die Frau Kropf für richtig hielt.

«Hör mal, Schätzchen», setzte die Dicke an und plusterte sich auf. «Erst hängst du so'n Schrott auf den Ständer, und dann versuchst du mich auch noch über'n Tisch zu ziehen. So läuft das nicht. Fünfzig Prozent.»

Sie zog das Shirt noch weiter auseinander.

«Vielleicht sollten Sie es lieber wieder zurückhängen», schlug Lavinia vor und behielt ihr gemeißeltes Lächeln bei.

«Vielleicht solltest du besser aufpassen, was du den Leuten für ihr hart verdientes Geld hier anzudrehen versuchst.»

Beinahe jeden Tag kam es im Laden zu solchen Gesprächen. Die Leute wussten sehr wohl, dass die Kassiererinnen nichts für den mangelhaften Zustand der in Bangladesch für ein paar Cent hergestellten Klamotten konnten, aber sie ließen trotzdem ihren Ärger an ihnen aus, weil es so verdammt einfach war, sich jemanden als Blitzableiter auszusuchen, der sich für ein paar Euro Stundenlohn alles gefallen lassen musste.

Zweitausend noch, dachte Lavinia, *noch ein Jahr, dann hast du es geschafft. Komm, du hast dir doch schon ganz andere Sachen anhören müssen.*

Aber nicht nach einer solchen Nacht und mit diesen Kopfschmerzen, die sie noch immer quälten.

Die Dicke schnaufte laut und blies ihre Wangen auf.

«Was ist? Ist der Kunde hier nicht König, oder was?»

«Wie schon gesagt, ich kann Ihnen das Shirt für drei ...»

«Scheiß doch drauf», sagte die Dicke, ließ das Shirt vor

der Kasse zu Boden fallen und trat auch noch darauf, als sie sich auf den Weg zum Ausgang machte.

«Die Streifen hätten Sie nur noch fetter gemacht.»

Die Worte waren heraus, bevor Lavinia darüber nachdenken konnte. Schon in der nächsten Sekunde bereute sie sie, aber da war es zu spät. Sie hatte laut gesprochen, und die Dicke hatte jedes Wort verstanden. Sie kam noch einmal zurück und baute sich vor Lavinia auf.

«Was hast du da gesagt, Schätzchen?»

Ihre Augen waren zu schmalen Schlitzen zwischen wulstigem Gewebe geschrumpft, und sie stemmte die Arme in die Taille.

«Du kleine Nutte», sagte sie. «Glaubst wohl, nur weil du einen kleinen Arsch hast, kannst du dir ein Urteil über mich erlauben, was?»

Nutte. Das war zu viel. Lavinia platzte endgültig der Kragen. Sie kam hinter der schützenden Burg hervor, die ihre Kasse darstellte, hob das blaue Ringelshirt auf und hielt es der Dicken vor die Nase.

«Für dieses Shirt hat ein minderjähriges Kind irgendwo in Bangladesch stundenlang geschuftet. Nach einem Zehnstundentag schläft es in einer Holzbaracke ohne fließend Wasser auf dem Boden, bevor es zurückmuss in die Fabrik, genau wie seine Schwestern, Brüder und Eltern, die ebenfalls in dieser Hütte auf dem Boden schlafen. Und Sie sind nicht einmal bereit, drei Euro neunundneunzig dafür zu bezahlen. Prima! Bekommt das Kind eben ab heute gar keinen Lohn mehr. Warum sollte es auch etwas essen? Es reicht ja, wenn Sie fett sind.»

Im Laden herrschte Totenstille. Alle Blicke waren auf das ungleiche Paar an der Kasse gerichtet.

Die Farbe im Gesicht der Dicken wechselte im Sekundentakt von Weiß zu Rot zu Violett. Ihre schmalen Lippen begannen zu zittern, ob aus Wut oder Scham. Bevor die Frau dazu kam, etwas zu erwidern oder auf sie loszugehen, warf Lavi ihr das Shirt vor die Brust, drehte sich um, marschierte in den hinteren Bereich des Ladens und verschwand durch eine Tür in den schäbigen Aufenthaltsraum für die Mitarbeiterinnen.

Darin stank es nach dem Mülleimer, der seit Tagen nicht geleert worden war.

Lavinia stützte sich mit beiden Händen auf dem Tisch ab, ließ den Kopf auf die Brust sinken und atmete langsam ein und aus.

Das war's, dachte sie, *den Job kannst du vergessen.*

Aber war das wirklich so schlimm? Wie weit konnte ein Mensch sich erniedrigen, bevor etwas in ihm zerbrach, das niemals wieder heilen würde?

Sehr weit, wie Lavinia wusste, aber ihre Grenze war jetzt erreicht.

Hinter ihr ging die Tür auf und wurde wieder geschlossen. Schon daran erkannte sie, wer ihr gefolgt war.

«Sind Sie von allen guten Geistern verlassen?», fragte Frau Kropf, wie immer mit leiser, aber messerscharfer Stimme.

Es hatte Nächte gegeben, in denen Lavi diese Stimme in ihren Träumen gehört hatte, obwohl sie sich geschworen hatte, diese Frau nicht an sich heranzulassen. Doch ihre Stimme war wie eine minimalinvasive Operation: Man spürte nichts, aber sie war schon drin.

«Die Kundin hat mich beleidigt», sagte Lavinia, ohne sich umzudrehen.

Sie schwankte noch. Sollte sie versuchen, den Job zu retten, oder jetzt gleich auch noch mit der Kropf abrechnen.

«Sie hat Sie beleidigt.»

Das klang wie *Sie kann man beleidigen?*, und zwar so deutlich, dass Lavinia mit einem Ruck herumfuhr und die Kropf anstarrte. Die Filialleiterin wich zurück.

«Ich muss mich von Kunden nicht beleidigen lassen, nicht für den Hungerlohn, den ich hier bekomme.»

«Nein, müssen Sie nicht. Sie müssen nicht einmal mehr hier arbeiten, Frau Wolff. Denn jemand wie Sie ist für unser Haus nicht länger tragbar.»

Unser Haus klang aus dem Mund der Kropf, als spräche sie von einer edlen Luxusboutique und nicht vom billigsten und schäbigsten Laden in der ganzen Stadt.

«Darf ich wenigstens etwas zu meiner Verteidigung sagen?»

«Dürfen Sie, auch wenn es nichts ändert.»

Lavinia ließ die Schultern sinken, nahm das Kinn zurück und verfiel in eine demütige Haltung. Schon sah sie Genugtuung aufblitzen in den Augen der Kropf.

«Ich ... ich wollte die Kundin nicht beleidigen, wirklich nicht, das müssen Sie mir glauben, und es tut mir leid.»

«Tja, dass hätten Sie sich vorher überlegen sollen. Zusammen mit der vorgeschobenen Erkrankung und Ihrem launischen Verhalten überhaupt reicht es mir jetzt. Sie sind entlassen. Fristlos.»

Jetzt streckte Lavinia den Rücken durch, straffte die Schultern und legte all ihre Kraft in ein freundliches Lächeln und die folgenden Worte:

«Es tut mir leid, weil ich eigentlich nicht die Kundin, sondern Sie beleidigen wollte, Frau Kropf. Aber ich bin gern bereit, den Fehler wiedergutzumachen: Sie sind eine frigide Kuh mit einem Besenstiel im Arsch und können mich mal. Schönen Tag noch.»

5

Hauptkommissar Stifflers Gesicht sah genauso miesepetrig aus wie gestern Abend, war aber noch eine Spur zerknautschter, so als hätte er die Nacht auf der Couch verbracht. Er strahlte wirklich keine gute Laune aus, als er über den Gang auf Manuela zukam. Sie stieß sich von der Wand ab, an der sie seit zehn Minuten auf ihren neuen Chef gewartet hatte, und nahm sich vor, sich ihre eigene Stimmung nicht verderben zu lassen. Sie war ausgeschlafen und fühlte sich gut, hatte wie beinahe jeden Morgen ihren Sechs-Kilometer-Lauf hinter sich und war nun ganz wild darauf, diesen Fall anzugehen.

Stiffler sah auf, entdeckte sie, und auch wenn es nur eine feine Nuance war, bemerkte Manuela doch, wie seine Mimik noch ein bisschen mehr abrutschte. Sie hatte einen Blick für diese Feinheiten. War das Abscheu, was sie hatte aufblitzen sehen? Oder doch nur frühmorgendliche Gereiztheit?

«Guten Morgen», begrüßte sie ihn mit betont fröhlicher Stimme. «Wie war das Gespräch mit dem Chef?»

Manuela war rechtzeitig im Büro gewesen, sie hätte mitgehen können, aber Stiffler hatte nicht gewollt, dass sie ihn begleitete.

«Kurz, knapp und zielorientiert», sagte Stiffler, drängte sich an ihr vorbei und öffnete die Tür zu seinem Büro.

Zwar lud er sie nicht ein, ihm zu folgen, aber Manuela tat es trotzdem.

«Vielleicht sollten wir …», begann sie, aber Stiffler hatte nur seine Dienstwaffe aus einer abschließbaren Schublade genommen und schob sie bereits wieder vor sich her aus dem Büro.

«Jetzt gehen wir erst einmal rüber in die Gerichtsmedizin. Leichenschau. Da können Sie gern mitkommen.»

Stiffler war zwei Köpfe größer als Manuela und hatte dementsprechend längere Beine, mit denen er weit ausschritt. Sie hatte ein wenig Mühe, ihm zu folgen. Während sie durchs Präsidium eilten, fiel ihr auf, wie abgemagert ihr Chef aussah. Seine Beine waren wie Streichhölzer, und an seinem mageren Hintern schlotterte eine abgewetzte Jeans, die gut und gerne zwei Nummern kleiner hätte sein können. Die braune Wildlederjacke hing von seinen Schultern wie eine Sesselhusse über einem Stuhl.

Es fiel Manuela schwer, sich ihn als den genialen Ermittler vorzustellen, den Polizeichef Bender gern beschrieben hatte. Zehn Jahre waren natürlich eine lange Zeit. Da konnte allerhand passieren, was einen Menschen veränderte. Aber sie durfte auch nicht den Fehler machen, ihn nach Äußerlichkeiten zu beurteilen. Ob dünn oder dick, in modischer Kleidung oder alten Sachen, was sagte das schon über seinen Verstand aus? Der konnte trotzdem messerscharf sein.

Die Gerichtsmedizin lag in dem vor zwei Jahren neu gebauten Trakt des Präsidiums. Dorthin gelangte man durch einen gläsernen Tunnel, der zwei Meter über dem Boden schwebte. Schon am Vormittag war es darin unerträglich heiß. Stiffler legte noch an Tempo zu, sodass Manuela fast schon laufen musste, um nicht den Anschluss zu verlieren.

«Haben wir es sehr eilig?», rief sie ihm hinterher.

«Haben wir, ja.»

Als sie das andere Ende der Röhre erreichten, hatte er ein Einsehen mit ihr und wartete.

«Die Gerichtsmedizinerin hat mich angerufen, während ich bei Bender war», klärte er sie auf. «Etwas stimmt nicht mit der Leiche.»

«Und was stimmt nicht?», fragte Manuela und bemühte sich, mit ihm Schritt zu halten.

«Das werden wir gleich erfahren.»

Sie erreichten den geschlossenen Bereich der Rechtsmedizin. Stiffler gab seinen Berechtigungscode in das Zahlenfeld neben der Tür ein, und nach einem dezenten Summton wurden sie eingelassen. Hinter der Tür lag eine andere Welt. Alles war hier hell, weiß, klinisch, und ein ganz spezieller Geruch lag in der klimatisierten Luft. Irgendwie unpassend, aber sehr interessant erschienen Manuela die im Makrobereich fotografierten Insekten hinter Glasbildergträgern entlang der Wände. Sie sah Marienkäfer, Heuschrecken, Ameisen und Bienen. Alle in knalligen Farben und mit beeindruckenden Details.

Dr. Nina Vossfeld, die Leiterin der Abteilung, kam ihnen entgegen. Sie war eine große, schlanke Frau mit langem, braunem, zu einem Pferdeschwanz gebundenem Haar, hohen Wangenknochen und einer spitzen Nase. Sie wirkte kühl und professionell auf Manuela, bis sie ihr ein Lächeln schenkte. Manuela fasste sofort Vertrauen.

«Ein neues Gesicht?», fragte sie.

Manuela streckte die Hand aus. «Manuela Sperling.»

«Schön, Sie kennenzulernen.»

Dann wandte sie sich Stiffler zu, und ihr Gesicht wurde wieder kühl.

«Hauptkommissar Stiffler, wir haben schon ohne Sie angefangen. Kommen Sie bitte mit.»

Sie schritt voran in den großen weiß gekachelten Raum, in dem die Leichenschau stattfand. Manuela wurde nervös. Was ihr jetzt bevorstand, war etwas anderes, als eine Leiche am Tatort zu finden. Nach allem, was sie gehört hatte, war eine Leichenschau viel direkter und intensiver. Das Licht gestattete keine mildernden Schatten, und alles konzentrierte sich allein auf den Leichnam, wohingegen man sich draußen mit dem Tatort beschäftigen konnte, wenn man den Anblick nicht mehr ertrug.

Die Leiche lag auf einem großen Metalltisch in der Mitte des Raumes. Helle Strahler an einstellbaren Armen warfen ihr weißes Licht darauf und in das doppelte Stahlbecken am Fußende des Tisches. Alles war blitzsauber, aber Manuela besaß genug Vorstellungskraft, um die blutigen, nass glänzenden Organe zu sehen, die vor kurzem noch darin gelegen hatten, um gewogen, gemessen und untersucht zu werden. Sie war erleichtert. Heute war sie noch einmal davongekommen.

Den grotesk großen ypsilonförmigen Schnitt im Oberkörper hatte man mit groben Stichen bereits wieder zugenäht. Auf den Beinen lag ein grünes Stofftuch. Zwischen dem unteren Ende des Schnitts und der zu einem dünnen Strich ausrasierten Schambehaarung prangten die krakeligen kohlschwarzen Lettern auf dem weißen Bauch des Opfers.

Manuela stellte sich auf eine Seite des Tisches, Stiffler und die Ärztin auf die andere Seite. Manuela konnte ihren Blick nicht von den Buchstaben nehmen und fragte sich, was in ihrem Chef vorgehen mochte. Da stand sein Name auf dem Leib einer Toten! Ihr lief eine Gänsehaut den Rücken hinunter bei der Vorstellung, ihr selbst könnte irgendwann so etwas passieren. Stiffler zeigte ein zumindest äußerlich ungerührtes Gesicht.

Dr. Vossfeld deutete mit dem Finger auf den Bauch der Leiche.

Geschenk für Stiffler, stand dort.

«Die Buchstaben sind in die oberste Hautschicht eingebrannt. Ich gehe davon aus, dass die Arbeit mit einem Lötkolben oder einem ähnlichen heißen Metallgegenstand ausgeführt wurde. Wie Sie sehen, sind die Buchstaben sehr klein, stehen sehr eng beieinander, sind aber trotzdem gut leserlich. Ich habe darin keine Erfahrung, würde aber sagen, dass es mindestens eine Stunde gedauert haben muss, es so ordentlich hinzubekommen.»

Ohne aufzusehen, fragte Stiffler:

«Postmortal?»

Dr. Vossfeld nickte.

«Alle anderen Verletzungen sind ihr prämortal zugefügt worden. Sie hat an den Oberarmen und am Rücken stark ausgeprägte Hämatome.»

Die Pathologin hob den linken Arm der Leiche an und drehte ihn an der Schulter etwas nach oben.

«Sehen Sie hier.»

Manuela betrachtete die blauschwarzen Abdrücke in der weißen Haut. Jeder einzelne Finger war zu erkennen. Da hatte jemand mit aller Kraft zugedrückt.

«Außerdem fanden sich in ihrem Rücken siebzehn Holzsplitter unterschiedlicher Größe. Sie waren nicht sehr tief in die Haut eingedrungen. Sie stammen von älterem, mit Farbe behandeltem Holz. Ich würde darauf tippen, dass sie längere Zeit auf einem hölzernen Untergrund gelegen hat oder auf Holz transportiert wurde. Die genaue Untersuchung der Splitter steht noch aus.»

«Wurde sie missbraucht?»

«Nein. Wir haben weder Spermaspuren, Rückstände eines Kondoms noch fremde Hautpartikel gefunden, und ihre Vagina weist keine inneren und äußeren Verletzungen auf.»

«Und die Todesursache?», fragte Stiffler.

Dr. Vossfeld hob die linke Hand und zählte an ihren Fingern ab.

«Bronchialsekret in der Trachea und den Bronchien, Verletzungen der Schleimhaut im Hals, Schaum in den Nasenlöchern, die Lunge ist typischerweise verändert und mit Wasser gefüllt ...»

«Also ist sie ertrunken», würgte Stiffler sie ab und fing sich einen bösen Blick der Ärztin ein, den er aber nicht bemerkte.

«Ja, sie ist ertrunken, aber nicht in dem Wasser, in dem sie gefunden wurde. Deshalb habe ich angerufen.»

Stiffler sah die Gerichtsmedizinerin genauso überrascht an wie Manuela selbst.

«Wie bitte?», sagte er.

«Das Wasser in der Lunge des Opfers stammt nicht aus dem Fluss, in dem sie gefunden wurde.»

«Und da gibt es keinen Zweifel?»

Dr. Vossfeld zog die Augenbrauen zusammen, als hätte er sie mit der Frage beleidigt.

«Aber wo ist sie dann ertrunken?»

«Das herauszufinden ist Ihre Aufgabe. Ich kann Ihnen nur sagen, dass der Fundort der Leiche nicht der Tatort ist. Wir haben die Wasserproben miteinander verglichen. Das Wasser aus der Lunge der Toten ist sehr nährstoffreich und mit Algen durchsetzt. So etwas findet sich nicht in fließenden Gewässern.»

«Wo dann?», fragte Manuela.

«In einem See», sagte Stiffler, ohne von dem Leichnam aufzusehen.

6

Niemand konnte sie vom Wasser fernhalten.

Sie war darin geboren worden, es war ihr Element, in dem sie sich mit traumwandlerischer Sicherheit so anmutig bewegte wie ein Fisch. Sie war kein Fremdkörper darin, sondern war ein Teil davon und erlangte erst im Wasser ihre wahre Bestimmung. Sie wurde zu einem menschlichen Delfin.

Ohne sich zu bewegen, und oftmals auch ohne zu atmen, stand er dann auf dem langen Holzsteg und schaute ihr gebannt zu, bis ihm von den Lichtreflexionen auf der Oberfläche die Augen tränten und er Kopfschmerzen bekam. Stets versuchte er, sie nicht aus dem Blick zu verlieren, was ihm nicht immer gelang, denn sie war sehr schnell und hörte einfach nicht auf ihn.

So oft hatte er ihr gesagt, sie solle nicht zu weit hinaus-

schwimmen, sondern in Sichtweite des Stegs bleiben, so wie es ihre Eltern befohlen hatten. Doch sobald Mama und Papa nicht mehr da waren, ignorierte sie alle Anweisungen und tat, was sie wollte. Dann schwamm sie doch ganz weit hinaus, dorthin, wo das Wasser kalt und dunkel war und Pflanzen mit langen, feingliedrigen Armen wuchsen, die einen Menschen fangen und auf den Grund ziehen konnten.

Warum hatte sie keine Angst?

Sie kannte die alten Geschichten aus der Heimat doch auch.

Es waren grauenhafte Geschichten darüber, was mit Kindern geschah, die nicht auf ihre Eltern hörten. Sie handelten von Schlingpflanzen, die sich von Menschenfleisch ernährten. Die Kinder unter die Wasseroberfläche zogen, sie dort fesselten und langsam mürbe werden ließen, so wie es auch Krokodile taten. Und wenn das Fleisch dann beinahe von den Knochen fiel, begannen die Pflanzen zu fressen. Langsam und genüsslich und mit Geräuschen, die wie das Schwappen der Wellen an den Strand oder an die Eichenpfähle des Stegs klangen. In Wahrheit waren es Fressgeräusche. Davor hatte er sich stets gefürchtet.

Von alldem zeigte Siiri sich aber völlig unbeeindruckt, und wenn er seine kleine Schwester jetzt so zügellos durchs Wasser gleiten sah, erfüllte ihn das oft mit Neid und manchmal auch mit Wut. Warum er so wütend war, wusste er nicht. Vielleicht weil er begriff, dass sie viel besser hierher passte als er selbst, obwohl er diesen See doch immer als sein Reich betrachtet hatte. Und das machte ihn traurig, denn auf seine kleine Schwester wollte er nicht wütend sein. Er liebte sie doch über alles.

Wenn ihre Eltern freihatten, saßen sie oft stundenlang auf den alten Holzstühlen am Ende des Stegs und sahen Siiri zu. Sie applaudierten, wenn sie den See besonders schnell durchschwamm oder kraulte, ohne dass es ihr jemand beigebracht hätte. Mama erwartete sie mit einem ausgebreiteten Hand-

tuch, wenn Siiri wieder einmal völlig ausgekühlt, zitternd und mit blauen Lippen aus dem Wasser stieg. Dann wickelte Mama sie in das Handtuch ein und rubbelte sie so lange trocken, bis sie nicht mehr fror.

Er konnte zähneklappernd daneben stehen, konnte ebenso blaue Lippen haben wie seine Schwester, doch ihm wurde nur achtlos ein Handtuch gereicht, mit dem er sich selbst abtrocknen musste. Oder sie schickten ihn ins Haus, um warmen Kakao für seine Schwester und sich selbst zu machen. Wenn er dann den Steg hinunterging, bibbernd, das Handtuch um die schmalen Schultern, dann hörte er sie sprechen:

So toll gemacht ... wie ein Delfin ... wirst immer besser ... irgendwann Weltmeisterin, wenn du nur fleißig weiter übst ...

Je weiter er sich entfernte, desto leiser wurden ihre Stimmen, doch in seinem Kopf waren sie nie leiser geworden. Da drinnen fanden sie eine Nische, in der sie sich festsetzen konnten, und von dort funkten sie wie ein Notrufsender auf hoher See ihre Signale, die niemals verstummten.

Ihn lobten sie fast nie. Okay, Siiri schwamm für ihr Alter schnell, und irgendwann würde sie ihn vielleicht sogar einholen, aber noch war er der Schnellere, außerdem konnte er unglaublich lange tauchen. Das Luftanhalten hatte er immer und überall trainiert, nicht nur unter Wasser. Falls ihn je eine Schlingpflanze hinunterziehen sollte, würde er lange genug durchhalten. Er würde kein Wasser atmen.

Das alles ging ihm durch den Kopf, während er an der vorderen Kante des Stegs stand, eine Hand an der Stirn, um die Sonne abzuschirmen, den Blick auf die glitzernde Wasseroberfläche gerichtet.

In diesem Moment wurde ihm bewusst, wie sehr er seine kleine Schwester liebte. Sie konnte ja nichts dafür. Sie war der kleine Delfin der Familie, von allen geliebt und vergöttert. Sie war süß und nett, und jeder, der sie sah, konnte nicht anders,

*als ihr übers Haar zu streichen und zu sagen, was sie doch für
ein hübsches Mädchen sei.*

   Sie konnte ja nichts dafür.

   *Manchmal tauchte sie für so lange Zeit unter, dass ihm
der Schweiß ausbrach und er drauf und dran war, ins Wasser zu springen. Aber dann tauchte sie doch wieder auf, prustete und lachte, winkte ihm zu, als sei nichts gewesen. Entweder spürte sie seine Ängste nicht, oder es war ihr egal. Sollte
ihr je etwas passieren, solange er die Aufsicht hatte, würden
seine Eltern ihm das nie verzeihen. Während sie in den Som-
mermonaten ihrem Geschäft nachgingen, das sie hierherge-
führt hatte, verließen sie sich darauf, dass er auf seine kleine
Schwester aufpasste. Er tat das, so gut er konnte, aber natürlich hörte sie nicht so auf ihn, wie sie es sollte.*

   *Dauernd stand er ihretwegen Höllenängste aus. Dann
klammerte er sich mit den Zehen an die trockene, rissige
Kante des Stegs und bereitete sich auf den Absprung vor. Er
hielt minutenlang den Atem an, immer länger und länger,
damit er irgendwann in der Lage sein würde, lange genug
tauchen zu können, um sie zu retten.*

   Er wusste, dieser Tag würde kommen.

   Siiri war viel zu unbedarft, viel zu frei von Ängsten.

   Die Ängste waren alle in ihm.

Das alles sah er in der Tasse Kakao, die vor ihm auf der
Tischplatte stand. Allein der Geruch von warmem Kakao
löste Erinnerungen in ihm aus, dagegen konnte er nichts
tun – und wollte es auch gar nicht.

   Er hob den Blick und sah zur Theke hinüber, hinter der
die Bedienung damit beschäftigt war, Brötchen zu bele-
gen. Bestimmt hatte sie ihn beobachtet, diese neugierige
Person, während er minutenlang in seine Tasse gestarrt
hatte.

   Er war in die Stadt gefahren, um sie zu beobachten, aber

auch, um Eric Stiffler anzurufen. Draußen vom See aus ging es wegen der Handyortung nicht. Und weil er ausreichend Zeit hatte, hatte er sich in das kleine Café gegenüber dem Laden gesetzt, in dem sie arbeitete. Obwohl er das Café nicht mochte, war er schon ein paar Mal hier gewesen. Die Bedienung war neugierig, die Tische waren klebrig, aber der Kakao war gut, und außerdem bot ihm der Platz an der Fensterfront einen Blick auf den Laden. Es war wichtig, ihren Tagesablauf zu kennen, zu jeder Zeit zu wissen, wo sie sich ...

Erschrocken ruckte sein Kopf hoch.

Was war das?

Sie verließ das Geschäft. Sie ging nicht, sie rannte, und als sie die Straße überquert hatte und sich der Fensterfront des Cafés näherte, sah er Tränen in ihren Augen. Ihr Gesicht war verzerrt, vor Wut verzerrt. Sie war so wütend, dass sie nichts wahrnahm, auch ihn nicht, obwohl für einen kurzen Moment nur die Glasscheibe und vielleicht ein halber Meter Abstand sie voneinander trennte.

Er blieb still sitzen, zuckte nicht zurück, versuchte nicht, sich vor ihr zu verbergen. Erst als sie vorbeigerannt war, sprang er von seinem Platz auf und verließ das Café, ohne den Kakao ausgetrunken zu haben. Bezahlt hatte er schon, als die Bedienung ihm das Getränk gebracht hatte.

Als er aus der Tür trat, sah er sie mit schnellen Schritten den Bürgersteig hinunterlaufen. Sofort heftete er sich an ihre Fersen. Sie lief direkt in die Fußgängerzone, wo das Gedränge dichter wurde, doch er hatte keine Angst, sie zu verlieren. Sie war durch ihre Größe, ihre Figur und ihr leuchtend blondes Haar eine auffällige Erscheinung.

Während er ihr folgte, rasten seine Gedanken.

Sie wich von ihrer Routine ab.

Warum tat sie das? Warum verließ sie lange vor der Mittagspause ihren Arbeitsplatz, und warum war sie so erregt? War er vielleicht selbst schuld daran? Hatte er sie gestern doch aufgeschreckt? War sie deshalb in ein Taxi gestiegen? Es ärgerte ihn, dass er den Namen des Fahrers nicht herausgefunden hatte. Er musste alles von ihr wissen, um Überraschungen zu vermeiden. Sie war lange bei ihm im Wagen geblieben, und der Fahrer hatte auffällig lange vor ihrem Haus gewartet.

Wenn er herausfinden wollte, was hier vor sich ging, blieb ihm nichts anderes übrig, als ihr zu folgen. Und er musste es herausfinden. Gerade jetzt durfte nichts Unvorhergesehenes passieren.

Er stieß eine Passantin an, eine runde alte Frau, die nicht einmal ins Wanken geriet, ihn aber beinahe zu Fall brachte. Sie drehte sich zu ihm um, ihr Gesicht war das einer Bulldogge. Sie war auf Streit aus, das konnte er sehen, doch noch ehe sie den Mund aufmachen konnte, war er schon weitergelaufen und mischte sich unter die Menschen.

Durch den Zwischenfall hatte er sie aus den Augen verloren. Er lief weiter, sah sich hektisch um, suchte nach blondem Haar.

Da!

Sie stand an einer Fußgängerampel, die gerade zu Grün wechselte. Sie ging los, und er folgte ihr. Als ihm klar wurde, welche Richtung sie einschlug, wurde er schlagartig ruhiger.

Jetzt wusste er, wohin sie wollte.

An diesem Ort liefen die Fäden zusammen.

Seine und ihre.

7

Ihr Grabstein war schlicht, grau und klein, kleiner als alle anderen in der unmittelbaren Umgebung. Aber darauf kam es nicht an. Der Name war in den glattpolierten Marmor eingraviert, in schöner geschwungener Schrift, die etwas Verspieltes hatte, so wie auch ihr Charakter gewesen war. Darunter stand ihr Geburts- und Todestag. Dieser Stein, groß oder klein, billig oder teuer, bewies, dass sie geliebt worden war. Jemand bewahrte ihr Andenken.

Susan Hoffmann.

Lavinia hatte die Beerdigung und den Grabstein bezahlt, weil niemand sonst sich für Susan verantwortlich gefühlt hatte.

Vor drei Jahren war Lavinias Leben mit einem Schlag in jeder Hinsicht halbiert worden. Die Hälfte ihrer Ersparnisse verschwand, die Hälfte ihres gemeinsamen Traumes und auch die Hälfte einer Freundschaft, die für Lavinia überlebenswichtig gewesen war. Angst, Trauer und Mutlosigkeit hatten sich dagegen verdoppelt, und der Weg zum Ziel schien unendlich lang. Noch Wochen nach der Beerdigung hatte Lavi nicht mehr daran geglaubt, es jemals erreichen zu können.

Aber sie hatte ihren Glauben wiedergefunden. Stück für Stück, mit jedem Besuch auf dem Friedhof ein bisschen mehr. Denn unter Susans Namen und der Zeile mit den Zahlen war noch ein weiterer Schriftzug eingraviert.

Taormina – für dich.

Damals, beim Steinmetz, hatte Lavinia die drei zusätzlichen Worte, ohne zu überlegen, aus einem plötzlichen Bauchgefühl heraus mit auf das Auftragsformular geschrieben. Im Nachhinein hatte es sich als absolut richtig erwiesen, denn sie hätte in dieser Zeit der Angst und schwindenden Kraft ihren gemeinsamen Traum vergessen, hätte der Grabstein sie nicht immer wieder daran erinnert.

Taormina – für dich.

Schon wieder liefen ihre Tränen. Sie war eine richtige Heulsuse heute.

Vorhin, als Lavinia aus dem Laden gestürmt war, waren es noch Tränen der Wut gewesen. Seit die Kropf vor drei Monaten als neue Filialleiterin angefangen hatte, war sofort klar gewesen, dass sie beide nicht miteinander auskommen würden. Aber Lavinia hatte sich zurückgehalten. Für ihren Traum von Taormina war sie bereit gewesen, die täglichen Ungerechtigkeiten und fiesen Spitzen zu ertragen. Sie hatte sich vorgenommen, daran zu wachsen und stärker zu werden und auf gar keinen Fall die blöde Kropf den Kampf gewinnen zu lassen.

Und jetzt war es doch so gekommen.

Denn was sich im ersten Moment wie ein Sieg angefühlt hatte, war doch nichts weiter als eine Niederlage. Sie hatte keinen Job mehr, so einfach war das. Dabei hätte sie nur noch ein Jahr durchhalten müssen, um die zwanzigtausend Euro beisammenzuhaben. Mit weniger wollte sie den Absprung nicht wagen. Zu groß war die Gefahr, keine Finanzierungszusage von der Bank zu bekommen.

Ein verfluchtes Jahr noch.

Lavinia wischte sich mit dem Handrücken die Tränen aus dem Gesicht. Sie ließ sich vor Susans Grab auf die Knie fallen, streckte die rechte Hand aus und fuhr mit dem Zeigefinger über die Vertiefungen des Schriftzuges, so wie sie es schon Dutzende Male zuvor getan hatte.

«Was soll ich jetzt tun?», flüsterte sie. «Einfach abhauen oder doch noch einmal für ein halbes Jahr in den alten Job zurück und dann nach Taormina? Kannst du mir nicht ein kleines Zeichen geben? Ich könnte wirklich Hilfe gebrauchen.»

Nach Susans Tod war Lavinia ausgestiegen. Da es ihr eigener Escort-Service gewesen war, konnte sie das tun. Aber der plötzliche Geldmangel war ein Problem. Zunächst hatte sie einen Job als Kassiererin in einer Tankstelle angenommen. Das war mies bezahlt, sicherte aber Miete und Essen. Der Job in dem Billigklamottenladen war nicht besser, aber zumindest war sie nicht in die Arbeitslosigkeit abgerutscht. Und auch wenn es hart gewesen war und sie oft an sich gezweifelt hatte, hatte sie nie an eine Rückkehr in den alten Job gedacht. Dieser Grabstein war Warnung genug.

Und jetzt?

So kurz vor dem Ziel?

Ihr Traum stand auf der Kippe. Lavinia musste sich entscheiden.

«Ich hätte das so gern mit dir zusammen gemacht», sagte sie, während sie einen trockenen Erdklumpen zwischen ihren Fingern zerbröseln ließ. Sie stellte sich vor, jedes Sandkorn enthielte etwas von Susan.

Was hätte Susan wohl getan? Susan mit ihrem unerschütterlichen Optimismus, um den sie sie immer beneidet hatte. Lavinia machte sich immer Gedanken und wartete ab, aber Susan war vorangeschritten, hatte das Heft in die Hand genommen und die Welt erobert.

Als sie sich schließlich erhob, hatte sie ihre Entscheidung getroffen.

8

Mittags hatte Eric Stiffler die Mitarbeiter für seine «Mordkommission Ufer» zusammen. Sie würden sich in einer Stunde für ein erstes Briefing im Besprechungsraum einfinden. Er war mit seiner Auswahl zufrieden, fühlte sich aber trotzdem merkwürdig leer und erschöpft. Am liebsten wäre er in die nächste Kneipe gegangen, um sich dort mit billigem Fusel den Kopf frei zu saufen.

Das alles kotzte ihn so sehr an. Und es kostete Kraft, die er eigentlich nicht mehr hatte. In acht Jahren konnte er in den vorzeitigen Ruhestand gehen, aber die Zeit bis dahin kam ihm so unglaublich lang vor.

Eric beugte sich vor und zog die unterste Schublade des Schreibtisches auf. Hinter den Hängemappen lag eine flache Flasche aus Edelstahl. Er holte sie hervor, drehte den Verschluss ab und nahm einen kräftigen Schluck Weinbrand. Mit in den Nacken gelegtem Kopf und geschlossenen Augen genoss er, wie sich der Alkohol warm in seinem Bauch ausbreitete. Bevor er noch einen Schluck nehmen konnte, klopfte es an seiner Tür.

Hastig schraubte er den Verschluss zu, versteckte die Flasche und schloss die Schublade.

«Ja.»

Es war die Sperling. Wer sonst?

Sie hielt einige Blätter in der Hand und strahlte übers ganze Gesicht. Ihre Wangen waren leicht gerötet. *Wie ein kleines Kind*, schoss es Eric durch den Kopf.

Nachdem sie aus der Gerichtsmedizin zurückgekehrt waren, hatte Eric sie damit beauftragt, alle Seen in einem Umkreis von fünfzig Kilometern um den Fundort der Leiche herum ausfindig zu machen. Egal, wie viele es gab, aus allen mussten Proben gezogen und mit dem Wasser aus der Lunge der Toten verglichen werden.

«Schon fertig?», fragte Eric, stützte einen Ellenbogen auf den Schreibtisch und hielt sich die Hand vor den Mund, weil ihm klar war, dass er nach Weinbrand stank.

In ihrer übereifrigen Art blieb die Sperling nicht vor dem Schreibtisch stehen, wie alle anderen es getan hätten, sondern legte die Blätter vor ihm ab und stützte sich direkt neben ihm auf. So nah, dass er ihr Parfum riechen und die feinen Poren in ihrer Gesichtshaut sehen konnte. Eric wagte kaum zu atmen.

Mit einem Kugelschreiber deutete sie auf das oberste Blatt.

«Wir haben exakt zwölf Seen im Umkreis von sechzig Kilometern um den Fundort der Leiche herum. Ich habe noch zehn Kilometer draufgelegt, weil sonst zwei Seen nicht mehr in den Bereich gefallen wären. Bis auf drei sind alle mittelgroß bis klein oder fast schon Tümpel. An zwei der drei großen werden Campingplätze betrieben, es sind also keine besonders ruhigen, abgeschiedenen Orte. Ein weiterer ist im Besitz der Landesfischereibehörde und wird ausschließlich zur Aufzucht von Barschen genutzt.»

«Was nicht bedeutet, dass der Täter sie nicht dort ertränkt hat», unterbrach Eric ihren Redefluss. Er sprach dabei hinter seiner Hand.

«Nee, das nicht», sagte die Sperling und schüttelte ihren Kopf. «Aber ich habe angerufen und erfahren, dass dort Barsche gezüchtet werden, weil das Wasser eben eine ganz bestimmte Qualität hat. Wir werden also ziemlich sicher sagen können, ob er es dort getan hat oder nicht. Ich habe auch bei den beiden Campingplätzen angerufen, um herauszufinden, ob die Seen als Tatorte in Frage kommen. Das ist aber unwahrscheinlich, weil die Camper vom Campingplatz aus ohne weiteres das gesamte Ufer einsehen können.»

«Auch nachts?»

«Viele sind auch nachts da, ja.»

«Ich meinte, ob diese Leute auch nachts so gut gucken können.»

Die Sperling warf ihm einen irritierten Blick zu.

«Äh, nein, schätze ich.»

Eric nickte.

«Hab ich mir gedacht. Sie ahnen ja wahrscheinlich, was jetzt zu tun ist, nicht wahr?»

Sie sah ihn weiter an. Ihre getuschten Wimpern klebten zusammen. Eric entdeckte einen kleinen herzförmigen Leberfleck unter ihrem rechten Auge.

«Was denn?»

Diesen lauernden Unterton in ihrer Stimme mochte Eric nicht. Er enthielt entschieden zu wenig Respekt vor seiner Erfahrung und seinem Dienstrang.

«Na, was wohl? Aus allen zwölf Seen müssen Proben gezogen und ins Labor zur Untersuchung gebracht werden. Egal ob da Camper hausen, Barsche schwimmen oder der Wasserstand dem einer Pfütze entspricht.»

Die Sperling richtete sich auf und rückte ein Stück von ihm ab.

Endlich.

«Und das soll *ich* tun?», fragte sie. «Das ist doch eine Aufgabe, die jemand von der ...»

«Kommt gar nicht in Frage», fuhr Eric ihr über den Mund. «Dafür ist das viel zu wichtig. Sie machen das. Niemand anders. Ich muss mich darauf verlassen können, dass die Proben ordnungsgemäß gezogen und auf keinen Fall vertauscht werden.»

Seine Stimme ließ keinen Spielraum für Diskussionen – das hoffte Eric zumindest. In der darauf folgenden Stille befürchtete er aber genau das Gegenteil und bereitete sich innerlich schon auf einen Wutausbruch seinerseits vor, um die vorlaute Göre in die Schranken zu weisen. Doch die Sperling räusperte sich nur, griff nach den Blättern und sagte: «In Ordnung.»

«Was haben Sie da noch?», fragte Eric und legte seine Hand auf den Stapel.

«Ich habe eine vorläufige Übersicht zu Morden an Prostituierten erstellt.»

«Warum das denn?»

«Na ja, ich dachte ...»

«Ist mir schon klar, was sie dachten, aber das war nicht Ihr Auftrag, oder?»

«Nicht direkt, aber ich ...»

«Und auch nicht indirekt. Möglicherweise kümmere ich mich ja selbst darum, schon mal daran gedacht?»

Sie sah ihn an, und endlich schien es ihr die Sprache verschlagen zu haben. Am liebsten hätte Eric gegrinst, verkniff es sich aber.

«Und? Ist denn wenigstens etwas dabei herausgekommen?»

Sie beugte sich wieder hinunter, schob das erste Blatt beiseite und enthüllte eine Liste.

«Ich bin einfach mal zehn Jahre zurückgegangen. Das ist sehr interessant. In den vergangenen zehn Jahren sind allein in unserem Bundesland elf weibliche Prostituierte im Alter zwischen zwanzig und dreißig Jahren Kapitalverbrechen zum Opfer gefallen. Drei Morde konnten aufgeklärt werden, die anderen acht nicht. Zwei der acht wurden erstochen, fünf wurden auf unterschiedliche Art und Weise erdrosselt, eine tatsächlich mit einer Nylonstrumpfhose, aber nur eine einzige wurde ertränkt. Ich habe bisher nur diese Liste anfertigen können und noch keine Akteneinsicht genommen, aber wenn ich ...»

«Mal kurz Ruhe bitte», sagte Eric und zog den Zettel zu sich heran.

Die Frau redete wirklich ohne Punkt und Komma. Ihm klingelten schon die Ohren von ihrem Dauergeplapper.

Eric setzte seine Lesebrille auf und studierte die Liste eine Weile.

«Ich erinnere mich», sagte Eric. «Überhaupt keine Relevanz für unseren Fall.»

«Aber sie ist doch ...»

«Frau Sperling», unterbrach er seine Praktikantin. «Ich weiß Ihre gründliche Arbeitsweise und Ihr Engagement zu schätzen. Noch mehr wüsste ich es aber zu schätzen, wenn Sie Ihre Zeit in Zukunft für Aufträge verwendeten, die Sie von mir bekommen. Und wenn Sie mit einem Auftrag fertig sind, melden Sie sich bei mir und handeln nicht eigenmächtig oder verschwenden wertvolle Ermittlungszeit. In einem Team ist Teamwork gefragt und nicht Einzelgängertum.»

Die Luft zwischen ihnen wurde spürbar kälter.

Eric rückte mit seinem Stuhl ein Stück von ihr weg und sah ihr direkt ins Gesicht. Sie wirkte überrascht, vielleicht sogar eingeschüchtert. Ihre Augen zuckten unruhig hin und her.

«Haben wir uns verstanden?»

Sie nickte.

«Natürlich», sagte sie und griff abermals nach der Liste.

«Lassen Sie die ruhig hier», sagte Eric. «Aber kümmern Sie sich bitte sofort um die Wasserproben. Das hat absoluten Vorrang.»

Sie hatte es plötzlich sehr eilig, aus seinem Büro zu kommen.

Eric wartete, bis sie die Tür hinter sich zugezogen hatte, dann gestattete er sich endlich ein Grinsen. Besser hätte es gar nicht laufen können. Zweifellos würde sie sofort mit der Arbeit beginnen und somit das erste Briefing verpassen. In einer Stunde würde sich ein reiner Männerklub versammeln, ganz so, wie er es sich vorgestellt hatte.

Er nahm die Liste der ermordeten Prostituierten, zerknüllte sie und warf sie in den Papierkorb.

Sein Handy klingelte. Er sah aufs Display.

Werkstatt ruft an.

9

Er saß auf einer Holzbank und beobachtete, wie sie im Spinnennetz der Wege den richtigen fand. Er wusste ohnehin genau, welches Grab sie aufsuchte, deshalb vermied er die Gefahr, dass sie ihn wiedererkennen würde.

Diesen Moment der Ruhe wollte er nutzen. Die plötzliche Änderung ihres Tagesablaufs war nicht gut, und er musste dringend über alles nachdenken. Bisher war alles nach seinen Vorstellungen gelaufen. War er deshalb unvorsichtig geworden? Oder zu selbstsicher? Kein Plan war perfekt, auch seiner nicht, wie sich gerade zeigte, aber vielleicht bot sich ihm hier eine Chance.

Er musste dringend anrufen.

Warum nicht von hier aus? Der Ort war nicht nur so gut wie jeder andere, sondern besser. Ein weiterer Schlag, der Stiffler in die Knie zwingen würde. Er lächelte.

Dann zog er eines der drei Handys, die er bei sich hatte, aus der großen Beintasche seiner olivgrünen Cargohose. Aus dem Telefonbuch wählte er Stifflers Nummer. Die Hure hatte ihn dort als «Agent» abgespeichert. Was für ein Witz!

Stiffler meldete sich mit einem unfreundlichen «Ja?».

«Na, Stiffler. Bist du mir dicht auf den Fersen?»

«Was willst du, du krankes Arschloch?»

«Bist du bereit für ein weiteres Geschenk? Komm und hol es dir. Es wartet hier auf dich.»

Er legte auf und merkte sich die Uhrzeit.

10

Die Überwachung und Ortung des Handys hatte eine zentrale Dienststelle des Landeskriminalamtes übernommen.

Die zuständige Abteilung dort hatte Anweisung, Vorkommnisse per Mail, SMS oder Telefon direkt an Eric durchzugeben. Seit dem letzten Anruf gestern Abend war Annabells Handy abgeschaltet gewesen, was dafür sprach, dass der Täter wusste, wie die Polizei vorging. Ein eingeschaltetes Handy ließ sich einfach und schnell orten.

Eric rief beim LKA an.

«HK Stiffler hier.»

«Ich wollte Sie in dieser Sekunde ...»

«Von wo hat er angerufen?», unterbrach er den Mann.

«Warten Sie bitte noch einen Moment, ich bekomme gerade die Geodaten.»

Die halbe Minute, die Eric schweigend am Telefon verbringen musste, zog sich endlos hin. Er stand auf und stellte sich vor die große Karte, die an der Wand in seinem Büro hing. Der Straßenwirrwarr machte ihn plötzlich wütend, und er wollte schon in sein Handy brüllen, als der Beamte sich wieder meldete.

«So, jetzt habe ich es. Und zwar sehr genau. Innenstadt. Zwischen Liegnitzer Straße und Operettenplatz.»

Eric suchte mit dem Zeigefinger den beschriebenen Bereich.

«Der Zentralfriedhof?»

«Liegt im Kernbereich.»

«Alles klar. Danke.»

Eric beendete das Gespräch und steckte das Handy weg. Dann schnappte er sich Jacke und Waffe und verließ sein Büro. Auf dem Weg aus dem Präsidium schaute er im Büro von Peter Nielsen von der Sitte vorbei, den er für die Mordkommission Ufer ausgewählt hatte, doch der saß nicht an seinem Schreibtisch. Eric versuchte es bei Petrie, fand ihn in seinem Büro und informierte ihn darüber, dass das Meeting eventuell etwas später beginnen würde.

Sie sollten sich trotzdem im Besprechungsraum einfinden und gegebenenfalls warten.

Für einen kurzen Moment fragte Eric sich, ob er Petrie einweihen und mitnehmen sollte, entschied sich aber dagegen. Es war einfach noch zu früh. Er wusste ja nicht, was ihn auf dem Zentralfriedhof erwartete.

Danach hastete Eric in die Tiefgarage, sprang in seinen Dienstwagen und gab Gas.

Während er sich durch den dichten Innenstadtverkehr schlängelte, fühlte er sich gar nicht mehr alt oder leer. In ihm war etwas erwacht, das er lange Zeit nicht mehr gespürt und bereits verloren geglaubt hatte: Jagdfieber.

II

«Wie sah der Typ denn aus?», fragte Helmut.

Frank Engler hatte seinen Bruder vor der Dialysestation des Krankenhauses getroffen. Beide hatten Patientinnen hierhergefahren. Jetzt standen sie in der kleinen überdachten Raucherecke und zogen an ihren Zigaretten.

Frank zuckte mit den Schultern.

«Wie ein Junkie, ehrlich gesagt, und wenn ich ihn zwei Sekunden früher gesehen hätte, hätte ich Gas gegeben und ihn stehenlassen. Aber der war geschickt, hat sich in der Bushaltestelle versteckt. Vielleicht hat er so was ja nicht zum ersten Mal getan.»

Helmut blies den Rauch aus. Er war ein kleiner runder Mann mit Halbglatze und ständig roten, tränenden Augen, weil er auf so gut wie alles allergisch reagierte. Die Brusttasche seines kurzärmeligen blauen Hemdes hing durch unter dem Gewicht des obligatorischen Handys, der Zigarettenschachtel und zweier Metallkugelschreiber.

«Möglich», sagte er schließlich. «Meinst du, der Typ hat etwas mit dem Anruf zu tun?»

Frank hatte seinem Bruder von dem merkwürdigen Anruf in der Zentrale erzählt und ihn gefragt, ob noch jemand anderes gestern Nachmittag an der S-Bahn-Station *Schwarzer Berg* Dienst geschoben hatte. Er war aber der Einzige gewesen.

Frank schüttelte den Kopf. «Glaube ich nicht. Warum auch? Dieser Anruf hat wohl eher etwas mit der Frau zu tun, die ich von dort aus nach Hause gefahren habe.»

«Vielleicht ist sie von ihrem Ehemann abgehauen, und der denkt jetzt, sie ist bei dir. Ist alles schon vorgekommen.»

«Sie trug keinen Ehering», sagte Frank.

«Was hat das schon zu bedeuten?»

Damit hatte Helmut natürlich recht, aber trotzdem glaubte Frank nicht an diese Variante. Dann schon eher an einen Stalker, der hinter Lavinia her war. Von diesen durchgeknallten Typen hörte und las man in letzter Zeit viel. Die gingen über Leichen und schreckten vor nichts zurück.

«Ich werde auf jeden Fall mit der Frau reden», sagte Frank.

Helmut drückte seine Kippe in dem Sandascher aus.

«Tu das, aber pass auf dich auf. Ich muss los. Schlaf nicht ein.»

Die Dauerfloskel. Frank reagierte schon lange nicht mehr darauf. Helmut meinte es nicht böse, aber der Spruch hatte natürlich eine Geschichte: Als er noch nicht selbständig gewesen war und kein eigenes Auto gehabt hatte, hatte ein neuwertiges Taxi in einen Schrotthaufen verwandelt, weil er am Steuer eingeschlafen war. Die Narbe über seiner linken Augenbraue zeugte noch heute davon. Damals hatte Frank gezweifelt, ob der Job überhaupt etwas für ihn sei. Autofahren war eine eintönige Tätigkeit, bei der man sich dennoch konzentrieren musste, und diese Kombination war eigentlich Gift für ihn.

Aber er hatte sich in den Griff bekommen und nie wieder einen Unfall verursacht, nicht einmal eine Schramme in einen Wagen gefahren.

Frank drückte seine Zigarette aus und warf einen Blick auf seine Armbanduhr. Den nächsten festen Termin hatte er in einer halben Stunde. Eine kurze Fahrt zum Bahnhof. Danach würde er zur S-Bahn-Haltestelle *Schwarzer Berg* fahren.

Wenn er Glück hatte, tauchte Lavinia dort auf.

Wenn nicht, würde er sich vor ihrem Haus postieren.

Jetzt hatte er einen guten Grund dafür und würde nicht aufdringlich wirken.

12

Der Zentralfriedhof hatte in allen vier Himmelsrichtungen Parkplätze und Zugänge. Eric Stiffler entschied sich für den westlichen Parkplatz, weil er ihn aus der Innenstadt am schnellsten erreichen konnte. Als er seinen Dienstwagen vor der hüfthohen Backsteinmauer abstellte, dachte er, dass der Wassermann ihn sicher aus genau dem Grund hier, an diesem Zugang, erwarten würde.

Seine Hand verharrte am Türgriff. Er beobachtete seine Umgebung. Nur ein weiterer Wagen befand sich auf dem Parkplatz. Über die Mauer hinweg konnte er auf dem schattigen Gelände des Friedhofes niemanden erkennen.

Eine Falle?

Eric überlegte, öffnete aber dann doch die Tür. Erstens glaubte er nicht daran, und zweitens blieb ihm nichts anderes übrig. Jede Möglichkeit, dieses Debakel ohne großes Aufsehen zu beenden, musste er nutzen.

Er stand neben dem Wagen und tastete nach seiner Pistole. Sie steckte im Holster. Dann machte er sich auf den Weg.

Im Schatten alter Bäume lag der Friedhof wie eine fremde Welt vor ihm, eine stille Oase inmitten der Hektik und dem Lärm der Stadt. Er drückte die metallene Pforte auf. Sie war gut geölt und quietschte nicht, schloss aber dank Federspannung von selbst und knallte laut gegen den Eisenrahmen. Das Geräusch hallte wie ein Schuss über den weitläufigen, stillen Friedhof.

Eric zuckte zusammen und zog die P2000 aus dem Achselholster. Mit dem Zeigefinger am Abzug hielt er sie am langen Arm an den Oberschenkel gepresst, sodass sie fast mit ihm verschmolz.

Der harte Knall des Eisentores hatte ihn geweckt, hatte ihn vom Jagdfieber in die Realität zurückgeholt, und die zeigte ihm nun schonungslos, in welcher Lage er sich befand.

Unter Adrenalin hatte er sich in eine beschissene Situation gebracht. Das Areal war völlig unübersichtlich. Selbst wenn er stundenlang hier herumlief, würde er niemanden finden, der nicht gefunden werden wollte.

Unter anderen Umständen wäre er niemals allein hierhergekommen, aber die üblichen Regeln galten seit gestern nicht mehr. Im Präsidium mochten sie glauben, dass er keinen Arsch in der Hose hatte, aber die, die das sagten, waren Dummköpfe. Ja, es stimmte, er ging lieber auf Nummer sicher, bevor er sich in eine ungeklärte Situation begab. Und immerhin war er auf diese Weise nie im Dienst verletzt worden und hatte auch nicht auf Menschen schießen müssen. In diesem Beruf durfte man Mut nicht mit Dummheit verwechseln, wenn man seine Pensionierung erleben wollte.

Hier wartet ein Geschenk für dich, Stiffler.

Warum lockte der Kerl ihn ausgerechnet hierher? Welche Verbindung hatte er zu diesem Friedhof? Eric konnte sich nicht erinnern, je hier gewesen zu sein. Im Laufe seiner Dienstjahre hatte es mehr als genug Fälle gegeben, die in letzter Konsequenz mit dem Tod zu tun gehabt hatten. Täter hatten sich selbst gerichtet, waren im Gefängnis gestorben, Angehörige hatten sich aus Verzweiflung umgebracht und so weiter, und so fort. Die meisten dieser Geschichten hatte er längst vergessen, und ganz bestimmt erinnerte er sich nicht daran, wo die Opfer beerdigt ...

Der Gedanke schlug ein wie ein Blitz.

Verflucht. Warum war er nicht früher darauf gekommen?

Sie badet, Stiffler ... sie badet ...

In seinem Kopf kreisten die Gedanken, alles geriet durcheinander, die wässrige Stimme des Anrufers quakte dazwischen, Annabells weißes Gesicht tauchte zwischen dem Treibgut auf, der Schriftzug auf ihrem Bauch, die Badewanne in ihrer Wohnung ... die Badewanne! War sie das verbindende Element?

Eric lief ein Stück den Weg hinunter. Hinein in einen Fleck hellen Sonnenlichts, in dem es warm und behaglich war, aber nicht sicher. Erst im Schatten blieb er wieder stehen und suchte zwischen den Grabreihen nach einer Bewegung.

Seine Augen begannen zu tränen, der Zeigefinger am Abzug der Waffe zu zittern, sein Herz schlug rasend schnell. Eric fuhr sich mit der Hand übers Gesicht und schüttelte den Kopf.

Das hatte doch keinen Sinn.

Es sei denn ...

Er holte sein Handy hervor und rief den Beamten beim Landeskriminalamt an.

«HK Stiffler hier. Ist das Handy noch eingeschaltet?»

«Ja, und es befindet sich noch im selben Bereich.»

«Okay, danke.»

Eric beendete das Gespräch, nur um sofort eine andere Nummer zu wählen. Die von Annabell.

Mit dem Handy am Ohr und der Waffe in der Hand lief er zwischen den Grabreihen entlang. Wenn er Glück hatte und es nicht stumm geschaltet war, würde er das Läuten hören, bevor der Wassermann abnahm.

Aber er nahm nicht ab, und auch die Mailbox sprang nicht an.

Als Eric schon auflegen wollte, hörte er das Läuten doch noch.

Es klang weit entfernt. Er ging dem Geräusch nach, lief einen langen geraden Weg hinunter, blieb stehen, lauschte, bog nach links ab, sprang über einige Gräber, stolperte beinahe an einer Grabeinfassung, kam dem Geräusch aber schnell näher. Eine alte Dame beäugte ihn misstrauisch, sah aber nicht die Waffe in seiner Hand.

Schließlich war das Läuten ganz nah.

Er fand das Handy auf der flachen Oberkante eines schlichten, grauen Grabsteins.

Er trug die Inschrift, die er erwartet hatte. Dennoch war der Anblick wie ein Schlag, der ihn ächzend einknicken und nach Luft ringen ließ.

13

Stiffler war ganz schön arrogant. Wer so viele Lorbeeren im Laufe seiner Karriere eingeheimst hatte, musste doch gelassen und großzügig sein können mit Frischlingen wie ihr. Aber offenbar hatte er für Frauen bei der Polizei nichts übrig. Das hatte er natürlich nicht gesagt, doch die

Art und Weise, wie er sie zurechtwies, sie unterbrach und ihre Arbeit abwertete, sprach Bände.

Noch hatte sie keinen Kaffee kochen müssen für den großen Chef. Noch war sie nicht zum Bäcker hinuntergeschickt worden, um Brötchen für ihn zu holen. Sie war also noch nicht vollends gedemütigt worden, aber Manuela Sperling reichte es auch so schon.

Sie hatte gewusst, dass es nicht leicht werden würde. Ungerechte Herabsetzungen waren Manuela nicht neu, so etwas hatte es an der Akademie auch gegeben. Zwei der älteren Ausbilder dort hatte es sichtlich Spaß gemacht, gerade die Frauen ein wenig härter ranzunehmen. Es wäre zwar schöner gewesen, einen Vorgesetzten mit weniger altmodischem Weltbild zu bekommen, aber Manuela würde schon mit ihm fertigwerden. Auch wenn er sie nervte.

Im Präsidium fand gerade die erste Besprechung der Mordkommission Ufer statt, und sie war nicht dabei. Stattdessen musste sie durch diese gottverlassene öde Gegend fahren und Wasserproben einsammeln.

Entgegen Stifflers Anweisung tat sie es aber nicht allein. Nach ihrem Gespräch hatte sie sich schon damit abgefunden, zwei Tage draußen in der Wildnis Wasserproben zu ziehen. Was sollte sie tun? Stiffler war schließlich der Boss. An ihrem Schreibtisch im Großraumbüro hatte jedoch ein junger Beamter der Schutzpolizei auf sie gewartet. Er hatte sich als Andreas Bader vorgestellt. Ebenso wie sie war er neu auf dem Revier. Ein netter Typ mit langem hellblondem Haar. Er war der Mordkommission Ufer zur Unterstützung zugeteilt worden, also ließ Manuela sich von ihm unterstützen. Sechs Seen für ihn, sechs für sie. Auf diese Art würden sie noch heute damit fertig werden.

Aus zwei kleinen Tümpeln, in denen man natürlich trotzdem ertränkt werden konnte, hatte sie bereits Wasserproben gezogen. Beim zweiten war sie an dem grasbewachsenen Ufer abgerutscht und bis zum Schienbein ins Wasser geraten. Danach hatte sie zehn Minuten damit verbracht, dunklen Schlamm von ihrem Schuh zu schrubben. Der blaue Sneaker, die Socke und die Hose waren immer noch nass, und das eklig klamme Gefühl half nicht, ihre Wut auf Stiffler zu mildern.

Jetzt war sie unterwegs zu einem der größeren Seen, an dem es einen Campingplatz gab, und musste feststellen, dass sie sich verfahren hatte. Sie brachte den Golf am Straßenrand zum Stehen und stieg aus.

«Himmelherrgott noch mal!», fluchte sie laut, drehte sich im Kreis, trat gegen den Autoreifen, hob die Arme und ließ sie gegen ihre Oberschenkel klatschen.

«Das ist doch wirklich nicht zu fassen!»

Sie beugte sich ins Wageninnere und holte die Karte hervor. Schon allein, weil sie sich hier nicht auskannte, hätte man sie nicht allein losschicken dürfen. Die Seen konnte man nämlich nicht ins Navigationsgerät eingeben, und sie war es gewohnt, ihre Ziele auf diese Art zu finden.

Manuela breitete die Karte auf der heißen Motorhaube aus und versuchte, sich in dem Gelände zu orientieren. Darin war sie noch nie gut gewesen; Kartenlesen gehörte nicht zu ihren Hobbys. Trotzdem würde sie nicht aufgeben. Diesen Auftrag würde sie ausführen.

Vielleicht wollte ihr neuer Chef sie ja wirklich nur testen.

So abwegig war das nicht. Sie hatte schon davon gehört, wie gern altgediente Ermittler die Frischlinge ins kalte Wasser warfen, um zu sehen, ob sie schwimmen konnten, und wenn ja, wie lange.

Tja, an ihr würde Stiffler sich die Zähne ausbeißen, so viel stand schon mal fest.

Manuela fand in der Karte die einsame Kreuzung, an der sie vor ein paar Minuten nach links abgebogen war. Sie erkannte, dass sie rechts hätte abbiegen müssen.

Sie faltete die Karte zusammen, stieg ein und wendete den Wagen auf der engen Landstraße. Verkehr gab es hier nicht. Seit zwanzig Minuten hatte sie kein anderes Auto gesehen, nur ein paar Traktoren auf den weitläufigen Äckern.

Auf der kurzen Rückfahrt zur Kreuzung fragte sie sich, ob es nicht doch etwas voreilig gewesen war, in den alten Fällen ermordeter Prostituierter zu recherchieren. Schließlich war nur eine von ihnen ertränkt worden, und noch dazu in einer Badewanne, was auf den ersten Blick wirklich nichts mit diesem Fall gemein hatte.

Manuela nahm sich vor, in Zukunft etwas vorsichtiger zu sein. Sie würde sich nicht stoppen lassen, das nicht, aber sie musste lernen, ihre vorlaute Klappe in den Griff zu bekommen und nicht immer alles gleich herauszuposaunen. Damit war sie schon auf der Akademie bei dem einen oder anderen Ausbilder angeeckt.

Eigentlich schon immer und überall, wenn sie es sich genau überlegte.

Sie musste an Marco denken, ihren letzten Freund. Vor einem halben Jahr hatten sie sich getrennt, davor waren sie fast ein Jahr zusammen gewesen. Er hatte ihr vorgeworfen, dass es an ihrer Seite keine Ruhe, keinen Stillstand gäbe, nicht einmal für einen halben Tag. Außerdem würde sie ihn ständig bevormunden und er käme bei ihr gar nicht zu Wort.

Darüber hatte Manuela lange nachgedacht. Marco hatte recht. Ja, sie war eine Getriebene, fühlte sich mitunter wie ferngesteuert auf einer Jagd, deren Ziel sie nicht kannte. Gestern lag lange zurück, heute wurde übersprungen, morgen gab es viel zu tun. So war sie nun einmal, daran ließ sich nichts ändern, und das wollte sie auch gar nicht. Schnelligkeit war auch eine Tugend, und darin war sie gut.

Aber was die Bevormundung anging: Das stimmte nicht. Das hatte er erfunden, um seinen Seitensprung zu rechtfertigen, dieser armselige Wicht.

Manuela verscheuchte die Erinnerungen. Dafür war jetzt keine Zeit. Vor ihr tauchte die Kreuzung auf. Sie lag in einer flachen Landschaft, die nach Westen hin bald von einem ausgedehnten Waldgebiet abgelöst wurde. Hier draußen gab es nicht viel mehr als Natur und hie und da mal einen landwirtschaftlichen Betrieb. Das sah zwar alles nett aus, aber sie als Großstadtkind fühlte sich zwischen Menschen wohler. Die Weite und Leere hier schlugen ihr irgendwie aufs Gemüt.

Diesmal bog sie richtig ab und fand nach zwei Kilometern die Abzweigung Richtung See. Ein Hinweisschild für den Campingplatz wies den Weg.

Die schmale Teerstraße führte zwischen hellgrün belaubten Birken hindurch, die alle schief Richtung Osten standen, weil der ständige Westwind sie gebeugt hatte. Eine Stromleitung führte an alten, schwarz geteerten Masten die Straße entlang. Jenseits der tiefen Entwässerungsgräben begannen rechts und links Maisfelder, die sich bis an den Wald erstreckten. Noch stand der Mais nur hüfthoch, aber Manuela konnte sich gut vorstellen, wie einsam man sich im Herbst zwischen diesen Feldern vorkommen musste.

Warum ertränkte der Täter die Frau in einem See, deponierte sie dann aber aufwendig in einem Fluss? Warum hatte Stiffler sich nicht zu dem eingebrannten Schriftzug auf dem Bauch des Opfers geäußert? Wer hatte ihn angerufen und auf die Leiche aufmerksam gemacht, und warum ausgerechnet ihn?

All das wurde sicher gerade in dem Meeting besprochen, an dem sie nicht teilnehmen durfte. Stattdessen holte sie sich hier draußen nasse Füße und musste sich von Mücken zerstechen lassen.

14

«Moment.»

Oberkommissar Peter Nielsen von der Sitte hob die Hand, als wolle er den Verkehr stoppen.

«Das brauche ich noch einmal im Klartext. Du hast also mit dem Opfer sexuell verkehrt.»

Nielsen war unverheiratet, siebenunddreißig Jahre alt und damit der Jüngste in der Gruppe. Er hatte halblanges, strohblondes Haar, das sich an den Enden zu kleinen Locken aufrollte, wache blaue Augen mit tiefen Lachfalten in den Winkeln, er war stets gut gebräunt und immer für einen Scherz zu haben. Sein Gesicht war einnehmend, fast schon charismatisch. Er war ein Draufgänger, der nur für seinen Job und seine Harley lebte, die Unsummen verschlang und von der er gern und ausführlich erzählte. Aus ihrer gemeinsamen Zeit bei der Sitte wusste Eric, dass Nielsen ein konsequenter und erfahrener Ermittler war, und an ihm führte kein Weg vorbei.

Eric Stiffler hatte es hinter sich gebracht und seine drei handverlesenen Kollegen eingeweiht. Allerdings hatte er es nicht so ausgedrückt wie Nielsen, sondern Ausdrücke wie «gekannt» und «privat» benutzt.

Eric fixierte seine Kollegen. Erst Roland Petrie, dann Rolf Habermann und schließlich Peter Nielsen. Keiner wich seinem Blick aus, und zu seiner Erleichterung konnte er keinen Vorwurf, sondern allenfalls Schadenfreude und Belustigung darin entdecken. Auf der Liste der für die Bildung einer Mordkommission in Frage kommenden Beamten des Präsidiums standen fünfzehn Namen, und er hatte sich diese drei Männer ausgesucht, weil er hoffte, sie würden ihn verstehen. Zumindest von Nielsen wusste Eric sicher, dass er ebenfalls schon bei einer Prostituierten gewesen war, außerdem verkehrte er als Beamter bei der Sitte beruflich in diesen Kreisen.

Eric hielt ihrem Blick stand. Er konnte es sich nicht leisten, verschämt zu Boden zu schauen, denn er war der Leiter dieser Mordkommission. Die Männer mussten von ihm geführt werden, und das funktionierte nur, wenn die Rangordnung klar war.

Er hatte ihnen berichtet, dass der Täter ihn mehrmals mit dem Handy des Mordopfers angerufen hatte, zuletzt vom Zentralfriedhof aus. Diese Tatsache konnte er auf lange Sicht ohnehin nicht geheim halten. Seinen Alleingang erklärte er mit der schnellen Ortung durch das LKA und dem Zeitdruck. Auf Habermanns Frage, was der Täter in dem letzten Gespräch gewollt hatte, hatte Eric mit den Schultern gezuckt und gesagt:

«Vielleicht wollte er nur herausfinden, wie schnell wir das Handy orten können.»

Er verschwieg, dass ihn der Wassermann ganz bewusst dorthin, zu diesem bestimmten Grabstein, gelockt hatte, damit er dort Annabells Handy fand. Jetzt lag es abgeschaltet im Handschuhfach seines Wagens. Bei passender Gelegenheit würde er es entsorgen. Die Absicht des Wassermanns war klar: Er wollte ihn auf Trab halten und ans Messer liefern. Eric musste höllisch aufpassen, keinen Fehler zu machen, vor allem aber durfte er nicht weiterhin nur reagieren.

Er musste die Sache in den Griff bekommen.

«Richtig», antwortete er auf Nielsens Frage und sah ihn an, ohne mit der Wimper zu zucken.

Im Grunde war Peter Nielsen der wichtigste Mann in seinem Team. Nicht nur, weil sie sich gut kannten und Eric aus Erfahrung wusste, dass er sich im Notfall auf ihn verlassen konnte, sondern weil Nielsen führen konnte und die anderen auf ihn hörten. Er brauchte ihn an seiner Seite, unbedingt.

«Und Bender hat dir den Fall trotzdem gegeben?», fragte Habermann.

Der Oberkommissar war vor sechs Jahren aus dem Hamburger Umfeld auf dieses Präsidium gewechselt. Eric verstand sich ganz gut mit ihm, sie waren ein paar Mal zusammen ein Bier trinken gegangen, aber eine richtige Männerfreundschaft hatte sich nicht daraus entwickelt. Habermann war ein melodramatischer, emotionaler Typ, und das konnte Eric nicht leiden.

«Ich habe Bender davon überzeugt, dass es für mich keinen Unterschied macht und ich den Fall so professionell wie alle anderen auch angehen werde», sagte Eric.

Selbst in seinen eigenen Ohren klang das wie auswendig gelernt und aufgesagt.

Auf der Rückfahrt vom Friedhof, nachdem er sich beruhigt hatte, hatte er sich diese Worte zurechtgelegt. Argwohn und Skepsis mussten im Keim erstickt werden, sonst würde es nicht funktionieren. Wenn diese Männer den Besprechungsraum verließen, mussten sie auf seiner Seite stehen.

«Ist das dein Ernst?», fragte Roland Petrie.

Petrie war ein nachdenklicher Typ, sehr ruhig, immer konzentriert und zielgerichtet. Eric hatte bereits dreimal mit ihm zusammengearbeitet und ihn als zuverlässig und verschwiegen kennengelernt. Petrie war fünfundvierzig Jahre alt, hatte kaum noch Kopfhaar, trug dafür aber einen Dreitagebart, der ihm zusammen mit seiner randlosen Brille etwas Verwegenes verlieh. Er kam gut bei Frauen an, war aber nicht verheiratet. Man munkelte, er hätte jeden Monat eine neue Freundin am Start. Aber gemunkelt wurde ja viel.

Eric beugte sich auf dem Stuhl nach vorn, warf einen Blick zur Tür, als müsse er sich davon überzeugen, dass sie geschlossen sei, und sagte dann mit gesenkter Stimme:

«Okay, ich weiß, das ist ungewöhnlich. Ich bin hier persönlich involviert und dürfte eigentlich nicht an dem Fall arbeiten. Aber ganz ehrlich: Ich kannte die Frau kaum. Ich habe mit ihr gefickt, ein paar Mal, vielleicht ein Dutzend Mal in den vergangenen Jahren. Sie hat Geld dafür genommen, und damit war es ein Geschäft, keine Beziehung. Ich bin so persönlich betroffen, als wenn meine Nachbarin das Opfer wäre. Und außerdem ...»

Eric setzte ein schiefes Grinsen auf und beugte sich noch etwas weiter vor. Die Männer steckten ihre Köpfe zusammen. Eine verschworene Gemeinschaft.

«Sie war wirklich gut. Oberklasse. Fragt Bender.»

Von allem, was er bisher gesagt hatte, waren die letzten beiden Worte am wichtigsten.

Fragt Bender.

Eric konnte in den Gesichtern der Männer ablesen, was in ihren Köpfen vorging – mit Ausnahme von Nielsen, bei dem ihm das noch nie gelungen war. Sie waren nicht unbedingt überrascht, denn in einem Mikrokosmos wie diesem Präsidium hatte jeder einen Ruf, auch der Polizeichef. Aber sie waren beeindruckt – davon, dass Eric Stiffler sich traute, so etwas auszusprechen.

«Ist nicht dein Ernst», sagte Petrie.

Eric lehnte sich zurück und schlug die langen dünnen Beine übereinander.

«Fragt ihn. Aber bitte ...», er hob abwehrend die Hände. «Von mir habt ihr das nicht.»

Er wusste, keiner von ihnen würde zu dem cholerischen

Bender ins Büro gehen und ihn fragen, wie der Sex mit dem Mordopfer Anna Meyer gewesen war.

«Wir werden doch am Ende keine polizeiinterne Affäre aufdecken, oder?», fragte Habermann.

Eric schüttelte den Kopf.

«Dieser Typ hat es auf mich abgesehen, auf mich allein. Anna Meyer hat er getötet, weil er sich an mir rächen will. Das hat weder etwas mit ihrem Gewerbe noch mit ihrer anderen Kundschaft zu tun.»

«Dein Wort in Gottes Ohr», sagte Habermann. «Ich habe keine Lust, am Ende als derjenige dazustehen, der Bender ans Messer geliefert hat.»

«Wirst du nicht, weil es nicht passiert. Alles klar?»

Eric sah Habermann noch einmal direkt an. Er legte so viel Ehrlichkeit in den Blick, wie er aufbringen konnte, und mischte sie mit Zuversicht. Habermann war um seinen Job besorgt, weil es in seinem Leben nichts anderes mehr gab, nachdem ihn seine Frau verlassen hatte und auch sein Sohn nichts mehr von ihm wissen wollte. Er war ein vom Schicksal Gebeutelter, der sich nur noch für seinen Job aufrecht hielt. Er würde alles tun, was Eric ihm sagte.

Schließlich nickte Habermann.

«Alles klar», wiederholte er.

«Gut, dann holen wir uns den Wassermann», sagte Eric.

15

Lavinia stieg an der Haltestelle *Schwarzer Berg* aus und bemerkte sofort die Menschentraube.

Auf dem Taxistreifen drängte sich eine Gruppe Männer um einen Wagen herum, von dem Lavi nur das gelbe Schild mit der schwarzen Aufschrift auf dem Dach sehen konnte. Die fünf oder sechs Männer redeten aufgeregt durcheinander, Hände wurden wild gestikulierend in die Luft geworfen.

Lavinia nahm ihre Einkaufstasche und machte sich auf den Weg in Richtung Flusswiesen. Während der Bahnfahrt hatte sie darüber nachgedacht, ob sie sich erneut eine Taxifahrt leisten sollte. Sie hatte sich dagegen entschieden, obwohl sie Frank gern wiedergesehen hätte, aber zum einen hatte sie heute schon mehr als genug Geld ausgegeben, und zum anderen passte jemand wie Frank zu diesem Zeitpunkt nicht in ihr Leben. Er war der Typ Mann, in den sie sich verlieben würde, und das konnte sie gerade gar nicht gebrauchen.

Vom Friedhof aus war Lavinia zurück in die Innenstadt gegangen.

Ihr Ziel war der Elektronikgroßmarkt am Eingang zur Fußgängerzone gewesen. Dort hatte sie nach einer modernen Videokamera gesucht, die HD-Videos aufzeichnete, mit einem Bearbeitungsprogramm ausgestattet war und sich einfach an einen PC anschließen ließ. Außerdem brauchte sie noch ein Stativ.

An der Kasse hatte sie knapp dreihundert Euro bezahlt.

Das war eine Menge Geld, aber sie wusste ja, wie schnell sie es wieder hereinholen würde.

Sie eilte schnellen Schrittes an dem Taxistreifen vorbei. Gesprächsfetzen der lauten Unterhaltung drangen an ihr Ohr.

... vielleicht überfallen ... Polizei ... verletzt ...

Und dann fiel ein Name. Sofort waren ihre Instinkte hellwach.

Frank Engler.

Einige Atemzüge lang stand Lavinia einfach nur da und starrte zu dem schmalen Schotterweg hinüber, der in die Flusswiesen führte. Bis dahin waren es keine dreißig

Meter mehr. Wenn sie schnell weiterging, hätte sie die Distanz in weniger als einer Minute überwunden.

Eine Minute, und sie wäre dem entkommen, was sich auf dem Taxistreifen zusammenbraute.

Komm, geh weiter, du kannst sowieso nichts tun, halt dich da raus, es geht dich nichts an.

Aber Frank hatte gestern Abend nicht so gedacht. Ihre Sorgen und Ängste waren auch seine gewesen, und er hätte sich für sie in einen Kampf gestürzt, wenn es nötig gewesen wäre. Er hatte sie ein gutes Stück des Weges umsonst gefahren und vor dem Haus gewartet, bis sie das Licht eingeschaltet hatte. Lavinia erinnerte sich, wie gut es sich angefühlt hatte, von diesem Mann gesehen zu werden. Auf eine Art und Weise, die sie schon verloren geglaubt hatte.

Nein. Sie konnte nicht einfach weitergehen. Also kehrte sie um und ging auf die Männer zu.

«Was ist passiert?», fragte sie.

Ein dicker kleiner Mann mit Halbglatze drehte sich zu ihr um.

«Ein Kollege», sagte der Mann, schüttelte den Kopf und deutete mit ausgestrecktem Arm zum Taxi. «Hat geschrien wie am Spieß und lässt sich gar nicht beruhigen.»

«Ist er verletzt?», fragte Lavinia.

«Sieht nicht so aus. Sitzt in seinem Wagen und schreit … Er hat die Türen verriegelt und lässt niemanden an sich heran … So was ist mir noch nicht untergekommen …»

Lavinia hörte nicht mehr zu. Die Männer waren etwas auseinandergetreten und hatten ihren Kreis geöffnet, sodass sie das Taxi jetzt sehen konnte. Es war ein silberner Škoda. Wie ferngesteuert wandte sie sich von dem quasselnden Mann ab und ging auf den Wagen zu.

Hinter dem Steuer saß Frank und sah sie aus großen Augen an. Sie erwiderte seinen Blick und erkannte, dass Erleichterung die Angst ablöste, die ihn gelähmt hatte.

Schließlich öffnete er die Fahrertür und stieg aus.

Augenblicklich verstummten die Männer um sie herum. Blicke, die zuvor nur auf Frank gerichtet gewesen waren, wechselten nun zwischen ihm und Lavinia hin und her.

Frank ging um die geöffnete Tür herum.

«Du bist hier», sagte er.

Seine Stimme klang belegt, unsicher und brüchig. Lavinia hörte Angst darin mitschwingen. Heute sah er nicht mehr aus wie der mutige Kerl von gestern Abend, der bereit gewesen war, für sie in den Kampf zu ziehen. Jetzt wirkte er wie ein kleiner, verschüchterter Junge, der durch ein schlimmes Erlebnis seinen Platz in der Welt verloren hatte und nun weder ein noch aus wusste.

Seine Hände öffneten und schlossen sich, als würde er nach etwas greifen, das nur er sehen konnte. Seine Lippen zitterten, als er zum Sprechen ansetzte.

«Ich habe ihn gesehen», sagte er leise.

«Wen?»

Aber Lavinia wusste schon, wen er meinte. Es gab nur eine Person, die sie beide miteinander verband: den Mann, der sie gestern aus dem Schatten der Markise heraus beobachtet hatte.

Die alte Angst schoss eruptiv empor, das Gewicht der Tragetasche mit den Einkäufen darin wurde unerträglich, der Griff schnitt ihr in die Finger.

«Lass uns verschwinden», sagte Frank und griff nach ihrer Hand. «Wir müssen reden.»

Lavinia nickte.

Ja, sie mussten reden.

16

Heiko Brockmann sah dem abfahrenden Škoda kopf-schüttelnd hinterher.

Frank war schon immer anders gewesen. Er war nicht verschlossen oder arrogant, aber er war ein Einzelgänger. Nie tauchte er auf irgendwelchen Partys auf. Er arbeitete auf eigene Rechnung und teilte sich seine Zeiten selbst ein. Sie beide arbeiteten zwar in derselben Firma, aber richtige Kollegen waren sie nicht. Nach Heikos Meinung gingen Kollegen nach Feierabend miteinander ein Bier trinken oder auch mal ins Stadion, ein Spiel anschauen. Das alles gab es bei Frank nicht. Heiko mochte ihn trotzdem, und gerade deswegen machte er sich Gedanken.

Er war als Erster am Taxi gewesen, als Frank zu schreien begonnen hatte, und er hatte die Kollegen nur mit Mühe und Not davon abhalten können, die Polizei zu rufen. Was auch immer mit Frank nicht stimmte, es war etwas Gesundheitliches, zumindest glaubte Heiko das, und davon mussten die Kollegen der anderen Firmen ja nichts erfahren. Er selbst aber wollte es wissen, deswegen nahm Heiko sich vor, noch heute mit Helmut darüber zu sprechen. Diese Geheimniskrämerei konnte so nicht weitergehen.

Und wer war eigentlich diese Frau, die zu Frank ins Taxi gestiegen war?

«Entschuldigen Sie», sprach ihn jemand von hinten an, und Heiko fuhr herum.

Ein mittelgroßer, schlanker Mann stand ihm gegenüber, mit einer sehr dunklen Sonnenbrille und einer dieser Mützen, wie sie die jungen Leute heute selbst an warmen Tagen trugen. Unter dem blauen Stoff lugten blonde Haarspitzen hervor. Er hatte ein dünnes Gesicht mit hohen Wangenknochen und wirkte nicht älter als fünfundzwanzig.

«Brauchen Sie ein Taxi?»

«Nein, nein, ich ... Der Kollege, der gerade weggefahren ist, wir waren hier verabredet. Ich hatte angerufen wegen meines Handys, verstehen Sie? Ich hab es gestern bei ihm im Taxi liegenlassen, und er wollte es mir hier wiedergeben.»

«Oh, das ist ja ärgerlich», sagte Heiko. «Ich weiß gar nicht, wann er wiederkommt. Soll ich ihn schnell für Sie anrufen?»

«Nein, nicht nötig, ich muss auch sofort weiter. Ich habe es sehr eilig, wissen Sie. Kennen Sie den Kollegen denn?»

Heiko nickte.

«Wir fahren für das gleiche Unternehmen.»

«Könnten Sie mir einen Gefallen tun? Es wäre wirklich sehr wichtig für mich.»

«Was immer ich tun kann.»

«Der Kollege sagte, wenn ich ihn hier nicht treffe, könnte ich mein Handy auch bei ihm zu Hause abholen, aber ich hatte keinen Kugelschreiber dabei, um mir die Adresse aufzuschreiben, und jetzt weiß ich gar nicht ...»

«Kein Problem», sagte Heiko, öffnete die Tür und beugte sich in sein Taxi. «Ich schreib sie Ihnen schnell auf.»

17

«Du hast geträumt, ich würde getötet?»

Frank registrierte den Zweifel in Lavinias Stimme, und er konnte sie verstehen.

Für ihn selbst war es sehr real gewesen. Er hatte gesehen, wie Lavinia aus der S-Bahn gestiegen war und sich auf den Weg durch die Flusswiesen gemacht hatte. Dort war ein Mann, der für Frank irgendwie verschwommen geblieben war, aus dem hohen Schilfgras aufgetaucht und hatte Lavinia ins Wasser gezerrt. Er hatte sie ertränkt, quasi vor seinen Augen. Gerade in dem Moment hatte jemand gegen die Seitenscheibe seines Taxis geklopft und ihn damit aus dem Schlaf gerissen. Er hatte geschrien und geschrien und damit die Aufmerksamkeit seiner Kollegen auf sich gezogen.

Frank kannte diese Art Träume und seine Reaktionen darauf nur zu gut. Er hatte schon Menschen verloren oder vergrault, weil diese Träume für ihn so etwas wie eine zweite Realität waren.

Er schüttelte den Kopf und suchte nach den richtigen Worten, um Lavinia zu erklären, was mit ihm los war.

«Normale Menschen träumen, aber bei mir ist das anders.»

«Warum ist es bei dir anders? Verstehe ich nicht.»

Frank schwieg und schaute auf seine Hände im Schoß. Sie zitterten nicht mehr, das war gut, aber sie waren auch nicht völlig ruhig. Die beiden Zeigefinger tippten einen geheimen Morsecode gegen seinen Oberschenkel.

Lavinia war zu ihm ins Taxi gestiegen, und Frank hatte den Wagen aus dem Pulk seiner erstaunt dreinblickenden Kollegen gelenkt. Er war hinausgefahren ins Grüne, hatte einen Feldweg angesteuert, den er von früheren Pausen her kannte, und das Taxi rückwärts zwischen ein paar Büsche gesetzt. Dort standen sie nun vor fremden Blicken geschützt, hatten aber einen freien Blick auf den unter ihnen liegenden Fluss, dessen graues Wasser träge dahinfloss.

«Ich bin Narkoleptiker.»

Lavinia sah ihn fragend an.

«Du weißt nicht, was das bedeutet, oder?»

Sie schüttelte den Kopf. Zwischen ihren Augenbrauen bildete sich eine senkrechte Falte. Sie musste angespannt sein. Frank konnte das verstehen. Sein Verhalten war, gelinde gesagt, merkwürdig, und jetzt saß sie hier draußen ohne Aussicht auf Hilfe allein mit einem Mann im Wagen, der ihren Tod geträumt hatte. Angesichts dieser Umstände verhielt sie sich sogar noch sehr ruhig. Er musste so schnell wie möglich ihr Vertrauen wiedergewinnen. Das ging nur mit der ungeschminkten Wahrheit.

«Das weiß kaum jemand. Narkolepsie ist eine neurologische Erkrankung. Sie ist chronisch und bisher nicht heilbar.»

Er warf einen Blick aus der Windschutzscheibe auf den Fluss, bevor er weitersprach.

«Mit Medikamenten bekommt man es einigermaßen in den Griff, aber die vertrage ich nicht. Ich werde dick davon und, na ja, impotent. Also lebe ich seit meinem fünfzehnten Lebensjahr mit den Symptomen. Damals fing alles ganz harmlos an. Alle haben sich lustig gemacht, weil ich zu den unpassendsten Momenten einschlief. In der Schule während des Unterrichts zum Beispiel oder wenn wir eine Klassenarbeit schrieben. Dafür bin ich von den Lehrern bestraft worden, mit schlechten Zensuren oder Nachsitzen. Die glaubten ja, ich wäre desinteressiert oder hätte mir die Nacht um die Ohren geschlagen. Meine Freunde fanden es anfangs sogar echt cool. Niemand sonst traute sich, bei dem fiesen Neugebauer im Physikunterricht einzuschlafen. Nur der Engler.

Klar, dass die Lehrer mit meinen Eltern redeten, und die wussten sich nicht anders zu helfen, als mich jedes Mal, wenn es passierte, mit Stubenarrest zu bestrafen und mich abends immer früher ins Bett zu schicken. Als ich fünfzehn war, musste ich um acht Uhr ins Bett. Draußen war es noch hell, und meine Freunde spielten auf dem Bolzplatz Fußball. Spätestens da war ich nicht mehr der coole Engler.»

Frank atmete tief ein und lächelte schief.

«Hat aber alles nicht geholfen. Ich schlief trotzdem weiterhin im Unterricht ein, meistens beim fiesen und extrem langweiligen Neugebauer, weshalb der mir Absicht unterstellte und mich mit Hausaufgaben nur so zuschüttete. Die konnte ich aber nicht machen, weil ich auch nachmittags zu Hause einschlief. Die Intervalle wurden immer kürzer und die Schlafpausen länger.

Richtig schlimm wurde es dann auf unserer letzten Klassenfahrt in der Neunten. Wir sind an die Ostsee gefahren. Ich hatte schon lange vorher richtig Angst davor, wollte aber unbedingt mit. Alle meine Freunde waren dabei und auch ein Mädchen, auf das ich damals stand.»

Frank schüttelte den Kopf, während er nervös mit seinen Fingern spielte. Er fühlte sich in die Zeit zurückversetzt und spürte wieder die gleiche Scham wie damals.

«Es wurde der totale Reinfall. Während einige meiner Freunde und ein paar Mädchen auf dem Zimmer Flaschendrehen spielten und rumknutschten, habe ich gepennt. Verstehst du? Voll der Hüttengaudi auf dem Zimmer, und ich liege daneben und schnarche vor mich hin. Die anderen hatten ihren Spaß mit mir, das kannst du dir ja vorstellen. Sie haben mich ausgezogen, mit Lippenstift angemalt und mir ein Kondom übergezogen.»

«Was für Arschlöcher», sagte Lavinia.

Frank zuckte mit den Schultern.

«Teenager eben. Wahrscheinlich hätte ich auch mitgemacht, wenn jemand anderes das Opfer gewesen wäre. Das wirkliche Arschloch war Neugebauer. Ich hab später erfahren, dass er ins Zimmer kam, mich so daliegen sah und einfach wieder ging, ohne etwas zu unternehmen. Ein Lehrer! Ich meine ...»

Frank brach ab und schüttelte abermals den Kopf. Noch heute fehlte ihm dafür jedes Verständnis.

«Tja, wie auch immer, ich verschlief mehr oder weniger die komplette Klassenfahrt und kam bei meinem Schwarm überhaupt nicht gut an. Aber einen Vorteil hatte das alles dennoch.

Es befand sich noch eine weitere Klasse in dem Schullandheim. Einer der Lehrer ahnte, was mit mir los sein könnte, denn seine Tochter litt ebenfalls unter Narkolepsie. Er sprach mit meiner Lehrerin, Frau Hundertmark, die bis dahin noch nicht mal auf die Idee gekommen war, ich könnte krank statt faul sein. Sie überwand sich und sprach mit meinen Eltern, und der Stein kam ins Rollen. Es hat dann aber noch ungefähr ein halbes Jahr gedauert, bis ein Arzt endlich Narkolepsie bei mir diagnostizierte.»

Frank hob den Kopf und sah Lavinia an.

In ihren Augen lag so viel Traurigkeit und Mitgefühl, dass es ihm den Magen zusammenzog. Ganz unerwartet legte sie ihre Hand auf seine und brachte damit seine nervösen Finger zur Ruhe.

«Du schläfst also einfach so ein, zu jeder Tageszeit», fasste sie seine Geschichte zusammen.

«Ja, aber wenn es nur das wäre. Narkolepsie hat noch mehr Symptome.»

Er holte tief Luft, so als müsse er sich auf einen langen Tauchgang vorbereiten, zog seine Hand unter Lavinias hervor, was ihm ein bisschen schwerfiel, und zählte an den Fingern ab.

«Erstens: die Schlafattacken. Zweitens: gestörter Nachtschlaf. Ich wache ungefähr alle anderthalb Stunden auf. Mein Leben hat einen Neunzig-Minuten-Rhythmus, auch nachts. Drittens: automatische Handlungen. Das musst du dir wie Schlafwandeln vorstellen. Ich habe vor ein paar Jahren ein Auto zu Schrott gefahren, weil ich eingeschlafen bin, aber man hat mir erzählt, ich wäre dabei gefahren, als sei ich wach, nur eben nicht mehr auf der Straße.»

«Um Gottes willen!», entfuhr es Lavinia.

«Keine Angst. Das passiert mir heute nicht mehr.»

Frank hob den vierten Finger.

«Dann kommen noch die Halluzinationen. So wie ich sie vorhin im Wagen hatte, von dem Mann, der dich … na ja, du weißt schon. Ich kann dabei nicht zwischen Realität und Traum unterscheiden, und wenn ich aufwache, denke ich oft, es passiert noch. Das ist ein gewaltiger Unterschied zu den Träumen normaler Menschen.

Damit habe ich meine letzte feste Freundin vertrieben. Ich bin drei Nächte hintereinander aufgewacht und habe geschrien und getobt, weil ich der festen Überzeugung war, jemand hatte ihr rechtes Bein abgenommen. Das war gruselig. Ich sah überall Blut, auf dem Laken, der Decke … Und dieser grausige Beinstumpf … Ich habe in der ganzen Wohnung nach ihrem Bein gesucht. Beim dritten Mal hat sie dann meinen Bruder angerufen, weil sie mich nicht beruhigen konnte. Tja, und dann ist sie ausgezogen.»

«Einfach so.»

Frank erinnerte sich noch sehr gut an die Tränen und den Schmerz.

«Nein, nicht einfach so, aber es war zu viel für sie. Ich nehme es ihr nicht übel. Wer kann so einen Typ schon ertragen?»

Er hob den Daumen.

«Fünftens: die Kataplexien. Manche Narkoleptiker leiden nicht unter allen Symptomen, aber ich schon. Ich habe das volle Pfund abbekommen, und die Kataplexien sind das Schlimmste.»

«Was sind Kataplexien?»

Frank ließ seine Hand sinken und sah Lavinia aus schmalen Augen an.

«Meine persönliche Hölle», sagte er mit rauer Stimme.

18

«Der Fundort der Leiche liegt in einer Gegend, die reich an Gewässern ist und als Urstromtal bezeichnet wird.»

Manuela Sperling stand neben der großen Wandkarte in Stifflers Büro und zeigte auf das rote Fähnchen. Es markierte die Stelle am Fluss, an der Anna Meyer gefunden worden war.

Vor einer halben Stunde war Manuela abgehetzt, schmutzig und mit einigen rot leuchtenden, juckenden Mückenstichen im Gesicht ins Präsidium zurückgekehrt. Am zweiten Tag in der neuen Dienststelle hatte sie sich bereits die zweite Hose ruiniert. Die Jeans, die sie trug, war bis zu den Knien hinauf verdreckt. Zwischen den Schenkeln hatte sie Rostflecken, weil sie über eine alte Metallschranke am Zugang zu einem See geklettert war. Trotz ihres derangierten Zustandes hatte sie die Proben ins Labor gebracht und war auf direktem Wege, ohne sich vorher frisch zu machen, in Stifflers Büro gestürmt.

Dort saßen Petrie, Habermann und Stiffler um den Schreibtisch, auf dem die Reste einer Platte Streuselkuchen lagen, hielten Kaffeebecher in den Händen und sahen aus wie ein englischer Herrenclub beim Nachmittagstee. Stiffler war deutlich anzusehen gewesen, wie überrascht er war, und ihm war gar nichts anderes übrig geblieben, als Nielsen dazuzurufen, damit Manuela allen Bericht erstatten konnte.

Jetzt zeichnete sie mit dem Finger ein weites Oval auf die Karte. Darin befanden sich die Stadt, ein paar umliegende Dörfer, vor allem aber ausgedehnte hügelige Freiflächen, Waldgebiete und eine große Anzahl an Seen. Auf einem der Campingplätze hatte Manuela vom äußerst gesprächigen und offenbar mit viel Zeit gesegneten Platzwart Helge Gründad erfahren, dass die breite Talniederung, in der die Seen verteilt lagen, während der Eiszeit am Rand des skandinavischen Inlandeises als eine Art Abflussrinne in Ost-West-Richtung entstanden war.

«Die Flüsse Weser und Aller verbinden sich sechs Kilometer vor der Stadt und bilden dort ein Y. Wie alle sehen können, liegt der Fundort der Leiche genau dort, wo die beiden Flüsse zusammenfließen.»

Sie zeigte auf die Stelle, an der aus den beiden Schenkeln des Y ein Strich wurde.

«Bedeutet das irgendwas?», fragte Habermann.

Manuela warf ihm einen stirnrunzelnden Blick zu.

«Ich versuche nur, präzise zu sein», sagte sie.

«Das wissen wir zu schätzen», mischte sich Stiffler ein. «Aber bei aller Präzision können wir die Eiszeit als nicht tatrelevant ausschließen, denke ich.»

Habermann und Petrie konnten sich ein Grinsen nicht verkneifen, aber Nielsen blieb ernst. Er warf seinen Kollegen sogar einen warnenden Blick zu. Dieser Blick löste den Spott, der für den Bruchteil einer Sekunde Manuelas Hals wie feuchter Brötchenteig blockierte. Dank dieses Blickes schaffte sie es, ihn hinunterzuschlucken.

«Ausgehend vom Fundort, wurde ein Radius von sechzig Kilometern festgelegt. In diesem Bereich liegen zwölf Seen. Ich selbst habe aus sechs dieser Seen Proben gezogen, die anderen sechs hat Kollege Bader von der Schutzpolizei gezogen. Allein hätte ich zwei Tage dafür gebraucht, alle Seen abzufahren, und so viel Zeit haben wir ja wohl nicht.»

Manuela warf Eric einen Blick zu, dem er standhielt, aber sie glaubte sehen zu können, wie es in seinem Inneren brodelte. Sehr schön. Sollte er doch wütend sein. Die Herren machten sich hier einen schönen Nachmittag bei Kaffee und Kuchen, während sie draußen in der Pampa herumstreifte. Wahrscheinlich hatten sie sich während des Meetings kaputtgelacht über den Frischling. Wenn jemand Grund hatte, wütend zu sein, dann ja wohl sie.

«Die Proben befinden sich bereits im Labor und werden mit der aus der Lunge des Opfers verglichen. Ich habe auf bevorzugte Bearbeitung gedrängt, und man hat mir versprochen, die ersten Ergebnisse würden in Kürze vorliegen.»

Manuela nahm einen Stift und zog um den Sechzig-Kilometer-Radius einen weiteren.

«Der Grundwasserspiegel liegt in dieser Gegend sehr hoch, sodass sich überall dort, wo in der Vergangenheit Kies oder Sand abgebaut wurde, Seen gebildet haben. Andere sind durch Quellen oder nach der Eiszeit entstanden. Erweitert man den Radius um nur zwanzig Kilometer, sind es statt zwölf schon siebzehn Seen, die in Frage kämen. Für den Täter wäre es nur eine unwesentlich längere Fahrt. Falls wir bei diesen Proben nicht fündig werden, müssten wir also weitere einholen.»

Manuela legte den Stift beiseite und sah ihre Kollegen auffordernd an.

«In einigen habe ich sogar schon gebadet», sagte Petrie, der mit vor der Brust verschränkten Armen und weit ausgestreckten Beinen dasaß, als sei ihm langweilig.

«Ich auch», sagte Habermann. «Diese Seen haben echt sauberes Wasser. Früher durfte man da auch noch angeln, aber seit die Tierschützer …»

«Warum dieser Umstand?», fuhr Manuela dazwischen. Sie hatte auf eine professionelle Diskussion gehofft. Stattdessen quatschten die Herren nur Belangloses. «Warum ertränkt der Täter das Opfer in einem See, legt es aber im Fluss ab, und dann auch noch an dieser exponierten Stelle? Ich verstehe das nicht.»

«Ich auch nicht», sagte Nielsen. «Wir können ihn ja fragen, sobald wir ihn haben. Bis dahin müssen wir uns mit Spekulationen begnügen. Wir wissen mittlerweile, dass er sie nicht aus ihrer Wohnung entführt hat – eine Nachbarin hat sie zuletzt vor drei Tagen fortgehen sehen, und die Dame ist sich sicher, dass Frau Meyer nicht wiedergekommen ist. Hat der Täter sie am See getroffen? Unwahrscheinlich, Frau Meyer ist ja kein Zufallsopfer, sondern wurde bewusst ausgesucht.»

«Bewusst?» Manuela war überrascht.

Stiffler warf Nielsen einen bösen Blick zu, der ihr nicht entging. Dann sprang er auf.

«Ach ja, das wissen Sie noch nicht. Ich war persönlich mit Frau Meyer bekannt, und wie es aussieht, will sich der Täter an mir rächen. Er war es auch, der mich über ihr Handy zum Fundort geschickt hat. Deshalb werden uns die Akten der kürzlich entlassenen Straftäter, die ich bereits angefordert habe, sicher auch eher weiterhelfen als die Wasserproben. Ich werde die Akten jetzt sofort durchgehen, alle anderen Aufgaben sind ja verteilt, also schlage ich vor, wir legen los.»

Stiffler hatte es offenbar sehr eilig, diese Besprechung zu beenden, aber so einfach wollte Manuela sich nicht abfertigen lassen. Nicht jetzt, wo es interessant wurde.

«Was ist mit dem Handy?», fragte sie, bevor jemand das Büro verlassen konnte.

«Welches Handy?»

«Na, das vom Opfer natürlich.»

«Was soll damit sein?», fragte Stiffler. «Es wird überwacht. Sobald es eingeschaltet wird, bekommen wir ein Bewegungsprofil. Das kennen Sie doch. Oder haben Sie sich auf der Akademie lieber mit glazialen Entwässerungsrinnen beschäftigt?»

Dafür erntete Stiffler von Habermann einen Lacher. Petrie erhob sich, schlug sich auf die Schenkel und murmelte etwas wie: «Dann wollen wir mal.» Nielsen stieß sich von der Wand ab, gegen die er sich gelehnt hatte.

«Gut gemacht», flüsterte er Manuela im Vorbeigehen zu.

Sie stand vor der Landkarte und starrte den Männern beim Verlassen des Büros hinterher. Sie fühlte sich überfahren und gedemütigt, und daran änderte auch Nielsens anerkennende Bemerkung nichts.

19

«Es ist, als wäre ich in meinem Körper lebendig begraben.»

Lavinia bekam eine Gänsehaut. Sie wollte die Tür aufstoßen und das Taxi verlassen, gleichzeitig aber auch ihre Hand ausstrecken und Frank abermals berühren, ihn auffordern, darüber zu sprechen, denn sie spürte, dass er das viel zu lange nicht getan hatte – vielleicht sogar noch nie.

Sie unterdrückte ihren Fluchtimpuls und legte ihre Hand auf seinen Oberschenkel.

«Erzähl bitte», sagte sie.

Er blickte auf ihre Hand hinab.

«Schon allein deine Berührung ist in der Lage, eine Kataplexie auszulösen.»

Ruckartig zog Lavinia ihre Hand zurück, und der Fluchtreflex war wieder da, stärker noch als zuvor.

«Tut mir leid, das wusste ...»

«Schon in Ordnung. Zum Glück passiert es nicht allzu oft. Ich habe gelernt, Situationen zu meiden, die sie auslösen können.»

Lavinia fragte sich, wie einsam dieser Mann sein musste, wenn schon eine harmlose Berührung in ihm etwas auslösen konnte, was dem Gefühl nahekam, lebendig begraben zu sein.

«Im Lehrbuch steht, dass es sich bei einem kataplekti-schen Anfall um den vollständigen Verlust des Muskelto-nus handelt. Einzelne Muskelpartien, manchmal auch die komplette Muskulatur, sind dann außer Gefecht gesetzt. In der Realität fühlt es sich aber ganz anders an. Möchtest du eine kleine Geschichte dazu hören?»

Lavinia nickte und bemühte sich, ehrlich auszusehen. Eigentlich wollte sie nichts mehr über ein so schreckliches Thema hören. Aber jetzt war sie an der Reihe, ihm bei-zustehen.

«Sie ist aber nicht schön», sagte Frank, als hätte er ihre wahren Gedanken erraten.

«Erzähl sie trotzdem. Ich bin nicht aus Wachs, glaub mir.»

«Ja, das habe ich sofort gemerkt.» Er lächelte und fuhr fort: «Meinen Opa habe ich geliebt wie keinen zweiten Menschen. Da mein Vater als Soldat selten zu Hause war und meine Mutter immer dazuverdienen musste, bin ich praktisch bei meinen Großeltern aufgewachsen. Mein Opa war einer dieser Männer, die alles können. Ein genia-ler Handwerker, dem keine Arbeit zu schwer war. Er hat für mich alles Mögliche gebaut: Baumhäuser, Schaukeln, Möbel, coole Fahrräder, alles. Aber er war rastlos, konnte nicht still sitzen und hat sich nie Ruhe gegönnt.

Im Februar gingen mein Opa und ich in den Wald, um Feuerholz zu holen. Wir heizten mit vier Kachelöfen und brauchten Unmengen an Holz, die jeden Winter geschla-gen werden mussten. Ich liebte es, mit meinem Opa in den Wald zu gehen. Nur wir beide, ausgestattet mit Kettensä-gen, Helmen, Handschuhen und einem Korb mit Broten und heißem Tee.

Mein Opa war in jenem Winter einundachtzig Jahre alt, packte aber immer noch genauso an wie ich.

Irgendwann legten wir eine Pause ein. Wir saßen uns

gegenüber auf zwei gefällten Baumstämmen, zwischen uns der Fresskorb, den meine Oma für uns gepackt hatte. Wir aßen die Brote und tranken den heißen Tee, und ich erinnere mich noch, wie glücklich ich war. Ich wusste damals noch nicht, was dieses Gefühl auslösen kann, denn ich hatte zuvor noch nie eine Kataplexie.

Während des Essens riss mein Opa plötzlich die Augen auf, fasste sich an den Brustkorb und fiel nach vorn. Zwei Meter von mir entfernt blieb er auf dem Rücken liegen und schnappte nach Luft.

Ich bekam eine wahnsinnige Angst und wollte ihm helfen.

Stattdessen sackte ich zusammen, als hätte ich keine Muskeln mehr. Ich rutschte einfach so vom Baumstamm, völlig halt- und kraftlos. Eine Armlänge von meinem Opa entfernt saß ich da und konnte keinen Finger rühren. Noch heute höre ich seine Worte:

Hilfe ... holen ... Frank.

Ja. Frank hätte Hilfe holen sollen, so schnell wie möglich. Unser Haus war ja nicht weit entfernt. Ich hätte es in fünf Minuten erreichen können, wenn ich gerannt wäre wie der Teufel. Aber ich konnte nicht rennen. Nicht einen Muskel konnte ich bewegen. Mein Körper gehorchte mir nicht mehr. Du kannst dir nicht vorstellen, wie verzweifelt ich versuchte, mich zu bewegen. Ich konnte nichts sehen, die Lider waren mir zugefallen, dafür aber konnte ich hören. Ich hörte meinen Opa seine letzten Worte sprechen, hörte ihn um Hilfe flehen, hörte, wie seine Hand im Schnee nach Halt suchte, während seine Atemzüge immer schwächer wurden und schließlich – nichts mehr.»

Frank musste einen Moment innehalten, bevor er weitersprechen konnte.

«Erst zehn Minuten später konnte ich mich wieder bewegen. Da war er längst tot. Als ich meine Augen endlich öffnete, war das Erste, was ich sah, sein Blick. Noch im Tod sah er mich an. Mit dieser Frage in seinen Augen: Warum sitzt du nur da? Warum hilfst du mir nicht? Dieser Blick ...»

Frank brach erneut ab und schüttelte den Kopf. Er war den Tränen nah.

«Verstehst du? Mein Opa wusste ja nicht, was mit mir los war. Er hat sicher gedacht, ich sei mal wieder eingeschlafen. Für seine Begriffe schlief sein Lieblingsenkel, während er so dringend Hilfe brauchte wie noch nie zuvor in seinem Leben.»

Instinktiv wollte Lavinia ihre Hand ausstrecken, dachte aber an seine Warnung von vorhin und ließ es. Eine Kleinigkeit nur, dachte sie, aber so fängt die Einsamkeit wohl an.

«Später erfuhr ich, dass heftige Emotionen wie Wut, Trauer, Angst, aber auch Glück Kataplexien auslösen können. Die Verzweiflung und die Wut, die ich spürte, weil ich meinem Opa nicht helfen konnte, verstärkten den Anfall noch, und ohne es zu wissen, steigerte ich mich immer weiter hinein.»

«Das ... Das tut mir so leid», murmelte Lavinia.

Er fuhr sich mit beiden Händen übers Gesicht, als wolle er die Erinnerung fortwischen.

«Willst du was Lustiges hören?», sagte er.

«Nein», antwortete Lavinia und meinte es auch so. Ihr war überhaupt nicht nach etwas Lustigem zumute.

«Im Volksmund nennt man Kataplexien auch Lachschlag, weil sie sogar vom Lachen ausgelöst werden können. Humor ist also auch verboten.»

Frank stieß die Fahrertür auf.

«Ich brauche jetzt eine Zigarette», sagte er und stieg aus.

20

«Was ist eigentlich mit dir?», fragte Frank zwischen zwei Zigarettenzügen über das Dach des Taxis hinweg. «Wirst du immer noch verfolgt?»

Lavinia war ebenfalls ausgestiegen.

Sie fühlte sich wie betäubt. Die Geschichte, die Frank ihr gerade erzählt hatte, hinterließ in ihr eine große Leere, denn die darin enthaltene Botschaft war eindeutig: Ganz egal, wie sehr man sich auch anstrengte, man hatte sein Leben niemals ganz unter Kontrolle. Alles Mögliche konnte passieren und die Dinge zum Guten oder zum Schlechten verändern. Sie hatte es selbst erlebt, sich in den vergangenen drei Jahren aber zurückgearbeitet in ihre Spur, aus der sie der Mord an Susan so brutal geschleudert hatte. Doch die vermeintliche Sicherheit, die sie wieder empfunden hatte, hatte getrogen. Der Mörder hatte sie immer im Auge behalten, deswegen war es ihm auch so leicht gefallen, sie wiederzufinden. Er hatte nur ein bisschen schneller gehen müssen, um sie einzuholen.

«Ich weiß es nicht, aber ich denke, schon.»

Frank nickte. Eine Qualmwolke stieg vor seinem Gesicht auf.

«Jemand hat angerufen und wollte wissen, wie ich heiße und wo ich wohne. Er bezog sich dabei auf die Fahrt von gestern. Kann das der Typ gewesen sein, der dich verfolgt?»

«Was? Ich verstehe nicht. Wer hat angerufen?»

«Irgendein Mann. Er hat zwar einen anderen Grund vorgeschoben, aber eigentlich wollte er wissen, wer dich von der S-Bahn-Station nach Hause gefahren hat.»

Lavinia schloss kurz die Augen. Wenn sie noch einen Beweis gebraucht hätte: Hier war er. Sie war nicht paranoid. Er war hinter ihr her.

«Erzählst du mir von diesem Mann? Es gibt doch eine Geschichte dazu, oder?»

Lavinia wusste nicht, ob sie sie wirklich erzählen wollte. Sie hatte all das hinter sich lassen wollen, und wenn sie jetzt den Finger in die Wunde legte, sie aufriss, dann ...

Sie sah Frank lange an und dachte nach. Er wich ihrem Blick nicht aus. Das Licht der tiefstehenden Sonne zauberte helle Sprenkel in seine bernsteinfarbenen Augen.

Lavi wollte ihm vertrauen. Sie ahnte, dass sie einen Gefährten brauchen würde. Allein würde sie sonst vielleicht untergehen.

Als sie gerade ja sagen wollte, klingelte Franks Handy.

Er beugte sich in den Wagen und nahm das Gespräch entgegen. Lavi konnte es über die Lautsprecher des Taxis mitverfolgen. Es war wieder die nett klingende Frau, die sich schon während der Fahrt hierher nach seinem Befinden erkundigt hatte. Sie bat ihn, eine Fahrt zu übernehmen, aber nur wenn er sich dazu in der Lage fühlte.

Frank sah sie mit hochgezogenen Brauen fragend an.

Lavi nickte, und er bestätigte die Fahrt.

«Ich fahre dich erst noch nach Hause», sagte er, als sie wieder im Wagen saßen.

«Du kannst mich doch auch an der ...»

«Kommt überhaupt nicht in Frage. Ich fahre dich bis vor die Haustür, so wie gestern.»

Er rangierte den Wagen aus dem engen Feldweg.

«Und auf der Rückfahrt kannst du mir von diesem Mann erzählen, vor dem du fortläufst.»

Doch das tat Lavinia nicht.

Stattdessen verbrachten sie die Rückfahrt schweigend.

Frank drängte nicht. Er fragte nicht noch einmal nach, sondern ließ sie in Ruhe. Dafür war Lavinia ihm dankbar. Sie wollte ihm ja alles erzählen, aber sie wusste nicht, wo sie beginnen sollte.

Nein, das stimmte nicht. Sie wusste sogar sehr genau, womit sie beginnen musste, aber sie scheute sich davor. Wie würde Frank reagieren, wenn er erfuhr, dass sie von ihrem achtzehnten bis zum einundzwanzigsten Lebensjahr als Escort-Mädchen gearbeitet hatte? Bei den anderen Typen, die sie privat kennengelernt hatte, war es ihr egal gewesen, ob sie es verstanden oder nicht. Doch bei Frank Engler, der so dicht neben ihr saß und ihr durch sein Schweigen bewies, wie einfühlsam er sein konnte, war es ihr nicht egal. Lavinia wollte, dass er sie verstand, und deswegen musste sie ganz von vorn beginnen. Das ging aber nicht während einer kurzen Autofahrt und nicht, ohne dass sie vorher ihre Gedanken sortierte.

Als er vor ihrem Haus hielt, hatte sie sich zu einer Entscheidung durchgerungen.

«Entschuldige bitte», begann sie.

Er schüttelte den Kopf.

«Du musst dich weder entschuldigen noch mir etwas von dir erzählen.»

«Doch, muss ich. Kannst du später vorbeikommen? Vielleicht um acht?»

Er sah sie an und legte den Kopf leicht schräg, so, als wolle er herausfinden, ob sie es wirklich ernst meinte.

«Okay. Punkt acht bin ich hier», sagte er schließlich.

Lavinia öffnete die Tür, stieg aus, beugte sich aber noch einmal hinunter.

«Das ist nicht einfach für mich», sagte sie.

Er lächelte.

«Wessen Vergangenheit ist schon einfach? Pass auf dich auf, und wenn irgendwas ist, dann ruf an. Sofort!»

«Werde ich. Danke für die Fahrt.»

Sie schlug die Tür zu und sah dem abfahrenden Wagen nach.

Schließlich drehte sie sich um und ging den schmalen

gepflasterten Weg zu ihrer Haustür entlang. Er war gesäumt von hohen Büschen, die einen betäubenden Duft verströmten. In ihrem Schatten war es kühl, aber auch fast schon dunkel.

Lavinia beschleunigte ihre Schritte.

Schon spürte sie wieder Blicke in ihrem Nacken.

An der Haustür angekommen, stellte sie die Plastiktüte ab und suchte in ihrer Handtasche nach dem Türschlüssel.

Das Schaben von harten Sohlen auf den Pflastersteinen drang ihr ins Mark. Sie fuhr herum.

Zwischen den Büschen schob sich eine große, dunkle Gestalt auf sie zu.

21

Seit zwei Stunden saß Manuela Sperling an dem Schreibtisch im Großraumbüro, den man ihr für den Zeitraum ihres Praktikums in dieser Dienststelle zugewiesen hatte. Da es bereits nach achtzehn Uhr war, arbeitete außer ihr nur noch ein Kollege. Sie konnte ihn nicht sehen hinter den Grünpflanzen, die als Raumteiler dienten und so etwas wie Privatsphäre vorgaukeln sollten, wusste aber, dass er da war, weil er sie vor zehn Minuten gefragt hatte, ob er ihr einen Kaffee mitbringen solle.

Überrascht hatte Manuela mit Ja geantwortet, obwohl sie gar keinen Kaffee trank. Sie war auch ohne Koffein schon hibbelig genug, wollte aber auch nicht unhöflich sein. Er sah gut aus und hatte einen verdammt netten Hintern. Manuela freute sich, von ihm bemerkt worden zu sein, und hatte den Kaffee sogar getrunken. Was für ein widerliches Zeug! Es hinterließ nicht nur ein pelziges Gefühl auf der Zunge, sondern machte sie auch noch richtig nervös.

Ihre Füße wippten im Takt von Marlon Roudettes *New Age*, das sie seit ein paar Tagen nicht aus dem Kopf bekam, die Finger jagten über die Tastatur, als gelte es, ein Wettrennen zu gewinnen. Sie hatte das dringende Bedürfnis, aufzustehen und herumzulaufen. Wäre sie allein gewesen, hätte sie es auch getan, aber so blieb sie an dem alten, abgestoßenen Schreibtisch sitzen und starrte auf den noch älteren Röhrenmonitor.

Es hatte wehgetan, von Stiffler vor den versammelten Kollegen lächerlich gemacht zu werden.

Stiffler war sauer gewesen, weil sie seine Anweisung missachtet und einen Schutzpolizisten damit beauftragt hatte, ihr beim Wasserprobensammeln zu helfen. Aber warum? Sie allein loszuschicken konnte man fast schon als Verschleppung der Ermittlungen bezeichnen. Es war doch ungeheuer wichtig, so schnell wie möglich den Tatort zu finden. Stiffler handelte nicht rational, und Manuela begriff nicht, warum seine Kollegen das nicht genauso sahen und etwas dagegen unternahmen oder wenigstens protestierten. Mit Ausnahme von Nielsen vielleicht, dem das kindische Verhalten der anderen offenbar auch auf die Nerven gegangen war.

Sie hätte gern mit jemandem darüber gesprochen, aber sie wagte es nicht, die Hackordnung zu übergehen. Kurz war sie drauf und dran gewesen, zu Nielsen zu gehen, aber er würde sicher eher auf einen alten Kollegen hören statt auf sie. Vielleicht waren er und Stiffler sogar gut befreundet, was wusste sie denn schon? Nein, sie musste sich zurückhalten.

Da niemand etwas von ihr wollte, hatte sie begonnen, sich mit den alten Prostituiertenmorden zu beschäftigen. In den vergangenen zwei Stunden war sie tiefer in die alten Akten eingetaucht, und siehe da: Stifflers Name stand in einem Ermittlungsprotokoll.

Manuela druckte es aus und wollte es gerade lesen, da klingelte ihr Handy.

Die Nummer im Display kannte sie nicht, aber es war keiner ihrer privaten Kontakte. Und im Präsidium hatte noch kaum jemand ihre Nummer.

Es war das Labor.

«Frau Sperling, es geht um die Wasserproben, die Sie uns gebracht haben», sagte die Frauenstimme.

«Ja, ich weiß. Haben Sie schon eine Übereinstimmung gefunden?»

«Ich bin gerade erst mit der dritten Probe durch, schneller geht es leider nicht. Deshalb dachte ich, ich rufe Sie schon jetzt an, um Ihnen zu sagen, dass die dritte Probe mit dem Wasser aus der Lunge des Opfers eine hohe Übereinstimmung aufweist.»

«Wie hoch genau?»

«Wir haben noch nicht alle Proben analysiert, es kann also sein, dass eine andere Probe eine noch höhere Übereinstimmung aufweist, aber bei Probe Nummer drei liegt die Übereinstimmung bei achtzig Prozent.»

«Ist das denn viel?», fragte Manuela, die mit Laborergebnissen überhaupt keine Erfahrung hatte.

«Na ja, wir haben es hier mit Gewässern zu tun, die alle aus dem gleichen Grundwasser gespeist werden. Sie sind sich also sowieso sehr ähnlich. Ausschlaggebend sind deshalb Faktoren wie Verschmutzung durch Fäkalien oder landwirtschaftliche Einleitungen oder bestimmte mikrobiologische Lebewesen. Unter diesen Gesichtspunkten betrachtet, sind achtzig Prozent schon sehr deutlich. Ich hätte sonst nicht so früh angerufen.»

«Ich danke Ihnen. Vielen Dank. Sie haben mir sehr geholfen.»

Manuela beendete das Gespräch und steckte ihr Handy ein, holte die zusammengefaltete Karte aus ihrer Handtasche und breitete sie auf dem Schreibtisch aus. Proben Nummer eins bis sechs hatte der Kollege von der Schutzpolizei gesammelt, sie war selbst also nicht an diesem See gewesen, hatte aber die Beprobungsnummern auf der Karte eingetragen. Nummer drei war einer der kleinen Seen. Er lag mitten in dem Sechzig-Kilometer-Radius, keine halbe Stunde Fahrtzeit von der Innenstadt entfernt.

Manuela faltete die Karte zusammen und wollte das Büro schon verlassen, als ihr etwas einfiel. Sie kehrte an ihren Schreibtisch zurück, nahm die vier Seiten des ausgedruckten Ermittlungsprotokolls, faltete auch diese zusammen und steckte sie in die hintere Gesäßtasche ihrer Jeans. Dann verließ sie das Großraumbüro, lief eilig den Gang hinunter und klopfte an die Tür zu Stifflers Büro.

Keine Reaktion.

Sie klopfte noch einmal.

Warten konnte Manuela nicht gut, das war schon immer so gewesen. Warten war ihr ein Gräuel, gerade wenn in ihrem Inneren alles in Aufruhr war. Deshalb ließ sie kaum mehr als ein paar Sekunden verstreichen, bevor sie die Klinke niederdrückte, nur um festzustellen, dass die Tür abgeschlossen war.

Manuela betrachtete das kleine weiße Schild an der Wand mit dem Namen und dem Titel ihres Chefs darauf und fragte sich, ob das die Art von Teamarbeit war, über die er ihr vor ein paar Stunden noch einen Vortrag gehalten hatte. Nach dem letzten Gespräch hatte offenbar jeder gewusst, was er zu tun hatte, nur mit ihr hatte niemand mehr gesprochen. Stiffler war ihr natürlich keine Rechenschaft schuldig, aber sie war ihm immerhin zugeteilt worden, da konnte sie doch zumindest erwarten, dass er sich um sie kümmerte.

Mit der Karte in der Hand stand Manuela auf dem Gang und ging ihre Möglichkeiten durch.

Sollte sie zu Nielsen gehen? Wenn sie das tat, war sie bei Stiffler wahrscheinlich total unten durch.

Ach, egal. Es eilte schließlich.

Sie lief den Gang hinunter, wandte sich nach rechts, erreichte das Büro und klopfte. Auch hier keine Reaktion. Sie klopfte noch einmal und drückte dann die Klinke herunter. Die Tür war nicht verschlossen, aber Nielsen war auch nicht da.

Ärgerlich. Sie hatte ohne Stiffler einen Kontakt zu ihm herstellen wollen. Aber Aufgeben kam für Manuela nicht in Frage.

Sie nahm ihr Handy und wählte Stifflers Nummer.

Er meldete sich mit einem unfreundlichen «Was ist?».

«Ich habe den See», rief Manuela aufgeregt und ärgerte sich sofort über sich, weil sie so kindlich klang.

«Was für einen See?»

«Eine der Proben stimmt überein. Der See, in dem das Opfer ertränkt wurde.»

«So schnell. Und welcher ist es?»

«Der hat keinen Namen. Es ist einer der kleineren.»

«Beschreiben Sie mir die Lage.»

«Ich stehe hier mit einer Karte vor Ihrem Büro, um es Ihnen zu zeigen. Wo sind Sie denn?»

Stiffler seufzte vernehmlich.

«In der Tiefgarage. Ich wollte gerade Feierabend machen.»

«Ich bin in zwei Minuten unten», sagte Manuela und spurtete los.

Endlich tat sich etwas.

22

Es war bereits fünf Minuten nach acht, als Frank Engler auf das Haus zusteuerte, vor dem er Lavinia vor einigen Stunden abgesetzt hatte. Er hatte vorgehabt, auf die Minute pünktlich zu sein, aber nach dem letzten Fahrgast hatte er gespürt, dass eine Schlafattacke heranraste, und ihm war nichts anderes übrig geblieben, als auf dem Parkplatz eines Supermarktes ein Nickerchen zu machen. Eine halbe Stunde lang war er weggetreten – diesmal zum Glück ohne Albträume.

Der letzte hatte ihn sehr verwirrt. Er war so intensiv, so voller Details gewesen. Die Farbe ihrer Handtasche, ihre Kleidung, der Ausdruck in ihrem Gesicht – so realistisch. Er kannte diese Träume ja, aber diesmal war es anders.

Dieser Traum hatte sich an die Wirklichkeit gelehnt. Die Sache mit dem abgetrennten Bein damals war völlig an den Haaren herbeigezogen gewesen. Da hatte es überhaupt keinen realen Bezug gegeben. Diesmal aber schon. Es war zweifelsfrei Lavinia gewesen, obwohl er sie erst einmal gesehen hatte. Und auch in seinem Traum war sie verfolgt worden.

Es war wie ein Blick in die Zukunft gewesen.

Frank stoppte den Wagen am Bordstein und stieg aus. Es war still in der Wohngegend. Leichter Grillgeruch zog aus irgendeinem Garten herüber.

Das Haus, in dem Lavinia lebte, lag zwanzig Meter zurückgesetzt und war von der Straße aus kaum zu sehen. Büsche säumten den Weg dorthin. Der Grillgeruch wurde intensiver, als er näher kam.

An der Tür las er ihren vollständigen Namen.

Lavinia Wolff.

Der Name erinnerte ihn an irgendeinen Film, ohne dass er sagen konnte, an welchen. Schon seit Jahren füllte er seine Einsamkeit mit Filmen. Sie verschwammen in seinem Kopf zu einem undefinierbaren Bilderbrei.

Er drückte den Klingelknopf, hörte gedämpft das Läuten, steckte die Hände in die Vordertaschen seiner Jeans und wartete. Der Adrenalinpegel stieg wieder an. Abermals versuchte er, ihn mit konzentrierter Atmung zu senken, aber so richtig wollte es nicht klappen. Er versuchte sich zu beruhigen, da es hier ja nicht um ein romantisches Date ging. Lavinia hatte Angst, wurde wahrscheinlich von einem Stalker verfolgt und bedroht. Und das war ohnehin kaum der richtige Zeitpunkt, um mit einem Mann etwas anzufangen. Er wollte ihr nur helfen, für sie da sein, mehr nicht.

Der Pegel blieb stabil.

Und die Tür blieb geschlossen.

Frank wartete lange, bevor er es wagte, ein weiteres Mal auf den Klingelknopf zu drücken. Das Kribbeln in seinem Bauch machte einem unguten Gefühl Platz.

Nach dem dritten Klingeln wusste er Bescheid.

Er hatte sie mit seinem Geständnis verschreckt, hatte ihre Angst noch verstärkt, sodass sie jetzt still in ihrer Wohnung hockte und darauf wartete, dass er wieder verschwand. Er konnte es ihr nicht einmal übelnehmen. Welche Frau hätte keine Angst vor einem Freak wie ihm? Ihr von seiner Krankheit zu erzählen war schon schlimm genug, aber nein, er hatte ihr zu allem Überfluss auch noch ihren eigenen Tod ausmalen müssen.

Es hatte so kommen müssen.

«Klasse, Alter», sagte Frank leise zu sich selbst. «Bist mal wieder der große Aufreißer.»

Enttäuscht wandte er sich von der Haustür ab.

Er kannte sie nicht, aber er hatte so sehr gehofft, sie wäre anders. Sie wirkte auf ihn wie eine Frau, die eine Menge durchgemacht hatte und sich nicht so leicht erschrecken ließ. Und sie hatte versprochen, ihm von dem Mann zu erzählen, der sie verfolgte. Jetzt öffnete sie nicht einmal die Tür. Wenigstens das hätte sie tun können: die Tür öffnen und ihm höflich, aber bestimmt erklären, dass sie mit einem wie ihm nichts zu tun haben wollte. Das hätte er verstanden.

So aber blieb nichts weiter als bittere Enttäuschung.

Weil es ihm jetzt peinlich war, sich vor ihrem Haus herumzutreiben, lief Frank mit hochgezogenen Schultern zu seinem Taxi zurück. Als seine Hand schon am Türgriff des Škoda lag, sah er noch einmal hinter sich. Das Fenster, hinter dem sie gestern Abend Licht gemacht hatte, um ihm zu signalisieren, dass alles in Ordnung sei, war schwarz. Dunkel und abweisend.

Und wenn es ganz anders war?

Was, wenn sie nicht öffnen konnte, weil der, der sie verfolgte, bei ihr war? Vielleicht hatte Helmut mit seiner Vermutung ja recht, und sie wurde von einem Ehemann drangsaliert, der es nicht ertrug, von ihr verlassen worden zu sein. Solche Geschichten hörte man doch täglich. Vielleicht waren sie schon lange auseinander, und sie hatte den Ehering vor so langer Zeit abgenommen, dass nicht einmal mehr ein weißer Streifen zu sehen war – der wäre ihm nämlich aufgefallen.

Von einer Sekunde auf die andere änderte sich Franks Stimmung.

Die Enttäuschung verschwand, die Aufregung kehrte zurück.

Er öffnete die Tür, beugte sich in den Wagen und öffnete die Abdeckung der Mittelarmlehne. Darin hatte er das Pfefferspray verstaut, das er heute früh aus der Schublade im Büro genommen hatte.

Frank steckte es in die vordere Tasche seiner Jeans, verriegelte den Wagen und machte sich erneut auf den Weg.

Er ging aber nicht bis zur Haustür, sondern schlich sich durch die Büsche zum Haus. Dort drückte er sich an die von den Sonnenstrahlen des Tages noch warme Klinkerwand, schob sich zum Fenster vor und spähte hinein.

Lavinia besaß keine Gardinen, und die Vorhänge waren nicht zugezogen. Frank konnte ohne Probleme ins Wohnzimmer schauen. Es war nur karg möbliert. Ein kleiner Fernseher stand an der Wand gegenüber, darüber hingen gerahmte Fotos irgendeiner Küstenlandschaft. Von Lavinia war nichts zu sehen.

Es gab noch ein weiteres Fenster in der Vorderfront des Hauses. Nachdem Frank sich davon überzeugt hatte, dass ihn niemand beobachtete, spähte er auch dort hinein. Es war das Küchenfenster. Kein Zeichen von Leben in dem schmalen Raum dahinter.

Frank schlug sich durch die Büsche zurück zum Weg. Er schwitzte jetzt vor Aufregung. Er ging an der Haustür vorbei bis zur hinteren Ecke des Hauses und wollte eben die Gartenpforte öffnen, als ihm bewusst wurde, dass der Grillgeruch aus dem Garten kam. Er spähte um die Ecke. Lavinias Teil des Gartens war nur durch einen niedrigen Jägerzaun von dem nächsten getrennt. Dort saßen ein paar Leute um einen qualmenden Grill herum. Leises Gemurmel drang herüber.

Frank zog sich zurück. Die hinteren Fenster konnte er vergessen.

Er kehrte zur Haustür zurück und blieb unschlüssig davor stehen. Unten in der Tür gab es einen altmodischen Briefschlitz, durch den die Post direkt auf den Fußboden des Flurs befördert wurde.

Frank dachte nicht lange darüber nach, ob das, was er tat, erlaubt oder sinnvoll war. Er legte sich auf den Bauch, hob die metallene Klappe an und spähte durch den schmalen Schlitz. Er sah hellgraue Kacheln, eine braune Fußmatte, zwei Paar Schuhe und eine weiße Einkaufstüte. Sie lag mit der Öffnung zur Tür auf den Kacheln.

Diese Tüte hatte Lavinia im Taxi nicht aus der Hand gelassen. Sie schien etwas sehr Wichtiges zu enthalten. Frank konnte sich an das Logo des größten Elektronikfachmarktes der Stadt erinnern.

Das alles passte nicht zusammen.

Frank drängte sich noch näher an den Schlitz, steckte sogar seine Nase hinein, um besser sehen zu können.

In der Tüte befand sich ein Karton mit einer Videokamera darin.

«Was machen Sie da?», schrie ihn eine kreischende Stimme von hinten an, und im nächsten Moment brach die Hölle los.

23

Geruch und Geschmack von Wasser waren für ihn wie die Bestandteile eines exzellenten Essens. Seine sensibilisierten Sinne nahmen auch die feinsten Nuancen wahr, die anderen Menschen verborgen blieben. Sie drangen bis tief in seine Seele und holten die Ruhe zurück, die ihm heute in der Stadt abhandengekommen war.

Er atmete tief und gleichmäßig. Dabei streckte er die Arme zum dunkler werdenden Himmel, um seinen Brustkorb zu weiten und seiner Lunge mehr Platz zu verschaffen. Normale Menschen hatten ein Lungenvolumen von sechs Litern, das hatte er schon als Zwölfjähriger gehabt. Sein letzter Selbsttest hatte einen Hauch mehr als zehn Liter ergeben.

Ruhe, Gleichförmigkeit. Eins werden mit dem Wasser.

Glück durchströmte ihn.

Als er so weit war, senkte er den Blick.

Die Frau.

Bevor er sie hierhergebracht hatte, hatte er sie vor dem Haus mit K.-o.-Tropfen betäubt. Am Ufer dieses kleinen, einsamen Sees hatte er sie ausgezogen und war selbst in den schwarzen Neoprenanzug geschlüpft. Er wäre am liebsten ebenfalls nackt ins Wasser gegangen, um sie wirklich spüren zu können, aber er musste sichergehen. So wie die andere Frau hatte auch diese lange Fingernägel, mit denen sie ihm während des Tanzes sicher die Haut aufreißen würde. Dabei fürchtete er sich nicht vor seiner *DNA*-Spur unter ihren Nägeln, sondern vor den Verletzungen, die sich im Seewasser schnell entzünden konnten. Was das betraf, hatte er in den letzten Jahren so seine Erfahrungen gemacht, denn gekratzt hatten sie alle, manche sogar gebissen. Die Male an seiner linken Schulter waren ihm Warnung genug, nicht wieder so unvorsichtig zu sein. Sie stammten von dem jungen Mädchen, mit dem er an der Küste Korfus gebadet hatte.

Er betrachtete die Frau zu seinen Füßen.

Sie war immer noch sehr schlank, fast schon dürr. Er mochte ihr langes blondes Haar, es erinnerte ihn an seine Schwester, an Siiri, den kleinen Delfin, an ihren Zopf, der immer so niedlich gewippt, an die vielen Haarbänder, die sie im Wasser verloren hatte.

Diese Frau hatte ein kleines Tattoo neben dem Bauchnabel: eine Rose mit einer Blüte und zwei übergroßen Dornen. Was diese Dornen wohl bedeuteten? Vielleicht standen sie für zwei Menschen, die sich gemeinsam gegen den Rest der Welt behaupteten? Wenn ja, dann ahnte er, für wen der zweite Dorn stand, aber das hatte sich vor langer Zeit erledigt.

Er stieß ihr mit dem Fuß in die Seite, um herauszufinden, ob sie reagierte. Und das tat sie. Sie warf den Kopf herum und gab ein leises Stöhnen von sich. Da er die Wirkung dieser Tropfen inzwischen ganz gut einschätzen konnte, wusste er, dass sie nicht mehr allzu weit weg war. Der Temperaturschock im Wasser müsste ausreichen, sie zu wecken.

Er packte sie an den Schultern, wuchtete den leichten Körper hoch und lehnte ihn gegen seine Brust. Ihre Arme baumelten herunter, die Knie gaben sofort nach. Er schob seine Arme unter ihre Achseln, verschränkte seine Hände vor ihrem kleinen Busen und schleppte sie so die paar Schritte bis zum Ufer hinter sich her. Die Fersen ihrer Füße pflügten zwei gleichmäßige Rinnen ins Gras.

Er hatte die Stelle mit Bedacht gewählt.

Das Ufer war hier einen Meter hoch, und der Grund fiel sofort steil ab. Schon nach wenigen Schritten konnte man nicht mehr stehen. Der Weg hierher war fast zugewachsen von den dornenbewehrten Ranken der wilden Brombeere. Wenn man ein bisschen aufpasste, ging es, aber es war mühselig, und niemand nahm diese Mühe für einen kleinen See auf sich, der noch nicht einmal einen vernünftigen Strand hatte. Niemand, außer hin und wieder ein Angler, kam freiwillig hierher. Schon mit der anderen Frau hatte es hier wunderbar funktioniert. Obwohl er ihr genug Zeit gelassen hatte, hatte sie es wegen des hohen Ufers nicht geschafft, ihm zu entkommen.

Als er die Blonde bis an die lehmige Steilkante gewuchtet hatte, zuckte plötzlich ihr Kopf nach hinten. Allein seinen schnellen Reflexen hatte er es zu verdanken, dass sie ihm nicht die Lippen aufschlug.

Es wurde Zeit. Sie kam rasch zu sich.

Er gab ihr einen Stoß, sie fiel nach vorn und schlug der Länge nach auf die Wasseroberfläche. Es platschte laut. Wasser spritzte auf. Aus dem Ufergürtel ganz in der Nähe flatterte laut schnatternd eine Ente auf, hob dann ab und verschwand hinter der nächsten Uferzunge.

Die Frau ging sofort unter, und ganz so, wie er es sich vorgestellt hatte, erwachte sie. Sie schlug mit Armen und Beinen um sich, kämpfte sich an die Wasseroberfläche zurück, schrie, prustete, schluckte Wasser und ging wieder unter. Mit wilden und panischen Bewegungen entfernte sie sich schnell vom Ufer.

Er konnte sich vorstellen, was sie empfand. Eben noch hatte sie geträumt, vielleicht sogar einen wunderschönen Traum, und im nächsten Moment waren da nur noch Kälte und Wasser. Wasser im Mund, in der Nase, in den Ohren, überall Wasser, und dann kam die uralte Angst vorm Ertrinken. Sie wusste nicht, wo sie war, oben und unten, rechts oder links, alles war gleich, und ihre Todesangst wurde zur Panik.

Wer panisch wurde, ertrank. So einfach war das.

Seelenruhig sah er dabei zu, wie sie sich Meter für Meter vom Ufer entfernte. Endlich schaffte sie es, den Kopf aus dem Wasser zu heben. Ihre Arme schlugen wie Windmühlenflügel auf die Wasseroberfläche. Sie stieß einen gellenden Schrei aus, der weit über den See schallte.

Schon früher hatte er hin und wieder den Frauen bei ihrem Todeskampf zugesehen, aber bei keiner war das Gefühl der Befriedigung so stark gewesen wie bei Stifflers Frauen. Sie starben für seine Rache, und das machte es so viel bedeutsamer, als wenn er sich, wie in den letzten Jahren, einfach irgendwelche Mädchen aussuchte, zu denen er keinerlei Beziehung hatte.

Er lächelte. Hiervon würde Stiffler sich nicht erholen. Schon bald würde die Spur, die er in der anderen Nutte hinterlassen hatte, Stiffler hierherführen, und dann erwartete ihn ein Geschenk, mit dem er nicht rechnete. Nicht rechnen konnte. Wie gut es sich anfühlte, den Hass in seinem Inneren zu füttern! Es kam dem Tanz unter Wasser sehr nahe.

Er nahm seine Tauchmaske, benetzte sie, setzte sie auf und schritt ins Wasser.

Ohne ein Geräusch glitt er hinein, tauchte unter und schwamm mit kräftigen, weit ausholenden Bewegungen zu ihr herüber.

Der Tanz konnte beginnen.

24

«Sollten wir nicht die Spurensicherung mitnehmen?», fragte Manuela unbehaglich.

Sie saß auf dem Beifahrersitz des schwarzen Mercedes, den Eric Stiffler fuhr, und brach mit ihrer Frage das Schweigen, das zwischen ihnen herrschte, seit sie die Stadtgrenze hinter sich gelassen hatten.

«Um was zu tun? Sollen die Jungs den kompletten See absperren und das Wasser untersuchen? Wir schauen uns erst einmal selbst um. Finden wir etwas, können wir die Kollegen immer noch verständigen.»

«Nach rechts», wies Manuela ihn an, als sie eine T-Kreuzung inmitten freier Natur erreichten. Als einziger Hinweis auf Zivilisation wuchs hinter einem Eichenhain eine Windradkolonie aus dem Boden. Die langen weißen Rotorblätter schnitten durch die Luft wie scharfe Messer. Am Horizont ballten sich dunkle Wolkenberge. Es war einsam und ein wenig unheimlich hier draußen, und obwohl sie Stifflers Gesellschaft nicht besonders schätzte, war Manuela doch froh, nicht allein unterwegs zu sein.

Sie fragte sich, ob sie Stiffler jetzt auf das Ermittlungsprotokoll ansprechen sollte, das in der Gesäßtasche ihrer Jeans steckte. Sie hatte ihm den See auf der Karte gezeigt, und er hatte sie ganz eigenartig angeschaut. Diesen Blick würde sie so schnell nicht vergessen – so schauten die Psychopathen in den Filmen, wenn sie gerade eine mörderische Entscheidung trafen. Auch deshalb hatte Manuela ihn lieber nicht auf einen alten Fall aufmerksam gemacht, an den er selbst hätte denken müssen.

Der Mann wurde ihr langsam unheimlich. Vielleicht sollte sie lieber die Klappe halten. Sie könnte doch damit beginnen, das umzusetzen, was sie sich am Vormittag vorgenommen hatte: nicht immer alles herauszuposaunen, was in ihrer Rappelkiste vorging. Es würde sich schon noch ein anderer, besserer Zeitpunkt finden. Vielleicht war Stiffler auch nicht der richtige Ansprechpartner in dieser Sache.

«Da vorn müsste ein Kreisel kommen. Die zweite Ausfahrt», sagte sie nach einem Blick in die Karte.

Ohne zu antworten, befolgte Stiffler ihre Anweisung.

Andererseits war es Manuela nicht gewohnt, dass jemand so mit ihr umging, und sie konnte die Spannung kaum noch ertragen. Vielleicht sollte sie es mit einem klärenden Gespräch versuchen? Das war immer gut. Auch ein wortkarger Mensch wie Stiffler würde sich seiner heilsamen Wirkung nicht entziehen können.

«Haben wir beide eigentlich ein Problem miteinander?», fragte sie deshalb geradeheraus.

Stiffler warf ihr einen schnellen Seitenblick zu.

«Wie bitte?»

«Habe ich irgendwas falsch gemacht?»

«Es gibt kein Problem», sagte Stiffler, und es klang so, als sei das Gespräch damit für ihn erledigt.

So einfach wollte sie ihn nicht davonkommen lassen.

«Ich habe aber den Eindruck. Warum musste ich zum Beispiel die Wasserproben einsammeln, während das erste Meeting der Mordkommission stattfand?»

«Kritisieren Sie etwa meine Anweisungen?», fragte Stiffler, ohne sie anzusehen.

Er schaltete herunter, kurbelte am Lenkrad und durchfuhr den kleinen Kreisverkehr.

«Nein, ich wüsste nur gern, woran ich bin. Bin ich an den Ermittlungen beteiligt oder nicht?»

«Wenn Ihnen meine Arbeitsweise nicht passt, Frau Sperling, dann können Sie sich gern in ein anderes Fachkommissariat versetzen lassen.»

«Ich will aber bei *Mord* bleiben.»

«Dann halten Sie sich an die Spielregeln.»

«Und welche sind das?»

«Ganz einfach», sagte Stiffler, und sie konnte an seiner gepressten Stimme hören, dass er innerlich kochte. «Ich leite das Mordkommissariat, Sie sind der Frischling. Ich habe mehr als fünfzehn Jahre Diensterfahrung, Sie gar keine. Deswegen erteile ich die Anweisungen, und Sie befolgen sie ohne Wenn und Aber. Und zwar genau so, wie ich sie erteile.»

«Wie im Mittelalter», murmelte Manuela mehr zu sich selbst vor sich hin.

«Wir sind hier keine große antiautoritäre Familie, bei der über jeden Furz demokratisch abgestimmt wird», sagte Stiffler so laut, dass Manuela zusammenzuckte. «Dies ist eine Polizeidienststelle, hier gibt es nicht ohne Grund Dienstränge und Dienstwege. Das Prinzip funktioniert seit Jahrzehnten sehr gut. Und jetzt kommen Sie daher und wollen es ändern? Mädchen wie Sie bringen erfahrene Ermittler in riskante Situationen. Ich habe schon Kollegen sterben sehen, weil sie sich vor dumme Frischlinge mit großer Klappe stellen mussten, die sich im entscheidenden Moment nicht an Befehle hielten oder die Hosen voll hatten, sobald es drauf ankam.»

Stiffler bog nach links in einen unbefestigten Wirtschaftsweg. Im Wagen herrschte eine Atmosphäre wie im Knast vor einer Prügelei. Die Luft war zum Schneiden dick.

Stifflers Ausbruch hatte auf Manuela allerdings nicht die beabsichtigte Wirkung. Wer laut wurde, hatte meistens unrecht, das kannte sie von ihrem Vater. Aber die Botschaft, die in Stifflers Worten steckte, war überdeutlich: Sie hatte es tatsächlich mit einem dieser Dinosaurier zu tun, die gegen Frauen im Polizeidienst waren. Da lag der Hase im Pfeffer. Es lag nicht an ihrer Person. Sie konnte sich noch so sehr anstrengen, gegen dieses archaische Denken würde sie niemals ankommen.

Stiffler ließ den Mercedes langsam vor einer Holzschranke ausrollen. Wahrscheinlich sollte sie seinen Vorschlag annehmen und den Fachbereich wechseln. Stiffler empfand sie als Eindringling, als Störenfried, er würde sie nie mit Respekt behandeln.

Sie nahm sich vor, während der Zeit, die sie mit ihm hier draußen am See war, nur noch das Nötigste zu sprechen. Sobald sie zurück im Revier waren, würde sie Himmel und Hölle in Bewegung setzen, um nicht mehr mit diesem Kerl arbeiten zu müssen.

Der Wagen stand noch nicht ganz, da hatte sie die Tür schon aufgestoßen und stieg aus. Sie war froh, dem engen Wagen entkommen zu sein. Wie sollte sie nur die Rückfahrt überstehen?

Sie atmete tief und versuchte sich zu beruhigen. Musste sie sich das gefallen lassen?

Sie hörte ihn aussteigen und die Tür zuschlagen. Jetzt war auch die Luft hier draußen dick.

«Hören Sie ...», begann er.

Manuela wirbelte auf dem Absatz herum und stach mit ihrem Zeigefinger in seine Richtung.

«Wenn Sie ...»

Weiter kam sie nicht.

Der gellende Schrei vom Wasser her schnitt ihr das Wort ab.

25

Er schwebte. Die letzten Sonnenstrahlen dieses Tages verzweigten sich, von der Wasseroberfläche gebrochen, in Hunderte Lichtlanzen. Er sah den Himmel das Wasser berühren, sah beide sich miteinander vereinigen, so wie er sich schon bald mit der Frau vereinigen würde. Zum Greifen nah war der Himmel, er musste nur die Hand ausstrecken. Aber das wollte er gar nicht. Sein Himmel war hier unten, im Reich der gedämpften Geräusche, wo ihr Todeskampf klang wie ein lieblicher Gesang.

Es war eine einzigartige Melodie aus glucksenden, platschenden und gurgelnden Geräuschen, immer wieder unterbrochen durch kurze Schreie, sobald sie auftauchte. Er war weiter hinausgeschwommen, von ihr fort, dorthin, wo das Wasser nicht so aufgewühlt war, doch es trug die Geräusche zu ihm, veränderte sie dabei, ließ sie sanfter und gleitender klingen, ähnlich dem Gesang der Wale, wie er ihn im Mittelmeer gehört hatte.

Ein schöneres Geräusch gab es nicht. Nicht außerhalb des Wassers.

Übermütig wie ein spielender Delfin schlug er eine Rolle, tauchte tiefer hinab, schraubte sich ins Dunkel, beobachtete die schlangenhaften Bewegungen der Schlingpflanzen am Grund, näherte sich ihnen aber nicht, sondern drehte sich im Kreis, presste die Arme an die Seiten und schlug mit den Beinen aus.

Zwanzig Meter hinter ihr tauchte er schließlich langsam und geräuschlos auf, spie ein wenig Wasser aus, füllte die Lunge mit frischer Atemluft und beobachtete die Frau.

Sie hatte sich etwas beruhigt und versuchte, mit jämmerlichen Schwimmbewegungen zurück zum Ufer zu gelangen. Das gefiel ihm. Sie wusste nicht, wie sie ins Wasser gekommen war, spürte aber fraglos seine Anwesenheit und die Gefahr, die er darstellte. Und jetzt schöpfte sie Hoffnung, sie glaubte, ihm entkommen zu sein. Einem Menschen im Augenblick größter Erleichterung und Euphorie seine Hoffnung zu nehmen – das war schlimmer, als ihn zu töten.

Er tauchte unter. Schon nach wenigen Zügen sah er im trüben Wasser ihre nackten Beine. Sie traten ins Wasser, als führe sie Fahrrad, statt zu schwimmen.

Das vermeintlich sichere Ufer kam immer näher.

Kurz bevor sie mit den Füßen den schlammigen Grund berührte, war er bei ihr, packte sie am linken Knöchel, stieß sich selbst mit beiden Beinen im Schlick ab und zog sie zurück ins offene Wasser.

Ihr verzweifeltes Kreischen konnte er noch hier unten hören, und selbst das Wasser schaffte es jetzt nicht mehr, es wie Gesang klingen zu lassen. Sie wehrte sich, trat mit dem anderen Bein aus, doch sie hatte nichts, woran sie sich festklammern konnte, und gegen seine Zugkraft hatte sie keine Chance. Es war eine Kleinigkeit für ihn, sie zehn Meter weit hinauszuziehen. Erst dort ließ er sie los.

Sofort bewegte sie sich wieder Richtung Ufer.

Er ließ sich tiefer sacken, tauchte in Rückenlage unter sie und schwamm mit ihr mit, unbemerkt von ihr. Ihre Silhouette hob sich im Gegenlicht ab. Es war ein wunderschöner Anblick. Selbst in Panik waren ihre Bewegungen nicht ohne Anmut und Grazie. Das aufgewühlte Wasser umspülte sie. Tausende kleine silbrige Perlen wirkten wie die Schuppen eines Fisches auf ihrer Haut. Wie alle anderen, mit denen er getanzt hatte, machte auch sie erst das Wasser perfekt. Sie kraulte, warf sich von einer Seite auf die andere, riss mit ihren Armen Luftblasen ins Wasser, helle durchsichtige Kugeln in allen Größen, die ihren Körper zu tragen schienen. Sie fand einen Rhythmus, und er bewunderte den Schwung ihrer Hüften und Beine, bewunderte das Spiel ihrer Bauchmuskulatur, die vor Anstrengung ganz hart geworden war.

Er hätte ewig so unter ihr dahinschweben können, doch die Sehnsucht nach dem Tanz wurde größer und größer.

Mit zwei schnellen Zügen war er bei ihr, packte abermals ihr Fußgelenk und zog sie hinunter. Dann presste er ihre Arme gegen ihren Oberkörper und umschlang sie mit seinen eigenen. Ihre Beine klemmte er zwischen seine, sodass sie völlig bewegungsunfähig war. Er legte all seine Kraft in diese Umarmung, drückte zu, so fest er konnte, seine Finger gruben sich tief in ihr Fleisch, und selbst durch den Neoprenanzug hindurch glaubte er ihr Herz schlagen zu spüren. So wie Tänzer und Tänzerin nicht länger zwei Körper waren, sondern eine Gemeinschaft, so verschmolz er mit ihr, und sein eigenes Herz ließ sich auf ihren Takt ein.

Ihr Gesicht war nur Zentimeter von seinem entfernt. Aus grotesk groß erscheinenden, weitaufgerissenen Augen starrte sie ihn an. Sie konnte nicht fassen, was ihr geschah, das war darin deutlich zu sehen. Angst und Panik und die Ahnung vom baldigen Tod.

Gemeinsam sanken sie in die Tiefe.

Sie tanzten.

Sie zuckte mit den Beinen und dem Becken und wandte sich wie ein Aal, konnte sich aber nicht aus seiner Umarmung befreien. Immer weiter quollen ihre Augen aus den Höhlen, sie warf den Kopf hin und her, und ihr schönes langes Haar umrahmte ihr Gesicht wie ein Brautschleier aus Seetang.

«Ung … ung … ung», schallte es durchs Wasser.

Der Gesang einer Sterbenden.

26

Dornenranken verhakten sich in ihrer Jeans und rissen daran, als wollten sie Manuela mit aller Kraft zurückhalten. Dünne Zweige mannshoher Büsche peitschten ihr ins Gesicht. Sie sprang über Kaninchenlöcher und trockene Äste und versuchte, nicht die Orientierung zu verlieren. Von der Schranke führte ein Pfad, der kaum noch als solcher zu erkennen war, zum See hinüber. Den See selbst konnte Manuela noch gar nicht sehen, nur das Dickicht, das den Uferbereich umgab.

Nach zweihundert Metern hatte sie die Hälfte der Strecke zum See geschafft. Sie blieb stehen, lauschte, hörte einen weiteren gellenden Schrei und spurtete wieder los.

Erst als sie das Wasser durch die Büsche glitzern sah, wurde sie langsamer und blieb schließlich stehen. Die Schreie waren verstummt, aber sie hörte lautes Plätschern irgendwo links von ihr.

«Sperling, warten Sie!», rief Stiffler von hinten, doch Manuela wartete nicht. Sie lief in die Richtung weiter, aus der sie das Plätschern hörte.

Im See kämpfte jemand um sein Leben.

Der Uferbereich war völlig zugewuchert. Das Gras stand hier hüfthoch, und es gab keinen Weg, nur diesen Trampelpfad. Manuelas Blick flog immer wieder zum See hinüber, den sie nur sehen konnte, sobald sich ein Loch im Bewuchs auftat, deshalb übersah sie einen querliegenden Ast und blieb mit dem rechten Fuß daran hängen. Sie machte einen gewaltigen Satz nach vorn, streckte die Arme aus und rollte geschickt ab. Sie holte kurz Luft, rappelte sich wieder auf und lief weiter.

Wieder diese Schreie. Erst wahnsinnig laut, dann leiser, aber nicht weniger verzweifelt.

Rechts von Manuela gab es eine freie Stelle zwischen

zwei Bäumen. Sie lief darauf zu, duckte sich unter einem armdicken Ast hindurch, schaufelte mit den Händen ein paar Zweige beiseite, verbrannte sich dabei an hohen Brennnesseln, stand dann aber plötzlich direkt am See.

Sie sah die Frau sofort.

Sie ruderte fünfzig Meter von ihr entfernt verzweifelt mit den Armen. Sie war vielleicht noch zehn Meter vom Ufer entfernt und wirkte sehr geschwächt.

Manuelas Gedanken rasten. Wenn sie an dieser Stelle ins Wasser sprang, würde sie ein weites Stück schwimmen müssen, und das auch noch voll bekleidet. Die Frau hielt auf eine Landzunge zu, die einige Meter weit in den See hineinragte. Wenn Manuela dort ins Wasser sprang, könnte sie die Frau mit zwei, drei Schwimmzügen erreichen.

Also lief sie weiter und traf auf Stiffler, der aus dem Dickicht ans Ufer stolperte.

«Da lang!», schrie sie ihn an.

Sie rannte jetzt dicht am Ufer entlang. Ihre Füße sanken knöcheltief ein, und wären die Sneaker nicht fest zugeschnürt gewesen, sie wären ihr von den Füßen gerissen worden. Endlich erreichte sie die Landzunge und sprintete zu ihrem Ende.

Die Bewegungen der Frau waren bedeutend langsamer geworden. Sie war jetzt so nahe, dass Manuela ihr Gesicht erkennen konnte. Nackte Todesangst verzerrte es.

Manuela riss die Hände hoch, winkte und schrie:

«Hierher! Kommen Sie hierher! Ich helfe Ihnen!»

Stiffler tauchte hinter ihr auf.

«Gottverdammt!», stieß er aus.

Die Frau hatte nur noch ein paar Meter bis zum Ufer, aber Manuela wusste, dass sie es nicht schaffen würde. Deshalb warf sie Schuhe und Jacke von sich und riss das Holster herunter. Sie wollte gerade ins Wasser springen, als Stiffler sie an der Schulter packte.

«Was ist das!», schrie er und deutete mit ausgestrecktem Arm auf den See hinaus.

«Neiiiiiin», kreischte die Frau.

Und Manuela traute ihren Augen nicht.

Die Frau ging nicht unter, sie hielt den Kopf mühsam über Wasser, ruderte wie wild mit den Armen und griff in die Luft auf der Suche nach einem Halt. Aber sie bewegte sich vom Ufer fort.

«Da muss jemand im Wasser sein», schrie Manuela. «Wir müssen ihr helfen!»

Stiffler stand schockiert da. Mit ausgestrecktem Arm deutete er aufs Wasser hinaus. Seine Augen waren weit aufgerissen, sein Mund geöffnet, die Unterlippe zitterte. Er sah aus, als hätte er einen Schock erlitten.

«Kommen Sie!», schrie Manuela ihn an.

Er schüttelte den Kopf.

«Sie ... Sie dürfen da nicht rein», stammelte er.

Manuela ließ ihn stehen und hechtete mit einem Kopfsprung ins Wasser.

Die Temperatur ließ ihr Herz einen Schlag lang aussetzen. Beinahe hätte sie nach Luft geschnappt. Sie tauchte wieder auf, wischte sie sich das Wasser aus den Augen und hielt nach der Frau Ausschau.

Wo war sie?

Sie konnte sie nicht mehr sehen. Das Wasser war noch aufgewühlt, die Frau jedoch verschwunden. Sie musste untergegangen sein.

Manuela trat Wasser und drehte sich nach Stiffler um. Der stand immer noch bewegungslos am Ufer, genau wie sie ihn zurückgelassen hatte.

«Wo ist sie?!», schrie sie, aber er reagierte nicht.

Also tauchte sie.

Das Wasser war trüb, sie konnte nicht viel sehen, vielleicht nur einen Meter weit. Ihre Kleidung wurde schnell

schwer, und sie hatte das Gefühl, überhaupt nicht vor-
wärtszukommen. Schon nach zwanzig Sekunden musste
sie wieder auftauchen. Gierig sog sie die Luft ein. Da
tauchte nur einige Meter voraus der Kopf der Frau auf.

Sie schrie nicht mehr, versuchte nur noch, sich über
Wasser zu halten.

Für einen Moment trafen sich ihre Blicke.

Dann verschwand sie mit einem jähen Ruck.

Manuela holte tief Luft, tauchte ab und schwamm los.
Sie hatte die Augen der Frau erkannt, und sie war sich bewusst, dass sie hier ebenfalls ertrinken konnte. Wer oder
was auch immer die Frau nach unten zog, es konnte auch
sie angreifen. Dennoch, sie musste weitermachen. Schon
nach vier Schwimmzügen sah sie etwas unter sich: den
Kopf der Frau, umgeben von ihrem langen, blonden, auf-
gefächerten Haar. Manuela tauchte hinterher, und als
plötzlich eine Hand neben dem Kopf erschien, griff sie zu.
Sie bekam die Finger zu fassen, doch eine immense Kraft
riss die Frau nach unten, so als gäbe es dort am Grund des
Sees ein allesverschlingendes schwarzes Loch.

Die Finger entglitten ihr.

Angsterfüllte, geweitete Augen starrten zu ihr hinauf.
Hand, Kopf und Haar verschwanden langsam in der Dunkelheit.

Luft, sie brauchte Luft. Ein paar Sekunden nur noch,
dann würde der Atemreflex einsetzen, und sie wäre verloren. Schon wurde ihr schwarz vor Augen. Manuela
drängte mit wilden, panischen Bewegungen nach oben.
Kurz bevor ihr Kopf die Wasseroberfläche durchbrach,
zwang eine unwiderstehliche Kraft in ihrem Inneren sie
dazu, den Mund zu öffnen. Sie schluckte kaltes Wasser
und spürte augenblicklich einen schmerzhaften Krampf
in ihrem Brustkorb. Dann war sie über Wasser, hustete,
paddelte wie ein Hund und verlor völlig die Orientierung.

Das Ufer. Wo war das Ufer?

Schwarze Tiefe lauerte unter ihr. Sie schien an ihr zu zerren, so wie sie an der Frau gezerrt hatte, die jetzt ihren sicheren Tod fand.

Manuela wollte schreien, konnte aber nicht, weil sie immer noch Wasser würgte. Jetzt sah sie das Ufer, sah Stiffler, der dort telefonierte. Sie hatte ein Ziel, sie musste die Panik unter Kontrolle bekommen. Also schwamm sie.

Sie war vielleicht noch fünfzehn Meter vom Ufer entfernt, da spürte Manuela es.

Etwas glitt an ihren Beinen entlang.

Viel zu groß für einen Fisch, schoss es ihr durch den Kopf.

Dann schwamm sie um ihr Leben.

27

«Da ist der Täter!»

Die hohe, kreischende Stimme bohrte sich schmerzhaft in sein Hirn, und er verzog das Gesicht. Drei Männer, kräftige Kerle mit zu viel Gewicht und zu viel Bier intus, mit dem sie das Grillfleisch hinuntergespült hatten, hatten sich auf ihn gestürzt wie eine Horde Wikinger auf Raubzug. Die Blutergüsse an seinen Armen und Beinen würden in zwei Tagen in den schönsten Regenbogenfarben leuchten. An die Schmerzen mochte er gar nicht denken. Außerdem war seine rechte Wange aufgeschürft, weil sie ihn mit vereinten Kräften auf den Gehweg geworfen hatten.

Dort lag Frank immer noch, zwei Knie und gefühlte dreihundert Kilo im Rücken, als endlich die Polizeistreife eintraf. Er war noch nie so froh gewesen, Uniformen zu sehen. Er sah schwarze Schuhe auf sich zueilen, darüber schwarzer Stoff, der um Schienbeine flatterte.

«Lassen Sie den Mann los!», fuhr einer der beiden Polizisten den schwergewichtigen Grillmeister an, der auf Frank saß.

Es tat noch ein bisschen mehr weh, als der sich mit den Knien von seinem Rücken abstieß, aber dann war das Gewicht endlich verschwunden, und Frank konnte wieder atmen. Viel hätte nicht gefehlt, dann wäre er erstickt, und er hoffte, dass seine Rippen nichts abbekommen hatten.

Er blieb noch einen Moment liegen. Bis die Polizei gekommen war, waren etwa zehn bis fünfzehn Minuten vergangen, und die hatte er auf den Boden gepresst verbracht. Auch ohne das Gewicht im Rücken fühlte Frank sich wie eine Gehwegplatte.

«Fünf Einbrüche in den letzten zwei Jahren, aber jetzt haben wir den Täter endlich. Und zwar ohne die Hilfe von euch Bullen», keifte die Frauenstimme.

Alles, was er von der Wortführerin seiner Feinde gesehen hatte, waren fleischige, verhornte Füße in breiten Biolatschen.

«Passen Sie auf, was Sie sagen», warnte ein Polizist. Der andere half Frank vom Boden auf.

«Brauchen Sie einen Arzt? Sind Sie verletzt?», fragte er.

Frank richtete sich auf und holte tief Luft. Er rechnete mit einem Stich in der Rippengegend, doch der blieb aus, folglich hatte er wohl Glück gehabt und sich keine Rippe gebrochen. Der Rest seines Körpers fühlte sich an, als sei er durch einen Fleischwolf gedreht worden, aber ernsthaft verletzt war er wohl nicht.

Frank hob die Hand und betastete seine rechte Wange. Sie tat weh und war geschwollen.

«Nein, es geht schon», sagte er.

«Was ist denn überhaupt passiert?», fragte der andere Polizist.

«Ich wollte nur ...»

«Der wollte hier einbrechen, was denn sonst?», rief die Frau dazwischen und zeigte mit dem Finger auf ihn.

Frank sah sie an und fand, dass Füße und Stimme hervorragend zueinander passten. Sie hatte dünnes, gelocktes Haar, durch das ihre Kopfhaut schimmerte, und ungefähr vierzig Kilo zu viel Gewicht auf den Rippen. Die feisten Wangen leuchteten hochrot, die Augen waren weit aufgerissen. Sie sah aus, als würde sie gleich einen Schlaganfall erleiden.

Und wennschon, dachte Frank. Er spürte den starken Drang, ihr eine schallende Ohrfeige zu verpassen.

«Das ist doch Unfug», sagte er.

«Wie bitte?», kreischte sie los.

«Jetzt beruhigen Sie sich erst einmal», fuhr der Polizist dazwischen, der ihm aufgeholfen hatte. «Hier wird nicht geschrien.»

Der andere Polizist wandte sich an die dicken Männer, die ein wenig unglücklich aus der Wäsche schauten.

«Was ist vorgefallen?»

Der eine, er hatte eine Glatze, trug aber einen sauberrasierten Spitzbart, zeigte hinter sich.

«Wir sitzen da hinten im Garten und grillen, verstehen Sie? Meine Frau war mal kurz zur Toilette, und da hat sie durch das Flurfenster jemanden ums Haus schleichen sehen, verstehen Sie? Wir sind natürlich gleich nachsehen, und da lag dieser Kerl hier vor der Tür auf dem Bauch und versuchte, durch den Briefschlitz ... Ich weiß nicht – einzubrechen oder so, verstehen Sie?»

Der Polizist, ein Mann von Franks Größe und Statur, aber mit Schnauzbart und stechendem Blick, fixierte ihn.

«Stimmt das?»

«Nein.»

«Das ist doch die Höhe!», keifte die Frau sofort los, doch

der Schnauzbart würgte sie mit einer schnellen Handbewegung ab.

«Sie sind jetzt ruhig, haben Sie mich verstanden?»

Die Dicke verfiel in Schnappatmung und schwieg.

«Also!», forderte der Polizist Frank auf.

«Okay, ich hatte vor der Tür gelegen und durch den Briefschlitz geschaut, aber doch nicht, um einzubrechen. Mir gehört das Taxi da vorn an der Straße. Ich wollte zu Frau Wolff, aber sie machte nicht auf.»

«Und da gehört es neuerdings zum Taxiservice, dass man auf dem Boden herumkriecht und durch den Briefschlitz schaut? Ich lach mich kaputt!», krakeelte die Frau.

Die beiden Polizisten verständigten sich mit einem schnellen Blick.

Der, der Frank vom Boden hochgeholfen hatte, fasste ihn am Ellenbogen.

«Kommen Sie bitte mit.»

Er führte ihn den Gehweg hinunter zur Straße, der andere nahm die Aussage des Grillkommandos auf.

Frank musste seine Brieftasche aus dem Taxi holen und sich bei geöffneter Tür in den Fond des Streifenwagens setzen. Der Beamte überprüfte am Laptop seine Personalien. Schließlich trat er zur hinteren Tür und reichte Frank seine Brieftasche zurück.

«Sie haben da eine Wunde im Gesicht», sagte er.

«Ich weiß. Ist halb so wild.»

«Was wollten Sie an der Tür?»

Frank seufzte.

«Ich war mit Frau Wolff verabredet, aber das muss die Meute da hinten ja nicht wissen.»

Als der Beamte seine Personalien überprüfte, hatte Frank sich überlegt, was er erzählen sollte. Natürlich sah es blöd aus, wenn man in einer solchen Situation erwischt wurde, aber seine Gründe waren einleuchtend, zumindest für ihn. Frank wollte immerhin versuchen, ihm die Wahrheit zu erzählen. Er schilderte, wie er Lavinia kennengelernt, dass sie sich verfolgt gefühlt hatte. Seinen Albtraum verschwieg er.

«Sie waren also verabredet, aber Frau Wolff ist nicht zu Hause», fasste der Polizist zusammen.

Das war kurz und bündig, ließ aber den ganzen Zusammenhang aus, der alles erklärte.

«Hören Sie», setzte er deshalb nach. «Irgendwas stimmt hier nicht. Frau Wolff hätte mir Bescheid gesagt, wenn sie vorgehabt hätte, unser Treffen abzusagen.»

«Und Sie kennen Frau Wolff seit ... Was sagten Sie? Seit gestern?»

Frank wollte schon etwas erwidern, schwieg dann aber.

Der Mann hatte recht. Er kannte Lavinia erst seit gestern. Nein, eigentlich kannte er sie gar nicht und konnte nicht wissen, was sie tun oder lassen würde. Sie hatte ihn verschaukelt, so einfach war das. Und er benahm sich wie ein Vollidiot, wie ein Schüler, der für seine große Liebe den Helden spielen wollte.

Mein Gott, wie peinlich.

Aber warum lag die Einkaufstüte im Flur?

In einem Anflug von Hoffnung erzählte Frank dem Polizisten davon.

Der hörte geduldig zu und nickte dann.

«Sie werden verstehen, dass wir wegen einer in der Wohnung liegengelassenen Einkaufstasche nicht die Tür aufbrechen können. Aber ich mache Ihnen einen Vorschlag. Ich gebe Ihnen meine Karte, und wenn noch irgendwas sein sollte, dann rufen Sie mich an oder schauen auf dem Revier vorbei. Auf eine Anzeige wegen versuchten Einbruchs oder Hausfriedensbruchs verzichten wir. Können Sie damit leben?»

«Muss ich wohl», sagte Frank und nahm die Karte.

28

See Nummer drei war ein idyllischer Ort, dachte Manuela Sperling.

Aber was geschehen war, würde für alle Zeit auf diesem See lasten wie ein böser Fluch. Die Menschen würden noch Jahre später darüber reden. Junge Leute würden an Lagerfeuern sitzen und mit leiser Stimme von einem Monster erzählen, das in den dunklen Wassern lebte und junge Frauen in die Tiefe zog. Klar, sie würden dabei lachen und so tun, als glaubten sie nicht daran, aber selbst den Mutigsten unter ihnen würde ein Schauer über den Rücken laufen, und sie würden heimlich nach verdächtigen Schatten unter Wasser Ausschau halten.

Auch sie selbst würde von heute an immer Ausschau halten, vielleicht sogar nie wieder in einem See schwimmen, in dem sie den Grund nicht sehen konnte. Sie war bis ins Mark erschüttert. Noch immer spürte sie die Stelle an ihrer Wade, an der dieses Etwas im Wasser sie berührt hatte.

Manuela saß hinten in einem Rettungswagen der Feuerwehr. Die Türen standen weit offen, das Licht brannte hell, und von vorn drang hin und wieder ein Knistern aus dem Funkgerät. Ihr Blick fiel auf den Trampelpfad, über den sie sich hatte kämpfen müssen. Jetzt hatten die Beamten die längsten Dornenranken zurückgeschnitten, und das Gras war niedergetrampelt. Metallstangen steckten in Meterabständen im Boden. Sie waren durch rot-weißes Absperrband miteinander verbunden. Der künstliche Korridor führte bis ans Ufer und markierte den Bereich, den man betreten durfte. Alles andere gehörte den Spurentechnikern, die sich direkt am See zu schaffen machten.

Von dort drang gleißendes Licht herüber. Die Techniker hatten starke Scheinwerfer aufgestellt.

Die Sonne war längst untergegangen und hatte dabei spektakuläre Farben an den Himmel geworfen. Was für eine Verschwendung, denn hier am See hatte niemand hingesehen. Manuela empfand es als beruhigend, dass die Nacht hereingebrochen war. Aber vielleicht wirkte auch nur das leichte Beruhigungsmittel, das der Notarzt ihr vorsorglich injiziert hatte. Er war so einfühlsam gewesen, da hatte Manuela es ihm nicht abschlagen können.

Sie hätte sich von einem der unzähligen Beamten, die das Areal absperrten, nach Hause fahren lassen können, doch sie hatte sich einfach nicht aufraffen können. Sie hatte einen der orangefarbenen Overalls der Sanitäter angezogen und saß in zwei warme Decken gehüllt hinten im Rettungswagen, nippte an einer Tasse heißer Brühe und genoss es, all die Menschen um sich zu wissen. Allein zu Hause wäre der Schrecken mit aller Macht über sie hereingebrochen.

Sobald sie die Augen schloss, kamen die Bilder. Von der Frau, wie sie hilflos und verzweifelt mit den Armen ruderte und auf das offene Wasser hinausgezogen wurde. Von ihrem Gesicht, das hell vor dem schwarzen Hintergrund des Wassers leuchtete, von der Hand, die nach oben schnellte, die Halt suchte und doch keinen fand, ins Leere griff und schließlich in die Tiefe sank. Von ihren Augen ...

Diese Bilder waren grausam und verstörend, aber noch schlimmer war für Manuela die Erinnerung an das, was sie gespürt hatte.

Da war etwas gewesen unter Wasser. Das hatte sie sich nicht eingebildet, und niemand würde es ihr ausreden. Sie konnte nicht sagen, was, weil sie es nicht gesehen hatte. Aber es musste ein Mensch gewesen sein. In deutschen Seen gab es keine Lebewesen, die einem Erwachsenen gefährlich werden konnten. Er war unter ihr geschwommen und hatte ihr Bein gestreift. Wenn sie nur daran dachte, brannte die Stelle, als wäre es eine Feuerqualle gewesen.

Er war ganz nah gewesen. Er hätte sie ohne Weiteres unter Wasser zerren können. Warum hatte er es nicht getan?

Stiffler war keine Hilfe gewesen. Er hatte am Ufer gestanden, hatte telefoniert und aufgeregt mit den Armen gerudert, aber er hatte nicht einmal Anstalten gemacht, ins Wasser zu springen. Er hatte weder seine Schuhe ausgezogen noch Waffe oder Jacke abgelegt. Wahrscheinlich musste Manuela froh sein, dass er ihr wenigstens aus dem Wasser geholfen hatte. Schließlich war sie nur ein Frischling, und sicher konnte man von einem erfahrenen Ermittler nicht verlangen, für so jemanden sein Leben zu riskieren.

Hätte Stiffler sie ertrinken lassen, wenn sie den Rückweg nicht geschafft hätte? Wenn das Etwas im Wasser auch sie angegriffen hätte?

Sie musste eine Antwort darauf finden.

Bisher war niemand von der Mordkommission Ufer bei ihr gewesen, außer Andreas Bader, der junge Kollege, der ihr beim Einsammeln der Wasserproben geholfen hatte. Er hatte blass ausgesehen, so als setze ihm der Fall zu, außerdem hatte er gefroren. Sein Haar war nass gewesen, wahrscheinlich hatte er geschwitzt beim Absuchen des schwer zugänglichen Ufers. Aus diesem See hatte er gestern eine Probe gezogen, aber aufgefallen war ihm dabei nichts. Er hatte sich für einen Moment zu ihr gestellt, sich an einer heißen Tasse Brühe aufgewärmt und sie gefragt, was überhaupt passiert war. Anscheinend waren auch bei ihm keine Informationen angekommen. Manuela hatte sich zurückgehalten und trotz ihrer Wut kaum etwas erzählt. Nach ein paar Minuten war er gegangen. Seitdem war Manuela allein.

Eine Gestalt kam den Trampelpfad hinauf. Im Gegenlicht der am Seeufer aufgestellten Scheinwerfer war sie zunächst nur ein Schattenriss. Als er nur noch ein paar Meter entfernt war, erkannte Manuela Peter Nielsen.

Er lehnte sich mit einem Arm an die geöffnete Tür und sah sie an. Er wirkte erschöpft. Laub hatte sich in seinem vollen blonden Haar verfangen, seine Kleidung war schmutzig.

«Geht's wieder?», fragte er mit sanfter Stimme.

Manuela sah zu ihm auf. Sie saß im Fond des Rettungswagens zwar erhöht, dennoch überragte er sie immer noch um ein paar Zentimeter.

Sie nickte.

«Keine ernsthaften Verletzungen?»

«Nur ein paar Kratzer von den Brombeerranken», erwiderte Manuela.

Vielleicht würde er sie jetzt fragen, warum sie dann immer noch hier herumsaß, statt ihnen unten am Ufer zu helfen, und sie bereitete sich darauf vor, ihre Krallen auszufahren.

Doch er nickte nur, und sein sonst harter Blick wurde für einen Moment weich und weit. Eine Sekunde später hatte er sich wieder unter Kontrolle.

«Eric bat mich, mit Ihnen zu sprechen.»

Manuela konnte ihre Überraschung nicht verbergen. Genauso wenig wie ihr spöttisches Lächeln.

«Ist er selbst dazu zu feige?»

«Es geht ihm nicht gut.»

«Das hoffe ich doch. Wäre ja noch schöner, wenn es ihm gutginge. Versuchen Sie etwa, ihn in Schutz zu nehmen? Wissen Sie eigentlich, was hier passiert ist? Vielleicht hätten Sie mal ein Wort mit mir wechseln sollen und nicht nur mit Ihrem geschätzten Kollegen.»

Nielsen ließ Manuela ausreden. Er ließ ihr sogar noch Zeit für eine weitere Tirade.

«Das tue ich doch jetzt», sagte er, als sie fertig war. «Bisher weiß ich, was Eric mir erzählt hat. Ich weiß, dass Sie ins Wasser gegangen sind, um die Frau zu retten, und mir ist klar, wie viel Mut dazu gehört. Sie haben meinen vollen Respekt, und das meine ich ehrlich. Ich weiß aber auch, dass Eric diesen Mut nicht aufgebracht hat. Und das tut ihm leid.»

Manuela schüttelte den Kopf.

«Das glaube ich ihm erst, wenn er sich bei mir entschuldigt. Und solange er das nicht tut, sorge ich dafür, dass jeder erfährt, wie feige der Herr Hauptkommissar ist.»

Nielsen sah sie fest an.

«Sie kennen seinen Ruf nicht, oder?»

«Bitte?»

«Eric hat den Ruf, keinen Arsch in der Hose zu haben. Er geht keine Risiken ein. Ja, man kann auch sagen, er ist ein Feigling.»

Nielsen stockte, sah an Manuela vorbei und tat so, als interessiere er sich für die Einrichtung des Rettungswagens.

«Aber wissen Sie, welchen Ruf Ihnen das einbringen würde, wenn Sie die Sache breittreten?»

Manuela reagierte nicht.

«Den einer Petze, eines Kollegenschweins. Sie würden bei der Polizei nie wieder ein Bein auf die Erde bekommen, wenn Sie einen Kollegen wie Eric denunzieren. Er war hier mal eine große Nummer, das haben viele nicht vergessen, besonders Bender nicht.»

«Hab ich gehört.»

«Dann würde ich mir an Ihrer Stelle gut überlegen, was ich tue.»

Manuela öffnete den Mund, aber Nielsen stoppte sie mit einer raschen Handbewegung.

«Nein, das war keine Drohung, sondern ein guter Rat.

Ich kann Sie verstehen, wirklich. Aber ich weiß auch, wie es zugeht in unserer Welt, und ich habe den Eindruck, Sie wissen es nicht. Also, denken Sie darüber nach. Schlafen Sie eine Nacht darüber, und dann tun Sie, was Sie tun müssen.»

Er sah ihr direkt in die Augen.

Obwohl ihr so viel auf der Zunge lag, sah Manuela ein, dass es jetzt besser war zu schweigen.

«Die Taucher haben sie gefunden», sagte Nielsen schließlich.

29

Eric Stiffler beobachtete die drei Aluminiumboote in der Mitte des Sees. Im Licht der leistungsstarken Scheinwerfer glänzten sie silbern. Vor wenigen Minuten noch hatten ihre kleinen Außenbordmotoren gesummt wie ein Bienenschwarm. Jetzt standen die Boote still, die Motoren waren abgestellt, und die Dieselgeneratoren der Scheinwerfer röhrten allein vor sich hin.

Seit mehr als einer Stunde suchten die Froschmänner von der Feuerwehr den See ab. Es waren erfahrene Taucher. Kein Sommer verging in dieser seenreichen Gegend ohne Badeunfälle, und seit sich immer häufiger Jugendliche an den Seen trafen, um sich sinnlos zu betrinken, wurde die Feuerwehr regelmäßig zu Einsätzen dieser Art gerufen. In diesem See suchten sie jedoch zum allerersten Mal. Niemand kannte sich mit der Beschaffenheit seines Grundes aus, seine Tiefe war nicht bekannt, und möglicherweise gab es unter Wasser Strömungen. Es war ein kleiner See, und in den letzten Wochen war es sehr warm gewesen, sodass das Wasser voller Algen war, die die Suche erschwerten.

Eric hatte sich seit einer Stunde nicht von der Landzunge wegbewegt. Er war am Ufer auf und ab gegangen und hatte die Boote nicht aus den Augen gelassen. Immer wieder hatte er sich gewünscht, sich getäuscht zu haben, aber tief in seinem Inneren wusste er, dass es nicht so war. Die Sperling und er waren nicht zufällig auf eine Selbstmörderin getroffen, auch nicht auf eine Badende, die einen Krampf bekommen hatte, nein, sie waren einfach nur etwas schneller gewesen, als der Wassermann es geplant hatte.

Oder hatte er es genau so geplant?

Das wollte Eric nicht glauben. Der Wassermann konnte ja nicht wissen, wie schnell sie die Ergebnisse der Wasserproben bekommen hatten. Dafür hätte er sie die ganze Zeit über beobachten müssen. Nein, es musste ein Zufall sein, ein grausamer Zufall, der diesem Irren sicher Spaß machte.

Fünfzig Beamte einer Sondereinheit waren schon dreißig Minuten nach dem Vorfall vor Ort gewesen und hatten sich um den See herum postiert. Sie hatten Hunde mitgebracht, ein Polizeihubschrauber mit einer Wärmebildkamera an Bord war über dem See und die umliegenden Felder gekreist, doch den Wassermann hatten sie nicht gefunden. Eine halbe Stunde musste ihm ausgereicht haben, um zu flüchten. Es sei denn …

Im See konnte der Wassermann sich ohne Weiteres verstecken, dort funktionierte die Wärmebildkamera nicht, und auch die feinen Nasen der Hunde waren machtlos. Im trüben Wasser des Sees würden ihn die drei Taucher der Feuerwehr niemals finden, wenn er sich nur weit genug entfernt hielt. Hin und wieder könnte er irgendwo in dem dichten Uferdickicht auftauchen, um Luft zu holen. Aber vielleicht brauchte er das ja auch gar nicht. Vielleicht war dieser Irre ja gar kein Mensch, sondern irgendetwas anderes. Eric musste an die Sage von Nöck denken, jenes Wasserdämons, der unter Wasser lebte.

Das war natürlich alles Quatsch, und er wusste das, aber es kam ihm trotzdem alles so real vor. Denn er fühlte sich beobachtet. Vom Wasser aus.

Immer noch.

Wenn er doch nur von hier wegkommen könnte.

Lange konnte es nicht mehr dauern.

Vor fünf Minuten hatten die Taucher die Leiche gefunden. Die Boote hatten sich über der entsprechenden Stelle in der Mitte des Sees eingefunden und warteten dort. Unterwasserscheinwerfer waren herabgelassen worden. Ein Taucher hatte ein Seil vom Boot ins Wasser gezogen, wahrscheinlich, um damit die Leiche zu bergen.

Warum dauerte das alles so lange?

Er drückte die Sprechtaste des Funkgeräts und erkundigte sich beim Einsatzleiter der Feuerwehr, der in einem der Boote saß.

Die Leiche steckte unter einem Baumstamm fest. Jemand hatte sie darunter verkeilt.

Nein, nicht jemand. Der Wassermann. Und er hatte sich wieder ein Opfer gesucht, das Eric kannte, da brauchte er sich nichts vorzumachen. Die Frau war auf das offene Wasser hinausgezogen worden wie in einem verdammten Haifilm, und er hatte das Gesicht zu gut sehen können, um sich zu täuschen. Gleich würde er die Bestätigung bekommen. Dann würden all seine Bemühungen vergebens sein, den Fall ohne großes Aufsehen abzuschließen.

Eric hörte Schritte und drehte sich um.

Nielsen. Mit der Sperling im Schlepptau.

Sie trug einen Overall des Rettungsdienstes und sah klein und verletzlich aus darin. Vorhin, als sie gemeinsam hierhergefahren waren, hatte er ihr noch vorgehalten, sie wäre ein Klotz am Bein eines erfahrenen Ermittlers und würde ihn irgendwann in Gefahr bringen. Kurze Zeit später hatte sie ihm gezeigt, wie mutig und zäh sie war. Sie hatte ihn bloßgestellt.

Eric wandte den Blick ab. Er ertrug es nicht, ihr in die Augen zu sehen. Dieser selbstgerechte Blick war einfach zum Kotzen.

Am liebsten hätte er sich in ein Erdloch verkrochen. Was auch immer Nielsen der Sperling erzählt hatte, sein Ruf war jetzt komplett im Eimer. Das hätte nicht passieren dürfen. Er hätte ihr helfen müssen, hätte genauso beherzt wie sie ins Wasser springen müssen. Aber er hatte es nicht gekonnt. Denn genau das war es doch, was der Wassermann wollte: ihn in sein Element locken.

Nielsen trat hinter ihn und legte eine Hand auf seine Schulter.

«Und?», fragte er.

«Sie steckt fest, aber es dauert nicht mehr lange.»

Eric ging bis zur Uferkante vor, und Nielsen folgte ihm.

«Warum hast du sie mitgebracht?»

«Sie ist Polizistin. Willst du ihr verbieten, an den Ermittlungen teilzuhaben, nach dem, was passiert ist? Verflucht, Eric, du musst das mit ihr irgendwie auf die Reihe bekommen. Und zwar schnell. Was denkst du, wie viel Zeit dir noch bleibt?»

Die schwarzen Köpfe der Feuerwehrtaucher tauchten auf, und die Männer in den Booten gerieten in Aufruhr. Eric beobachtete, wie im fahlen Licht der Scheinwerfer ein lebloser, nackter Körper mit vereinten Kräften ins Boot gewuchtet wurde. Dann setzte es sich mit leise tuckerndem Motor in Bewegung und hielt genau auf die Landzunge zu. Es legte längsseits an. Eric, Nielsen und die Sperling konnten direkt ins Boot hineinsehen.

Eric hörte, wie die Sperling scharf die Luft einzog.

In dem langen Haar der Toten, das fast schwarz wirkte, hatte sich Wasserpest verfangen. Die Haut war ganz weiß, aber das konnte auch am Scheinwerferlicht liegen.

Sie hatte sich in den vergangenen Jahren kaum verändert.

«Großer Gott!», stieß er hervor.

Dann wandte er sich ab, fiel auf die Knie und tat so, als müsse er sich übergeben.

30

Die alten rissigen Eichenholzbohlen hatten die Hitze des Tages gespeichert. Er spürte die Wärme an seinem Rücken und den Beinen, spürte Schraubenköpfe im trockenen Holz, die sich in seine Haut bohrten. Dieses sengende Gefühl auf seinem Brustkorb und im Gesicht – die Sonne brannte jeden Wassertropfen von seiner Haut.

Er hatte den rechten Unterarm über die geschlossenen Augen gelegt, um sich vor dem gleißenden Licht zu schützen. Unter sich hörte er, wie das Wasser sanft gegen die Eichenpfähle plätscherte, die den Steg seit Jahrzehnten trugen. Es war ein leises Geräusch, fast als ob sich zwei Menschen küssten, und er fragte sich, ob es eine Beziehung gab zwischen ihnen, ob sie sich liebten – so wie er und seine Schwester.

Siiri lag neben ihm. So dicht, dass ihr rechter Oberarm seinen linken berührte und er sie atmen hörte.

Siiri. Ihr Name bedeutete «Kämpferin», und sie hatte gekämpft.

Wie schon so oft waren sie um die Wette geschwommen, aber heute hatte sie ihn zum ersten Mal geschlagen. Sie war erst elf Jahre alt und hatte ihn geschlagen.

Natürlich war sie erschöpft von dieser gewaltigen Anstrengung, und ihr Atem ging noch immer schnell. Hinter den ge-

schlossenen Augen und dem schützenden Unterarm stellte er sich vor, wie ihr Brustkorb sich hob und senkte, dieser kleine, zarte Brustkorb mit der glatten, braunen Haut ohne jeden Makel. Er stellte sich vor, wie die Wassertropfen daran herabperlten und Spuren hinterließen wie seichte Flüsse.

Sie war elf Jahre alt.

Sie war seine kleine Schwester.

In diesem besonderen Moment aber, da die Welt zusammenschrumpfte auf ihren Steg, da es nichts anderes mehr gab, keine Sorgen, keinen Neid, kein Morgen, da war sie auch etwas anderes. Er hatte keine Erklärung dafür, aber noch heißer als die sengende Sonne brannte die Berührung ihrer Haut auf seiner. Alle Nervenenden schienen sich auf diesen Punkt an seinem Oberarm zu konzentrieren. Sie sendeten ein ekstatisches Dauerfeuer an sein Hirn, in dem sich alle Gedanken und Hemmungen in Gefühlen auflösten, die keine Grenzen, keine Tabus und keine Vergeltung kannten. Sein Magen zog sich zusammen, ihm wurde ein wenig schlecht, und zwischen seinen Beinen sammelte sich das Blut.

Der Atem seiner Schwester ging so schnell wie bei diesem Mädchen, das er vor ein paar Tagen drüben am Strand aus dem Schilfdickicht heraus beobachtet hatte. Sie war nackt gewesen, ihr Freund hatte auf ihr gelegen und sich rhythmisch bewegt, und sie hatte dabei immer schneller geatmet. Das Atemgeräusch wurde in seinen Ohren immer lauter und lauter. Er blähte die Nasenflügel und roch das Seewasser auf ihrer Haut, vermischt mit dem intensiven Duft der Sonnencreme ...

Mit einem Ruck richtete er sich auf, beugte sich weit nach vorn und umschloss mit seinen langen Armen die Knie, damit seine kleine Schwester nicht sehen konnte, was sie nicht sehen durfte.

Auf der Oberfläche des Sees brach sich das Licht der Sonne in tausend kleine Spiegel, und in jedem einzelnen konnte er sich sehen. Er sah einen Jungen, sechzehn Jahre alt, dünn, aber mit vom ständigen Schwimmen kräftigen Muskeln. Braune Haut, blondes, langes Haar. Er sah die rot leuchtenden Pickel an seinem vorspringenden Kinn, die von einem Zuviel an Hormonen zeugten.

Er sah sich neben seiner kleinen Schwester sitzen, die wie immer kein Bikinioberteil trug. Das tat sie nie, wenn sie beide allein waren. Sie war unbekümmert und frei und scherte sich nicht darum, wie es in ihm aussah.

Seine Erektion war jetzt schmerzhaft, und er beugte sich noch ein Stück weiter vor. Er wusste, es durfte nicht sein, es war falsch, falsch, falsch, sie war doch seine kleine Schwester, und doch konnte er sich nicht dagegen wehren.

Er biss sich auf die Zunge, bis es richtig wehtat. Der Schmerz lenkte ihn vom Schmerz in seinen Lenden ab.

Er sah sich um. Sie waren allein an diesem Nachmittag in den Sommerferien, so wie an den allermeisten Nachmittagen der letzten drei Wochen. Es war Hochsaison, und ihre Eltern hatten alle Hände voll zu tun, drüben am Badestrand. Seine Mutter verkaufte Eis und Getränke an die Kinder, sein Vater kümmerte sich um den Bootsverleih. Zu Beginn der Ferien waren sie oft mit hinübergegangen, aber er fühlte sich nicht wohl unter all den Menschen, und seiner Schwester schien es ähnlich zu gehen. Hier, in ihrem Teil des Sees, konnten sie viel besser schwimmen. Ihre Eltern sorgten sich nicht, weil sie wussten, dass ihre Kinder mehr Fische waren als Menschen.

Er lockerte seine Kiefermuskeln und entließ seine Zunge aus dem schmerzhaften Biss seiner Zähne. Der Schmerz hielt noch an. Seine Eltern würden frühestens in zwei Stunden heimkehren.

Zwei Stunden Einsamkeit.

Mit ihr.

Er riskierte einen Blick auf seine Schwester, nur aus den Augenwinkeln, damit sie es nicht bemerkte.

Ihr Bauch hob und senkte sich. Wasser hatte sich im Na-

bel gesammelt. Die Rippenbögen standen hervor. Eine Handbreit unter den Schlüsselbeinen hatte sich in der letzten Zeit eine weiche Schicht unter der Haut gebildet. Zarter goldener Flaum bedeckte ihre Unterarme und Wangenknochen.

Plötzlich öffnete sie die Augen.

«Starrst du mich an?», fragte sie.

«Hä?»

Sie konnte es gar nicht gesehen haben, denn sie schaute direkt in die Sonne.

«Ob du mich angestarrt hast?»

«Wofür hältst du dich? Ich hab zum Haus hinübergesehen. Ich dachte, Mama wäre zurück.»

Sein Herz wummerte wie verrückt.

Siiri richtete sich auf, dabei strich ihr Arm an seinem entlang.

«Ist es denn schon so spät?», fragte sie.

Er zuckte mit den Schultern und hielt seinen Blick auf den Horizont über dem See gerichtet. Die Beine zog er noch enger an den Oberkörper.

Seine Schwester setzte sich ebenfalls aufrecht hin, ließ aber die Unterschenkel über den Rand des Stegs baumeln und schob die Hände unter die Oberschenkel. Dabei drückte sie die Ellenbogen unnatürlich weit durch. Sie war so unglaublich beweglich. Spagat war eine leichte Übung für sie.

Sie blinzelte in die Sonne.

«Da kommt ein Gewitter, oder?»

«Sieht so aus.»

Seine Stimme klang anders als sonst, viel tiefer und männlicher.

Sie warf ihm einen Blick zu.

«Hast du was?»

«Was soll ich haben?»

Sie ließ ihre Beine baumeln, wackelte mit den Füßen und schaute ins Wasser hinab.

«Du bist doch nicht böse, weil ich schneller war?»

«Krieg dich wieder ein. Ich hab dich absichtlich gewinnen lassen, damit du nicht dauernd rumheulst.»

Sie stieß ihn mit der Schulter an.

«Ich heule nie.»

Damit hatte sie recht. Er hatte sie tatsächlich noch nie heulen sehen, nicht einmal, wenn sie sich wehtat. Dann verzog sie nur das Gesicht, zog scharf die Luft ein und presste ihre Hände auf die schmerzende Stelle, aber sie weinte nicht.

«Außerdem stimmt das nicht. Ich war einfach schneller als du, zum allerersten Mal. Vielleicht werde ich ja doch irgendwann Weltmeisterin, wie Papa sagt.»

Der Druck in seinem Schoß ließ nach, aber der in seinem Kopf nahm zu, und das lag nicht an der Sonne.

Ja, sie hatte gewonnen. Es war knapp gewesen. Er hatte nichts dagegen tun können. Mehr war einfach nicht drin gewesen. Die Muskeln in seinen Schultern und Armen hatten gebrannt wie Feuer, und er hätte sich im Ziel fast übergeben, so sehr hatte er sich verausgabt. Aber seine kleine Schwester war an ihm vorbeigezogen, und er hatte nicht den Eindruck gehabt, dass sie schon alles gegeben hatte.

Jetzt hatte er nur noch eine letzte Bastion: das Tauchen.

Darin war er immer noch der Beste, besser sogar noch als sein Vater. Aber mit Tauchen gewann man keine Goldmedaille bei den Olympischen Spielen. Tauchen war Kinderkram in den Augen seiner Eltern. Sie liebten nur Geschwindigkeit. Dabei gab es doch auch Weltmeisterschaften im Apnoe-Tauchen. Die besten Taucher konnten fast acht Minuten unter Wasser bleiben und tauchten bis zu 150 Meter tief. Aber das interessierte in dieser Familie niemanden. Es war ja nicht Olympia.

«Kommst du und feuerst mich an, wenn ich meinen Wettkampf habe?», fragte sie, ohne ihn anzusehen.

«Mal sehen», sagte er leichthin. Er wusste, dass ihm gar nichts anderes übrig blieb.

In drei Wochen, gegen Ende der Sommerferien, richtete der örtliche Schwimmverein die Kreismeisterschaften aus, und seine kleine Schwester würde dort antreten. Sie würde alle in Grund und Boden schwimmen, so viel stand jetzt schon fest. Dieser Gedanke erfüllte ihn mit Stolz, und gleichzeitig nagte etwas schmerzhaft in seinem Inneren. Er sah sich in der Schwimmhalle unbeachtet hinter seinen Eltern stehen, die Siiri frenetisch applaudierten. Seiner kleinen Schwester, die schneller schwamm als er. Er hasste sich dafür, dass er es ihr übelnahm, gleichzeitig wusste er, dass es genau so kommen würde.

«Wenn du nicht dabei bist, gewinne ich nicht», sagte sie und sah ihn an.

«Du gewinnst sowieso.»

Sie schüttelte den Kopf. Wassertropfen aus ihrem Haar landeten auf seiner Schulter.

«Ohne dich nicht.»

«Warum sagst du das?»

«Weil ich nur deinetwegen so schnell schwimme.»

Sie stand auf. Wo sie gesessen hatte, blieb ein nasser Fleck auf dem silbrig glänzenden Holz zurück.

«Ich geh noch mal rein, bevor das Gewitter da ist.»

Ehe er etwas erwidern konnte, hatte sie sich schon gestreckt und abgestoßen. Mit einem eleganten Kopfsprung tauchte sie ein und verschwand beinahe geräuschlos im Wasser.

Es war, als nehme sie das Wasser voller Freude auf, weil sie zu ihm gehörte. Sie war wie ein Delfin, sie verkörperte die natürliche Verbundenheit zum Wasser. Er selbst konnte sich ein Leben ohne Wasser ebenfalls nicht vorstellen, und dennoch musste er anerkennen, dass es einen Unterschied gab zwischen ihnen beiden.

Siiri hatte Spaß bei dem, was sie im Wasser tat.

Er hatte Angst vor dem, was das Wasser mit ihm tat.

31

Pete Haycock spielte im Soundtrack zu «Thelma & Louise» sein Gitarrensolo und trieb die Akkorde im gleichen Tempo auf den Höhepunkt zu, in dem Susan Sarandon und Geena Davis auf den Abgrund zurasten.

Frank fuhr viel zu schnell, er hatte das Gefühl, selbst auf einen Abgrund zuzurasen. Die Musik ließ seine Emotionen hochkochen. Eine Kataplexie bei voller Fahrt würde ihn das Leben kosten, aber irgendwie war ihm das gerade egal. Er drehte die Musik noch etwas lauter und gab noch ein wenig mehr Gas.

Er hatte sich bis auf die Knochen blamiert, doch das war nicht einmal das Schlimmste. Die Enttäuschung war schmerzhaft, aber auch das war auszuhalten. Was ihn wirklich fertigmachte, war seine Naivität. Was hatte er sich denn vorgestellt? Dass sie ihn in Unterwäsche an der Tür empfangen und sofort über ihn herfallen würde?

Um ehrlich zu sein: so etwas in der Richtung. In Filmen passierte das dauernd. Die Hauptdarsteller verguckten sich ineinander und landeten wenig später zusammen im Bett. Warum sollte das im realen Leben nicht auch passieren?

Weil du ein Freak bist, dachte Frank. Weil keine Frau dich in ihre Wohnung lässt, wenn sie erst weiß, was mit dir los ist. Wie konntest du nur so dumm sein und ihr alles erzählen? Hast du denn aus der Vergangenheit nichts gelernt?

Doch, hatte er. Er hatte gelernt, sich von Beziehungen fernzuhalten, keine Freundschaften zu schließen, einsam zu sein. Bei Lavinia hatte er das Gefühl gehabt, als sei sie Extreme gewöhnt und könne damit umgehen. Sie hatte diesen besonderen Blick. Schmerz und Enttäuschung lagen darin, aber auch Hoffnung. Sie war ihm von der ersten Sekunde an wie eine Seelenverwandte vorgekommen, und selbst wenn sie ihn nicht in Unterwäsche an der Tür empfangen hätte, wenn sie die ganze Nacht nur geredet hätten, wäre er der glücklichste Mann auf Erden gewesen.

Sie hätte ihm wenigstens gegenübertreten und ihm sagen können, dass er sich zum Teufel scheren solle.

Der Polizist hatte natürlich recht. Lavinia hatte ihn versetzt und es dabei so eilig gehabt, dass sie nicht einmal die Zeit gefunden hatte, ihre Einkäufe auszupacken. Es gab keine Entführungsgeschichte, keinen eifersüchtigen Ehemann. So etwas gab es nur im Film. Dies war das wahre Leben, und darin war er wieder einmal verarscht worden.

«Du bist und bleibst eine einsame Sau, find dich damit ab», sagte Frank zu sich selbst, drückte eine Taste und ließ das Musikstück noch einmal von vorn beginnen. Er liebte es. Es öffnete seine Seele und passte perfekt zu seiner Stimmung.

Die Freisprechanlage des Wagens brach das Stück abrupt ab, als ein Anruf einging. An der Nummer erkannte Frank die Zentrale. Bevor er zu Lavinia gefahren war, hatte er sich für heute abgemeldet, es musste also schon etwas Dringendes sein, sonst würde Barbara ihn nicht anrufen. Gerade in der Nachtschicht kam es häufig vor, dass einer der Ersatzfahrer ausfiel. Wenn man nur fünf Euro die Stunde verdiente, fiel es einem leicht, unzuverlässig zu sein.

Na ja, ihm sollte es recht sein. Heute würde er sich gern die Nacht um die Ohren schlagen. Alles war besser, als nach Hause zu fahren und wieder im Sessel vor dem Fernseher zu landen, so wie jeden Tag.

«Du bist noch unterwegs?», fragte Barbara erstaunt.

«Ja. Ich hatte etwas Privates zu erledigen. Warum rufst du an? Ist jemand ausgefallen?»

«Nee. Ich habe eine Fahrt für dich.»

«Wieso für mich?»

«Jemand möchte ausschließlich von dir abgeholt werden.»

«Wer?»

«Keine Ahnung. Du sollst zum Flughafen kommen. Abflugterminal. Die Frau hat ihren Namen nicht genannt, aber ausdrücklich dich verlangt.»

«Ich fahr hin», sagte Frank.

«Hast du was am Laufen?», fragte Barbara.

«Nicht, dass ich wüsste.»

«Würde mich aber freuen.»

«Ja, ja, bis später.»

Frank beendete das Gespräch, bevor sie ihn noch weiter ausfragen konnte.

Sofort setzte die Musik wieder ein, laut und eindringlich, aber jetzt störte sie ihn plötzlich, und Frank stellte das Radio ab. Er war viel zu aufgeregt, um dem Stück noch folgen zu können. Bis zum Flughafen würde er circa zwölf Minuten brauchen, zehn, wenn er das Tempo beibehielt – und das hatte er vor.

Auf dem Zubringer waren siebzig Stundenkilometer erlaubt, er fuhr neunzig. Er kannte die Stellen, an denen hin und wieder geblitzt wurde, und auch die beiden Radarfallen, von denen immer nur eine in Betrieb war. Als er die erste erreichte, verringerte er das Tempo und gab dann wieder Gas.

Eine Frau am Flughafen, die nur von ihm gefahren werden wollte.

Das konnte nur Lavinia sein!

Seit er sie vor ihrem Haus abgesetzt hatte, musste irgendwas passiert sein. Sie hatte ihn gar nicht versetzt. Sie war einfach nur verhindert gewesen.

Frank spürte seinen Puls rasen. Er musste sich unbedingt beruhigen. Euphorie hatte das Gefühl von Enttäuschung abgelöst, und dieses Wechselbad der Gefühle konnte ganz schnell einen Anfall auslösen.

Als er die zweite Radarfalle erreichte, drosselte Frank die Geschwindigkeit und fuhr so weiter. Wenn man es eilig hatte, sollte man sich Zeit lassen, hatte er mal irgendwo gelesen. Es fiel ihm schwer, aber er hielt sich den Rest der Strecke daran.

Auf seinen Puls hatte das leider keine Auswirkung.

Auf dem Gelände des Flughafens mit seinen Hotels, Parkgaragen, Bürogebäuden und den schmalen Straßen war sogar nur Tempo dreißig erlaubt, und das kostete ihn den letzten Nerv. Wenigstens waren aber auf dem Taxistreifen vor der Abflughalle einige Plätze frei. Frank parkte rasant ein, riss sein Handy aus der Halterung, sprang aus dem Wagen und verriegelte ihn.

Zwei Kollegen standen im Weg.

«Na, alte Schlafmütze», begrüßte ihn der eine und grinste.

Niemand wusste von seiner Erkrankung, aber beinahe jeder hatte ihn schon mal irgendwo schlafen sehen, an den unmöglichsten Stellen oder zu Zeiten, in denen gerade Hochbetrieb herrschte.

«Keine Zeit», rief Frank und lief an den beiden Männern vorbei auf das Terminal zu.

Die automatischen Türen öffneten sich viel zu langsam und warfen ihm dabei sein Spiegelbild entgegen. Es war das Bild eines gehetzten Mannes.

Die Türen glitten auseinander, das Bild verschwand. Mit dem, was er dann erblickte, hatte Frank nicht gerechnet.

32

Er blickte in das Gesicht eines alten Mannes, der alles verloren hatte. Würde, Ehre, Stolz, Menschen, die ihn einst geliebt oder auch nur respektiert hatten, einfach alles. In den Augen dieses Mannes spiegelte sich die Erkenntnis, dass es auf dieser Welt keinen einsameren Menschen geben konnte als ihn. Wie die dünne Aluminiumschicht, die aus Glas erst einen Spiegel macht, lag über allem der Wunsch, dem ein Ende zu bereiten.

Eric beugte sich vornüber, hielt die Hände unter den Wasserstrahl und schaufelte sich kaltes Wasser ins Gesicht. Dann spülte er sich den Mund aus. Obwohl er sich draußen am See gar nicht übergeben hatte, lag in seinem Mund der bittere Geschmack von Galle, und Eric befürchtete, dass er mit dem Thema noch nicht durch war.

Er stellte das Wasser ab, riss ein paar Papiertücher aus dem Spender und wischte sich das Gesicht ab. Die letzte Rasur lag lange zurück, und an den Bartstoppeln blieben kleine weiße Fetzen hängen.

Der Spiegel zeigte die nackte Realität.

Müde, blutunterlaufene Augen, Brauen, die in alle Richtungen wucherten. Eingefallene Wangen mit grauen Schatten, schlaffes Gewebe am Hals, glanzlose Augen. Ja, er war alt geworden, aber in den letzten vierundzwanzig Stunden waren Jahre hinzugekommen, die er noch gar nicht gelebt hatte.

Eric zupfte die Papierfussel aus seinem Gesicht und warf sie ins Waschbecken.

Oben in seinem Büro warteten vier Leute auf ihn. Vor Nielsen, Habermann und Petrie hatte er keine Angst, vor der Sperling schon. Eric konnte sich nicht vorstellen, wie Nielsen es geschafft hatte, aber die Sperling hatte sich bereit erklärt, an diesem Gespräch teilzunehmen. Dabei war

Eric davon überzeugt gewesen, sie würde gleich morgen zu Bender laufen und sich beschweren. Aber vielleicht tat sie das ja trotzdem noch.

Natürlich waren sie alle geschockt gewesen, als er ihnen draußen am See gesagt hatte, um wen es sich bei der Leiche handelte, und vielleicht lag es nur daran, dass die Sperling noch einmal umgeschwenkt war. Und was bei ihr zog, würde morgen, wenn er vor Bender Rede und Antwort stehen musste, auch ziehen. Verflucht! Er hatte doch wirklich allen Grund für seine Schockstarre. Jeder würde das verstehen. Allerdings würde Bender ihm wohl die Leitung der Mordkommission entziehen, ihn wahrscheinlich sogar vorläufig beurlauben. Das wäre das Schlimmste, was ihm passieren konnte.

Eric verließ die Toilettenräume und schlich den Flur hinunter. Es war still im Präsidium, und ihn überfiel das plötzliche Verlangen, sich irgendwo zu verstecken. Vielleicht unter irgendeinem Schreibtisch. Einfach drunterkriechen, sich ganz kleinmachen, die Augen schließen, schlafen und die ganze Scheiße vergessen.

Die Tür zu seinem Büro stand offen. Er konnte leise Stimmen hören, aber kein Wort verstehen. Er atmete ein letztes Mal tief durch und betrat den kleinen Raum, der vielleicht die längste Zeit sein Reich gewesen war.

Nielsen und Sperling saßen auf den beiden Stühlen vor dem Schreibtisch. Habermann und Petrie standen an die Wand gelehnt. Niemand war so dreist gewesen, sich auf den Drehstuhl hinter dem Schreibtisch zu setzen.

Ohne ein Wort zu sagen, ließ Eric sich hineinfallen, studierte für einen Augenblick seine Fingernägel, unter denen noch Papierfussel klebten, räusperte sich, sah auf, und sein Blick landete direkt in den Augen der Sperling.

«Fangen wir an», sagte er und hielt ihrem Blick stand.

Die Wut war aus ihren Augen verschwunden. Konnte

es wirklich sein, dass diese neunmalkluge Schnepfe Mitleid mit ihm empfand? Das war ja beinahe noch unerträglicher als ihre Renitenz. Immerhin konnte er sich das zunutze machen.

«Es tut mir leid», fing sie auch schon an. «Und ich möchte Ihnen mein Beileid aussprechen.»

Er nickte.

«Und wir auch», übernahm Petrie. «Das ist unglaublich grausam, und wir werden alles daransetzen, diesen Kerl zu schnappen. Da hast du unser Wort drauf. Und egal, was kommt, wir stehen dir zur Seite.»

Eric nickte abermals.

Dann versank er einen Moment in sich und suchte nach Worten. Sie erwarteten natürlich eine Ansprache von ihm.

«Kathi hat sich vor zwei Jahren von mir scheiden lassen, und es war keine freundschaftliche Trennung, das könnt ihr mir glauben. Natürlich bin ich schockiert. Als ich ihr Gesicht da draußen auf dem Wasser erkannte, war ich wie gelähmt, ich konnte mich einfach nicht mehr bewegen ... Ich habe so etwas noch nie erlebt, und ich möchte mich bei allen Anwesenden, vor allem bei Frau Sperling, entschuldigen.»

«Das ist nicht nötig», sagte sie sofort. «Wenn ich gewusst hätte ...»

Eric hob die Hand, um sie aufzuhalten. Ihr blödes Gelaber konnte er jetzt wirklich nicht ertragen.

«Doch, es ist nötig. Wir sind alle Profis, und als solcher hätte ich mich unter Kontrolle haben müssen.»

Habermann, der neben Erics Stuhl an der Wand stand, legte ihm eine Hand auf die Schulter.

«Jetzt hör aber mal auf», sagte er. «Auch wenn ihr schon lange geschieden seid, sie war einmal deine Frau und stand dir nahe. Jeder hier versteht deine Reaktion.»

«Wirklich?», fragte Eric wie aus der Pistole geschossen.

Er sah einen nach dem anderen an und verweilte am Ende bei der Sperling. Sie wich seinem Blick nicht aus.

Schließlich zog er seine Waffe aus dem Achselholster und legte sie vor sich auf den Schreibtisch, mit dem Lauf zur Wand.

«Wer auch immer das getan hat, er hat es zu etwas Persönlichem gemacht», sagte er leise. «Er hätte Kathi nicht töten dürfen ... und Annabell auch nicht. Er hätte zu mir kommen müssen, dann hätten wir es Auge in Auge ausgetragen, aber dafür sind solche Typen ja zu feige. Also werde ich jetzt eben zu ihm kommen.»

Seine Worte hingen unheilschwanger im Raum.

«Weißt du denn wirklich nicht, wer dahinterstecken könnte?», fragte Habermann.

Eric schüttelte den Kopf.

«Aber dieser Täter muss dich doch sehr genau kennen. Woher sollte er sonst von deiner Frau wissen? Der Kontakt zu dem Mann muss also aus der Zeit vor deiner Scheidung stammen.»

«Nicht unbedingt», sagte Eric. «Wenn er sich genug Zeit genommen hat, und danach sieht es ja aus, kann er herausgefunden haben, dass ich verheiratet war.»

«Der Täter tötet Frauen, die Ihnen nahestehen oder -standen», sagte die Sperling nachdenklich. «Könnte es nicht sein, dass Sie nicht zu ihm selbst, sondern zu einem Angehörigen Kontakt hatten? Vielleicht haben Sie jemanden verletzt oder getötet oder hinter Gitter gebracht, dem der Täter nahestand.»

«Richtig», sprang Nielsen ihr zur Seite. «Das hört sich logisch an und würde erklären, warum dir niemand einfällt, der in Frage käme.»

«Ich habe im Dienst nie jemanden getötet», sagte Eric.

«Und privat?», fragte die Sperling.

Erics Blick ruckte zu ihr hinüber. Er war erschrocken. Hoffentlich bemerkte sie es nicht.

«Ich meine, bei einem Autounfall oder so», präzisierte sie ihre Frage.

«Nein, auch nicht.»

«Auf jeden Fall müssen wir den Kreis der in Frage kommenden Personen eingrenzen, sonst kommen wir nicht weiter. Im Moment sieht es ja so aus, als wäre der Täter uns immer einen Schritt voraus.»

«Ich frage mich, ob das geplant war», sagte Habermann.

«Was?», fragte Eric.

«Die Sache am See. Hat er es so getimt, dass ihr den Tod deiner Exfrau mit ansehen musstet? Wenn ja, dann macht mir das wirklich große Sorgen.»

Eric schüttelte den Kopf.

«Nein, das glaube ich nicht. Er konnte gar nicht wissen, wann wir dort auftauchen würden und ob überhaupt.»

«Genau das meine ich», sagte Habermann. «Ich habe fast den Eindruck, er bekommt seine Informationen direkt aus dem Präsidium.»

Daraufhin schwiegen alle. Dieser Gedanke war ungeheuerlich und musste erst mal sacken.

«Verdächtigst du jemanden?», fragte Eric und beobachtete Habermann genau. Eine solche Mutmaßung hatte er von seinem Kollegen nicht erwartet und war alarmiert.

Doch Habermann schüttelte den Kopf. «Nein. Die Idee kam mir nur gerade.»

«Mit solchen Vorwürfen sollte man sehr vorsichtig sein», wies Eric ihn mit scharfer Stimme zurecht.

«Ich halte das für unwahrscheinlich», mischte Nielsen sich ein. «Der Täter ertränkt Anna Meyer in diesem See, transportiert sie dann und legt sie im Fluss unter der Weide ab. Warum? Weiß er, dass wir anhand des Wassers in ihrer Lunge dieser Spur folgen? Wollte er uns damit absichtlich zu seinem zweiten Opfer führen? Deiner Ex-frau?»

Darauf antwortete Eric nicht. Er ahnte, warum der Wassermann das getan hatte. Dieser Platz unter der Weide am Fluss war Erics Geheimnis gewesen, und der Wassermann hatte ihm zeigen wollen, dass er über ihn Bescheid wusste. Er hatte ihn damit empfindlich treffen wollen – und es hatte funktioniert. Aber das wollte Eric seinen Kollegen nicht auf die Nase binden, vor allem der Sperling nicht.

Die war während des Wortwechsels auffallend still gewesen. Jetzt räusperte sie sich und rutschte auf dem Stuhl nach vorn.

«Mir bereitet etwas anderes Kopfzerbrechen», sagte sie.

«Aha», machte Eric.

«Der Täter zielt darauf ab, Sie persönlich zu treffen. Die Frage ist doch: Ist er jetzt fertig oder gibt es noch jemanden?»

Eric ahnte, dass auch seine Kollegen schon darüber nachgedacht hatten, aber die Sperling war wieder mal als Einzige dreist genug, die Frage laut zu stellen.

«Haben Sie Kinder?», schob sie hinterher. Wahrscheinlich war ihr selbst klar geworden, wie anzüglich ihre Frage klingen musste.

«Nein», sagte Eric. «Und es gibt auch keine weitere Prostituierte, mit der ich verkehre – wenn es das ist, was Sie eigentlich wissen wollten.»

«Und wenn es so wäre», fuhr Nielsen dazwischen, «dann würdest du es uns doch sagen, nach allem, was passiert ist. Nicht wahr, Eric?»

Die beiden sahen sich an, als würden sie die Klingen kreuzen.

Eric schüttelte den Kopf.

«Ich weiß wirklich nicht, wen der Wassermann sich noch holen könnte.»

33

Lavinia.

Gegenüber der Eingangstür hing die große elektronische Tafel mit den Abflugzeiten, und sie stand direkt darunter, neben sich ein mittelgroßer roter Koffer mit schwarzen Bandschnallen und ein schwarzer Rucksack. Sie trug enge Jeans und ein grünes Shirt. Ihre Jacke hatte sie über den ausgezogenen Griff des Koffers gelegt. So wie sie da stand, war sie bereit für den Abflug, und das überraschte Frank.

Sie hatte ihn nicht gerufen, damit er sie nach Hause fuhr. Vielleicht hatte sie nur ein schlechtes Gewissen bekommen und sich doch noch von ihm verabschieden wollen, bevor sie irgendwohin verschwand.

Frank trat auf sie zu.

«Hallo», sagte er leise. «Du fliegst weg?»

«Was ist mit deinem Gesicht passiert?», fragte Lavinia, statt zu antworten.

Die Schramme an der Wange hatte Frank in der Aufregung ganz vergessen. Jetzt hob er die Hand und berührte die empfindliche Stelle.

«Das waren deine grillfreudigen Nachbarn.»

Erschrocken riss sie ihre rechte Hand zum Mund. «Meine was? Die Hockmanns?»

«Keine Ahnung, wie die heißen, aber sie sind sehr schwer, wenn sie auf einem hocken, und sie mögen keine Fremden. Sie dachten, ich wollte bei dir einbrechen. Da haben sie mich zur Strecke gebracht.»

«O nein!», sagte Lavinia, trat einen Schritt vor und streckte die Hand aus, um seine Wunde zu berühren. Frank zuckte zurück.

«Wir waren verabredet, schon vergessen?»

Sie sah ihn an, und ihre langen Wimpern formten einen Strahlenkranz um ihre Augen. Sie schämte sich, das konnte er sehen.

«Nein, ich hab's nicht vergessen. Es ... Es tut mir leid, wirklich.»

Frank zeigte auf ihr Gepäck.

«Aber du ziehst es vor, zu verreisen.»

Lavinia schüttelte den Kopf, senkte ihren Blick zu Boden und sah ihn dann wieder an.

«Ich habe Panik bekommen. Als du mich abgesetzt hast, wartete schon ein Polizist vor meiner Tür. Er hat mich gewarnt. Wegen dieser alten Geschichte, und ... Ich weiß auch nicht ... Ich habe den Kopf verloren und wollte nur noch so weit weg wie möglich.»

Ihre Augen begannen zu glänzen, und sie hob die Hand, um an dem Nagel ihres rechten Zeigefingers zu kauen.

«Und warum hast du mich jetzt herkommen lassen?», fragte Frank. Er verstand immer noch nicht, was er von alldem halten sollte.

Sie zuckte auf eine hilflose, verzweifelte Art mit den Schultern.

«Mir ist klar geworden, dass ich davor nicht weglaufen kann, und außerdem ... Es tut mir leid, ich hätte dich anrufen müssen.»

«Ja, hättest du. Auf die Bekanntschaft mit deinen Nachbarn hätte ich nämlich gut verzichten können.»

Lavinia streckte die Hand aus und berührte ihn leicht an der Schulter.

«Bitte entschuldige. Ich war einfach nur in Panik und habe nicht nachgedacht.»

Frank sah sie an und nickte. Er war nur zu gern bereit, ihre Entschuldigung anzunehmen und ihr noch einmal sein Vertrauen zu schenken.

«Du willst also nicht mehr weg?»

Sie schüttelte den Kopf, und ihr Haar flog von einer Seite auf die andere.

«Nein. Ich muss das erst zu Ende bringen. Sonst werde ich die Schatten der Vergangenheit niemals los.»

«Dieser Polizist an deiner Haustür? Hat er dich vor dem Mann gewarnt, von dem ich geträumt habe? Ist es der, der dich verfolgt?»

«Ja, wahrscheinlich. Er war schon einmal hinter mir her, vor drei Jahren, aber das ist eine lange Geschichte.»

Frank packte den Griff ihres Koffers und zog ihn zu sich her.

«Du bist mir sowieso noch eine Geschichte schuldig.»

Mit dem Handrücken wischte Lavinia eine Träne aus ihrem rechten Auge und lächelte verlegen.

«Du willst sie noch hören?»

«Auf jeden Fall. Und danach überlegen wir, wie wir damit fertigwerden.»

Sie bückte sich und hob ihren Rucksack auf.

«Können wir zu dir gehen? Ich möchte jetzt nicht in meine eigene Wohnung zurück.»

«Wenn dich meine unaufgeräumte Bude nicht stört.»

«Bestimmt nicht.»

«Na dann … Ein Taxi gefällig, die Dame?»

34

«Ich habe vier Jahre lang als Prostituierte gearbeitet», sagte Lavinia und sah Frank dabei in die Augen.

Sie saßen sich in seinem kleinen Wohnzimmer gegenüber. Er im Sessel, sie auf einer Couch, die bis vor wenigen Minuten noch als Kleiderablage gedient hatte.

Frank sah nicht weg. Sein Blick veränderte sich nicht einmal, und das fand Lavinia bemerkenswert. Bei allen anderen Männern, die sie privat kennengelernt und über ihren Job aufgeklärt hatte, war die Reaktion immer entweder Abscheu oder Geilheit gewesen – manchmal auch beides gleichzeitig.

«Gar nicht schockiert?», fragte sie deshalb nach.

Frank zuckte mit den Schultern.

«Meine liebsten Fahrgäste sind Prostituierte», sagte er und lächelte. «Wir haben hier einen Club in der Stadt, *Das Blaue Haus* ...»

«Kenne ich», warf Lavinia ein.

«Wenn wir Kunden dorthin fahren, gehen wir mit rein in die Küche, zu Margitta, sie ist die Chefin dort. Von ihr bekommen wir immer eine Tasse Kaffee und zehn Euro Kopfgeld für jeden Gast – wir hätten ihn ja schließlich auch zur Konkurrenz fahren können. Komischerweise vertrauen Ortsfremde bei solchen Sachen immer den Taxifahrern. Wie auch immer, jedenfalls sitzen meist auch ein paar von den Mädchen in der Küche, und mit denen kann man wirklich Spaß haben. Und wenn sie nach Feierabend nach Hause wollen, rufen sie uns an. Diese Fahrten am frühen Morgen, wenn die Mädchen müde und total entspannt sind, nicht so aufgedreht wie im Klub, die finde ich immer sehr schön. Da plaudern wir dann auch mal über Privates.»

«So? Über was denn?», fragte Lavinia.

«Wie normal sie das finden, zum Beispiel. Es ist ihr Job, ihre Arbeit, und genau so behandeln sie das Thema auch. Da ist nichts Spannendes oder Extravagantes dabei. Aber was mich am meisten beeindruckt hat und was ich früher nie gedacht hätte, ist, dass viele der Mädchen auch andere Möglichkeiten hätten. Monika zum Beispiel, die fährt zweimal die Woche mit mir, ich kenne sie ganz gut. Sie studiert Mediendesign. Sie ist nicht in Geldnot, ihre Eltern finanzieren ihr das Studium, aber sie sagt, all die Extras, die sie sich sonst nicht leisten könnte, ermöglicht ihr erst der Job dort. Und sie fühlt sich wohl damit, sagt sie. Keine Verpflichtungen, kein Zwang, sie tut es, wann und wie sie will.»

«Das ist aber nicht überall so», gab Lavinia zu bedenken. «Es gibt viele Mädchen, die keine andere Wahl haben.»

Sie selbst hatte die Schattenseite des Gewerbes nie kennengelernt, weil sie von Anfang an auf eigene Faust gearbeitet hatte. Trotzdem wusste sie natürlich von Schleppern und Zuhältern, die die Mädchen systematisch einschüchterten, schlugen und zur Prostitution zwangen. Beinahe jedes Klischee, das je über das Gewerbe kolportiert worden war, stimmte.

«Ich weiß», sagte Frank. «Und wie ist es bei dir? Hattest du eine Wahl?»

Die Frage kam unerwartet und sehr direkt. Lavinia musste einen Moment nachdenken, bevor sie antwortete.

«Hatte ich, ja. Ich hab das Abitur gemacht, aber danach ... Klar, ich hätte auch einen anderen Weg gehen können, da standen viele zur Auswahl und ...»

Sie hielt inne und dachte noch einmal nach.

«Nein, das stimmt nicht. Ich habe nur diesen einen einzigen Weg gesehen, also hatte ich wohl keine Wahl, aber das lag nur an mir allein. Lange Zeit war ich der Meinung, es läge an meinen Eltern, speziell an meinem Vater, aber das stimmt nicht. Wir suchen uns gern einen Schuldigen, nicht wahr? Damit wir nicht zu sehr über unser eigenes Verhalten nachdenken müssen.»

Frank sah sie nur schweigend an.

«Ich war genauso arrogant und naiv wie die meisten anderen Mädchen. Ich dachte, ich könnte jederzeit aussteigen und etwas anderes machen, von einem Tag auf den anderen. Aber das ist natürlich Quatsch. Kaum eine kann das. Und wenn ich nicht Susan getroffen hätte, dann hätte sich wohl bis heute nichts geändert. Susan hat mich wachgerüttelt. Ich habe einen Abschluss als Bürokauffrau gemacht, nebenher, an der Abendschule, und das habe ich nur ihr zu verdanken. Weil sie den Traum ins Leben gerufen hatte.»

«Welchen Traum?», fragte Frank.

Lavinia lächelte versonnen.

«Am Flughafen ... Wenn sofort ein Flieger nach Sizilien gegangen wäre, wäre ich vielleicht doch geflogen.»

«Du willst nach Sizilien?»

«Ja, das war unser gemeinsamer Traum. Wenn ich dir von diesem Mann erzählen soll, der mich verfolgt, muss ich dir auch von dem Traum erzählen. Es hängt alles miteinander zusammen.»

«Dann erzähl.»

«Als ich vierzehn war, kauften meine Eltern ein kleines Haus auf einem Hanggrundstück in einem Ort namens Taormina in Sizilien. Mein Vater war Staatssekretär und hat viel Geld verdient, war aber nur selten zu Hause. Dieses Haus in Taormina sollte der Rückzugsort für unsere kleine Familie sein. Wir verbrachten drei Sommerferien dort. Dreimal sechs Wochen. Ich habe so schöne Erinnerungen an diesen Ort hoch oben über dem Meer. Wenn du diesen Ausblick einmal gesehen hast, vergisst du ihn niemals mehr. Mit siebzehn war ich zuletzt dort.»

Lavinia schwieg, weil für einen Moment der atemberaubende Blick von der Steilküste aufs Mittelmeer vor ihrem geistigen Auge auftauchte.

«Was ist passiert?», fragte Frank.

«Mein Vater war wesentlich öfter dort als wir, nur nicht allein. Er war viel beruflich unterwegs, da war es leicht für ihn, sich dort mit anderen Frauen zu treffen oder sie gleich mitzunehmen. Herausgekommen ist es, weil er dort in dem Haus einen Herzinfarkt erlitt, als er mit einer Frau zusammen war.»

«Also ist er dort gestorben?»

Lavinia schüttelte den Kopf.

«Nein. Danach hat er noch zwei Jahre gelebt und zwei weitere Infarkte überlebt, bis ihn der vierte endgültig dahinraffte. Ich weiß, es klingt hart, aber am Ende habe ich ihn gehasst. Er war streng zu sich selbst und zu anderen, hat die Messlatte immer sehr hoch gelegt, aber das war es nicht. Nein, ich habe ihn für seine verlogene Moral gehasst und dafür, dass er meine Erinnerungen an Taormina zerstört hat. Ich hatte mein Herz an diesen Platz verloren, aber lange Zeit sah ich in meinen Erinnerungen immer nur ihn mit einer fremden Frau dort. Irgendwann hasste ich auch den Ort dafür.

Meine Mutter wollte dieses Erbe verständlicherweise nicht und überschrieb es mir. Anfangs war ich zu jung, um es verkaufen zu können, später wollte ich dann nicht mehr, weil ich begriff, dass der Ort nichts für den Charakter meines Vaters kann. Ich habe mir oft vorgenommen hinzufliegen, es aber bis heute nicht geschafft.

Während meines letzten Jahres auf der Schule lernte ich Susan kennen. Sie hing dort immer mit ein paar der älteren Jungs um, und es ging das Gerücht, die würde es für Geld machen. Bei mir ging damals alles drunter und drüber, ich hatte keine Lust mehr auf die Schule, eigentlich auf gar nichts und, na ja … sie hat mich irgendwie fasziniert. Wir mochten uns und kamen ins Gespräch. Sie hat ziemlich freizügig von sich erzählt, ganz ohne Scham. Sie hat mich zu nichts überredet, das musste sie gar nicht. Ich wollte es selbst. Um mich zu rächen. Damals erschien es mir … zwangsläufig, wie mein vorbestimmtes Schicksal, verstehst du?»

Frank sah sie nur an und schwieg.

«Im ersten Jahr habe ich es nur gelegentlich getan, aber es brachte Geld ein. Geld, um das ich meine Eltern nicht bitten musste. Ein Jahr später hatten wir dann unsere eigene Escort-Agentur mit Homepage und allem, was dazugehört.

Als ich Susan von Taormina erzählte, war sie sofort Feuer und Flamme. Sie hat mich für die Idee begeistert, dort ein Hotel zu eröffnen. Nächtelang saßen wir zusammen und schmiedeten Pläne, erkundigten uns sogar bei den Banken. Aber um einen Gründerkredit zu bekommen, brauchten wir Eigenkapital. Zwanzigtausend Euro mindestens. Also fingen wir an zu sparen. Wir arbeiteten mehr, legten alles zurück, was wir nicht zum Leben brauchten, und bereiteten uns systematisch vor.

Mehr als ein Jahr haben wir an dem Traum von Taormina gearbeitet ... Und dann war in ein paar Stunden alles kaputt.»

Lavinia hielt inne, beugte sich vor und stellte die leere Kaffeetasse ab.

«Ich brauche jetzt etwas Stärkeres», sagte sie.

«Ich habe nur Bier im Kühlschrank.»

«Bier wäre toll.»

Frank stand auf, und sie folgte ihm in die Küche. Dort war es so unordentlich wie überall in der Wohnung. Töpfe und Teller standen auf den Ablagen statt in den Schränken, Gläser mit Kalkflecken belagerten die Spüle. Geschirrtücher, die dringend eine Wäsche gebraucht hätten, baumelten schmutzschwer von Haken an der gefliesten Wand.

«Sag lieber nichts», sagte Frank, der ihren Blick bemerkte. «Ich bin eben nicht auf Besuch vorbereitet.»

«Das stört mich nicht. So sehe ich wenigstens den wahren Frank Engler und nicht einen, der sich für mich verstellt.»

Er nahm zwei Flaschen Bier aus dem Kühlschrank. Viel mehr befand sich nicht darin.

«Ich verstelle mich schon lange nicht mehr. Ich bin, wie ich bin, daran kann ich nichts ändern. Aber sich nicht zu verstellen heißt auch, mit der Einsamkeit klarkommen zu müssen.»

Lavinia wusste genau, was er meinte. Die Einsamkeit hatte ihr in den vergangenen drei Jahren oft genug zugesetzt.

«Aber für dich hätte ich trotzdem aufgeräumt», schob Frank nach, lächelte und reichte ihr die Bierflasche. «Oder möchtest du ein Glas?»

Lavinia schüttelte den Kopf. Sie stießen die Flaschen gegeneinander und prosteten sich zu. Das Klirren klang nach Sicherheit und Geborgenheit, und beides hatte sie schon lange nicht mehr gespürt. Mit Frank in seiner unaufgeräumten Küche zu stehen und Bier zu trinken fühlte sich fast schon vertraut an.

«Ich muss dich warnen», sagte Frank nach dem ersten Schluck. «Alkohol macht mich sehr schnell müde. Kann sein, dass ich gleich wie vom Blitz getroffen einschlafe. Kann aber auch sein, dass ich noch eine Weile durchhalte … Ist schließlich ziemlich aufregend, dich hier zu haben.»

Lavinia lächelte ihn an.

«Normalerweise sind Frauen ja tödlich beleidigt, wenn Männer während eines Gespräches einschlafen, aber bei dir werde ich mal eine Ausnahme machen.»

«Normalerweise lasse ich es auch gar nicht so weit kommen, sondern ziehe mich vorher zurück», sagte Frank, während sie zurück ins Wohnzimmer gingen. «Aber für dich mache ich gern eine Ausnahme. Du musst mir nur versprechen, mich nicht zu filmen und es dann hinterher bei YouTube einzustellen, wenn ich mit offenem Mund

und Bierflasche vor dem Bauch vor mich hin sabbere. Ist sicher kein schöner Anblick.»

«Versprochen», sagte Lavinia. «Ich werfe dir einfach eine Decke über den Kopf.»

«Okay, genehmigt. Aber nicht böse sein, wenn es wirklich passiert.»

«Werde ich nicht, aber ...»

«Ja?»

«Kann ich dann auf deiner Couch schlafen? Ich würde nur ungern heute Nacht zurück nach Hause gehen.»

«Natürlich. Decken und Kissen sind ausreichend vorhanden. Und wenn ich zu laut schnarchen sollte, dann lass mich einfach hier im Sessel und geh ins Schlafzimmer.»

«Ich kann dich doch nicht im Sessel schlafen lassen.»

Frank klopfte mit der linken Hand auf die Lehne.

«Das gute Stück ist mein bester Freund. Ich schlafe fast jede Nacht darin ... Na ja, die paar Stunden, die mir vergönnt sind. Mach dir also keine Sorgen. Für mich ist das normal.»

«Du bist völlig anders als die Männer, die ich bisher kennengelernt habe», sagte Lavinia nachdenklich.

«Tja, ich bin ein Außenseiter.»

«Darin sind wir uns ähnlich.»

Sie sahen sich einen Moment lang schweigend an.

«Und was ist dann passiert?», fragte Frank schließlich.

Lavinia trank einen kräftigen Schluck von ihrem Bier, bevor sie begann.

«Er nannte sich Tom, aber das ist sicher nicht sein richtiger Name.»

35

Sein Name war ein skandinavisches Wort für Wasser, und er klang irgendwie flüssig, fast wie ein Gluckern, das wusste Eric noch. Schon damals hatte er sich den eigentlichen Namen nicht merken können, aber diese Erklärung hatte sich in seinem Kopf festgesetzt wie ein heimtückischer Tumor. Und vielleicht hatte sich dieser Tumor in den letzten Jahren von ihm unbemerkt ausgebreitet, und alles, was jetzt geschah, war nur folgerichtig und konsequent.

Wäre er im Dateiarchiv zehn Jahre zurückgegangen, hätte er den Namen problemlos herausfinden können, doch dieser Aufwand erschien Eric zu groß. Wozu auch? Es änderte nichts.

Vor zehn Jahren hatte er in Unwissenheit einen Gegner herausgefordert, mit dem er nicht fertigwurde. Komisch, wie die Dinge manchmal so liefen. Im Nachhinein betrachtet, sah es sogar so aus, als hätte sich seit jenem Sommertag alles auf den heutigen Tag zubewegt. Oder auf den morgigen, denn zu Ende war es sicher noch nicht.

Es sei denn, er selbst führte noch heute das Ende herbei.

Eric warf einen Blick zur Wanduhr. Die Zeiger rückten auf Mitternacht zu. Wenn es heute noch sein sollte, musste er sich beeilen.

Die anderen waren schon vor einer halben Stunde gegangen. In dieser stillen Zeitlosigkeit hatte Eric nichts anderes getan, als seine Waffe anzustarren. Er hatte sich jede Kontur eingeprägt, war mit den Augen den Linien und Kanten gefolgt, hatte sie herumgedreht und auch die andere Seite betrachtet. Jetzt nahm er sie auseinander und setzte sie wieder zusammen. Verschluss und Lauf waren gut geölt, alles glitt präzise ineinander. Auch wenn er damit noch nie auf einen Menschen geschossen hatte, ging er trotzdem einmal im Monat zum Schießtraining und pflegte die Waffe vorschriftsmäßig.

Er schob das Magazin ein, nahm die Waffe in die rechte Hand und umfasste den Griff. Spürte die geriffelte Oberfläche des Kunststoffes und die beruhigende Schwere des Metalls. Dieses Gerät hatte die Macht, alles zu beenden. Er musste nur eine Entscheidung treffen.

Sie badet, Stiffler ... sie badet ...

Der Wassermann hatte ihn kalt erwischt. Nicht für eine Sekunde hatte Eric daran gedacht, dass der Typ es auf Kathi abgesehen haben könnte. Warum auch? Sie hatte mit der Geschichte überhaupt nichts zu tun. Natürlich konnte der Wassermann wissen, dass er verheiratet gewesen war, denn er hatte ja lange vor der Scheidung zum ersten Mal Kontakt zu ihm gehabt. Aber hatte dieser Verrückte ihn wirklich so lange beobachtet? Damals war er doch fast noch ein Kind gewesen. Eric konnte sich noch gut an seinen Widerwillen und an die Wut erinnern, die er für den Jungen empfunden hatte. Damals auf dem Waldweg, da hätte er beinahe die Kontrolle verloren. Missbrauchsfälle riefen noch heute diese Reaktion in ihm hervor. Er konnte das nicht abstellen. Es war ein Vermächtnis seiner gescheiterten Ehe.

Sein Blick flog erneut zur Uhr.

Zwei Minuten bis Mitternacht.

Hundertzwanzig Sekunden bis zum neuen Tag.

Ein Tag wie ein Albtraum. Und schon am frühen Morgen würde es mit vollem Tempo so weitergehen. Dann würden die ersten Ergebnisse der Spurentechniker vorliegen, Kathis Leiche würde obduziert werden, es musste geklärt werden, wann und unter welchen Umständen sie dem Täter in die Hände gefallen war. Die Sperling würde in den alten Fällen herumwühlen, das konnte er jetzt nicht mehr verhindern, und sie würde einen Namen ausgraben, der ihm endgültig zum Verhängnis werden würde. Nichts davon konnte Eric noch verhindern. Die Dinge waren ihm entglitten. Das Einzige, was er noch fest in der Hand hielt, war seine Waffe.

Sie badet, Stiffler ... sie badet ...

Eric drehte den kurzen Lauf in seine Richtung und starrte in das kreisrunde, schwarze Loch. Ein wenig Licht fiel hinein, sodass er Felder und Züge erkennen konnte.

Er öffnete den Mund und steckte sich den Lauf zwischen die Zähne. Das kalte Metall schmeckte ölig und fühlte sich fremd und bedrohlich an.

Er legte den Zeigefinger an den Abzug.

Die nächste kleine Bewegung würde ihm alles Weitere ersparen. Den Ärger, die Schmach, die Peinlichkeiten, die Blicke – vor allem die Blicke der Sperling. Eric hatte nicht mehr die Kraft, das durchzustehen.

Eine kleine Bewegung.

Nur den Finger krümmen.

Den Lauf schräg nach oben ausrichten, gegen den Gaumen, damit das Projektil nicht durch den Kiefer den Schädel verließ, sondern durchs Hirn. Selbst wenn er das überleben sollte, würde er danach nicht mehr Eric Stiffler sein.

Die Sehnen in seinem Zeigefinger spannten sich, er spürte den Druckpunkt.

Wir alle baden hier, Stiffler ...

36

«Bullshit, du schaffst das schon», sagte Susan, ohne aufzusehen. Sie saß mit untergeschlagenen Beinen auf der Couch, vor ihr auf dem Tisch lag ihr Schmuck ausgebreitet. Sie hatte vor, ein paar der wertvolleren Stücke zu verkaufen, damit

sie schneller ihr Ziel erreichten, konnte sich aber kaum davon trennen.

«Ich hab Angst», sagte Lavinia, denn das war es, was sie wirklich bedrückte, nicht die Befürchtung, die Buchführung nicht zu verstehen.

Jetzt sah Susan sie doch an, stand auf, kam zu ihr herüber und legte ihre Hände an Lavinias Wangen, so wie Mütter es bei ihren Töchtern taten. «Das brauchst du nicht. Ich habe mich darum gekümmert. Es wird nichts mehr passieren.»

Lavinia nickte. Sie wollte tapfer sein, spürte aber, wie sich ihr Bauch vor Angst schmerzhaft verkrampfte. Seit Susan und sie dem Irren am See gerade noch so entkommen waren, traute sie sich abends kaum noch aus dem Haus.

Das lag jetzt zwei Wochen zurück, doch beinahe jede Nacht erwachte Lavinia schweißgebadet, weil sie von diesem Kopf über der Wasseroberfläche träumte. Dabei hätte eigentlich Susan die Albträume haben müssen. Dieser Mann, der sich Tom genannt hatte, war doch tatsächlich schwimmen gegangen, Susan hatte derweil in einem sehr knappen Bikini am Ufer gelegen. Nach ein paar Minuten war Tom aber aus dem Wasser gekommen, und Susan hatte gesagt, da habe er ganz anders ausgesehen. Nicht mehr so schüchtern, sondern ... irgendwie dämonisch. Er war über Susan hergefallen, aber nicht, um sie zu vergewaltigen, sondern um sie ins Wasser zu zerren. Dort hatte er dann versucht, sie zu ertränken. Er hatte sich unter Wasser an sie geklammert und sie hinuntergezogen. Susan hatte sich nur befreien können, weil sie sich zuvor großzügig mit Sonnencreme eingerieben hatte und deswegen im Wasser ganz glitschig geworden war. Er hatte sie nicht richtig festhalten können.

Lavinia war schlecht geworden vor Angst und Wut. Angst, weil sie beinahe ihre beste und einzige Freundin verloren hatte. Wut, weil es so viele kranke Typen da draußen gab, die meinten, Frauen, vor allem aber Prostituierte, seien

Freiwild. Dagegen musste endlich mal etwas unternommen werden.

Susan hatte nach dem Mordversuch einen Bekannten von der Polizei angerufen. Der war tags darauf zu ihnen in die gemeinsame Wohnung gekommen und hatte sich als Eric vorgestellt. Lavinia hatte ihn sofort unsympathisch gefunden und war froh gewesen, dass er den Lohn für seine unbürokratische Hilfe von Susan einforderte und nicht von ihr. Sie hatte die Wohnung verlassen und war in ein Café gegangen, die beiden waren geblieben. In ihrer Wohnung, die doch für den Job tabu war. Aber besondere Umstände verlangten nach besonderen Maßnahmen, wie Susan es ausgedrückt hatte, und auch wenn Lavinia es nicht gut fand, war sie doch froh um den Schutz, den der Bulle ihnen für kostenlosen Sex gewährte.

Jetzt schnappte sich Lavinia die Laptoptasche vom Sessel und brachte ihr Haar in Ordnung. «Okay, dann will ich mal büffeln gehen.»

«So kenne ich mein Mädchen», sagte Susan und drückte ihr einen Abschiedskuss auf.

Lavinia verließ die Wohnung, lief eine Straße weiter und stieg in den nächsten Bus. Er brachte sie ans andere Ende der Stadt zum Institut für Erwachsenenbildung. Dort ackerte sie seit zwei Monaten an einer kaufmännischen Grundausbildung. Susan konnte mit Zahlen nichts anfangen, deshalb musste Lavinia den geschäftlichen Part übernehmen, aber ihr graute vor einer weiteren Unterrichtsstunde bei diesem Dozenten. Noch langweiliger konnte man das Thema nicht vermitteln.

Taormina.

Sooft es ging, wiederholte Lavinia dieses eine Wort in ihrem Kopf, sprach es sogar leise aus, selbst wenn sie sich unter fremden Menschen befand. Es war so etwas wie ihr Mantra geworden. Es klang nach Sehnsucht, Freiheit und Unabhängigkeit. Es verlieh ihr die Kraft, all das hier durchzustehen.

Im Unterricht dauerte es eine Weile, bis sie sich auf den Stoff konzentrieren konnte. Jahresgewinnermittlung. Wenn es nur endlich so weit wäre, dann würde sie mit großer Freude diese Zahlen addieren!

Drei Unterrichtseinheiten und zweieinhalb Stunden später bestieg sie den letzten Bus zurück. Inzwischen war es dunkel geworden. Die Bürgersteige lagen leer im rötlichen Licht der Straßenlaternen. Die Rückfahrt verbrachte sie dösend mit dem Kopf gegen die Scheibe gelehnt. Sie war hundemüde, hatte leichte Kopfschmerzen und wünschte sich in ihr Bett. In den letzten Tagen hatte sie oft darüber nachgedacht, warum ihnen diese Sache passiert war. Vielleicht waren sie einfach an der Reihe gewesen. Oder aber es lag wirklich an ihrem Streben nach mehr Geld. Der Traum stand über allem, und sie gingen vielleicht zu viele Risiken dafür ein. Sie musste unbedingt mit Susan darüber sprechen. Vielleicht sollten sie sich einfach mehr Zeit lassen.

Da um diese Zeit kein Bus mehr in der Nähe ihres Hauses hielt, musste sie zwei Straßen vorher aussteigen. Verabredet war, dass Susan sie an der Bushaltestelle abholte. Aber Susan war nicht da. Lavinia dachte nicht weiter darüber nach. Susan schlief öfter abends vor dem Fernseher ein. Ihre Laptoptasche fest umklammert, lief Lavinia mit schnellem Schritt den Bürgersteig entlang. Nachts war es in dieser Gegend nicht sehr sicher.

Als sie um die Ecke in ihre Straße bog, kam ihr ein Mann entgegen. Sie stießen beinahe zusammen. Er war groß, ging aber gebeugt, hatte die Hände in den Taschen und die Kapuze seiner Jacke über den Kopf gezogen. Für den Bruchteil einer Sekunde hob er den Kopf, und das schmutzige Licht der Straßenlaterne drang unter den Rand der Kapuze. Sie meinte, eine blonde Haarsträhne zu sehen. Dann wandte er sich auch schon wieder ab und verschwand. Lavinia sah ihm kurz hinterher, überquerte dann die Straße und lief schnell zu dem mehrgeschossigen Wohnhaus hinüber, in dem sich ihre gemeinsame Mietwohnung im ersten Obergeschoss befand. Dort angekommen, verriegelte sie die Tür und legte den Laptop auf dem Schuhschrank ab.

Es war dunkel und still in der Wohnung. Schon als sie ihre Hand zum Lichtschalter ausstreckte, spürte Lavinia, dass etwas nicht stimmte. Ihre Sinne waren plötzlich hellwach. Es fühlte sich an, als wäre jemand Fremdes hier gewesen. Jemand mit einer so starken Präsenz, dass sie sie noch spürte, auch wenn die Person längst wieder fort war.

Lavinia schaltete das Licht ein.

«Susan?», rief sie vorsichtig in die stille Wohnung hinein.

Keine Antwort.

Ihr Blick huschte hinüber ins Wohnzimmer. Aus dem kleinen Aquarium floss mattes Licht, und die perlend aufsteigenden Luftblasen des Sauerstoffgerätes warfen geisterhafte Lichtgestalten an die Wand. Gelangweilt zogen die beiden schwarzen Skalare ihre Bahnen. Auf dem Tisch stand Susans Lieblingstasse mit ihrem Namen darauf, Lavinia hatte sie ihr zum letzten Geburtstag geschenkt. Auf einem Teller lagen vier Apfelsinenspalten.

Lavinia schlich den Flur hinunter. An der langen Wand hingen sechs gerahmte Bilder, Fotografien von Taormina aus einem Fotoalbum, das sie im Alter von fünfzehn Jahren angelegt hatte. Es war Susans Idee gewesen, sie hier im Flur aufzuhängen. Lavinia war anfangs dagegen gewesen.

«Das steigert aber die Disziplin», hatte Susan eingewandt.

Eines der Bilder lag am Boden. Das Glas war zerbrochen, die Scherben steckten noch im Rahmen.

Lavinias Herz setzte für einen Schlag aus und kam nur stotternd wieder in Gang. Die letzten Meter bis zu ihrem gemeinsamen Schlafzimmer legte sie wie in Trance zurück.

Das Schlafzimmer war leer, das Bett unbenutzt.

Lavinia fuhr herum und sah nach rechts den Flur hinunter. Er führte in einem rechten Winkel um das Wohnzimmer herum, und das Licht drang nicht bis um die Ecke. Es war dunkel dort.

Sie lauschte.

In der tiefen Stille hörte sie etwas.

Tropfendes Wasser.

Am Ende des Flures befand sich das Badezimmer.

Nahm Susan ein Bad? Hatte sie auf ihr Rufen nicht reagiert, weil sie dabei wie immer die Kopfhörer ihres MP3-Players in den Ohren hatte? Susan war tollpatschig. Vielleicht hatte sie auf dem Weg ins Bad das Bild versehentlich von der Wand gestoßen und sich vorgenommen, die Scherben später wegzuräumen.

Aber Lavinia glaubte selbst nicht, was sie dachte.

Mit zittrigen Knien näherte sie sich der Dunkelheit hinter der Ecke, dann der Badezimmertür, die nur angelehnt war. Auch im Bad war es dunkel.

«Susan?», fragte Lavinia leise. «Bist du da drin?»

Sie streckte die Hand aus und kippte den Schalter außen neben der Tür. Augenblicklich quoll Licht durch den schmalen Türspalt. Selbst wenn Susan im Dunkeln badete, was nicht unwahrscheinlich war, müsste sie spätestens jetzt reagieren. Alles blieb still.

Lavinias Hand schwebte noch in der Luft. Sie wollte schon die Tür aufdrücken, zögerte aber. Plötzlich wollte sie nur noch weg. Sie wollte nicht sehen, was sich hinter der Tür befand.

Trotzdem stieß sie sie auf.

Die Wanne war randvoll gefüllt mit rötlich schimmerndem Wasser.

Darin lag Susan mit dem Gesicht nach unten, eine Hand lag auf dem Wannenrand. Ihre braune Haut hob sich von dem strahlenden Weiß der Emaille ab. Das prächtige schwarze Haar trieb wie das ausgebreitete Gefieder eines Pfaus an der Wasseroberfläche.

37

Nach der Besprechung war Manuela sofort mit dem Fahrstuhl in die Tiefgarage des Polizeipräsidiums hinabgefahren. Sie wollte nur noch nach Hause, heiß baden, damit die innere Kälte verschwand, und sich in warme Decken hüllen. Sie war so müde und ausgebrannt wie nie zuvor in ihrem Leben und sehnte sich so sehr nach ihrem Bett.

Doch jetzt saß sie bereits seit einer Viertelstunde reglos in ihrem Wagen und schaffte es nicht, den Motor zu starten. Dreimal hatte sie bereits nach dem Zündschlüssel gegriffen, ihn jedoch nicht herumgedreht. Ihre Hände zitterten, ihr Sichtfeld war auf merkwürdige Weise eingeschränkt. Nichts anderes nahm sie mehr wahr als das Innere des Wagens.

Manuela wusste, sie hatte einen Schock erlitten, und ihr war auch bekannt, dass die Symptome oft erst auftraten, wenn man zur Ruhe kam. Streng genommen gehörte sie in ein Krankenhaus. Dorthin hätten die Sanitäter sie auch gebracht, aber Manuela hatte sich geweigert, weil sie dann zu viel verpasst hätte. Außerdem wollte sie nicht als Schwächling dastehen. Sie hatte einen Mord mit angesehen, na und? Das war eben der Alltag eines Polizisten, und auch wenn sie ein blutiger Anfänger war, erwarteten doch alle die gleiche Professionalität von ihr, die auch die alten Hasen an den Tag legten.

Da musste sie jetzt durch.

Meine große Schwester schafft doch alles. Timmys Worte hallten in ihrem Kopf wider.

Ja, sie konnte alles schaffen. Sie musste!

Allein schon, um Stiffler die Ermittlungen nicht allein weiterführen zu lassen.

Seit seinem Auftritt oben im Büro traute sie ihm noch weniger. Seine Exfrau war ermordet worden, deshalb hatte

Manuela sich zusammengerissen, sich bei ihm entschuldigt und ihm dabei auch noch in die Augen geschaut. Das war mehr, als man unter diesen Umständen von ihr erwarten konnte.

Und sie war froh, es getan zu haben, denn der Blick in Stifflers Augen hatte ihr einiges offenbart.

Keine Trauer, keine Wut, keine Verzweiflung lag darin, nur stumpfe Leere, wie Manuela sie bisher nur bei Drogenabhängigen gesehen hatte. Natürlich war es möglich, dass auch Stiffler unter Schock stand, damit hatte er seinen Totalausfall draußen am See schließlich begründet, doch das nahm Manuela ihm nicht ab. Dafür war er in dem Gespräch in seinem Büro zu berechnend gewesen. Allein diese Aktion mit der Waffe: Was sollte das, allen zu zeigen, wie er mit dem Täter umzugehen gedachte? Selbstjustiz hatte er damit angedeutet, und keiner der Männer hatte dazu etwas gesagt – außer Nielsen.

Peter Nielsen war in der Truppe doch der Einzige mit ein wenig Rückgrat.

Klar, er war ein Macho und in sich selbst verliebt, aber deswegen musste er ja kein schlechter Polizist sein, und irgendjemandem musste sie vertrauen. Es drängte. Hier lief einfach zu viel verkehrt. Offensichtliches wurde nicht beachtet, und das betraf vor allem den Fall der in ihrer Badewanne ertränkten Prostituierten, in dem Eric Stiffler ermittelt hatte. Darüber hatte niemand ein Wort verloren.

Der Ausdruck steckte immer noch in der Gesäßtasche ihrer Jeans.

Sie sollte ihn endlich aufmerksam lesen. Sie tastete nach hinten und merkte, dass sie immer noch den viel zu großen Overall des Rettungsdienstes trug. Die Plastiktüte mit ihrer nassen Kleidung lag auf dem Drehstuhl an ihrem Schreibtisch oben.

Abgesehen von dem Ausdruck musste sie die Tasche

sowieso holen, sonst konnte sie ihre Kleidung vergessen, und das wäre dann die dritte Hose in zwei Tagen, die sie ruiniert hätte. So viel verdiente sie nicht, dass sie sich ständig Nachschub kaufen konnte.

Sie zwang sich dazu, noch einmal auszusteigen. Sie verriegelte den Wagen, der Signalton hallte gespenstisch in der Tiefgarage wider. Von plötzlicher Panik gepackt, rannte sie zu den Fahrstühlen und fuhr hinauf. In der dritten Etage stieg sie aus und bog nach rechts in den Gang zum Großraumbüro. Niemand war hier, nur die Notbeleuchtung brannte noch, deshalb sah sie den Lichtschein sofort, der am Ende des Ganges auf den Boden fiel.

Sie hielt inne.

Das war Stifflers Büro.

Manuela schlich den Gang hinunter. Dabei drückte sie sich ganz dicht an die Wand, damit er sie nicht kommen sah. Als sie die offenstehende Tür erreichte, blieb sie stehen und lugte um die Ecke.

Stiffler saß da mit geschlossenen Augen und seiner Dienstwaffe im Mund.

Manuela erschrak so sehr, dass sie nicht sofort reagierte. Im nächsten Moment nahm Stiffler die Waffe auch schon aus seinem Mund, warf sie auf den Schreibtisch, fuhr herum und übergab sich in den Mülleimer.

Manuela zog sich zurück, presste sich an die Wand und atmete flach.

Sie wusste nicht, was sie davon halten sollte. Meinte er das ernst? Würde er es gleich noch einmal versuchen? Sollte sie ihn davon abhalten, mit ihm reden? Nein. Auf keinen Fall würde sie zu einem Eric Stiffler in dieser Verfassung ins Büro gehen.

Also schob sie sich dicht an der Wand entlang den Gang hinunter. Erst als sie sicher war, nicht von ihm entdeckt zu werden, löste sie sich davon und lief direkt in ihr Büro.

Dort schnappte sie sich die Tasche mit der nassen Kleidung und hastete beinahe lautlos zum Fahrstuhl.

Bevor sie in die Kabine stieg, warf Manuela noch einen Blick zurück.

Sie konnte doch nicht einfach nach Hause fahren und Stiffler sich selbst überlassen. Egal, wie er sich ihr gegenüber benommen hatte. Aber was sollte sie tun? Ihn anzusprechen, davor hatte Manuela zu große Angst. Immerhin fuchtelte er mit einer Waffe herum und war eindeutig nicht Herr seiner Sinne.

Unschlüssig trat sie von einem Bein aufs andere. Als sie sich schon fast entschieden hatte, ihn per Handy anzurufen, kam Stiffler aus seinem Büro. Er hielt den Mülleimer in der Hand und verschwand damit in den Toilettenräumen. In ihre Richtung sah er dabei nicht.

Erleichtert atmete Manuela aus. Stiffler entfernte sein Erbrochenes. Das würde er nicht tun, wenn er weiterhin vorhätte, sich zu erschießen. Die Gefahr war gebannt. Er hatte sich wieder im Griff.

Sie konnte nach Hause fahren.

38

Lavinia hatte schon oft Männer neben sich einschlafen sehen, aber noch nie so schnell. Eben noch lagen Mitleid und Entsetzen in seinem Blick, und schon nach dem nächsten Lidschlag öffneten sich seine Augen nicht mehr. Er sackte in seinem Sessel zusammen, und die noch nicht einmal zur Hälfte geleerte Bierflasche geriet in bedrohliche Schieflage. Sein Kinn fiel auf die Brust und die Schultern nach vorn. Seine rechte Hand zuckte ein paarmal, dann wurden seine Atemzüge ruhig und gleichmäßig.

Sie stand auf, stellte ihre Bierflasche auf den Tisch, nahm ihm seine ab, griff nach einer Decke und breitete sie über ihm aus. Es widerstrebte ihr, ihn einfach so in dem Sessel sitzen zu lassen, aber er hatte es so gewollt, und sie würde ihn sowieso nicht hochwuchten können.

Sie würde ihn nicht fotografieren, natürlich nicht, aber betrachten wollte sie ihn. Seine Gesichtszüge, in die sich bereits erste Falten um Mund und Augen gegraben hatten, waren ganz entspannt, das dunkelbraune, volle Haar leicht zerzaust, und auf den Wangen verriet ein dunkler Schatten die lange zurückliegende Rasur. Gern hätte sie einen Blick in seine Augen geworfen, denn deren Farbe übte eine geradezu magische Anziehungskraft auf sie aus, doch damit musste sie wohl bis morgen früh warten.

Morgen?

Ein Blick auf die digitale Uhr am Fernseher verriet ihr, dass es bereits halb drei war. Der neue Tag war längst angebrochen, bald würde es hell werden.

Unschlüssig lief Lavinia in der Wohnung auf und ab und trank dabei ihr Bier. Sie war kein bisschen müde, selbst der Alkohol schien nicht zu wirken, außerdem fühlte sie sich nicht wohl bei dem Gedanken, sich in Franks Bett zu legen. Er hatte es mit seiner Einladung dazu sicher ernst gemeint, aber die Situation war einfach zu abstrus.

Also nahm sie eine Wolldecke von der Couch, öffnete leise die Tür zum Balkon, setzte sich in einen Gartenstuhl, legte die Füße auf einen zweiten und wickelte sich in die Decke ein. Mit der Bierflasche in der Hand wartete sie auf den Sonnenaufgang.

Fast war es so, als schaue sie von Taormina aus aufs Meer hinaus, und plötzlich wurde ihr klar, dass sie nicht mehr länger warten durfte. Als sie im Fachmarkt die Kamera gekauft hatte, hatte sie geplant, eine neue Website einzurichten, auf der sie sich vor laufender Kamera für zahlende Kunden ausziehen würde. Das brachte nicht so viel Geld wie Sex, doch zu mehr war sie nicht mehr bereit.

Jetzt aber spürte sie, dass sie selbst das nicht mehr tun wollte.

Und das lag nicht allein an der Warnung durch den Polizisten vor ihrer Haustür.

Als sie begonnen hatte, ihren Körper für Geld zu verkaufen, hatte sie sich dabei immer eingeredet, es sei nur eine Dienstleistung. Sex gegen Geld. Nicht mehr und nicht weniger. In Wirklichkeit war es aber ganz anders.

In Wirklichkeit bot sie allen Männern, die es wollten, die Möglichkeit, ihren Trieb jederzeit und überall auszuleben. Sie bewies ihnen, dass es nicht nötig war, sich zurückzuhalten, denn es gab ja genug Frauen wie sie, auf die Männer zugreifen konnten, wann immer es ihnen passte.

Und sich vor der Webcam auszuziehen würde diesen männlichen Anspruch, ein Recht auf Sex zu haben, nur unterstützen.

Das würde sie niemals wieder zulassen. Niemand hatte ein Recht auf Sex, auf eine Frau, die ihm zu Willen war.

Sobald die Sonne aufgegangen war, würde sie duschen, für Frank und sich ein Frühstück zubereiten, sich von ihm verabschieden und danach zur Bank gehen.

Sie würde keine Zeit mehr verlieren und es jetzt endlich anpacken.

39

Während des Tanzes waren seine Muskeln wie die straffgespannten Saiten einer Violine, und die Melodie, die er darauf gespielt hatte, hatte ihn in Ekstase versetzt. Im Crescendo war er überzeugt gewesen, sich verwandelt zu haben, so wie auch das Wasser sich ständig verwandelte.

Doch jetzt, Stunden später, im leisen Nachhall der Töne gefangen, fand er doch nur wieder sein altes Ich.

Und das war abermals voller Wut.

Stiffler dort am Ufer zu sehen hatte ihn so sehr in Rage versetzt, dass er beinahe leichtsinnig geworden und auf ihn losgegangen wäre. Es war schon leichtsinnig gewesen, ihn so nah an sich herankommen zu lassen. Er hatte ja gewusst, dass sie ihm durch das Wasser in Anna Meyers Lunge auf die Spur kommen würden. Jeder Anfänger verfügte über solches Polizeiwissen. Genau deshalb hatte er sie in diesem kleinen See ertränkt und nicht im Fluss. Das eine Opfer sollte zum anderen führen, und jede von Stifflers Frauen sollte ihn näher an den Gorreg locken. Aber er durfte nicht zu früh dort auftauchen. Stiffler war in der Lage, perfide Fallen zu stellen, das hatte er schließlich schon einmal getan.

Nein, hier am Gorreg mussten sie allein aufeinandertreffen. Nur sie beide. Schon allein die Vorstellung ließ die Wut abermals aufwallen.

Nach seiner Rückkehr war er vom Steg aus noch einmal in das nächtlich schwarze Wasser gestiegen. Diesmal jedoch nackt. Er lag auf dem Rücken, hielt sich mit leichten Bewegungen über Wasser und starrte zum Himmel hinauf.

Von Westen waren Wolken herangezogen, hatten sich vor den Mond und die Sterne geschoben und alles Licht aus der Welt getilgt. So dunkel wie in dieser Nacht war es noch nie zuvor gewesen, und die Dunkelheit war sogar in ihm.

Er schloss die Augen und konzentrierte sich. Auf die leichten Bewegungen des Wassers, auf den Pulsschlag des Sees, auf den Rhythmus dieser Welt. Dabei wurde er ruhiger und ruhiger. Sein Herzschlag verlangsamte sich und fiel auf weniger als dreißig Schläge in der Minute. Durch

Konzentration und Übung geriet er in einen Zustand der Trance, und schließlich, als er eins war mit dem Wasser, hörte er auf, sich zu bewegen.

Sein Körper sank hinab. Schwebte.

Er drehte sich herum und tauchte tiefer.

Er befand sich über der tiefsten Stelle des Sees. Fast siebzig Meter weit ging es hinunter in absolute Schwärze und Stille. Schon nach wenigen Metern setzte der Tauchreflex ein. Sein Herzschlag verlangsamte sich weiter, das Blut sammelte sich am Herzen und im Kopf. Ab dreißig Meter begann die Tiefe an ihm zu ziehen, und er hörte auf, sich zu bewegen, gab sich dem freien Fall hin. Dieses Gefühl war mit nichts anderem zu vergleichen.

Er streckte seine Fühler aus, tastete, fühlte, durchforstete die Schwärze, suchte nach ihr. Er wusste genau, sie war noch hier. Im Wasser ging nichts verloren, alles wurde darin konserviert. Seele war nichts anderes als Energie, und auch die speicherte das Wasser.

Es wurde jetzt rasch kälter, aber das machte ihm nichts aus. Das Blut hatte sich aus seinen Extremitäten zurückgezogen, er fühlte dort nichts mehr.

Kälte, Schwärze und absolute Stille. Er war dennoch nicht allein.

Inmitten der Schwärze tauchte ein heller Fleck auf. Ein Schemen, nicht mehr, aber er bildete sich ein, dass sie es war, die nach ihm rief. Er stoppte seinen freien Fall, wollte auf sie zuschwimmen, doch im selben Moment verschwand sie. Er drehte sich im Kreis, tauchte hierhin und dorthin und fand sie doch nicht wieder. Er kämpfte gegen den Atemreflex und das starke Ziehen in seiner Kehle, suchte weiter. Aber dann musste er auftauchen. Als sein Kopf die Wasseroberfläche durchstieß, entrang sich seiner Kehle ein gequälter Schrei. Wie das Heulen eines hungrigen Wolfes schallte er durch die Nacht.

40

Gleich hinter der Tür lauerte die Einsamkeit, und das war zu viel für Manuela.

Schon auf der Fahrt nach Hause hatte sie gespürt, wie sich die Tränen hinter ihren Augen sammelten, aber geglaubt, sie zurückdrängen zu können. Vielleicht wäre es ihr sogar gelungen, wenn sie nicht in ihre einsame Wohnung zurückgemusst hätte. In der WG, aus der sie erst vor zwei Wochen ausgezogen war, hatte sie zwei Jahre lang mit Agnes und Sabrina zusammengelebt. Agnes studierte Medizin, Sabrina Germanistik. Sie waren alle im gleichen Alter und im Großen und Ganzen ein tolles Gespann gewesen, auch wenn es am Ende eng geworden war. Manuela hatte daher den Entschluss gefasst, es auf eigenen Beinen zu versuchen. Bisher hatte sie nichts vermisst. Sie hatte es sogar genossen, in eine ruhige, große und saubere Wohnung zurückkehren zu können, und sie hatte sich auf den ersten Typen gefreut, den sie dorthin mitnehmen würde. Kein heimliches, stilles Einschleichen mehr, sondern leidenschaftliche Küsse schon an der Haustür und das Herunterreißen der Klamotten auf dem Weg ins Schlafzimmer ohne die ständige Gefahr, ertappt zu werden.

Nichts davon war bisher passiert. Heute hätte sie ihre Freundinnen gebraucht oder ihren Bruder, aber heute war sie allein.

Manuela schlug beide Hände vors Gesicht, ließ sich auf den Stuhl im Flur fallen, auf dem sie ihre Tasche abzulegen pflegte, krümmte den Rücken und heulte in ihre Hände. Heulen war bei den Sperlingen nie angesagt gewesen, und wenn man als einziges Mädchen unter vier Männern aufwuchs, tat man gut daran, seine Schwäche nicht zu zeigen. So hatte Manuela in der Pubertät gelernt, heimlich zu weinen. Auf der Toilette, im Waschkeller oder in ihrem kleinen Zimmer, aber immer hinter vorgehaltenen Händen und so leise, dass sie Bauchschmerzen bekam. Das war nicht schön, aber Häme und Spott ihrer Brüder wären weit schlimmer gewesen.

Sie wusste nicht einmal genau, warum sie jetzt weinen musste, aber es tat gut. Mit jedem Schütteln, das ihren Körper durchlief, wurde sie ein wenig von der Last los, die sich im Laufe des Tages in ihr aufgebaut hatte.

Als es wieder ging, nahm sie die Hände herunter, wischte die nassen Wangen am Ärmel der Jacke ab, zog sie aus und ließ sie achtlos zu Boden fallen. Das laute Poltern ließ sie stutzen. Sie befühlte die Taschen und stellte fest, dass sie vergessen hatte, ihre Waffe in den Tresor im Büro einzuschließen. Sie nahm sie heraus und versteckte sie im Schuhschrank. Schniefend und mit einem zerrenden Schmerz im Brustkorb ging sie in die Küche. Dort gab es etwas, das immer half. Ihre Medizin gegen alles.

Sie stach den Löffel in das Glas mit Nougatcreme. Der erste hatte noch den bitteren Nachgeschmack der Tränen, der zweite war schon deutlich besser, der dritte überzog ihre Seele endlich mit einem süßen Zuckerguss.

Dann schraubte sie das Glas zu, steckte den Löffel in die Spülmaschine und ging hinüber ins Bad. Dort zog sie den viel zu großen Overall des Rettungsdienstes aus und steckte ihn in die Waschmaschine. Darunter war sie nackt, auch ihre Unterwäsche lag mit der anderen nassen Kleidung in der Plastiktüte. Sie holte sie aus dem Flur und füllte die Trommel der Waschmaschine damit. Schon wollte sie die klamme und nach Seewasser riechende Jeans hinterherstopfen, da erinnerte sie sich und griff in die hintere Tasche.

Der Ausdruck des Ermittlungsprotokolls steckte noch darin. Er war aufgeweicht, klebte am Stoff, und sie konnte ihn nur in kleinen Fetzen herauspulen.

Vor dem Bullauge der Waschmaschine auf dem kalten Fliesenboden versuchte sie, die Fetzen zusammenzufügen. Es war hoffnungslos. Die Tinte war zerlaufen, man konnte den Text nicht mehr entziffern.

«Ach, Scheiße», sagte Manuela und wischte die Schnipsel beiseite.

Sie überlegte kurz, ob sie die Waschmaschine noch anstellen sollte, entschied sich wegen der Nachbarn dagegen und stieg stattdessen unter die Dusche.

Erst als das heiße Wasser die Kälte aus ihrem Körper herausgespült hatte, stellte sie es ab, frottierte sich trocken, huschte nackt ins Bett und wickelte sich in die Decke ein.

TAG DREI

I

Um halb neun morgens fuhr Manuela Sperling in die Tiefgarage des Präsidiums ein. Als sie aus ihrem Wagen stieg und ihr der muffige Geruch der Betonhöhle entgegenschlug, kam es ihr so vor, als wäre sie zwischendurch gar nicht zu Hause gewesen.

Sie hatte nur vier Stunden geschlafen und fühlte sich wie durch den Fleischwolf gedreht. Eigentlich hätte sie den Tag freinehmen müssen, aber das konnte sie sich nicht erlauben. Außerdem würde ein Tag sowieso nicht reichen. Das alles zu verarbeiten würde Wochen dauern, vielleicht müsste sie sogar therapeutische Hilfe in Anspruch nehmen, und dafür war jetzt definitiv nicht der richtige Zeitpunkt.

Im Fahrstuhl betete Manuela, dass Stiffler in der Nacht keinen Scheiß gebaut hatte.

Aber als sie aus der Kabine stieg, spürte sie sofort, dass etwas nicht stimmte.

Die Atmosphäre war aufgeladen wie vor einem Gewitter.

Ein paar Leute liefen hektisch durch die Gänge.

Irgendwo schrie jemand laut, dann knallte eine Tür. Wenige Sekunden später sah Manuela Polizeichef Bender auf sich zukommen. Von seiner Souveränität, die er im Einstellungsgespräch ausgestrahlt hatte, war nichts mehr zu spüren, angsteinflößend war er aber noch immer. Wie ein wildgewordener Wasserbüffel zog er mit hochrotem

Kopf an ihr vorbei, derart in seinen Ärger vertieft, dass er sie gar nicht bemerkte.

Nachdem Bender verschwunden war, blieb sie noch einen Moment mit angehaltenem Atem an der Wand stehen. Eine Stimme in ihrem Kopf schrie ihr zu, sie solle abhauen. Zurück nach Hause, Decke über den Kopf und krankmelden.

Sie tat es nicht. Stattdessen ging sie zögernd in Richtung von Stifflers Büro. Schon von weitem hörte sie Nielsens laute Stimme.

«Verflucht noch mal. Muss ich jetzt die ganze Scheiße hier aufräumen, oder was!»

In Manuelas Kopf entstand ein grauenhaftes Bild. Noch einen Schritt weiter, dann würde sie Eric Stiffler mit halbem Kopf auf dem Schreibtisch vorfinden, die Wand hinter ihm mit Blut und Gehirnmasse besudelt. Das wollte sie weder sehen noch die Verantwortung dafür übernehmen. Aber wenn sie erzählte, was sie gestern Nacht gesehen hatte, würde man sie ihr fraglos zuschieben.

Manuela beschloss zu lügen.

Selbst wenn man ihr mit Hilfe der Überwachungskameras nachweisen konnte, dass sie noch einmal oben gewesen war, musste sie ja nicht zwangsläufig etwas gesehen haben. Sie würde einfach alles abstreiten. Manuela konnte Lügen nicht ausstehen und hasste sich jetzt schon dafür, aber für so jemanden wie Stiffler wollte sie ihre Karriere nicht aufs Spiel setzen.

Sie bereitete sich auf den Anblick vor und trat in die geöffnete Bürotür.

Der Schreibtisch war leer, die Wand dahinter weiß wie eh und je.

Nielsen, Habermann und Petrie starrten sie gemeinsam an, als nähmen sie an einem Wettbewerb für blödes Gucken teil.

«Sperling», rief Nielsen, «wo kommen Sie denn jetzt her?»

«Ich ... ich ...»

Manuela war endgültig verwirrt.

«Warum gehen Sie weder an Ihr Handy noch an Ihren Festnetzanschluss? Haben wir hier neuerdings Gleitzeit, oder was?»

Nielsen war wirklich wütend und wahrscheinlich nur deshalb nicht so rot wie Bender, weil man das unter seiner Solariumbräune nicht sehen konnte.

Manuela griff in die Innentasche ihrer Jacke und zog das teure Smartphone hervor, das sie sich selbst zum Dienstantritt geschenkt hatte. Es war nicht eingeschaltet. Sie stellte es abends immer ab, weil der Akku sich sonst so schnell entlud, außerdem wollte sie nicht verstrahlt werden.

«Sorry, war nicht an», sagte sie und holte es nach. «Wann haben Sie versucht, mich zu erreichen?»

«Vor zehn Minuten.»

«Da war ich unterwegs hierher.»

«Verflucht, Sperling», er schüttelte den Kopf. «Das ist kein Kindergarten hier. Auf irgendeine Art müssen Sie immer erreichbar sein. Gerade nach so einer Sache wie gestern.»

«Kommt nicht wieder vor», murmelte Manuela und spürte sich nun selbst rot werden. Wie peinlich.

«Wie geht es Ihnen denn?», fragte Nielsen nun wesentlich leiser. Sie schaute überrascht hoch.

«Na ja, es geht. Ich komme klar.»

«Schön. Na, schön.»

Er ließ sich schwer in Stifflers Schreibtischstuhl fallen, fuhr sich mit den Händen durch die Haare und sah dann zu ihr auf. Er wirkte verzweifelt.

«Wir haben ein Riesenproblem.»

Manuela machte sich auf die Horrornachricht gefasst. Stiffler hatte es nicht hier getan, sondern irgendwo anders. Vielleicht in der Tiefgarage oder bei sich zu Hause. Er war *doch* tot, und sie hätte es verhindern können.

«Eric ist verschwunden», sagte Nielsen. «Er geht nicht an sein Handy, und zu Hause ist er nicht. Da war ich bereits. Hoffentlich hat er keine Scheiße gebaut.»

«Vielleicht ist er auch gerade auf dem Weg hierher», schlug Manuela vor. «Oder er ist in der Pathologie bei seiner Frau.»

Habermann schüttelte den Kopf.

«Da hab ich schon nachgefragt.»

«Und wenn er doch zum Tatort rausgefahren ist?», sagte Petrie, der unausgeschlafen und gelangweilt wirkte.

«Dann würde er doch an sein Handy gehen.»

«Wir hätten ihn in der Nacht nicht allein lassen dürfen», sagte Habermann mit weinerlicher Stimme und schüttelte abermals den Kopf. Manuela fand, er sah aus wie jemand, der kurz vor einem Nervenzusammenbruch stand, und zum ersten Mal wurde ihr bewusst, was für eine merkwürdige Truppe Stiffler für die Mordkommission zusammengestellt hatte.

«Wir sind weder seine Babysitter noch für ihn verantwortlich», sagte Nielsen. Er wirkte als Einziger hellwach und voller Energie.

Manuela sah unschlüssig von einem zum anderen. Sollte sie ihren Kollegen doch erzählen, was sie letzte Nacht beobachtet hatte? Aber Nielsens hatte recht: Sie waren keine Babysitter.

«Hoffentlich endet das alles nicht in einem Desaster», jammerte Habermann. Manuela hätte ihn am liebsten angeschrien, er solle sich zusammenreißen.

Nielsen anscheinend auch, denn er warf ihm einen vernichtenden Blick zu.

2

Es war einer jener Träume, die tiefen Schrecken auslösten, denen man sich aber nicht entziehen konnte und es auch gar nicht wollte, weil man spürte, dass eine wichtige Botschaft darin enthalten war. Der Traum war intensiv, aber ohne Details, er war wie eine morgendliche Nebellandschaft im Herbst, in der Farben und Formen milchig ineinanderflossen.

Frank sah Lavinia in diesem Nebel. Sie schwebte darin wie ein ätherisches Wesen und rief ihn zu sich. Dann bewegte sie sich langsam von ihm fort und wurde dabei immer durchsichtiger. Frank sehnte sich nach ihr und wollte ihr folgen. Er tat sein Bestes, strengte sich an, aber der Nebel hielt ihn zurück, ließ ihn nicht vorwärtskommen. Er wusste, sie war die Frau, nach der jeder Mann Ausschau hielt, die zu finden aber nur wenigen vergönnt war, und er durfte sie auf gar keinen Fall wieder gehen lassen. Sie würde sein Leben ändern.

Trotz aller Anstrengung und Willenskraft kam er ihr doch nicht näher.

Schließlich löste sie sich im Nebel auf und verschwand.

Frank riss die Augen auf.

In der einen Sekunde rief er noch ihren Namen, in der nächsten fegte ein hässliches Geräusch den Traum fort. Er brauchte nur einen kurzen Moment, um zu begreifen, dass die Türklingel ihn geweckt hatte. Jemand klingelte Sturm.

Frank setzte sich in seinem Sessel auf und orientierte sich. Lavinia. Wo war sie? Ihre Schuhe, die sie gestern Abend vor der Couch abgestreift hatte, lagen dort nicht mehr. Sein nächster Blick ging zur Uhr. Halb neun.

Wie bitte? Halb neun!

Sofort begann er die Stunden nachzurechnen, die er geschlafen hatte. Er konnte sich nicht erinnern, wann genau er eingeschlafen war.

Er betrachtete die Bierflasche auf dem Tisch. Sie war noch zu drei Viertel voll.

Lavinia hatte von diesem Mann erzählt, der ihre Freundin Susan in einem See ertränken wollte. Er hatte es nicht geschafft, war aber später in ihre gemeinsame Wohnung eingedrungen und hatte sie doch noch getötet. Sie hatte ihm erzählt, dass sie sich seit damals von dem Mann verfolgt fühlte und dass er es wohl auch war, vor dem sie gestern geflüchtet war.

Wie spät war es darüber geworden? Drei Uhr vielleicht? Aber selbst wenn es schon vier Uhr gewesen war, so hatte er doch mehr als vier Stunden am Stück geschlafen.

Unglaublich! Das war einfach unglaublich. Frank konnte sich nicht daran erinnern, wann er zum letzten Mal so lange geschlafen hatte.

Das Klingeln ließ nicht nach.

«Ja doch, ich komme!», rief Frank laut genug, damit man es durch die Tür hören konnte. Die Klingel verstummte.

Er legte die Decke beiseite und stand auf. Im ersten Moment war er ein wenig wackelig auf den Beinen, und er spürte seinen Rücken. Zwei oder drei Stunden im Sessel zu schlafen war in Ordnung, vier Stunden schien ihm seine Wirbelsäule jedoch krummzunehmen.

Scheiß drauf, dachte Frank, das nehme ich gern in Kauf.

Vielleicht würde sich ja jetzt etwas ändern. Gab es Spontanheilungen bei Narkolepsiepatienten? Oder lag es einfach nur an Lavinia?

Er rief ihren Namen, aber niemand antwortete. Dafür klingelte es erneut. War sie das? Vielleicht war sie draußen gewesen und hatte Brötchen geholt. Er hatte nie etwas im Haus, weil er immer unterwegs aß.

Frank fuhr sich durch das widerspenstige, dichte Haar, das morgens immer unmöglich aussah, und ging zur Tür. Ein schneller Blick in den Spiegel auf dem Flur zeigte ihm, dass sein Gesicht genauso zerknittert aussah wie Jeans und Shirt.

Er öffnete die Tür und wollte sich schon entschuldigen.

Aber nicht Lavinia stand davor, sondern Helmut.

«Wieso gehst du nicht ans Telefon?», blaffte der ihn statt einer Begrüßung an.

«Hast du denn angerufen?», fragte Frank verwirrt.

«Barbara und ich, mehrmals. Auf Handy und auf Festnetz. Was ist denn bloß los mit dir?»

Frank schüttelte den Kopf, fuhr sich abermals durchs Haar und versuchte, seine Gedanken zu ordnen.

«Ich weiß nicht, ich habe geschlafen.»

«So lange? Ich meine, ist ja schön für dich, aber du könntest doch wenigstens ans Telefon gehen, wenn du schon später kommst als gewöhnlich.»

«Ich muss das Klingeln überhört haben», sagte Frank, konnte das aber selbst nicht glauben. Sogar kleine Störungen reichten normalerweise aus, um ihn aus dem Schlaf zu reißen. Hundegebell, Türenschlagen, Sirenen, Telefonklingeln, die Toilettenspülung aus der Nachbarwohnung.

«Okay», sagte Helmut, und die Besorgnis stand ihm ins Gesicht geschrieben. «Werde erst mal wach. Ich muss weiter, hab einen Termin. Ich sage Barbara Bescheid. Ist einiges los heute, wir könnten dich brauchen.»

«Ja klar, ich komme ... Ich muss nur erst ...»

Frank schob sich ein Stück vor und schaute ins Treppenhaus.

«Dir ist nicht vielleicht eine junge Frau entgegengekommen? Mit blondem Haar?»

Helmuts Mimik hellte sich auf.

«Daher weht also der Wind. Barbara hat schon so etwas angekündigt. Jung und blond ... Kein Wunder, dass du schläfst wie ein Bär.»

Er griente bis zu den Ohren.

«Quatsch», sagte Frank verlegen. «Wir haben nur geredet.»

«Nee, is klar.»

Lachend wandte Helmut sich ab und lief die Treppe hinunter.

«Ich sag Barbara, dass du in einer Stunde da bist, okay?»

«Ja, ja», rief Frank seinem Bruder hinterher und schloss die Tür.

Er drehte sich um und lauschte.

In seiner Wohnung war es so still wie immer. Es gab kein Anzeichen dafür, dass sich noch jemand anderes darin aufhielt, und für den Bruchteil einer Sekunde glaubte Frank, das alles nur geträumt zu haben. Dann fiel ihm wieder ein, was er Lavinia in der Nacht angeboten hatte, und lief zum Schlafzimmer hinüber.

Vor der geschlossenen Tür stehend, lauschte er abermals. Nichts.

Es war spät geworden, wahrscheinlich schlief sie noch tief und fest. Aber hätte sie bei aller Müdigkeit Helmuts Sturmklingeln überhören können?

Frank klopfte

«Lavinia?»

Keine Antwort, er klopfte kräftiger, rief ihren Namen lauter, aber auch darauf kam keine Reaktion. Also nahm er seinen Mut zusammen und öffnete die Tür.

Das Schlafzimmer war leer, das Bett unbenutzt. Zumindest nahm Frank das an. Da er sein Bett nie machte, war das schwer zu sagen.

Er drehte sich um und öffnete die gegenüberliegende Tür zum Badezimmer, dem einzigen Raum, in dem sie noch hätte sein können, aber auch dort fand er sie nicht.

Er sah sich unschlüssig um.

Wieso war sie einfach so verschwunden? Selbst wenn sie unbedingt nach Hause wollte, hätte sie ihm doch eine Nachricht dalassen können. Frank fiel das Frühstück wieder ein. Ja, das musste die Lösung sein. Er lief ans Küchenfenster, das auf die Straße hinausging, öffnete es und lehnte sich hinaus. Von dort aus konnte er in beide Richtungen jeweils fünfzig Meter die Straße einsehen. Ein paar Leute waren unterwegs, aber keine Lavinia. Er ließ das Fenster geöffnet, durchquerte die Wohnung und trat auf den Balkon hinaus. Von dort konnte er die Nebenstraße sehen, die aber nach wenigen Metern hinter den Nachbarhäusern verschwand.

Nichts.

War sie wirklich einfach so gegangen?

Gestern Abend unter der Abflugtafel im Terminal hatte sie so einsam, hilflos, vielleicht sogar ein bisschen verzweifelt gewirkt, und sie war froh gewesen, ihn zu sehen. Es hatte ihr leidgetan, ihm nicht Bescheid gegeben zu haben, und nach all dem, was sie ihm in der letzten Nacht erzählt hatte, glaubte Frank nicht, dass sie noch einmal einfach so verschwinden würde.

Zurück im Wohnzimmer, schaute Frank sich nach der Bierflasche um. Seine stand auf dem Tisch, eine zweite aber war nicht zu sehen. Er ging in die Küche und fand sie ausgespült auf der Ablage. Ein wenig Erleichterung mischte sich unter seine Sorgen, denn das war ein eindeutiges Indiz dafür, dass sie hier gewesen war. Andererseits ... Er konnte die Flasche auch selbst getrunken haben. Und auch den zweiten Kaffeebecher konnte er selbst benutzt haben.

«Quatsch», sagte Frank laut.

Sie musste hier gewesen sein. Er hatte in seinem ganzen Leben noch keine Bierflasche ausgespült und wusch auch seine Kaffeebecher nicht sofort nach der Benutzung ab, sondern immer erst, wenn kein sauberer mehr im Schrank stand.

Aber wo zum Teufel war sie?

3

Die Spurentechniker Torsten Berg und Hauke Schröder näherten sich dem See von Westen. Im Präsidium waren die beiden erfahrenen Spezialisten als «Das alte Ehepaar» bekannt. Sie arbeiteten zusammen, tranken zusammen, stritten und vertrugen sich und fuhren sogar gemeinsam in den Urlaub.

Gestern Abend war die Spurensuche wegen Dunkelheit abgebrochen worden und sollte jetzt, am frühen Vormittag, fortgesetzt werden. Der Wetterdienst hatte schwülwarmes Wetter mit Gewitterneigung am Abend angekündigt. Noch war die Spurenlage unverändert, das würde sich durch einen Starkregen, wie er oft mit einem Gewitter einherging, aber ändern. Deshalb war Eile geboten.

Gestern hatten sie festgestellt, dass der Täter mit seinem Opfer aus dieser Richtung zum See gekommen sein musste. Es gab zahlreiche Trittspuren in dem weichen Untergrund, und einige davon waren sehr tief. Gut möglich, dass sie von einer sehr schweren Person stammten oder aber von einer Person, die jemanden getragen hatte. Sie hatten am Ufer eine Stelle gefunden, an der das Opfer höchstwahrscheinlich abgeworfen worden war. Die Bodenanalyse im Labor lief noch und würde vor Morgen keine Ergebnisse liefern, aber die beiden erfahrenen Beamten trauten ihren Augen und ihrem Spürsinn ebenso wie den Labortechnikern, die noch kleinste Hautschüppchen an einem Sandkorn finden konnten.

«Weißt du, was ich nicht verstehe?», fing der große,

kräftige Hauke Schröder an, nachdem er den Motor des weißen Multi-Van abgestellt hatte.

«So einiges», antwortete Torsten Berg. Er war zwei Köpfe kleiner als sein Kollege und eher rundlich.

«Nee, jetzt mal Spaß beiseite. Da war ein bewaffneter KHK vor Ort und dazu eine frischgebackene Kommissarin, aber beide konnten der Frau nicht helfen. Und als Krönung lassen die den Täter auch noch entkommen. Ist doch unfassbar.»

«Wenn es sich bei dem bewaffneten KHK um Eric Stiffler handelt, ist das gar nicht so unfassbar», bemerkte sein Kollege lakonisch.

«Da hast du auch wieder recht.»

«Den Kerl hast du echt gefressen, was?»

«Ich kann dir gar nicht sagen, wie. Ich kann ihn nicht ausstehen und traue ihm keinen Meter über den Weg. Wie oft hat der jetzt schon Bockmist gebaut, und keinen interessiert's. Wie lange soll das noch so weitergehen?», sagte Schröder, der sich jetzt in Rage geredet hatte.

«Ist ja nicht unsere Sache. Was regst du dich so auf?»

«Doch, ist es. Weil wir die Suppe jetzt auslöffeln dürfen! Mal ehrlich: Der See ist ein Loch. Von der Landzunge aus hätte Stiffler ganz allein das komplette Ufer einsehen können. Der hätte doch nur warten müssen, bis der Täter irgendwo aus dem Wasser steigt. Ich meine, wie lange kann ein Mensch ohne Hilfsmittel schon unter Wasser bleiben?»

«Länger als zehn Minuten», sagte Berg.

«Wie bitte?»

Beide stiegen aus und trafen sich an der Seitentür wieder.

«Von Apnoe-Tauchen hast du nie gehört, oder?»

«Nee, aber du klärst mich bestimmt gleich auf, du wandelndes Lexikon.»

«Kannst du haben», sagte Berg. «Tom Sietas hält den Weltrekord im Tauchen auf Zeit. Wenn er völlig reglos im Wasser liegt, schafft er es, etwas mehr als zehn Minuten mit der Atemluft auszukommen, die er in der Lunge hat.»

«Respekt. Aber der Täter wird wohl kaum reglos irgendwo rumgelegen haben.»

«Wahrscheinlich nicht. Aber selbst wenn er unter Wasser schwimmt, schafft Sietas noch länger als vier Minuten.»

«Woher weißt du das?»

Berg zuckte mit den Schultern.

«Apnoe-Tauchen hat mich schon immer fasziniert. Kennst du dieses Video bei YouTube? Von diesem Franzosen namens Nery, der in *Dean's Blue Hole* springt. Ist weltbekannt.»

«Ich kenne weder das Video noch Nery noch *Dean's Blue Hole*.»

«Solltest du dir mal anschauen, ist wirklich faszinierend. *Dean's Blue Hole* ist ein 202 Meter tiefes Loch im Meeresboden vor den Bahamas. Dieser Nery ist einer der weltbesten Apnoe-Taucher. Er ist da reingesprungen und bis zum Grund getaucht. Mehr als vier Minuten und über 200 Meter. Das ist schon beeindruckend.»

«Und damit ist er nur einer der Besten?»

«Ja. Den Rekord hält der Österreicher Herbert Nitsch mit 214 Metern.»

«Mann, ich schaffe nicht einmal eine halbe Minute.»

«Deine Lunge besteht ja auch nur noch aus Asphalt. Wolltest du nicht eigentlich mit der Qualmerei aufhören?», fragte Torsten Berg.

«Lass mich doch in Ruhe», sagte Schröder unwirsch und öffnete die Schiebetür des Transporters.

Darin lag ihre Ausrüstung.

Sie hatten vor, sich heute, bei Tageslicht, noch einmal

intensiv um den Boden zu kümmern. Vielleicht ließ sich ja doch noch ein Schuhabdruck finden. Das Profil getragener Schuhe war beinahe so aussagekräftig wie ein Fingerprint. Jeder Mensch lief seine Schuhe individuell ab, sodass ein einzigartiges Muster entstand. Kleine Beschädigungen wie Risse oder Löcher machten das Bild eindeutig. Und der Lehmboden um den See war für solche Abdrücke geradezu prädestiniert. Lehm behielt eine einmal eingepresste Form sehr lange bei.

Hauke Schröder nahm einen der schweren Alukoffer aus dem Wagen und stellte ihn ab.

«Mag ja alles sein», sagte er. «Aber der Täter wird ja wohl nicht gerade der Weltmeister im Apnoe-Tauchen sein, oder? Wenn er also keine Pressluft dabeigehabt hat, wie kann es dann sein, dass er entkommen konnte? Und selbst wenn er Pressluft dabeihatte, hätten Stiffler und diese Neue ihn trotzdem nicht entkommen lassen dürfen.»

Schröder nahm einen zweiten Aluminiumkoffer aus dem Bus, schob die Tür wieder zu, und sie machten sich auf den Weg. Nach ein paar Metern blieben sie stehen.

«Was ist das?», fragte Berg und deutete auf ein Auto, das jemand dicht am Gebüsch abgestellt hatte. «Ist schon jemand von der Kripo hier?»

«Mir hat keiner was gesagt.»

Die beiden sahen sich kurz an. Sie arbeiteten schon einige Jahre zusammen, und sie waren schon einmal auf einen Täter gestoßen, der sich den Ort seiner Tat noch einmal anschauen wollte. Das schien gerade unter Mördern wohl zum guten Ton zu gehören. Damals war der Täter ein Jugendlicher gewesen, den sie leicht überwältigen konnten, aber Hauke Schröder hatte sich später oft gefragt, was passiert wäre, wenn sie auf einen wirklich gefährlichen Psychopathen gestoßen wären.

«Komm, wir sehen uns das mal an», sagte Berg. «Ein Angler wird es ja wohl nicht sein, der Wagen parkt schließlich hinter dem Absperrband.»

Wegen seiner Größe war nicht das gesamte Areal abgesperrt worden, aber an sämtlichen Zuwegungen flatterte rot-weißes Absperrband, und an den Hauptzufahrten aus Osten und Süden hatten die Nacht über Streifenwagenbesatzungen Wache gehalten. Das war ganz und gar nicht zufriedenstellend, aber für mehr fehlte ganz einfach das Personal.

Sie näherten sich dem Wagen von hinten. Es war ein schwarzer Mercedes älteren Baujahrs. Er war stark verschmutzt, an den hinteren Stoßfängern klebten Lehmbrocken.

Durch die Heckscheibe konnten sie erkennen, dass niemand im Wagen saß.

«Vorsichtig», sagte Schröder, als sein Partner den Koffer abstellte und näher heranging, «vielleicht versteckt sich darin jemand.»

Er lugte durch das Seitenfenster und schüttelte den Kopf.

«Niemand drin.»

«Ich glaube, ich kenne den Wagen», sagte Schröder. «Gehört der nicht KHK Stiffler?»

4

Der Chlorgeruch war wie ein Schlag ins Gesicht.

Er hasste diesen Geruch. Der Unterschied zum Seewasser hätte nicht größer sein können. Das Wasser im See war weich, es streichelte seine Haut, aber dieses hier war aggressiv, und wenn er darin schwimmen musste, war es, als zersetze es seine Haut. Er konnte sich nicht konzentrieren, er fühlte sich an-

gegriffen, und alles in ihm schrie nach Flucht, und diese Unkonzentriertheit führte dazu, dass er hier nie gewann.

Ganz anders als seine Schwester.

Obwohl Siiri das Wasser im See genauso liebte wie er, hatte sie mit dem künstlichen, gechlorten Wasser keine Probleme. Sie schwamm sogar noch schneller darin, weil es nicht so kalt war.

Und dann dieser Lärm!

Den hasste er noch mehr als den Geruch.

Hunderte Kinder hatten sich in der Schwimmhalle versammelt. Alle redeten, lachten, juchzten und schrien herum. Es war ein Sturm aus Geräuschen, der ihn überwältigte, sobald er die Halle betrat. Er betäubte seine Ohren, betäubte seinen Kopf, und das Gefühl, nicht richtig denken zu können, würde noch tagelang anhalten.

Er verzog das Gesicht, als litte er Schmerzen, hielt aber die schwere Schwingtür auf und ließ seine Eltern und seine Schwester hindurchgehen. Siiri trug bereits ihre rote Badekappe. Ihre Wangen waren vor Aufregung gerötet, ihre Augen waren groß und glänzend. Schon während der Fahrt war sie zappelig gewesen und hatte nur davon gesprochen, Weltmeisterin zu werden. Dieser Gedanke war so fest in ihrem Kopf verankert, dass gar kein Zweifel daran bestehen konnte. Sie würde es schaffen, irgendwann. Heute aber war ihr großer Tag bei den Kreismeisterschaften.

Sein Vater hatte ihn natürlich auch angemeldet. Er würde in seiner Altersklasse gegen fünf andere Jungen im Brustschwimmen antreten. In dieser Disziplin war er sehr gut, besser als sein Vater, und dennoch würde er nicht gewinnen. Die Geräusche und Gerüche in der Halle hatten ihn sofort außer Gefecht gesetzt.

Während er hinter ihnen hertrottete, beobachtete er, wie sein Vater sich hinabbeugte, um seine Schwester auf die Stirn zu küssen. Dabei lag seine große Hand auf ihrem gebräunten

Rücken. Gesten der Beruhigung und Aufmunterung. Nur für sie, niemals für ihn.

Sie meldeten sich an und bekamen ihre Startnummern.

Er war noch vor seiner Schwester dran.

Sie warteten auf der kleinen Tribüne, und er versuchte, die Geräusche und Gerüche auszublenden und sich auf seinen Wettkampf vorzubereiten. Er wollte gewinnen. Er wollte allen zeigen, dass er der Schnellste war. Draußen im See würde ihn keiner der Jungs, gegen die er heute antrat, je schlagen können. Sie hatten nicht seine Klasse. Also musste es doch auch hier, in dieser verfluchten Halle, klappen, wenn er sich nur stark genug konzentrierte.

Aber die Stimmen!

Sie drangen tief in den Kopf und hallten darin wie in einer engen Höhle wider, sie waren mal lauter, mal leiser, aber immer im Vordergrund. Er konnte sie einfach nicht ausblenden.

Schließlich wurde seine Startnummer aufgerufen.

Sein Vater gab ihm einen Klaps auf die Schulter und wünschte ihm alles Gute. Seine Mutter warf ihm einen Handkuss zu und packte einen Energieriegel für seine Schwester aus. Als er am Fuße der Tribüne angekommen war, hörte er jemanden seinen Namen rufen und drehte sich um.

Es war Siiri.

Sie war ihm gefolgt. In der Hand hielt sie ihren Riegel.

«Beiß ab», sagte sie, «das bringt Kraft.»

Er wollte eigentlich nicht, tat ihr aber den Gefallen, weil sie so eine bezaubernde Zuversicht ausstrahlte.

«Du gewinnst!», sagte sie.

Dann wandte sie sich ab und lief die Stufen der Tribüne hinauf. Das Stück Riegel wurde zu einem klebrigen Klumpen in seinem Mund, und er sah ihr hinterher. Sie sah wunderschön aus in ihrem roten Badeanzug.

Ruckartig riss er sich von ihrem Anblick los, begab sich zu seinem Startblock und setzte die Schwimmbrille auf.

Die Schreie wurden noch lauter, noch intensiver. In seinem Kopf war nur noch Lärm, in seinem Mund der künstliche Geschmack des Riegels, vor seinen Augen das Bild seiner Schwester, wie sie die Stufen hinauflief.

Der Startschuss fiel.

Kaum eingetaucht, spürte er, wie das Wasser seine Haut verätzte. Er verschluckte sich, und als er wieder auftauchte, hustete er, schluckte Wasser, spie es wieder aus und kam von der Bahn ab. Er touchierte den Beckenrand. Als er sich wieder gefangen hatte, lagen die anderen bereits weit vorn, und er wusste, er würde sie nicht mehr einholen.

Er wurde Letzter.

Noch der schlechteste Schwimmer der Gruppe hatte ihn weit hinter sich gelassen. Er hörte hämisches Gelächter, sah feixende Gesichter und schämte sich in Grund und Boden.

«Was war das denn?», fragte sein Vater, als er die Tribüne erreichte.

Er riss sich die bescheuerte Badekappe vom Kopf.

«Nichts.»

«Das kannst du doch viel besser», beharrte sein Vater und wollte ihn an der Schulter festhalten, aber er wand sich aus seinem Griff.

«Kann ich nicht!», schrie er und zeigte auf seine kleine Schwester, die bereits auf dem Weg zum Becken war. «Sie kann es besser. Lass mich doch endlich in Ruhe mit deinen blöden Wettkämpfen!»

Er stieg die Tribüne hinauf und spürte die Blicke. Schaut ihn euch an, den Verlierer, sagten diese Blicke, der kann ja nicht mal geradeaus schwimmen.

In seinem Inneren starb etwas und hinterließ eine große Leere.

Wieder fiel ein Startschuss. Seine kleine Schwester stieß sich ab, tauchte formvollendet ein und schwamm wie eine

echte Weltmeisterin. Sie gewann mit großem Abstand. Die
anderen hatten nicht die geringste Chance.

Als sie aus dem Becken krabbelte, waren seine Eltern sofort
bei ihr. Sein Vater packte sie an der Taille, stemmte sie hoch
und drehte sich mit ihr im Kreis, seine Mutter stand daneben
und klatschte. Die ganze Halle applaudierte. Alle freuten sich
für den kleinen, süßen Delfin mit der braunen Haut und dem
unwiderstehlichen Lächeln.

Für seine Schwester.

Stocksteif beobachtete er das Spektakel und spürte dabei,
wie in seinem Inneren etwas Neues wuchs an der Stelle, an der
zuvor etwas gestorben war.

5

Eine halbe Stunde wollte Frank warten. Dreißig Minuten,
in denen sie vielleicht vom Brötchenholen oder einem
morgendlichen Spaziergang zurückkehren würde. Dreißig Minuten, in denen Frank seinen Puls und seine Gefühle zu beruhigen versuchte. Er duschte hastig, föhnte
sein Haar, zog frische Kleidung an, räumte ein wenig auf,
spülte die Tassen, kochte Kaffee und wartete. Doch sie kam
nicht.

Als die halbe Stunde um war, hielt er es keine Minute
länger in seiner Wohnung aus.

Er lief das Treppenhaus hinunter und zu seinem Taxi,
das er am Straßenrand geparkt hatte. Er fädelte sich in den
Verkehr ein, rief Barbara an und entschuldigte sich bei ihr.
Natürlich hatte Helmut längst mit ihr gesprochen. Frank
spürte, dass sie sich für ihn freute, auch wenn sie wie immer um diese Zeit im Stress war, weil neben den normalen
Fahrgästen noch Schüler transportiert und Krankenfahr-
ten absolviert werden mussten. Er bat sie, ihn noch eine

Weile nicht einzuplanen, und sie fragte, ob es etwas mit der Frau zu tun hätte, die nur von ihm vom Flughafen abgeholt werden wollte.

Er bejahte und beendete das Gespräch.

Es tat ihm leid, Barbara hängenlassen zu müssen, und er würde es irgendwie wiedergutmachen, aber er konnte nicht einfach seinem Job nachgehen, ehe er nicht wusste, wo Lavinia war. Er hatte einen Verdacht, und der tat ein bisschen weh.

In der vergangenen Nacht hatte sie mit solcher Wehmut und Sehnsucht von diesem Haus in Taormina gesprochen. Vielleicht war sie, während er geschlafen hatte, zu der Überzeugung gelangt, das Land heute doch noch verlassen zu wollen. Gestern hatte sie noch gesagt, nicht länger flüchten zu wollen, aber musste das etwas heißen?

Sie hätte ihm zumindest eine Nachricht dalassen können.

Und weil sie das nicht getan hatte, kam ihm diese Möglichkeit nicht besonders überzeugend vor. Aber wenn sie nicht freiwillig gegangen war – dann hatte ihr Verfolger sie doch noch gefunden.

Einige Minuten später parkte Frank seinen Škoda vor Lavinias Haus. In der Hoffnung, nicht wieder von dem Grillkommando überrascht zu werden, schritt er den schmalen, von Büschen gesäumten Weg entlang und klingelte an der Haustür.

Niemand öffnete, auch nach dem vierten Klingeln nicht. Nach einem Blick in die Runde wagte er es, noch einmal durch den Briefschlitz zu schauen. Die Videokamera in der Tüte lag noch genau so da wie am gestrigen Abend.

Er hastete zurück zum Taxi und dachte nach.

Sollte er wieder zum Flughafen fahren? Frank startete den Motor und fuhr los. Es war die reine Verzweiflung, die ihn dazu trieb.

Weil er keinen anderen freien Platz fand, reihte er sich als Letzter in die Taxischlange ein, schloss seinen Wagen ab und lief hinüber zum Abflugterminal.

Auf der Fahrt hinaus zum Flughafen hatte er die ganze Zeit dieses eine Bild vor Augen gehabt: Lavinia, wie sie unter der Tafel mit den Abflugzeiten stand. Aber dort war sie nicht. Er studierte die Tafel und fand heraus, dass bisher nur ein Flug nach Rom gegangen war.

Lufthansa, Flug 739.

Den konnte sie genommen haben, um von dort aus weiterzufliegen.

Der nächste Flug nach Rom ging in zwei Stunden. Ein Direktflug nach Sizilien stand nicht auf der Tafel.

Frank drehte sich im Kreis. Bei den vielen Menschen in der weitläufigen Halle würde er sie nicht finden, wenn sie nicht gefunden werden wollte. Dennoch ging er hierhin und dorthin, suchte vor den Schaltern, in den Cafés und Bistros, im Zeitschriftenladen, stieg auch die Treppen zur Besucherterrasse hinauf, von der aus man die startenden und landenden Flugzeuge beobachten konnte. Zurück in der Halle, postierte er sich zehn Minuten lang vor den Damentoiletten. Aber Lavinia kam nicht heraus.

Schließlich ging er zur Information und fragte, ob sie ihm weiterhelfen könnten. Er müsste dringend wissen, ob eine Bekannte heute von hier in Richtung Italien abgeflogen sei.

Die Dame am Schalter sah ihn aus schmalen Augen an.

«Solche Informationen dürfen wir nicht herausgeben», sagte sie in freundlich professionellem Ton.

«Hören Sie», versuchte Frank es. «Es ist wirklich lebenswichtig. Helfen Sie mir doch bitte.»

Ihre rechte Hand ging zum Telefon.

«Ich kann den Sicherheitsdienst für Sie rufen.»

Frank trat einen Schritt zurück.

«Nicht nötig.»

Während er sich entfernte, spürte er die Blicke der Frau in seinem Nacken. Außerdem bemerkte er zwei Beamte der Flughafenpolizei, die von einer Galerie aus die Menschenmenge beobachteten.

Es hatte keinen Sinn.

Sie war nicht hier.

Enttäuscht und ratlos kehrte er zu seinem Taxi zurück. Als er mit hängenden Schultern an der Reihe der Taxis vorbeitrottete, beobachtete er einen Kollegen, der das Gepäck seines Fahrgastes in den Kofferraum lud.

Die letzten paar Schritte rannte Frank.

Aufgeregt nestelte er seinen Schlüssel aus der Hosentasche und öffnete den Kofferraum des Škoda.

Jetzt war er vollkommen sicher, dass Lavinia nirgendwo hingeflogen war.

6

Manuela Sperling fuhr mit Peter Nielsen hinaus zu dem kleinen See, der nicht einmal einen Namen hatte. Es war eine wortkarge Fahrt in angespannter Atmosphäre, die jeder mit seinen eigenen Gedanken verbrachte, nicht bereit, sie mit dem anderen zu teilen. Nielsen hatte das Einsatzlicht aufs Dach geklemmt und raste wie der sprichwörtliche Henker, aber Manuela musste anerkennen, dass er sehr gut fuhr. Trotz des hohen Tempos kam es zu keiner einzigen brenzligen Situation.

Sie fragte sich trotzdem, was das sollte.

Zwei Kollegen der Spurensicherung hatten Eric Stiffler gefunden. Eile war nicht mehr notwendig.

Als sie die Zufahrt zum See erreichten, hatte Manuela anstelle ihres Magens einen festen Klumpen im Bauch.

Die Erinnerung an den vergangenen Abend kam wieder hoch und sorgte für schweißnasse Hände und Herzrasen.

Sie saß in einem sicheren Wagen und hatte trotzdem Angst vor dem Wasser, vor dem Wesen, das sie am Bein berührt hatte. In der Nacht, wenn sie endlich eingenickt war, hatte sie von dieser Berührung geträumt, und sie hatte danach geschlagen und war davon aufgeschreckt. In diesem Traum hatte er sie fest gepackt und unter Wasser gezogen. Sie hatte sich nicht wehren können, war tiefer und tiefer gesunken und hatte über sich langsam das Sonnenlicht verblassen sehen.

In Wirklichkeit war es nur eine zarte Berührung gewesen, fast schon eine Liebkosung. Warum eigentlich hatte er sie nicht richtig angegriffen? Weil Stiffler am Ufer stand?

Die Zeiten, in denen sie arglos in einem See gebadet hatte, waren jedenfalls für immer vorbei.

Nielsen parkte seinen silbernen Toyota neben dem VW-Bus der Spurentechniker. Zwei Männer saßen in der geöffneten Schiebetür. Der große Kräftige rauchte, der kleine Runde reinigte einen länglichen, silbernen Gegenstand. Manuela fand, dass sie aussahen wie Dick und Doof.

«Wo?», fragte Nielsen.

Der große Kräftige streckte den Arm aus und zeigte auf einen schmalen Trampelpfad, der zwischen hohen Gräsern und Brennnesseln auf das Seeufer zuführte.

«Sieht echt schlimm aus», sagte er.

Manuela fand, dass er um die Nase herum sehr weiß war.

«Haben Sie sonst noch mit jemandem darüber gesprochen?», fragte Nielsen.

«Nee, nur mit Ihnen. Wie Sie gesagt haben.»

«Okay. Danke. Ich gebe Ihnen Bescheid, wenn Sie anfangen können. Lassen Sie uns bitte ein paar Minuten Zeit.»

«Kein Problem», sagte der Dickere.

Manuela hatte Mühe, mit Nielsens langen Schritten mitzuhalten.

«Warum tut er so was?», fragte Nielsen. «Dieser verdammte Idiot.»

Manuela wusste nicht, ob diese Frage an sie gerichtet war, und sie wusste auch nicht, was sie darauf antworten sollte, deshalb schwieg sie. Ihr fiel auf, dass sie an diesem Morgen ohnehin noch nicht viel gesagt hatte. Das lag wohl an den Nachwirkungen des Schocks. Es gab also doch etwas, was sie zum Schweigen brachte. Das hätte ihren Vater gefreut.

Sie passierten Stifflers schwarzen Mercedes und kämpften sich durch das Dickicht. Manuela spürte Brennnesseln an ihren Händen brennen, feine Spinnweben legten sich auf ihr erhitztes Gesicht. Dort, wo die Sonnenstrahlen bereits die Luft erwärmten, schwirrten Hunderte Insekten umher, angezogen vom Duft von Holunder und Weißdorn. Ein intensiver und betörender Duft. Ihr Bauch entspannte sich etwas.

Sie wäre lieber im Präsidium geblieben. Auf das, was sie gleich zu sehen bekommen würden, und auf die Nähe des Wassers hätte Manuela gern verzichtet, außerdem hatte sie die alte Ermittlungsakte des Prostituiertenmordes von vor drei Jahren durchgehen wollen. Aber Nielsen hatte darauf bestanden, sie mitzunehmen.

«Sie wollen doch Teil des Teams sein, oder nicht?», hatte er sie gefragt und sie dabei mit hochgezogenen Augenbrauen angesehen.

Manuela hatte sofort verstanden. Nielsen würde die Ermittlungen übernehmen, und er wollte sich vergewissern, ob sie auf seiner Seite war.

Nielsen war ihr nicht unsympathisch. Im Moment tat er ihr sogar ein wenig leid. Er hatte versucht, seinen Kollegen zu schützen, und der hatte nichts Besseres zu tun, als ihm in den Rücken zu fallen. Nielsen focht in seinem Inneren einen Interessenkonflikt aus, und ob Manuela ihm völlig vertrauen würde, hing vom Ergebnis dieses Kampfes ab.

Vor ihnen tauchte der See auf.

Friedlich, geradezu romantisch lag er da, nur das dunkle Wasser wirkte abweisend.

Stiffler saß mit dem Rücken gegen einen Baum gelehnt, die Beine gerade von sich gestreckt, die Fußspitzen nach oben. Seine Kleidung war vollkommen eingesaut von Lehm und Speiseresten. Er hatte sich übergeben. Die halbverdauten Bröckchen klebten an seinem Hemd und am Hals. Er starrte wie tot aufs Wasser. Zwischen den gespreizten Beinen lag seine Dienstwaffe, der Lauf steckte im Gras. Zu seiner Rechten lag eine leere Flasche billigen jamaikanischen Rums, auf deren Etikett ein brauner Matrose breit grinsend salutierte. Eine weitere Flasche hielt Stiffler in der Hand. Sie war noch zur Hälfte gefüllt.

Anderthalb Flaschen, dachte Manuela. Kein Wunder.

«Eric, verdammte Scheiße», stieß Nielsen hervor und blieb vor seinem Kollegen stehen. «Was ziehst du hier ab?»

Stiffler sah nicht zu Nielsen auf, sondern hob die Flasche, führte sie an seine Lippen und trank einen weiteren Schluck Rum.

Nielsens Hand zuckte vor. Er entriss Stiffler die Flasche mit einer schnellen Bewegung und warf sie ins Dickicht.

«Verflucht noch mal, reiß dich zusammen», fuhr er seinen Kollegen an.

Erst jetzt sah Stiffler zu ihm auf, und Manuela erhaschte einen Blick in seine Augen. Es waren Totenaugen. Eric Stiffler war fertig. Ein gebrochener Mann. Der Alkohol hatte in seinem Hirn dasselbe angerichtet, was eine Kugel aus seiner Dienstwaffe angerichtet hätte. In diesen

Sekunden war Manuela bereit, ihre Meinung über Stiffler zu revidieren. Vielleicht war er doch kein so kaltes Arschloch, und vielleicht hatte der Tod seiner Exfrau ihn doch schwer getroffen. Was wusste sie denn schon über diesen Mann und sein Gefühlsleben?

«Iss schön hier, nich?», lallte Stiffler und deutete mit einem Kopfnicken auf den See hinaus. «Wie'm Paradies.»

«Wir bringen dich nach Hause», sagte Nielsen. «Du nimmst ein paar Aspirin und eine heiße Dusche, und in ein paar Stunden sieht die Welt wieder ganz anders aus.»

Typisch Mann, dachte Manuela. Sofort eine Lösung parat, auch wenn sie noch so dumm war. Stiffler würde mehr als ein paar Stunden brauchen, um wieder auf die Beine zu kommen. Wahrscheinlich würde er es niemals schaffen.

«Ich hätte ihn damals umbringen sollen», nuschelte Stiffler. «Als ich die Gelegenheit hatte.»

«Von wem sprichst du?», fragte Nielsen und ging vor Stiffler in die Hocke.

Manuela konnte seine üblen Ausdünstungen riechen, obwohl sie zwei Meter entfernt stand, und sie fragte sich, wie Nielsen das aushielt.

«Vom Wassermann», lallte Stiffler. «Von meinem alten Freund, dem Wassermann.»

7

Lavinia war nirgendwohin geflogen.

Ihr Koffer und ihr Rucksack lagen im Kofferraum des Škoda, dort hatte Frank sie gestern Abend selbst verstaut. Sie hätte beides nicht zurückgelassen, wenn sie vorgehabt hätte, das Land zu verlassen.

Das konnte nur eins bedeuten.

Lavinia war ihrem Verfolger in die Hände gefallen. Das

Wann und Wo konnte Frank sich nicht erklären, denn wenn sie seine Wohnung nur kurz verlassen hatte, um Brötchen zu holen, hätte ihr Verfolger ja vor dem Haus auf sie warten müssen. Und der konnte ja nicht wissen, wo er wohnte.

Der Anruf in der Taxizentrale fiel Frank wieder ein. Jemand hatte mit einer fadenscheinigen Begründung seine Adresse herausfinden wollen. War der Anrufer auf anderem Wege zum Ziel gelangt?

Frank überlegte fieberhaft, was er tun konnte. Das Nächstliegende war, zur Polizei zu gehen. Aber würden die ihm glauben, nach der Geschichte vor Lavinias Haus gestern Abend? Wenn er jetzt erzählte, er hätte die Frau zwar gefunden, die er gestern gesucht hatte, und sie auch mit zu sich nach Hause genommen, aber sie sei ihm dort wieder abhandengekommen, wie würden sie wohl reagieren?

Nein, es musste eine andere Möglichkeit geben.

Leider wusste er nichts über Lavinia. Hatte sie Familie in der Stadt, Freunde, Bekannte? Arbeitskollegen?

Ja, natürlich! Sie musste ja irgendwo arbeiten, und es musste irgendwo in der Innenstadt sein, denn von dort war sie mit der S-Bahn gekommen.

Vielleicht war sie ja von seiner Wohnung zur S-Bahn gelaufen und in die Stadt gefahren, weil sie es sich nicht erlauben konnte, dort zu fehlen. Gestern schien ihr das zwar vollkommen gleichgültig gewesen zu sein, aber es war eine Möglichkeit, die nichts mit ihrem Verfolger zu tun hatte, und das gefiel ihm.

Als er an einer Reihe geparkter Taxen vor dem Rot-Kreuz-Krankenhaus vorbeifuhr, fiel ihm sein Kollege Ulf ein.

Ulf hatte Sozialpädagogik studiert und keine Anstellung gefunden. So wie viele andere Akademiker fuhr er Taxi. Ulf hatte mal behauptet, unter Taxifahrern gäbe es so etwas wie ein Schwarmwissen, das nicht richtig genutzt würde.

Nach seiner Theorie wusste jeder Fahrer eines Unternehmens irgendetwas über die Fahrgäste und deren Leben, behielt aber aus Gründen der Diskretion sein Wissen für sich. Würde man aber das gesamte Wissen aller Fahrer in einen Topf werfen, so bekäme man komplette Lebensgeschichten mit Details, die sonst niemand kannte.

Frank hatte genau verstanden, was Ulf meinte. Im Taxi wurden die Menschen gesprächig, vor allem, wenn sie getrunken hatten. Dann erzählten sie Dinge, die sie sonst niemandem erzählten. Als Taxifahrer lernte man die zwischenmenschlichen Strukturen eines Ortes oder eines Stadtteils bis in die tiefsten Abgründe kennen.

Frank fuhr auf schnellstem Weg zur S-Bahn-Station *Schwarzer Berg*. Er parkte als Letzter in einer Reihe von vier Taxen, stieg aus und ging auf die Männer zu, die dort zusammenstanden und rauchten. Auch sein Firmenkollege Heiko Brockmann war darunter.

«Na, wieder erholt?», begrüßte ihn Gunnar, der für ein anderes Unternehmen fuhr. Er war schon so lange dabei, dass seine Wirbelsäule bereits die Form eines Autositzes angenommen hatte. Er trug stets weiße Socken in Biolatschen und wurde deshalb von allen Müsli genannt.

«Wovon?», fragte Frank.

«Sag bloß, du weißt nicht mehr, was für eine Show du gestern Nachmittag hier abgezogen hast. Was war eigentlich los? Wenn Heiko uns nicht davon abgehalten hätte, hätten wir die Polizei gerufen, und dann haust du einfach mit dieser Tussi ab!»

Natürlich erinnerte Frank sich. Wie könnte er das vergessen?

«Ich hatte nur schlecht geträumt», wiegelte er ab.

«Vielleicht solltest du zu Hause schlafen», sagte ein anderer Kollege, den Frank nicht kannte; das war aber kein Wunder, in dieser Branche herrschte eine unglaubliche Fluktuation.

«Diese Frau, mit der ich gestern weggefahren bin, kennt die jemand von euch?», fragte Frank.

«Du etwa nicht?», fragte Müsli und brachte damit alle außer Heiko zum Lachen.

«Schon, aber ich muss wissen, wo sie arbeitet.»

«Wieso?», fragte der Fahrer, den Frank nicht mit Namen kannte. «Bist du bei ihr abgeblitzt? Oder ist sie abgehauen, ohne zu bezahlen? Obwohl, danach sah die gar nicht aus. Eher so, als würde sie in Naturalien bezahlen.»

Er machte mit beiden Händen eine Bewegung, die Geschlechtsverkehr nachahmen sollte. «Oder hat sie auf die Art bezahlt, und du hast es für die große Liebe gehalten?»

Frank machte einen schnellen Schritt nach vorn und baute sich vor dem kleinen Kerl auf.

«Du haust jetzt besser ab, bevor ich dir die Fresse poliere», sagte er mit kaum verhohlener Wut in der Stimme.

«Stell dich nicht so an, du …»

Frank packte den Kerl am Kragen seiner Jacke und stieß ihn von sich.

«Hau ab, sonst lernst du mich kennen.»

Das genügte. Der Mann ging zu seinem Taxi und fuhr davon. Aber nicht, ohne ihm beim Einsteigen noch «Arschloch!» hinterherzurufen.

Die anderen sahen Frank erstaunt an, vor allem Heiko. So etwas hatten sie bei dem immer ruhigen, ausgeglichenen und dauernd müden Frank Engler noch nicht erlebt.

Nach einem Moment bedrückten Schweigens räusperte sich Müsli.

«Ich glaube, ich hab die mal gefahren.»

«Und von wo?»

«Na von hier nach Hause. Ist schon 'ne Weile her, und

ich weiß es nicht mehr so genau, aber ich meine, sie hätte gesagt, sie würde in diesem Modemarkt in der Fußgängerzone arbeiten. Gegenüber der Sparkasse, wie heißt der noch gleich.»

«GoShop?», fragte Frank.

«Ja, genau der.»

«Okay. Danke. Du hast mir sehr geholfen. Hast was gut bei mir.»

Damit wandte Frank sich ab und ging zu seinem Taxi zurück.

«Warte mal», rief ihm Heiko hinterher.

«Ich hab's eilig», erwiderte Frank über die Schulter.

«Was ist denn los?», fragte Heiko. Er sah besorgt aus. «In der Firma sagt keiner was, aber Barbara macht sich große Sorgen. Ist irgendwas passiert?»

Frank schüttelte den Kopf.

«Alles halb so wild, nur eine familiäre Sache, um die ich mich kümmern muss. Du weißt ja, wie das ist.»

«Gott sei Dank. Ich dachte schon … Sag mal, hat dich der Typ wegen seines Handys eigentlich erreicht?»

«Was?»

«Gestern, nachdem du so überstürzt mit der Frau weggefahren bist, kam so ein Mann zu mir und sagte, er hätte am Vortag sein Handy bei dir im Wagen vergessen. Der war echt verzweifelt, weil du ihm vor der Nase weggefahren bist, da habe ich ihm deine Adresse gegeben. War doch in Ordnung, oder?»

Frank starrte Heiko an. Den gutmütigen Heiko, der keiner Fliege etwas zuleide tat.

«Wie sah der Mann aus?», fragte Frank.

«Ganz normal. Jung, vielleicht fünfundzwanzig, ein bisschen blass, drahtig, er trug eine Sonnenbrille und so 'ne Mütze, du weißt schon, Rapperzeugs. Und er hatte so 'n schmales Fischgesicht.»

8

Nielsen überprüfte Stifflers Waffe und steckte sie ein. Dann packten sie ihn gemeinsam und wuchteten ihn hoch. Dabei schlug Manuela ein Schwall derart üblen Geruchs ins Gesicht, dass sie würgen musste.

«Komm schon», fuhr Nielsen seinen Kollegen an. «Hilf uns wenigstens ein bisschen.»

«Was will die blöde Kuh hier?», lallte Stiffler.

Manuela ignorierte das Gepöbel. Vorläufig. Irgendwann würde das alles wieder auf den Tisch gebracht werden, aber nicht jetzt.

«Eric, halt die Klappe, sonst lassen wir dich hier liegen. Ich schwör's dir», keuchte Nielsen warnend.

Sie schleppten ihn ein paar Meter vom See weg in Richtung des Trampelpfades. Doch plötzlich stemmte er die Hacken in den Boden.

«Und wenn er noch da drin ist ... unter Wasser», sagte Stiffler mit leiser, heiserer Stimme.

Eine mächtige Fahne wallte ihnen zusammen mit den Wörtern entgegen.

«Dann finden ihn die Kollegen», antwortete Nielsen.

«Ich hätte ihn damals umbringen sollen», murmelte Stiffler.

Und auch wenn man sich später darüber würde streiten können, ob er das wirklich gesagt hatte, oder wie bei einem derartigen Blutalkoholwert der Wahrheitsgehalt einer solchen Aussage einzuschätzen war, merkte Manuela sich diese Worte doch gut. Dies hier musste eine Vorgeschichte haben, über die Stiffler sie alle bislang im Dunkeln gelassen hatte. Sie hatte so etwas doch geahnt.

Auf dem schmalen Trampelpfad konnten sie ihn nicht mehr gemeinsam stützen. Daher übernahm das Nielsen. Manuela folgte den beiden mit einigem Abstand – wegen des Gestanks. Nach wenigen Schritten blieb sie stehen und wandte sich um.

Das dunkle Wasser kräuselte sich leicht im Wind.

Hatte sie da nicht etwas gehört? Ein Plätschern.

Ihr Körper versteifte sich, das Herz begann zu rasen, und plötzlich glaubte sie, wieder die Frau zu sehen, wie sie wie von Geisterhand aufs offene Wasser hinausgezogen wurde, mit einem Ruck unter Wasser verschwand, bis nur noch ihre ausgestreckte Hand ihren Todeskampf verriet. Wisperte da nicht etwas?

«Sperling, wo bleiben Sie?», rief Nielsen, der sich auf dem unebenen Weg mit seinem Kollegen abkämpfte.

Seine Worte rissen Manuela aus ihrer Starre. Sie lief den beiden hinterher.

Sie verfrachteten Stiffler auf den Beifahrersitz seines Mercedes. Nicht nur Hauke Schröder und Torsten Berg beobachteten sie dabei. Neben den beiden stand ein Polizist in Uniform und starrte ebenfalls herüber.

Nielsen schlug die Tür zu, richtete sich auf und holte tief Luft.

Das alles schien ihm sehr nahe zu gehen, auch wenn er Stiffler nicht mochte und ihn für einen Feigling hielt. Manuela glaubte es ihm, weil er auch für das einstand, was er noch gesagt hatte: dass man einen Kollegen nicht hängenließ. Weil einer für den anderen da sein musste, wenn es hart auf hart kam.

Nielsen wandte sich ab, spuckte aus und wischte sich mit dem Handrücken den Mund ab.

«Okay, wir machen es so», sagte er dann. «Ich fahre ihn nach Hause. Sie folgen mit meinem Wagen, danach fahren wir gemeinsam ins Präsidium.»

Er übergab ihr seine Wagenschlüssel und sah ihr dabei direkt in die Augen.

«Danke.»

«Wofür?», fragte Manuela überrascht.

«Für Ihre Hilfe. Nach der Sache von gestern hätte das nicht jeder gemacht. Ehrlich gesagt habe ich an Ihnen gezweifelt, und das tut mir leid. Sie sind in Ordnung. Mehr als das.»

Manuela stieg in Nielsens Wagen und schob den Sitz nach vorn. Dank Nielsens anerkennenden Worten fühlte sie sich schon wieder viel besser.

Sie folgte dem Mercedes. Im Vorbeifahren warf sie einen Blick zu den beiden Spurentechnikern und dem Polizisten hinüber. Der nahm seine Sonnenbrille ab, lächelte schüchtern und fuhr sich mit der Hand durchs blonde Haar. Erst jetzt erkannte Manuela ihn. Es war Andreas Bader.

9

Der starke chemische Gestank billiger Kleidung stand wie eine feste Masse in der überhitzten, nicht klimatisierten Halle.

Frank zwängte sich im Eingangsbereich zwischen Grabbeltischen voller buntem Spielzeug für Kleinkinder hindurch und sah sich in dem Laden um. Ein paar Kundinnen standen an den Tischen, aber er sah keine Verkäuferin, deshalb ging er tiefer in die Halle.

In der hinteren rechten Ecke entdeckte Frank eine Frau. Sie war damit beschäftigt, Jeanshosen in ein Regal zu sortieren. Das Licht der Neonröhren versickerte in ihrer kunstvollen, rotgefärbten Turmfrisur. Sie trug eine schwarze Hose und eine weiße Bluse mit einem Namensschild über der linken Brust.

«Entschuldigen Sie», sprach Frank sie an.

Sie drehte sich zu ihm um und musterte ihn, wie es nur Frauen konnten. In Sekundenschnelle flog ihr Blick an ihm herunter und wieder hinauf, bevor sie sich wieder ihren Hosen widmete.

«Ja bitte», sagte sie in das Regal hinein.

«Ich suche Lavinia Wolff.»

Sie wandte sich jetzt zu ihm um, aber mit verändertem Blick. In ihren Augen lag Unbarmherzigkeit.

«Und warum, wenn ich fragen darf?»

«Es ist eine Privatangelegenheit. Sie arbeitet doch hier, richtig?»

«Hat.»

«Bitte?»

«Frau Wolff hat bis gestern hier gearbeitet. Sind Sie mit ihr bekannt?»

«Äh ... ja.»

«Bestellen Sie ihr bitte einen Gruß und teilen Sie ihr mit, wir geben ihre Papiere erst heraus, wenn Sie sich zu den Fehlbeträgen der letzten Wochen in der Kasse geäußert hat.»

«Sie arbeitet nicht mehr hier?», fragte Frank.

«Sagte ich doch gerade.»

«Also war sie heute auch nicht hier?»

Die Frau verdrehte die Augen und seufzte.

«Hören Sie, junger Mann. Ich habe hier wirklich noch anderes zu tun. Bitte richten Sie Frau Wolff aus, was ich gesagt habe. Und ich meine es ernst. Sie wird es sicher nicht auf eine Anzeige ankommen lassen wollen, nicht wahr?»

Damit widmete sie sich wieder den Hosen.

Frank starrte den Rücken der Frau an, dann wandte er sich ab und verließ das Geschäft. Er stand bereits draußen, als er jemanden hinter sich zischen hörte.

«Hey.»

Es war eine junge Frau in Lavinias Alter. Sie wirkte ausgezehrt und verhärmt und trug schlechtsitzende Kleidung. Mit einer schnellen Kopfbewegung deutete sie an, dass er ihr folgen solle. Während sie außen an der Halle entlanggingen, zündete sie sich eine Zigarette an. An der Stirnseite des Gebäudes blieb sie neben einem hohen Standaschenbecher stehen.

«Was ist mit Lavi?», fragte sie sofort.

«Ich bin auf der Suche nach ihr. Arbeitet Sie wirklich nicht mehr hier?»

«Die Kropf hat sie rausgeschmissen. War ja zu erwarten.»

«Warum war das zu erwarten?»

«Weil die Alte einen Hass auf Lavi hatte. Keine Ahnung, warum. Und jetzt versucht sie auch noch, ihr was in die Schuhe zu schieben. Aber ich sag Ihnen was.»

Sie zog an ihrer Zigarette, als enthielte sie lebenswichtige Inhaltsstoffe. Ihr nervöser Blick flog immer wieder zum Eingang hinüber.

«Die greift selbst in die Kasse und hat mit Lavi jetzt ein Bauernopfer gefunden. Glauben Sie der Alten kein Wort.»

«Das interessiert mich gar nicht», sagte Frank. «Ich will nur wissen, wo ich Lavinia finde.»

Die magere Frau mit dem unsteten Blick schaffte es, ihn für ein paar Sekunden zu fixieren.

«Warum suchen Sie Lavi?»

«Weil ich mit ihr sprechen muss.»

«Sind Sie ihr Freund?»

«Kann man so sagen, ja.»

Die Frau zog an ihrer Zigarette und schien darüber nachdenken zu müssen, ob sie ihm vertrauen konnte. Sie würde ihm sowieso alles erzählen. Sie war nicht der Typ Mensch, der Geheimnisse bewahren konnte. Sie brauchte nur noch einen kleinen Schubs.

«Wir kennen uns noch nicht lange», sagte Frank, «aber ich mag sie sehr.»

Ihre Lider flatterten, und sie lächelte. Dieses Lächeln ließ Frank für einen kurzen Moment das Mädchen erahnen, das sie früher einmal gewesen war, in besseren Zeiten.

«Schön», sagte sie. «Lavi hat auch einen netten Typen verdient.»

«Wissen Sie, wo ich sie finden kann? Sie ist nicht zu Hause, und ich mache mir Sorgen. Hat sie Familie in der Stadt?»

Die Frau schüttelte den Kopf.

«Nicht, dass ich wüsste. Sie war ziemlich einsam, glaube ich. Ist sie denn verschwunden?»

«Ich weiß es nicht», antwortete Frank. Er fühlte sich so hilflos.

Plötzlich riss die Frau ihre stark geschminkten Augen auf, dass Frank fast erschrak.

«Hey! Ich habe gestern diesen unheimlichen Kerl gesehen», rief sie. «So einen Dünnen. Der ist ihr gefolgt. Saß in dem Café da drüben.» Sie zeigte zur anderen Straßenseite hinüber. «Ich stand genau hier. Ich hätte ihn vielleicht nicht bemerkt, wenn Lavi nicht dauernd Angst gehabt hätte.»

«Wovor hatte sie denn Angst?»

Sie zuckte mit den knochigen Schultern.

«Wir waren ein paarmal zusammen essen und haben gequatscht. Sie fühlte sich oft verfolgt, aber da war nie einer, echt nicht. Sie hat nur gesagt, dass sie mal was Schlimmes erlebt hat und so, klang nach Vergewaltigung, keine Ahnung. Na, jedenfalls, ich hab ihr noch hinterhergerufen. Ich wusste ja nicht, warum sie so früh ging, weil ich von dem Streit mit der Alten nichts mitbekommen hatte. Sie hat mich aber nicht gehört. Deswegen habe ich den Typ ja nur bemerkt, wegen dem allen und so. Verstehen Sie?»

«Es könnte doch auch ein Zufall gewesen sein, oder?»

Sie schüttelte den Kopf und steckte die Kippe zu den anderen in den Sand des Aschenbechers, wo sie qualmend erlosch.

«Glaub ich nicht. Der ist ihr echt zielstrebig hinterher. Der wird ihr doch nichts angetan haben, oder?»

«Können Sie ihn beschreiben?»

Sie nickte.

«Das war so ein dünner, drahtiger, mit Mütze und Sonnenbrille. Mehr weiß ich nicht, ich hab ihn ja nicht aus der Nähe gesehen.»

Frank lief über die Straße und trat in das kleine, zwischen ein Sonnenstudio und einen Lebensmittelmarkt gequetschte Café.

Drinnen empfing ihn der Duft nach frischgemahlenem Kaffee, Croissants und Brötchen, die fertig belegt in der Auslage auf Hungrige warteten. Das Café gehörte nicht zu einer der großen Ketten, die es jetzt überall gab, dementsprechend war die Ausstattung weder besonders edel noch stylisch, sondern einfach nur zweckmäßig.

Hinter dem Tresen stand eine korpulente Frau mit raspelkurzem blondem Haar. Sie lächelte ihn freundlich an.

«Was darf es denn sein?»

«Eine Auskunft», sagte Frank.

Ihre Miene veränderte sich ein wenig.

«Und ein Käsebrötchen und einen Kaffee zum Mitnehmen», schob Frank nach, und sie lächelte wieder. Er hatte noch nicht gefrühstückt und musste ohnehin etwas essen, und wenn er sich die Frau damit gewogen machen konnte, sollte es ihm recht sein.

Sie ließ den Kaffee in den Styroporbecher laufen. «Was für eine Auskunft brauchen Sie denn?», fragte sie.

«Ich suche einen Mann, der gestern hier war. Möglicherweise ist er recht plötzlich aufgebrochen und hinter einer jungen Frau hergelaufen, die aus dem Geschäft da drüben kam.»

Er zeigte auf den Bekleidungsdiscounter.

«Ach der», sagte die dicke Frau sofort und legte die Brötchentüte auf den Tresen. «Sind Sie Polizist, oder was?»

«Nein. Nur ein besorgter Freund.»

«Sollten Sie auch sein, wenn dieser Kerl ihrer Freundin nachstellt. So ein unsympathischer Fatzke.»

Frank musste unwillkürlich über den Ausdruck lächeln.

«Warum?», fragte er und spürte, wie die Aufregung in seinem Inneren wieder anstieg.

«Kein Hallo, kein Wiedersehen, kein Trinkgeld. Nicht einen einzigen Cent, dabei war er bestimmt vier- oder fünfmal in den letzten zwei Wochen hier.»

«Moment», hakte Frank nach. «Er war öfter hier?»

«Aber sicher. Hat immer am selben Platz gesessen. Da drüben am Fenster.»

Sie zeigte auf einen der freien Plätze vor der Fensterfront.

«Hat da gesessen, sich stundenlang an einem heißen Kakao festgehalten und die Straße beobachtet. Ein unheimlicher Zeitgenosse, wenn Sie mich fragen.»

«Können Sie ihn genauer beschreiben?»

«Na ja, er war jung, so Mitte zwanzig, ziemlich dünn. Am auffallendsten war sein langes blondes Haar. Wie bei einem Mädchen. Er hatte auch so ein weibliches Gesicht.»

Langsam fügte sich ein Bild zusammen: ein unheimlicher, dünner Mann mit Fischgesicht und blondem, langem Haar.

«Und gestern?», fragte Frank. «Haben Sie gesehen, dass er einer Frau hinterhergelaufen ist?»

«Nee, das nicht, aber er ist aufgesprungen wie von einer

Tarantel gestochen. Sie könnten schon recht haben damit, dass er jemandem hinterher ist.»

Sie stellte den Kaffee auf den Tresen und drückte einen Plastikdeckel drauf.

«Was ist denn passiert? Hat er Ihre Freundin belästigt?»

«Möglicherweise», sagte Frank und zog einen Fünf-Euro-Schein aus seinem Portemonnaie. «Stimmt so.»

«Oh, danke», sagte sie erfreut. Der tatsächliche Preis lag laut Sonderangebot bei exakt der Hälfte.

«Wären Sie bereit, das, was Sie eben gesagt haben, gegenüber der Polizei zu wiederholen?»

Ein Schatten ging über ihr Gesicht. «Ich will auf keinen Fall in irgendwas hineingezogen werden», sagte sie abweisend.

«Natürlich nicht. Es ginge, wenn überhaupt, nur um diese Aussage.»

Sie beugte sich ein Stück weit über den Tresen und lächelte Frank an.

«Aber nur, weil du so ein Süßer bist und der andere Kerl mir nie ein Trinkgeld gegeben hat.»

Wenig später saß Frank in seinem Taxi, aß das Brötchen und trank den erstaunlich guten Kaffee. Er dachte nach.

Das, was er in der letzten halben Stunde erfahren hatte, war überraschend. Er hatte Lavinia geglaubt, dass sie verfolgt wurde, aber jetzt wurde die Sache fassbar. Es war an der Zeit, die Polizei einzuschalten. Sie mussten ihm einfach glauben: Zwei Frauen, die Ähnliches sagten, und dieser Typ, der über Heiko Brockmann an Franks Adresse gelangt war, das war doch schon eine Menge.

Hatte der merkwürdige Mann in der Nacht vor seiner Wohnung gelauert? Hatte ihm Lavinia vielleicht sogar die Tür geöffnet? Helmuts Klingeln hatte er ja auch nicht gehört.

Frank stellte den erst halb geleerten Kaffeebecher in die dafür vorgesehene Halterung und fuhr los. Die Karte des Polizisten, der ihn gestern Abend vor Lavinias Haus vernommen hatte, steckte noch im Aschenbecher seines Wagens, daher wusste Frank, an welche Dienststelle er sich wenden musste.

10

Stiffler lebte in einem großen Einfamilienhaus am Ende einer ruhigen Wohnstraße. Nielsen war vorausgefahren und stellte Stifflers Mercedes in der Einfahrt vor der Garage ab. Manuela lenkte Nielsens Toyota an den Bordstein, stellte den Motor ab, öffnete die Tür, stieg aber nicht aus, sondern rief Nielsen zu: «Soll ich helfen?»

Der war gerade ausgestiegen, schüttelte den Kopf und machte eine Handbewegung, die wohl bedeuten sollte, sie solle wieder im Wagen verschwinden.

Manuela war es nur recht. Sie hatte kein Interesse daran, sich noch einmal dem Gestank oder den Beleidigungen Stifflers auszusetzen.

Sie ließ sich in den Sitz fallen und sah aus der klimatisierten, angenehm nach Leder duftenden Hülle des Wagens dabei zu, wie Nielsen dem vollgekotzten und allein nicht gehfähigen Hauptkommissar Stiffler aus seinem Wagen half. Stiffler legte den Arm um den Nacken seines Kollegen und ließ sich beinahe tragen. Sein linker Fuß schleifte über den Boden, der Kopf hing mit dem Kinn auf der Brust. Aus der Entfernung sah er aus wie ein Hautsack ohne Knochen.

Manuela konnte nicht anders: Sie schüttelte den Kopf. Nicht aus Mitleid, sondern vor Abscheu. Vor zwei Tagen war sie einem der erfahrensten Ermittler des Landes vorgestellt worden, jetzt sah sie nur noch einen Säufer und

Frauenfeind, der nicht einmal genug Mumm hatte, seinem Leben ein Ende zu machen.

Nielsen lehnte seinen Kollegen neben der Haustür an die Wand, schloss auf und bugsierte ihn hinein.

Manuela entdeckte in der Mittelkonsole einen runden Behälter mit Zahnpflegekaugummis. Sie öffnete den Deckel, nahm zwei heraus und warf sie sich in den Mund. Der frische Geschmack nach Minze war geradezu eine Offenbarung.

Sie betrachtete ein kleines metallenes Motorrad, das an einem Lederbändchen vom Innenspiegel baumelte. Erst jetzt fiel ihr auch der Aufkleber auf der heruntergeklappten Sonnenblende auf. *Gott im Himmel fährt 'ne Harley.* Nielsen war also ein Motorradfreak. Das passte irgendwie zu ihm. Er hatte so eine raubeinige, kumpelhafte Art. Der Typ Mann, auf den man sich verlassen konnte, wenn es mal hart auf hart kam.

Nielsen kam aus dem Haus und ging quer über den Rasen und eine niedrige Buchsbaumhecke auf seinen Wagen zu. Er ließ die Haustür offen stehen. Hoffentlich brauchte er nicht doch noch ihre Hilfe.

Er kam aber gar nicht an die Beifahrertür, sondern öffnete die Kofferraumklappe des Toyota.

«Alles klar?», fragte Manuela.

«Geht schon», sagte Nielsen kurz angebunden und schlug die Klappe wieder zu.

Dann sah sie ihn mit einer Plastiktüte auf das Haus zugehen und erneut darin verschwinden. Diesmal schloss er die Haustür hinter sich.

Manuela seufzte und stellte das Radio an. Die Wettervorhersage versprach schwere Gewitter im Laufe des Nachmittages oder des Abends. Es klang bedrohlich. Aber was war das schon im Vergleich zu einem Mörder, der seine Opfer unter Wasser zog und ertränkte.

Die Minuten verrannen nur langsam, und Manuela wurde unruhig. Ihre schmalen Finger tanzten auf dem Lenkrad, die Füße tappten den Bassrhythmus eines Liedes, das sie nicht kannte.

Nach zwanzig Minuten kam Nielsen endlich wieder aus dem Haus. Schon als er auf den Wagen zueilte, bemerkte sie sein nasses Haar. Nielsen hatte geduscht. Er trug auch ein anderes T-Shirt. Wahrscheinlich hatte er einiges von der Kotze seines Kollegen abbekommen.

Also war Wechselkleidung in der Plastiktüte gewesen, die er aus dem Kofferraum geholt hatte. Das würde sie sich merken. Wie sie gestern Abend am eigenen Leib erfahren hatte, konnte es nicht schaden, Wechselkleidung dabeizuhaben.

Nielsens Lippen waren zu einem schmalen Strich zusammengepresst, und in seinen blauen Augen lag eine glanzlose Härte.

«Geht's?», fragte Manuela mitleidig.

Er nickte.

«Eric schläft seinen Rausch aus. Aber das wird ein böses Erwachen geben.»

«Und was machen wir jetzt?»

«Wir fahren zum Präsidium. Es gibt einiges zu tun, und wir haben ja auch noch einen Ausfall zu beklagen.»

II

Vor dem Polizeipräsidium in der Innenstadt gab es keine freien Parkplätze. Frank fuhr dreimal um den Block, verlor schließlich die Geduld und stellte sein Taxi auf der Freifläche direkt am Eingang des Präsidiums ab, die für Polizeifahrzeuge reserviert war. Auch wenn man Taxifahrern vieles durchgehen ließ, war das gewagt, aber der Polizist, der dort stand und ihn beim Einparken beobachtete, sagte nichts. Er stieg in seinen Streifenwagen und fuhr davon.

Frank schnappte sich die Visitenkarte und lief die Treppenstufen zum Eingang hinauf.

Er steuerte auf den Empfangsbereich zu. Dort saß eine brünette Polizistin hinter einer grünlich schimmernden Scheibe aus Sicherheitsglas.

Frank schob die Visitenkarte durch den Schlitz und erklärte ihr, dass er diesen Beamten unbedingt sprechen müsse.

Die Polizistin hob den Hörer ab, wählte eine Nummer und sprach ein paar Sätze, die Frank durch die Scheibe nicht verstehen konnte.

«Tut mir leid», sagte sie schließlich und schirmte die Sprechmuschel des Hörers dabei mit der Hand ab. «Polizeimeister Kraul ist nicht im Dienst. Sie können aber mit einem Kollegen sprechen.»

Frank seufzte. Einem anderen Kollegen müsste er alles noch einmal erklären. Aber was blieb ihm anderes übrig? Die Zeit drängte.

«Ja, bitte», sagte er.

Zwei Minuten später tauchte ein uniformierter Polizist auf, ein kleines Männchen mit dunklem Haar.

«Worum geht es denn?», fragte er.

«Ich möchte jemand vermisst melden.»

«Und um wen handelt es sich?»

«Um meine Freundin», antwortete Frank.

«Dann kommen Sie bitte mit», sagte das Männchen und ging voran.

Frank folgte ihm. Plötzlich war er sich nicht mehr sicher, ob es richtig war, was er tat. Das Gebäude, die Uniformierten, die ganzen Formalitäten, all das schüchterte ihn ein, und er fragte sich, ob er nicht überreagierte. Aber dann rief er sich alles wieder in Erinnerung, was geschehen war, und er war sich wieder sicher, dass Lavinia etwas passiert sein musste.

Der Beamte führte ihn in ein kleines, rechteckiges Büro und bat ihn, vor dem Schreibtisch Platz zu nehmen.

«Dann erklären Sie mir doch bitte alles ganz genau», bat er.

Und das tat Frank. So genau, wie es ging. Er ließ nur Einzelheiten weg, die ihm unwichtig erschienen. Der Beamte lehnte sich zurück und verschränkte die Arme vor der breiten Brust. Seine Mimik veränderte sich, Freundlichkeit wich Skepsis.

Schließlich räusperte sich der Polizist, beugte sich vor und stützte seine Ellenbogen auf dem Schreibtisch ab.

«Dürfte ich mal Ihren Ausweis sehen?», bat er.

Frank zog ihn aus seinem Portemonnaie und reichte ihn über den Tisch. Der Polizist studierte ihn eingehend, dann sah er wieder zu Frank auf.

«Wissen Sie, was mich an Ihrer Geschichte stört?», fragte er.

Frank schwieg.

«Dass Sie behaupten, eingeschlafen zu sein, während diese Ihnen ja eigentlich unbekannte Frau namens Lavinia Wolff sich in Ihrer Wohnung aufhielt und Ihnen vom Tod ihrer Freundin erzählte. Entschuldigen Sie bitte, Herr Engler, das ist unglaubwürdig.»

Der Polizist glaubte ihm ohnehin nicht, also konnte er auch mit der ganzen kuriosen Wahrheit herausrücken. Er hatte nichts zu verlieren.

«So etwas passiert mir öfter», sagte er. «Ich bin Narkoleptiker.»

«Sie sind was?»

Auch das passierte Frank häufiger. Die wenigsten Menschen wussten mit diesem Begriff etwas anzufangen. Bei nicht mehr als vierzigtausend Betroffenen in Deutschland war das im Grunde nicht weiter verwunderlich. Er litt unter einer geheimen Krankheit, die bei den meisten, die ebenfalls darunter litten, nicht einmal diagnostiziert wurde.

«Das ist eine sehr seltene neurologische Erkrankung», sagte Frank, wohl wissend, dass das Wort neurologisch für viele gleichbedeutend mit verrückt war. «Ich leide unter Schlafzwang. Mehrfach am Tag schlafe ich einfach so ein. Oder eben auch nachts, selbst wenn ich zwanghaft versuche, wach zu bleiben.»

Das war eine sehr stark vereinfachte Erklärung, aber Frank hatte jetzt keine Lust, diesem Männchen alle Symptome zu beschreiben.

«Moment. Haben Sie nicht gerade gesagt, Sie fahren Taxi. Wie soll das denn gehen?»

«Das geht, weil ich im Laufe vieler Jahre gelernt habe, mich auf meine Erkrankung einzustellen. Ich spüre es rechtzeitig, wenn sich eine Schlafattacke ankündigt. Dann halte ich eben an und schlafe.»

«Und Ihr Fahrgast wartet dann so lange?»

Frank schüttelte den Kopf.

«Diese Attacken treten periodisch auf. Ich kann mich darauf einstellen und nehme dann keinen Fahrgast auf. Weil ich selbständig arbeite, kann ich mir meine Zeiten selbst einteilen.»

«Aber Geld verdienen Sie schon damit?»

«Hören Sie», sagte Frank und wurde lauter. Langsam ärgerte ihn das Benehmen des Beamten, und er spürte, wie sich der Ärger in ihm aufbaute. «Ich will Lavinia Wolff als vermisst melden und nicht über meinen Gesundheitszustand debattieren.»

Der Polizist nickte.

«Aber finden Sie nicht selbst, dass das eine sehr viel mit dem anderen zu tun hat?»

«Warum? Die Frau wurde nachweislich verfolgt, und jetzt ist sie weg. Was hat das mit meiner Erkrankung zu tun?»

Frank wusste, er musste sich unbedingt beruhigen, aber die Ignoranz dieses Bullen ging ihm mächtig auf den Nerv.

«Sie erzählen mir hier eine reichlich wirre Geschichte, das ist Ihnen ja wohl klar. Überdies ist Frau Wolff erwachsen und kann sich aufhalten, wo sie will. Sie muss sich nicht bei einem Taxifahrer abmelden, der sie ein- oder zweimal nach Hause gebracht hat.»

Frank wollte schon aufbegehren, aber der Polizist brachte ihn mit einer schnellen Handbewegung zum Schweigen.

«Für mich stellt sich vielmehr die Frage, ob wir es hier nicht mit einem klassischen Fall von Stalking zu tun haben. Sie glauben ja nicht, was wir da alles erleben.»

«Stalking», wiederholte Frank fassungslos. Seine Hände krampften sich um die Stuhllehnen.

Der Polizist nickte.

«Genau. Und ich will Ihnen sagen, was ich tun werde. Wie üblich warten wir vierundzwanzig Stunden ab, dann werde ich Kontakt zu Frau Wolff aufnehmen. Falls ich dann höre, dass Sie ihr nachstellen und dass Sie es sind, vor dem Frau Wolff Angst hat, dann sehen wir uns sehr schnell wieder. Haben Sie mich verstanden?»

Frank hatte verstanden, aber glauben konnte er nicht, was er da hören musste. Wie war es nur möglich, dass dieser verdammte Bulle genau wie sein Kollege gestern Abend nicht begriff, was hier vorging? Waren die denn alle mit Blindheit geschlagen?

«Haben wir uns verstanden?», wiederholte der Polizist seine Frage.

Frank nickte nur. Die Wut machte es ihm unmöglich, etwas zu entgegnen.

«Gut.»

Der Beamte reichte ihm den Personalausweis über den Tisch.

«Sie finden sicher allein hinaus.»

Frank fühlte sich wie betäubt, als er das Polizeipräsidium verließ. Er ließ sich in sein Taxi fallen. Was sollte er jetzt tun? Bevor er zum Nachdenken kam, tauchte ein Zivilwagen mit einem Einsatzlicht auf dem Dach am Straßenrand auf, und die Beifahrerin gab Frank mit hektischen Handzeichen zu verstehen, dass er verschwinden solle. Frank startete den Motor und rollte auf die Straße. Ein paar Meter weiter musste er an einer roten Ampel halten.

Und dann passierte das Unvermeidliche.

Er spürte es zuerst hinter seinen Augen. Es war, als ließen sich die Muskeln und Sehnen, die für die Funktion der Lider zuständig waren, nur noch sehr schwer bewegen. Zusätzlich stieg in seinen Beinen ein leichtes Kribbeln auf, und in seinem Schädel setzte ein feines Summen ein, das er nur hörte, weil er gelernt hatte, darauf zu achten.

Die Wut, der Ärger, die Angst ... es war alles zu viel.

Die Kataplexie rollte heran wie die mächtige Welle eines Tsunamis.

12

«Idiot», schimpfte Nielsen dem Taxifahrer hinterher. «Die glauben auch, sie könnten sich alles erlauben. Der kann froh sein, dass ich gerade andere Sorgen habe.»

Dann lenkte er seinen Wagen auf den Platz, den eben noch das Taxi blockiert hatte.

Manuela, die den Taxifahrer per Handzeichen dazu

aufgefordert hatte, den Platz zu verlassen, spürte Nielsens Anspannung und Aggressivität fast körperlich.

Nielsen stellte den Motor ab, zog den Schlüssel aus dem Zündschloss, stieg aber nicht aus.

«Was mich angeht, ich halte den Mund», sagte er, ohne sie anzusehen.

Natürlich wusste Manuela, was er meinte. Es ging nicht um Stifflers Totalausfall, nicht um die Waffe und die Rumflasche in seinem Schoß, sondern um die Worte, die Stiffler draußen am See gesagt hatte.

Ich hätte ihn damals schon umbringen sollen.

«Und wie lange?», fragte Manuela.

«Mund halten heißt Mund halten, da gibt es kein Zeitfenster.»

«Selbst wenn es die Ermittlungen gefährdet?»

Er warf ihr einen Blick zu.

«Wir werden so ermitteln, wie es sich gehört, und wenn sich im Zuge der Ermittlungen herausstellt, dass Eric Mist gebaut hat, dann kann ich es auch nicht ändern. Damit muss er dann selbst klarkommen.»

«Hat er drinnen noch etwas gesagt?», fragte Manuela.

Nielsen schüttelte den Kopf.

«Ich habe ihn aufs Bett gelegt, und da ist er sofort eingeschlafen.»

Manuela räusperte sich und nahm all ihren Mut zusammen.

«Gestern Nacht, nach der Besprechung», begann sie, und sie knetete ihre Hände.

«Was war da?», fragte Nielsen und sah sie aufmerksam an.

«Ich bin noch mal hoch, weil ich meine nasse Kleidung vergessen hatte, und ... na ja, er saß noch in seinem Büro ... er hatte sich seine Dienstwaffe in den Mund gesteckt.»

So, jetzt war es heraus. Augenblicklich fühlte Manuela

sich von einer zentnerschweren Last befreit. Es war, als wäre eine Metallklammer gesprengt worden, die sie seit gestern Nacht am Atmen gehindert hatte.

«Wie bitte?», stieß Nielsen hervor.

«Bevor ich reagieren konnte, hat er sie wieder rausgenommen. Er hat mich auch gar nicht bemerkt.»

Nielsen schloss kurz die Augen und schüttelte den Kopf.

«Danke, dass Sie es mir gesagt haben. Ich weiß das zu schätzen. Könnten Sie das eventuell auch für sich behalten?»

Ihre Blicke trafen sich.

«Sie riskieren ganz schön viel für ihn», sagte Manuela. «Warum?»

«Er war nicht immer so. Es gab eine Zeit, da waren wir gut befreundet. Aber in seiner Ehe ist einiges schiefgelaufen, das hat ihn aus der Bahn geworfen. Dazu kamen dann ein paar berufliche Misserfolge. Wenn man mal eine große Nummer war, ist es schwer, mit weniger auszukommen. Verstehen Sie mich nicht falsch, ich will Eric nicht in Schutz nehmen. Was ich damit sagen will, ist, ich kann sein Verhalten nachvollziehen. Es ist schwer, mit ihm auszukommen, aber glauben Sie mir, es liegt nicht an Ihnen. Eric kommt mit sich selbst nicht aus.»

Manuela begann zu begreifen, wie sehr die Ermittler doch voneinander abhängig waren. Funktionierte die Polizei nur so? Blieb sie nur deshalb funktionsfähig, weil das Netzwerk von niemandem in Frage gestellt wurde? Und welche Frage noch viel wichtiger war: Würde sie selbst auch so werden, wenn sie erst lange genug dabei war?

Nach einem kurzen Schweigen sagte Nielsen:

«Ich weiß, was Sie jetzt denken.»

«Wissen Sie nicht.»

«Doch. Weil ich als Frischling genauso dachte, und so lange ist das noch gar nicht her. Aber ob Sie meinen Rat annehmen, bleibt Ihnen überlassen. Ich werde Ihnen auf keinen Fall vorschreiben, was Sie sagen dürfen und was nicht. Das müssen Sie schon selbst entscheiden.»

Er suchte einen Moment nach den richtigen Worten.

«Jemand wie Polizeichef Bender verschwindet nach einer gewissen Zeit auf einen anderen, höher bezahlten Dienstposten. Jemand wie Stiffler aber bleibt. Wenn Sie auch zu denen gehören, die bleiben, sollten Sie sich fragen, von wem Sie Hilfe erwarten können, wenn Sie sie wirklich brauchen. Und das werden Sie. Früher oder später braucht jeder die Hilfe seiner Kollegen. Dann spielt richtig oder falsch plötzlich keine Rolle mehr, sondern nur noch die Frage, ob man seinen Job und seinen Dienstrang behält oder nicht. Und allein das ist irgendwann existenziell ... nicht die Wahrheit.»

Sofort fielen Manuela Gegenargumente ein, aber sie schwieg. Es war überdeutlich, wie sehr es Nielsen belastete, dass er Stiffler verpflichtet war. Das mochte nicht richtig sein und den Wert seiner Arbeit schmälern, aber es zeigte auch eine menschliche Seite. Es machte ihn sympathischer.

«Alles klar so weit?», fragte er.

Manuela nickte.

Er reichte ihr die Hand.

«Ich bin Peter», sagte er und lächelte.

Verdutzt ergriff sie sie.

«Da ist aber noch etwas», begann sie, als Nielsen schon aussteigen wollte.

«Was denn?»

«Gestern bin ich bei meiner Recherchearbeit auf einen drei Jahre alten Fall gestoßen. Damals wurde eine Prostituierte in der Badewanne ertränkt.»

«Und?»

«Na ja, Hauptkommissar Stiffler hat damals die Ermittlungen geleitet. Der Täter wurde nicht gefasst, und ich habe mich gefragt, warum er die Verbindung nicht selbst hergestellt hat. Möglicherweise hat er ja auch mit dieser Prostituierten verkehrt, und der Fall hat eine Geschichte, die wir noch gar nicht kennen. Ich bin leider nicht dazu gekommen, mich eingehend damit zu beschäftigen. Als ich Stiffler darauf ansprechen wollte, rief das Labor wegen der Probe aus dem See an, und ab da ging alles drunter und drüber.»

Peter Nielsen sah sie einen Moment an, dann blickte er nach vorn durch die Windschutzscheibe und seufzte.

Schließlich schlug er mit der Hand aufs Lenkrad.

«Okay, wir machen Folgendes. Es wird gleich eine Besprechung mit Bender geben, bei der du nicht dabei sein wirst. Nicht falsch verstehen. Da wird es in der Hauptsache um Eric gehen, nicht um den Fall, und die anderen Kollegen werden nicht vor einer Neuen über einen altgedienten Kollegen sprechen. Stattdessen setzt du dich an diesen alten Fall und findest alles heraus, was es herauszufinden gibt. Wir treffen uns später und gehen die Sache zusammen durch. Du sprichst nur mit mir darüber, mit sonst niemandem, und wir entscheiden dann, wie es weitergehen soll.»

Manuela nickte. Dass sie bei der Besprechung nicht dabei sein würde, störte sie nicht weiter. Sie freute sich über das, was Nielsen noch gesagt hatte.

Sie würden entscheiden, wie es weiterging.

Nicht er, nicht die anderen.

Sie als Team.

Nielsen hatte den Türgriff schon in der Hand, hielt aber noch mal inne.

«Aber vorher läufst du bitte in die Rechtsmedizin rüber, wegen Erics Frau.»

13

Die Sommerferien neigten sich ihrem Ende entgegen. Seit zwei Wochen schien die Sonne unentwegt von einem stahlblauen Himmel, und das Gras auf den Wegen und am Waldrand war braun und trocken und roch nach Staub. Selbst die genügsamen Kiefern verloren gelbbraune Nadeln, und im Radio warnten sie vor der erhöhten Waldbrandgefahr.

Sogar das Wasser des Gorreg hatte sich um zwei Grad erwärmt. Der See wurde von zwei unterirdischen Quellen gespeist, daher passierte das nur höchst selten und nur in den heißesten Sommern.

Ihre Eltern sahen sie nur morgens, einmal kurz zur Mittagszeit und abends wieder. Die Saison lief wegen des Wetters und der vielen Daheimgebliebenen sehr gut, aber sie zerrte auch an den Kräften. Vater und Mutter waren oft gereizt, wenn sie von der Arbeit heimkamen. Sie waren wortkarg und gingen früh zu Bett, und er hatte sie durch die dünnen Holzwände der Hütte oft streiten hören.

Vater sagte, es sei ihre letzte Saison. Sie würden nach den Ferien versuchen, alles zu verkaufen, und dann in die Heimat zurückkehren. Das zu hören war ein Schock. Er liebte den Gorreg, hier war er die vergangenen acht Jahre aufgewachsen. Im Winter waren sie immer für ein paar Monate in die Heimat zurückgekehrt, und er hatte sich ständig nach seinem See gesehnt.

Vielleicht würde er einfach hierbleiben. Er war schließlich alt genug, um auf eigenen Beinen zu stehen.

Er strich das kleine Holzboot, das kieloben auf dem Steg lag, mit Teerfarbe. Sein Vater hatte ihm diese Aufgabe übertragen, denn es war undicht, und Wasser drückte durch die Planken. Das Streichen war eine methodische, gleichförmige Arbeit, bei der er gleichzeitig nachdenken und seine kleine Schwester im Auge behalten konnte.

Der intensive Geruch der Teerfarbe betäubte seine Nase und seinen Kopf. Schweiß lief ihm in die Augen, während er in der prallen Mittagssonne den schwer gewordenen Pinsel über die Planken strich. Sobald er nur ein paar Minuten innehielt, trocknete die Farbe am Pinsel fest, und er musste ihn mühsam wieder geschmeidig machen.

Deswegen konnte er nicht zwischendurch ins Wasser springen und sich abkühlen. Siiri tobte schon seit einer Stunde im See. Jetzt lag sie erschöpft auf ihrer violetten Luftmatratze, die Mama ihr aus dem Supermarkt in der Stadt mitgebracht hatte. Die künstliche Farbe ließ sie wie einen Fremdkörper auf dem See wirken, aber seine Schwester liebte das Ding. Stundenlang trieb sie damit auf dem Wasser umher.

Sie war schon weit draußen. Sie lag auf dem Bauch und hatte die Knie angewinkelt. Eigentlich hatten Mama und Papa ihr verboten, schon wieder schwimmen zu gehen, denn sie hatte nach einem Magen-Darm-Virus vier Tage lang das Bett hüten müssen.

Während ihrer Krankheit war Mama daheimgeblieben. Er hatte mit seinem Vater hinüber ins Freibad gemusst. Sein Vater hatte sich um den Kiosk und er sich um den Bootsverleih gekümmert. Diese vier Tage waren die Hölle gewesen. So viele Menschen, so viel Lärm! Nicht einmal für fünf Minuten hatte er sich zurückziehen können. Und er hatte sie tuscheln gehört. Ist das nicht der Typ, der nicht mal geradeaus schwimmen kann? Solche Sachen hatten sie gesagt und mit dem Finger auf ihn gezeigt.

Der Wettkampf war nicht vergessen. Niemals würde er diese Schmach vergessen, und niemals würde er mehr an einem Wettkampf teilnehmen. Auch wenn sein Vater das nicht akzeptieren wollte.

«Junge, man kann verlieren, das ist keine Schande, aber niemals darf man aufgeben. Hörst du! Niemals!»

Wie oft hatte er sich das seitdem anhören müssen, wie oft?

Dieser Satz verfolgte ihn bis in den Schlaf. Sein Vater hatte nichts verstanden. Er gab ja gar nicht auf. Er nahm einfach nicht mehr teil. Warum sollte er sich mit Jungs messen, die niemals so schnell schwimmen würden wie er? Wozu seine Fähigkeiten unter Beweis stellen, wenn das Wissen darum doch reichte?

Er richtete sich auf, wischte sich mit dem Handrücken die Schweißtropfen von der Stirn, schirmte seine Augen gegen die Sonne ab und blickte auf den See hinaus.

Der leichte Wind hatte die violette Luftmatratze mit seiner Schwester darauf noch weiter hinausgetrieben. Bald würde sie am anderen Ufer landen. Das war Vogelschutzgebiet, niemand durfte dahin, auch sie nicht.

Sollte er sie zurückrufen?

Am westlichen Horizont bauten sich gewaltige Gewitterwolken auf. Für heute waren schwere Sommergewitter angekündigt, so wie die letzten Tage auch, ohne dass es auch nur ein einziges Mal gedonnert oder geblitzt hätte. Heute war es noch schwüler. Die Natur war so merkwürdig still, so, als würde sie sich auf einen Angriff vorbereiten.

Aber bis dahin würde sicher noch eine Stunde vergehen. Sollte sie ruhig noch so lange auf dem See herumtreiben, dann nervte sie ihn wenigstens nicht bei der Arbeit. Wenn er sich ranhielt, könnte er in einer halben Stunde mit der ersten Schicht Teerfarbe fertig sein und auch ins Wasser springen. Die zweite Schicht würde er erst morgen auftragen, wenn die andere durchgehärtet war.

Er tauchte den Pinsel in den Eimer, ließ ihn sich mit der dickflüssigen, schweren Farbe vollsaugen und klatschte ihn auf den Bootskörper. Er wollte eben beginnen, sie zu verteilen, als ihn etwas aus seinen Gedanken riss.

Eine helle Stimme.

Er sah auf den See hinaus.

Seine Schwester war nicht mehr auf der Luftmatratze. Er

konnte sie nicht sehen, aber das Wasser neben der Matratze war aufgewühlt, und er meinte, ihren Arm immer wieder nach dem violetten Gummiteil greifen zu sehen.

Sie erlaubte sich bestimmt nur einen Spaß.

Er steckte den Pinsel in den Eimer und ging bis zum Ende des Stegs. Sie rief wieder. Waren das Hilferufe? Aber warum sollte der kleine Delfin im Wasser Hilfe brauchen?

Durch den Magen-Darm-Virus hatte sie in den letzten Tagen viel Flüssigkeit verloren und war sicher nicht hundertprozentig fit. Außerdem hatte sie lange in der Sonne gelegen, ihr Körper war also aufgeheizt. Was, wenn sie von der Matratze gefallen war und einen Schock oder einen Krampf bekommen hatte?

Er hatte den Gedanken noch nicht zu Ende gedacht, da war er schon im Wasser. Auch sein Körper war erhitzt, und das kalte Wasser war im ersten Moment ein Schock, aber er kümmerte sich nicht weiter darum, tauchte mit kräftigen Zügen vorwärts, durchbrach die Wasseroberfläche, orientierte sich kurz und kraulte auf seine Schwester zu.

Nach der Hälfte der Strecke hielt er inne, um nach ihr zu sehen.

Die hässliche violette Luftmatratze trieb allein davon, die Wasseroberfläche war ganz still.

Siiri war untergegangen!

Er kraulte weiter, noch schneller, gab alles, ließ auch dann nicht nach, als seine Arm- und Schultermuskulatur schon zu brennen begann.

Endlich erreichte er die Stelle, wo er sie zuletzt gesehen hatte.

Er trat Wasser und rief ihren Namen. Seine Stimme schallte über den Gorreg, doch eine Antwort bekam er nicht. Als sich seine Atmung beruhigt hatte, tauchte er unter.

Tauchte mit kräftigen Zügen und weitaufgerissenen Augen.

Die Sonne stand hoch am Himmel, ihre Strahlen drangen drei bis vier Meter tief, doch seine Schwester fand er nicht.

So weit konnte sie in der kurzen Zeit doch nicht abgesackt sein!

Er drehte sich im Kreis, suchte, spürte Verzweiflung und Angst, und endlich, endlich sah er etwas. Eine Bewegung, nur ein paar Meter entfernt. Er tauchte darauf zu, so schnell es ging.

Gebündelte Lichtstrahlen erfassten Siiris Körper, und es sah so aus, als würde sie sich daran emporziehen, doch ihre Bewegungen waren langsam und schwerfällig. Als er sie erreichte, wurde seine Luft knapp. Er war bereits seit einigen Minuten unter Wasser und musste unbedingt auftauchen. Vorher aber packte er seine Schwester bei den Hüften und versuchte, sie an die Oberfläche zu ziehen. Sie erschrak nicht, wehrte sich nicht, half ihm aber auch nicht. Sie wirkte schwach und lethargisch, als hätte sie bereits mit ihrem Leben abgeschlossen.

Mit letzter Kraft schaffte er es an die Oberfläche.

Gierig sog er die rettende Luft ein und versuchte den Kopf seiner Schwester über Wasser zu halten. Weil sie ihm aber nicht half, rutschte sie ihm immer wieder weg, als er versuchte, mit ihr zusammen die Luftmatratze zu erreichen.

Er tauchte wieder unter, schlang seine Arme unter ihren Achseln hindurch um ihren Brustkorb und trat kräftig mit den Beinen aus. Seine Schwester schien doppelt so schwer zu sein wie sonst, und er ahnte, dass er es vielleicht nicht schaffen würde.

Wenn sie ihm doch nur helfen würde.

Er presste ihren schmalen Körper ganz fest an sich. Eben noch von Angst und Verzweiflung erfüllt, empfand er diese körperliche Nähe plötzlich als angenehm. Sie war ganz weich in seinem Griff, schmiegte sich an ihn, lieferte sich ihm vollkommen aus. Das Wasser umschloss sie, und ihr Gesicht war ganz nah an seinem. Er wünschte sich, sie würde ihn ansehen, doch ihre Augen blieben geschlossen.

Er verstärkte seinen Griff noch, grub seine Fingerspitzen in ihr weiches Fleisch und presste seine Wange an ihre. Dann schloss er die Augen und gab sich völlig diesem neuen Gefühl hin. Es war wie Tanzen. Noch nie hatte er etwas Schöneres erlebt, noch nie hatte er sich besser und ... vollkommener gefühlt. Keine Fragen mehr, keine Zweifel, nur das Akzeptieren seiner ureigenen Bestimmung.

Plötzlich begann Siiri zu zucken.

Es waren unkontrollierte, wilde Bewegungen, und er schlang seine Beine um sie, um sie zu beruhigen. Luftblasen stiegen wie silberne Ballons von ihrem Mund auf, und sie sackten immer tiefer. Er spürte, wie mit ihnen nach und nach das Leben aus dem Körper seiner Schwester entwich.

Der Druck auf seine Ohren nahm zu, es knackte darin, aber er war noch nicht bereit, seine kleine Schwester aufzugeben. Sie starb in seinen Armen. Er dachte daran, ebenfalls den Mund zu öffnen, um ihr zu folgen. Das Ziehen in seinem Hals wurde stärker. Angst packte ihn, und er begann, mit den Beinen auszutreten. Doch mit dem leblosen Gewicht in seinen Armen stieg er viel zu langsam. Er würde es nicht rechtzeitig an die Oberfläche schaffen.

Als sie die Grenze passierten, an der die Schwärze dem Licht der Welt wich, ließ er seine Schwester los. Mit ausgebreiteten Armen schwebte sie in die Tiefe.

Er sah ihr nach, solange er konnte.

Es zerriss ihm das Herz, so sehr sehnte er sich danach, mit seiner Schwester zu tanzen. Aber der Überlebenswille war stärker.

Er durchbrach die Wasseroberfläche und stieß einen gewaltigen Schrei aus.

Aus der Ferne antwortete der Donner.

Oder war es nur der Widerhall seines Schreis?

14

Dr. Nina Vossfeld öffnete ihr und bat sie herein.

Sie schüttelten sich die Hände. «Kaum im Dienst und schon in aller Munde», sagte Dr. Vossfeld und lächelte.

«Über mich wird gesprochen?», fragte Manuela erstaunt, als sie den langen Flur entlangliefen.

«Was denken Sie denn? Ich war vor einer Stunde in der Cafeteria, da sind Sie das große Thema. Keiner weiß was Genaues, aber alle reden drüber. Sie sollen ins Wasser gesprungen sein, um der armen Frau zu helfen, und KHK Stiffler ist am sicheren Ufer stehengeblieben. Stimmt das?»

Manuela nickte. Warum sollte sie etwas verheimlichen? Stiffler hatte es verdient, dass das ganze Präsidium über ihn herzog. Dabei wussten seine Kollegen ja nicht einmal, was in der vergangenen Nacht noch alles passiert war. Vielleicht verbreiteten die beiden Spurentechniker, wie sie den Herrn Hauptkommissar vorgefunden hatten. Oder Andreas Bader. Was hatte der überhaupt dort gewollt?

Nachdem Manuela sich von Nielsen getrennt und telefonisch in der Rechtsmedizin angekündigt hatte, war sie erst einmal in die Waschräume geeilt und hatte sich gründlich Hände und Gesicht gewaschen. Der Geruch des antibakteriellen Waschmittels haftete ihr immer noch an, aber so ganz vertrieb er trotzdem nicht Stifflers Gestank. Diese Mischung aus Erbrochenem, Alkohol und Schweiß haftete leider sehr gut.

«Ja, das war wirklich eine furchtbare Sache», sagte Manuela. «Steckt mir jetzt noch in den Knochen.»

Dr. Vossfeld sah sie von der Seite an. Sie war einen Kopf größer als Manuela.

«Kann ich mir vorstellen. So etwas erlebt man nicht alle Tage. Ich glaube, ich hatte noch nie mit einem ähnlichen Fall zu tun. Hat der Täter das Opfer wirklich vor Ihren Augen ertränkt, ohne dass sie ihn auch nur gesehen haben?»

Manuela nickte und presste ihre Lippen zusammen. Ja, vor ihren Augen und ohne dass sie die Frau hatte retten können. Sie war Polizistin geworden, um anderen Menschen zu helfen. Hier, wo es zum ersten Mal um Leben und Tod gegangen war, hatte sie versagt. Da nützte es auch nichts, Stiffler einen Teil der Schuld zuzuschieben.

«Wissen Sie, was ich dabei nicht verstehe?»

«Was?»

«Ich konnte der Frau nicht helfen, also bin ich ans Ufer geschwommen und habe von dort aus das Wasser beobachtet, aber da waren weder Luftblasen zu sehen, die auf ein Pressluftatemgerät hingewiesen hätten, noch ist jemand aufgetaucht. Wie lange kann ein normaler Mensch wie Sie und ich unter Wasser bleiben, ohne zu atmen?»

Die Pathologin zuckte mit den Schultern und steckte die Hände in die Taschen ihres weißen Kittels.

«Sie und ich? Nicht lange. Wir können dem Atemreflex nicht widerstehen und würden unter Wasser atmen, auch wenn wir wissen, dass es unseren Tod bedeutet. Aber man kann trainieren, den Atemreflex zu unterdrücken, indem man mit einer speziellen Technik den Kohlendioxidgehalt im Blut senkt. Wir kennen das von den Apnoe-Tauchern. Die beherrschen auch noch spezielle Ausgleichstechniken wie das Herbeiführen des Bloodshift-Effektes. Dabei wird das Blut aus den Extremitäten in die Körpermitte verlagert, damit sie in großen Tiefen überleben.

Mit ein bisschen Übung kann man diese Techniken erlernen und je nach persönlicher Konstitution einige Minuten unter Wasser bleiben. Mit Hilfe einer erhöhten Inzidenz ventrikulärer Extrasystolen wird die Herzfrequenz drastisch gesenkt, mitunter auf nur noch zehn Schläge pro Minute. Das spart Sauerstoff.»

«Ventrikuläre … was?»

«Das sind Herzschläge außerhalb des normalen Herzrhythmus, die nicht wie üblich im Sinusknoten entstehen, denn der lässt sich nicht willentlich beeinflussen, sondern in den Herzkammern. Ein Effekt, den wir mit tauchenden Säugetieren wie zum Beispiel Walen gemein haben.»

Manuela nickte.

«Ich verstehe. Und Sie meinen, das kann jeder?»

«Vielleicht nicht gerade jeder, aber ein gesunder Mensch ganz sicher. Mit den richtigen Veranlagungen kommen schnell respektable Tauchzeiten von drei bis vier Minuten zusammen.»

«Ich habe länger aufs Wasser gestarrt, bestimmt doppelt so lange.»

Die Pathologin lächelte verständnisvoll.

«Dann haben Sie ihn vielleicht nicht auftauchen sehen oder die Zeit falsch eingeschätzt. Passiert häufig in Extremsituationen.»

Oder wir haben es doch mit jemandem zu tun, der noch länger unter Wasser bleiben kann, dachte Manuela und spürte, wie es ihr dabei kalt den Rücken hinablief.

«Geht es Ihnen nicht gut?», fragte Dr. Vossfeld und berührte sie am Ellenbogen.

Manuela riss sich zusammen und versuchte zu lächeln. «Doch, doch, es geht schon.»

«Kommen Sie, gehen wir in mein Büro. Sie müssen sich die Leiche nicht anschauen, ich kann Ihnen alles Relevante auch dort berichten. Und ich habe frischen Kaffee.»

Sie mochte keinen Kaffee, aber das war eine verlockende Einladung. Dennoch zögerte sie.

Dr. Vossfeld schien ihre Gedanken lesen zu können.

«Na los, kommen Sie schon. Selbst Stiffler sieht sich die Leichen nur an, wenn es unbedingt sein muss. Da ist nichts dabei.»

Die Pathologin legte ihr eine Hand auf den Rücken und dirigierte sie nach links in einen Wartebereich mit blauen Plastikstühlen. Von dort aus führte eine Tür in ihr Büro. Der Schreibtisch stand nicht wie sonst üblich in der Mitte des Raumes, sondern hinten links an der Wand. Vorn neben der Tür stand ein runder Tisch mit Glasplatte und vier Chromstühlen, darauf ein Strauß frischer Sommerblumen.

«Nehmen Sie Platz. Ich sorge für den Kaffee.»

Während die Kaffeebohnen frisch gemahlen wurden, sagte die Pathologin über den Lärm hinweg:

«Die Kaffeemaschine ist mein ganzer Stolz. Vierhundert Euro. Aber bei jeder Tasse bin ich froh, das Geld ausgegeben zu haben. In diesem Beruf muss man sich kleine Inseln der Schönheit schaffen, und da gehört das Kulinarische unbedingt dazu. Kaffee oder Cappuccino?»

«Cappuccino bitte», sagte Manuela, denn den trank sie hin und wieder ganz gern. Sie war beeindruckt. Dr. Vossfeld schien ihr Leben und ihren Beruf fest im Griff zu haben, nicht umgekehrt, wie es leider bei vielen Menschen der Fall war.

Die Pathologin kam mit zwei Tassen an den Tisch und stellte sie vorsichtig auf der Glasplatte ab.

«Perfekter Milchschaum», sagte Manuela anerkennend.

«Warten Sie mal den Geschmack ab.»

Dr. Vossfeld löste das Gummiband, das ihren Zopf hielt, zog ihr Haar straff nach hinten und band es wieder zusammen.

«Die Todesursache ist Ertrinken», sagte sie dabei, «damit war ja zu rechnen. Wie die erste Leiche weist auch diese Druckstellen am ganzen Körper auf. In ihrem Rücken finden sich ebenfalls Holzsplitter, sie wurde also vermutlich in demselben Raum gefangen gehalten wie die erste Leiche, in einem Holzschuppen oder etwas Ähnlichem. Es handelt sich um Eichenholzsplitter. Das Holz ist alt und wurde irgendwann mit einer teerhaltigen Farbe gestrichen. Wenn ich tippen sollte, wofür ich aber nicht bezahlt werde, würde ich sagen, der Täter hält sie in einem Bootsschuppen gefangen.»

«Moment», sagte Manuela. «Die Frauen wurden vor ihrem Tod gefangen gehalten?»

Dr. Vossfeld nickte.

«Sieht so aus. Wussten Sie das nicht?»

Manuela schüttelte den Kopf.

«Stiffler hält Sie also nicht auf dem Laufenden?»

«Wir haben unsere Differenzen», gab Manuela zu.

«Alles andere hätte mich auch gewundert.»

Da schwang etwas in der Stimme der Pathologin mit, das Manuela aufhorchen ließ. Eine gewisse Schärfe, die vorher nicht da gewesen war. Sie sah sie fragend an.

«Das ist kein Geheimnis», sagte die Pathologin. «Eric Stiffler ist ein Macho, der für Frauen nicht viel übrighat, es sei denn als Sexualobjekt. Beobachten Sie ihn mal, wie er Frauen anschaut.»

«Wie denn?»

«Wie ein Jäger seine Beute. Ich weiß das aus eigener Erfahrung. Er gafft mir dauernd hinterher, wenn ich nach Dienstschluss in Zivilkleidung über den Parkplatz gehe. Männer wie er haben bei der Polizei eigentlich nichts zu suchen.»

«Harte Worte», sagte Manuela vorsichtig.

«Bei mir müssen Sie kein Blatt vor den Mund nehmen. Ich kenne den Mann schon etwas länger. Na los, probieren Sie Ihren Cappuccino.»

Sie tranken beide davon.

«Wie bei meinem Lieblingsitaliener», sagte Manuela und wischte sich den Schaumstreifen von der Oberlippe.

«Danke. Genau so soll er sein.»

«War Stiffler schon immer so?», fragte Manuela.

«Ich kenne ihn nur so. Seine Frau hat ihn verlassen, weil er zu Prostituierten ging. Jedenfalls munkelte man das eine ganze Weile, und jetzt scheint es sich ja zu bestätigen. Es wundert mich nur, dass er Sie zu mir geschickt hat.»

«Hat er nicht, das war Nielsen. Er führt jetzt die Ermittlung.»

«Aha, das erklärt einiges.»

«Waren Sie vor drei Jahren auch schon hier?», fragte Manuela.

«Ja, warum?»

«Es gab da einen Fall ... Eine Prostituierte, die in ihrer Badewanne ertränkt wurde. Wissen Sie etwas darüber?»

«So aus dem Stegreif nicht, und wir arbeiten hier ja auch in Schichten, sodass ich nicht an allen Fällen beteiligt bin. Ich könnte aber für Sie nachsehen, wenn es Ihnen weiterhilft. Suchen Sie nach etwas Bestimmtem?»

«Nach Verbindungen zu diesem Fall. Irgendwas, was ich nicht aus den offiziellen Akten erfahren kann. Stiffler hat damals die Ermittlungen geleitet, sieht aber keine Verbindungen, und das macht mich stutzig. Kann aber auch sein, dass ich mich da in etwas verrenne.»

«Ich wüsste zwar nicht, was das sein könnte, aber ich kann mich gern bei meinen Mitarbeitern erkundigen. Vielleicht erinnert sich jemand an ein Gespräch oder Ähnliches. Lassen Sie mir einfach Ihre Handynummer da.»

Manuela gab sie ihr.

«Ist Stiffler jetzt außen vor?», fragte Nina Vossfeld.

«Wahrscheinlich. Das wird gerade auf höchster Ebene entschieden. Ich kann mir nicht vorstellen, dass der Polizeichef ihn an dem Fall dranlässt. Nicht, weil er mir nicht geholfen hat, sondern weil das Opfer seine Exfrau ist.»

Die Pathologin nickte und sah Manuela ernst an.

«Sie müssen vorsichtig sein.»

«Ich? Warum?»

«Weil Stiffler auf jeden Fall Ihnen die Schuld geben wird. Männer wie er ticken so. Passen Sie auf, dass er Ihnen kein Bein stellt.»

«Werde ich. Vielleicht kommt es ja auch gar nicht so weit. Stiffler ist zwar ein sturer Macho, aber er wird ja wohl nicht auch noch rachsüchtig sein.»

Nina Vossfeld lächelte mitleidig.

«Über Männer müssen Sie noch eine Menge lernen, meine Liebe.»

15

Die dröhnende Hupe eines Lkw lässt die Luft vibrieren und den Wagen erzittern. Er weiß, sie gilt ihm, kann sich aber nicht darum kümmern. Das Geräusch dringt tief in seinen Körper, trifft aber nicht die richtige Stelle, berührt ihn nicht dort, wo es notwendig gewesen wäre.

Die Ohren, denkt er, nehmt doch die Ohren.

Es pocht. Laut und nachdrücklich. Fingerknöchel schlagen gegen Fensterglas, direkt neben seinem Kopf.

«Hallo, was ist denn, geht es Ihnen nicht gut? Soll ich einen Rettungswagen rufen?»

Nein, nein, denkt er, keinen Arzt, nur die Ohren, am besten beide zugleich.

Wieder eine Hupe, diesmal aber schrill, wie von einem kleinen Auto, ein Ton wie ein Messerstich, der durch den Gehörgang blitzschnell bis in die Tiefen seines Kopfes vordringt.

Die Tür wird geöffnet, warme Luft streichelt seine Wange, streichelt sein linkes Ohrläppchen.

Eine Hand rüttelt an seiner Schulter, der Handrücken streift dabei sein Ohrläppchen. Die warme Luft, die Berührung, der quälende Ton der Hupe, all das dringt tief in seinen Kopf, und er spürt die Erlösung, spürt, wie etwas zu fließen beginnt, das vorher ins Stocken geraten war. Das Gefühl für seinen Körper kehrt zurück, zunächst in Hände und Füße. Ein Kribbeln, so als wache ein eingeschlafenes Körperteil wieder auf. Es ist unangenehm, aber er heißt es trotzdem willkommen, denn es ist der Ausweg aus der Hölle.

Die Hand berührt immer noch seine Schulter, streift wieder sein Ohrläppchen.

Die Augen, denkt er, du musst die Augen ...

Er bringt den Gedanken nicht zu Ende. Plötzlich ist er wieder Herr über seinen Körper, kann die Muskeln wieder bewegen, die Augen wieder öffnen.

Helles Sonnenlicht blendet ihn, er blinzelt, schluckt mühsam, hustet.

«Geht es wieder?», fragt die Stimme, die zu der Hand auf seiner Schulter gehört.

Frank nickt und hustet wieder. Ein älterer Mann mit weißem Haar und einer randlosen Brille vor klugen Augen steht vor ihm.

«Es geht», hört Frank sich krächzend sagen.

«Brauchen Sie einen Arzt?»

Wieder zieht ein Auto hupend an ihnen vorüber. Schemenhaft sieht Frank einen Fahrer, der ihm ärgerlich den Stinkefinger zeigt. Frank bemerkt, dass er immer noch vor der Ampel in der Nähe des Polizeipräsidiums steht. Die Ampel ist grün, wechselt aber gerade zu Gelb.

Er schüttelt den Kopf.

«Nein ... es geht schon, danke. Ich fahre weiter.»

Unsicher zieht sich der ältere Mann aus dem Wagen zurück. Frank greift nach dem Türgriff und zieht die Tür zu. Der Motor läuft noch. Frank reibt sich in den Augen, fährt sich mit den flachen Händen übers Gesicht, sieht im Rückspiegel den Mann in seinen eigenen Wagen steigen und ihm einen sorgenvollen Blick zuwerfen. Frank hebt die Hand zum Gruß, dann legt er den ersten Gang ein, wartet Grün ab und fährt los.

Auf der anderen Straßenseite gab es Stellplätze für Wohnmobile. Dorthin lenkte er seinen Škoda und stellte den Motor ab.

Eine halbe, vielleicht eine Minute, länger war er nicht weg gewesen. Es war eine vergleichsweise schwache Kataplexie, aber sie war Warnung genug. Er konnte so nicht weitermachen. Das alles war viel zu aufregend und belastete ihn emotional so stark, wie er es schon lange nicht mehr erlebt hatte.

Ihm fielen die Beruhigungstabletten ein, die sein Arzt ihm verschrieben hatte. Sie lagen seit Monaten in der Küchenschublade. Er hatte sie gebraucht, als seine Mutter an Krebs erkrankt war, und auch noch eine Weile nach ihrem Tod. Auch da hatte er seine Gefühle nicht in den Griff bekommen.

Frank öffnete die Tür, stieg aus und streckte seinen Rücken durch. Dann setzte er sich auf die Motorhaube, zündete sich eine Zigarette an und rauchte.

Er wusste nicht mehr weiter.

Wenn die Polizei ihm nicht glaubte, wer dann? Wen könnte er bei der Suche nach Lavinia um Hilfe bitten? Würde ihm überhaupt jemand helfen? Er hatte doch gerade erlebt, was dabei herauskam, wenn er seine Geschichte erzählte. Häme und Spott waren ihm entgegengeschlagen, und er war auch noch verdächtigt worden.

Stalking!

Das war einfach unglaublich. Frank hatte sich den Namen des Polizisten gemerkt. Niemann. Sollte Lavinia tatsächlich etwas passieren und sich später herausstellen, dass es hätte verhindert werden können, wenn dieser Niemann nicht so blöd reagiert hätte, würde er ihn zur Verantwortung ziehen.

Frank spürte wieder Zorn in sich aufwallen. Er musste ruhig bleiben und einen kühlen Kopf bewahren, sonst würde er Lavinia keine Hilfe sein. Vielleicht sollte er nach Hause fahren und doch diese verhassten Pillen nehmen.

Aber vorher schaust du noch einmal bei ihr vorbei ... Wer weiß, vielleicht ist sie doch zu Hause.

Er hasste sich für diesen Gedanken, aber er war nun einmal da.

Frank schnippte die nur halb gerauchte Zigarette in den Fluss und machte sich auf den Weg.

16

Die Ermittlungsakte lag vor Manuela auf dem Schreibtisch. Sie war relativ dünn, und schon nach dem ersten schnellen Durchgang fragte sie sich, warum der Fall damals so nachlässig behandelt worden war. Weil es sich bei dem Opfer um eine Prostituierte gehandelt hatte?

Dieser Gedanke war naheliegend, wenn man Stiffler kannte. Möglichweise war das auch der Grund, warum er partout keine Verbindung zu dem Fall sehen wollte. Er hatte damals schlampig gearbeitet und wusste das auch.

Manuela wurde immer nervöser. Ihr rechter Fuß wippte in schnellem Takt auf und ab. Eine gewisse Grundspannung und Nervosität war bei ihr ohnehin immer vorhanden, schon als Schülerin hatte sie nie lange still sitzen können. Zwang man sie dazu, ersetzte ihr Mundwerk die fehlende Bewegung. War niemand anwesend, mit dem sie sprechen konnte, so wie jetzt, dann führten sämtliche Extremitäten ein Eigenleben.

Sie arbeitete die Akte gerade zum zweiten Mal durch, machte sich Notizen, versuchte gleichzeitig aber auch, sich die Einzelheiten zu merken. Sie befand sich auf der richtigen Spur. Nach dem, was sie von Dr. Vossfeld gehört hatte, konnte es daran gar keinen Zweifel mehr geben.

Am Ende des Gesprächs hatte die Pathologin ihr versprochen, ihre Mitarbeiter, vor allem ihren Stellvertreter, Dr. Heinemann, auf den zurückliegenden Fall anzusprechen. Sobald sie über Informationen verfügte, die nicht in der Ermittlungsakte standen, würde sie anrufen.

Nielsen erschien in der Tür zum Großraumbüro, machte eine schnelle Bewegung mit dem Kopf und verschwand wieder.

Manuela raffte die Unterlagen zusammen, steckte sie in eine Mappe und folgte ihm in sein Büro. Er saß bereits wieder hinter seinem Schreibtisch, als sie eintrat.

«Setz dich.»

Er deutete auf den einzigen Besucherstuhl.

Manuela nahm auf der vordersten Kante des Stuhls Platz. Eigentlich saß sie kaum, sondern schwebte darüber, bereit, jeden Moment aufzuspringen, um Nielsen einen Blick in die Akte werfen zu lassen. Aber Nielsens Mimik war eindeutig: Noch vor ein paar Minuten hatte er sich furchtbar geärgert, und dieser Ärger war längst nicht abgeklungen.

«Eric ist raus», sagte er.

«Inwiefern?»

«Sobald er im Präsidium erscheint, wird er suspendiert. Bender will ein psychologisches und medizinisches Gutachten, um zu entscheiden, ob er überhaupt noch diensttauglich ist. Ich musste ihm berichten, was du gestern

Nacht gesehen hast, es ging nicht anders. Wir können das Risiko nicht eingehen, dass er sich oder anderen etwas antut. Ich will nicht mit dem Wissen leben müssen, dass ich es hätte verhindern können. In diesem Zustand darf Eric keine Waffe tragen.»

Nielsen hielt inne und betrachtete seine Hände. Manuela schwieg, denn er war noch nicht fertig, das spürte sie.

«Habermann ist auch raus.»

«Warum das denn?»

«Weil er getan hat, was ich hätte tun müssen. Er hat sich auf Erics Seite gestellt. Er hat uns vorgeworfen, einen verdienten Polizisten, der sein ganzes Leben für die Polizei hergegeben hat, für nur einen einzigen Fehler in den Hintern zu treten. Er hat uns als illoyal bezeichnet, auch Bender. Bender ist knallrot angelaufen, ich dachte, der Mann platzt. Er hat Habermann vor die Wahl gestellt: Entweder entschuldigt er sich auf der Stelle, oder er wird von dem Fall abgezogen. Habermann ist aufgestanden und aus dem Raum gegangen. Wortlos.»

Nielsen schüttelte den Kopf.

«Hätte ich dem gar nicht zugetraut. Vor Bender so aufzutreten ... Dazu gehört wirklich Mut.»

Mehr musste Nielsen nicht sagen. Manuela wusste auch so, wie der Satz weitergehen sollte.

Mut, den ich nicht habe.

«Das ist feige», sagte sie schnell.

Es war das Erstbeste, was ihr einfiel. Nielsen sah sie mit bedrohlich zusammengezogenen Brauen an, und sie schob hastig die Begründung nach.

«Er läuft vor der Wahrheit davon und lässt seine Kollegen mitten in der Ermittlung allein. Also ich finde das feige.»

Die Augenbrauen entspannten sich nach und nach. Manuela traute sich, seinem Blick standzuhalten. Seine Augen waren von einem intensiven, dunklen Blau, fast wie das Wasser der Tiefsee. Sie schwiegen und starrten sich einen Moment an, und obwohl Schweigen Manuela sonst eher unangenehm war, empfand sie es jetzt nicht so. Wenn sie sich nicht völlig in dem Mann vor ihr täuschte, wurde hier gerade eine Partnerschaft, wenn nicht sogar eine Freundschaft fürs Leben geschmiedet.

Schließlich nickte er und lächelte.

«Habermann und Petrie haben heute Vormittag herausgefunden, dass Erics Frau vor vier Tagen verschwand», wechselte er das Thema. Sein Ton war jetzt wieder professionell.

«Sie lebte allein. Ihr Arbeitgeber, ein städtisches Krankenhaus, hat sie natürlich vermisst, und eine Kollegin hat ein paar Mal an ihrer Haustür geklingelt, aber niemand ist auf die Idee gekommen, die Polizei zu rufen.»

«Weiß man, wo sie verschwand?»

Nielsen schüttelte den Kopf.

«Die Wohnung wird in diesem Moment von der Spurensicherung untersucht. Sie lebte in Braunschweig, also kaum zwei Autostunden von hier entfernt.»

Nielsen stockte, und sein Blick verlor sich kurz im Nirgendwo. Als er fortfuhr, klang seine Stimme leise und bedächtig.

«Der Täter hat das alles sehr genau geplant. Sein Zorn auf Stiffler muss unglaublich groß sein, und ich habe das deutliche Gefühl, dass er noch nicht besänftigt ist. Wir werden also auf jeden Fall mit Eric sprechen müssen, Suspendierung hin oder her. Vielleicht kennt er mögliche nächste Opfer und rückt jetzt endlich mit der Sprache raus … Er hat ja nichts mehr zu verlieren.»

Manuela nickte und legte die Mappe auf die vordere Kante des Schreibtisches.

«Wollen Sie ... Willst du es lesen?»

Nielsen schüttelte den Kopf.

«Fass mir die wichtigsten Details zusammen», sagte er, lehnte sich zurück und rieb sich die Augen.

Manuela ließ die Mappe geschlossen und begann:

«Am 23. Juli 2009 wurde die dreiundzwanzigjährige Susan Hoffmann getötet. Jemand drang in die Wohnung ein, die sie gemeinsam mit ihrer Freundin, Lavinia Wolff, bewohnte, und ertränkte sie in der Badewanne. Es gab keine Einbruchsspuren. Es gab keine Anzeichen von sexueller Gewalt. Die Freundin war zu der Zeit nicht anwesend, hat aber später den Leichnam des Opfers gefunden und die Polizei informiert. Eric Stiffler war als leitender Ermittler vor Ort und hat die Vernehmung durchgeführt. Ich kann in der Akte keinen Hinweis auf weitere beteiligte Kollegen finden ... Ist das möglich?»

Nielsen nickte mit zurückgelegtem Kopf. Manuela konnte seinen Adamsapfel auf und ab hüpfen sehen.

«Eric war schon immer ein Einzelgänger und Querulant, und Bender hat ihm viel zu viele Freiheiten eingeräumt. Was meinst du, warum ausgerechnet du ihm zugeteilt wurdest?»

«Keine Ahnung.»

«Bender hat es vorhin erwähnt. Er wollte Eric – wie hat er es genannt? – resozialisieren, weil er meinte, er sei seit der Scheidung von seiner Frau zunehmend vereinsamt. Und da hielt er es für eine gute Idee, ihm eine junge, nette Kommissarin im Praktikum an die Seite zu stellen.»

Nielsen lehnte sich vor und lächelte.

«Aber das ist wohl gründlich in die Hose gegangen.»

«Nicht meine Schuld», sagte Manuela und musste ebenfalls lächeln.

«Sagt ja auch keiner. Sonst säßest du jetzt nicht mehr hier. Also, weiter.»

«Beide Frauen arbeiteten als Prostituierte. Sie hatten ihre Gewerbe angemeldet und zahlten ordnungsgemäß Steuern. Ich finde in der Aussage der einzigen Zeugin, Lavinia Wolff, keinen Hinweis darauf, ob sie sich zu dem möglichen Täter geäußert hat. Stiffler geht in seiner Stellungnahme davon aus, dass das spätere Opfer einen Kunden in die Wohnung eingeladen hat und es zum Streit ums Geld kam. Aber das passt nicht.»

«Warum passt das nicht?»

«Laut gerichtsmedizinischem Untersuchungsbericht hatte sie vor ihrem Tod keinen Geschlechtsverkehr. Kein Sperma in der Vagina.»

«Die benutzen heutzutage Kondome», warf Nielsen ein.

«Und auch keine Rückstände, die auf ein Kondom schließen lassen», vollendete Manuela ihren Satz ungerührt. «Keine Verletzungen der inneren und äußeren Geschlechtsorgane.»

«Fühl dich bitte nicht angegriffen, aber sie kann dem Täter auch einen runtergeholt oder geblasen haben. Vielleicht gab es aber auch schon vor dem eigentlichen Vollzug einen Streit.»

Manuela nickte.

«Ich habe versucht, mir die Situation vorzustellen. Die beiden können sich nicht übers Geld einigen, also schlägt der Täter das Opfer nieder. Der Bericht sagt, dass sie einen heftigen Schlag mit einem stumpfen Gegenstand auf den Kopf bekommen hat. Dann zieht der Täter das Opfer nackt aus, legt es in die Badewanne und ertränkt es. Wir gehen ja davon aus, dass es ein Mann war. Wenn dieser Mann auf Sex aus war, hätte er die Situation doch genutzt und die wehrlose Frau vergewaltigt, oder nicht?»

«Du hast ein merkwürdiges Männerbild», bemerkte Nielsen.

«Ich lasse mich gern vom Gegenteil überzeugen», konterte Manuela. «Ich verstehe nicht, was diese Sache mit der Badewanne soll. Es passt nicht zu einem Kunden. Für mich sieht das eher so aus, als wollte der Täter uns damit irgendwas sagen.»

«Und was?»

Manuela zuckte mit den Schultern.

«Was weiß ich? Aber aus jetziger Sicht betrachtet, gibt es doch eine eindeutige Verbindung zu diesem Fall: ertrinken. Dieser Täter ertränkt seine Opfer.»

«Hm», machte Nielsen. «Wurde denn damals etwas gestohlen?»

«Nach Aussage der Mitbewohnerin fehlten eine geringe Menge Bargeld sowie der Schmuck des Opfers. Hauptsächlich Modeschmuck, aber auch einige wertvolle Stücke.»

«Das wiederum spricht für Erics Theorie.»

«Wenn man die Akte liest, kommt man tatsächlich zu dem Ergebnis, dieser Fall wäre einer von vielen, in denen Prostituierten Gewalt angetan wurde, um das Geld für die erhaltene Dienstleistung zu sparen oder sie auszurauben. Vielleicht wollte der Täter aber auch, dass dieser Eindruck entsteht.»

«Ist natürlich möglich», sagte Nielsen. «Du meinst also, der Täter, der Anna Meyer und Erics Exfrau getötet hat, hat damals auch Susan Hoffmann in ihrer Badewanne ertränkt?»

Manuela sprang von dem Stuhl auf. Sie musste sich unbedingt bewegen.

«Wir haben die Verbindung zum Wasser, auch wenn See und Badewanne nicht vergleichbar sind. Aber etwas anderes bestärkt mich zusätzlich in meiner Vermutung.»

«Und das wäre?»

«Stifflers Worte vorhin am See.»

«Da war er sturzbetrunken.»

«Hast du noch nie davon gehört, dass Betrunkene die Wahrheit sagen, gerade weil sie betrunken sind? Er hat gesagt, er hätte den Wassermann damals töten sollen, als er die Gelegenheit dazu hatte. Wann soll das gewesen sein, wenn nicht im Zusammenhang mit dem Fall Susan Hoffmann? Vielleicht hat der Wassermann Stiffler erpresst wegen seines Umgangs mit Prostituierten. Stiffler wollte sich nicht erpressen lassen, also tötete der Wassermann Susan Hoffmann. Und Stiffler konnte nicht riskieren, den Mord aufzuklären, deshalb hat er so schlampig ermittelt. Und deshalb wollte er den Zusammenhang auch nicht erkennen.»

Nielsen schürzte die Lippen. «Nicht schlecht, Frau Kommissarin. Und was schlägst du jetzt vor?»

«Ich habe die Adresse der ehemaligen Mitbewohnerin ausfindig gemacht. Sie lebt außerhalb der Stadt. Ich fahre hin und unterhalte mich mit ihr. Wer weiß, was dabei herauskommt?»

Nielsen dachte einen Moment nach und nickte dann.

«Okay. Ich muss mich um ein paar Dinge kümmern und fahre danach zu Stiffler. Fahr bitte nicht allein. Nimm einen Kollegen mit zur Vernehmung.»

«Mach ich. Mal sehen, ob Andreas Bader frei ist.»

«Nie gehört. Wer ist das?»

«Ein neuer Kollege von der Schutzpolizei. Er ist uns zugeteilt und hat mit mir zusammen die Wasserproben gesammelt.»

17

Er trat Wasser und sah sich um. Der Himmel war pechschwarz, so als hätte sich in der kalten Tiefe unter ihm eine Schleuse geöffnet und die Schwärze in diese Welt entlassen.

In seinem Inneren begann sich eine Leere auszubreiten, wie er sie bisher nicht kennengelernt hatte. Vor wenigen Minuten noch hatte er mit ihr getanzt, so unglaublich schön war es gewesen, sie einfach nur in den Armen zu halten, sie ekstatisch zucken zu spüren, während die letzte Atemluft ihrem zarten Körper entwich.

Der kleine Delfin schwamm nicht mehr.

Er fühlte sich tief erschöpft. Plötzlich packte ihn eine namenlose Angst.

Im Westen zuckte ein Blitz zu Boden. Der Donner war machtvoll, er hatte die Kraft, das Wasser vibrieren zu lassen. Unmittelbar darauf setzte der Regen ein. Dicke, schwere Tropfen schlugen wie kleine Steine auf die Wasseroberfläche und rissen winzige Krater hinein. Zuerst waren es nur wenige, dann schnell immer mehr, und schließlich öffnete der Himmel seine Schleusen, eine wahre Sintflut brach herein, und die Oberfläche des Sees verwandelte sich in ein scharfkantiges Reibebrett.

Ihm war klar, was das bedeutete.

In spätestens zehn Minuten würden Mama oder Papa auftauchen, um nach dem Rechten zu sehen.

Die warmen Regentropfen schlugen auf seinen Kopf, und für einen Moment dachte er daran, einfach wieder unterzutauchen. Er könnte ihr hinterhertauchen, in die kalte Finsternis, wo noch niemand je gewesen war. Wenn er sich anstrengte, würde er sie sicher einholen. Dann könnte er sie noch einmal in die Arme schließen, ein letztes Mal, und er würde sie nie wieder loslassen.

Alles wäre in Ordnung.

Der nächste Blitz, schon wesentlich näher, riss ihn aus seinen Gedanken, und er begann zu schwimmen. Nicht zurück zum Haus, sondern fort davon, auf das gegenüberliegende Ufer zu. Er wollte nicht nach Hause, auf keinen Fall. Vielleicht könnte er einfach fortlaufen. Dann würden alle glau-

ben, er sei mit seiner Schwester zusammen ertrunken. Nicht immer gab der See wieder her, was er sich nahm.

Er schwamm mit ruhigen und gleichmäßigen Bewegungen. Die Blitze machten ihm keine Angst. In all den Sommern, die er am Gorreg verbracht hatte, hatte er noch keinen Blitz in den See einschlagen sehen. Sogar das Wetter schien sich vor dessen Kälte und Tiefe zu fürchten.

Am Ufer watete er durch einen dichten Schilfgürtel und versank dabei bis über die Knöchel im matschigen Grund. Der Schlick schien an ihm zu ziehen und zu zerren, so als wolle er ihn nicht entkommen lassen. Der starke Regen hüllte ihn wie ein Vorhang ein, ließ ihn unsichtbar werden für den Rest der Welt. Er ließ den Schilfgürtel hinter sich und tauchte in den Wald ein.

Unter dem hohen Dach der Kiefern und Fichten verwandelten sich die harten Regentropfen in einen Sprühnebel. Er ließ sich zu Boden sacken und lehnte sich mit dem nackten Rücken gegen die harte, rissige Borke eines Baumes. Er starrte gegen die grüne Wand des Schilfgürtels und dachte und fühlte eine Zeit lang nichts. Aber dann kroch die Kälte in seinen Körper, und er begann zu zittern. Das Gewitter hatte innerhalb kürzester Zeit die Luft um mindestens fünfzehn Grad abgekühlt.

Seine Zähne klapperten.

Ob Siiri jetzt auch fror? Er versuchte sich vorzustellen, wie es dort unten war, an diesem Ort, wohin kein Licht mehr gelangte. Bestimmt hatte sie Angst. Bestimmt war ihr noch viel kälter als ihm.

Er weinte um seine Schwester. Unter Wasser war sie wirklich wie ein Delfin gewesen. Ihre Haut hatte sich vollkommen glatt und makellos angefühlt. Wenn er sie doch nur noch einmal spüren dürfte, ein einziges Mal noch, dann wäre er schon zufrieden. Das Gefühl würde die Angst und die entsetzliche Kälte aus seinem Inneren vertreiben.

Alles in ihm drängte danach, aufzustehen, ins Wasser zu gehen und nach seiner kleinen Schwester zu suchen. Aber er blieb sitzen, seine Muskeln wollten ihm nicht gehorchen. Nur in seiner Vorstellung stand er auf, durchdrang den Schilfgürtel und watete ins Wasser zurück.

Es empfing ihn mit offenen Armen und einem kühlen Kuss, und sobald er völlig darin eingetaucht war, fühlte er sich wohl und geborgen. Die Tränen versiegten, voller Freude machte er sich auf die Suche nach seiner kleinen Schwester.

Einmal noch wollte er mit ihr tanzen, ihr ekstatisches Zucken spüren.

Die Sehnsucht nach glatter, makelloser Haut, nach dem Tanz unter Wasser, hatte ihn nie wieder losgelassen. Nach ihrer Rückkehr in ihre finnische Heimat war er ihr allzu oft erlegen. Deshalb hatte er schließlich flüchten müssen.

Weil er nicht an den Gorreg zurückgekonnt hatte, war er durch die Touristenhochburgen am Mittelmeer getingelt. Nie war er länger als ein paar Monate irgendwo geblieben, nirgends war er aufgefallen. Badeunfälle passierten schließlich häufiger. Das hätte noch Jahre so weitergehen können.

Aber der Wunsch nach Rache hatte immer in ihm geschlummert. Immer wieder hatte er daran denken müssen, was Stiffler ihm und seiner Familie angetan hatte. Er durfte einfach nicht ungeschoren davonkommen. Und wenn er sein Leben dafür geben müsste: Siiris Andenken musste reingewaschen werden. So rein, wie seine Liebe zu ihr war. Auch heute noch, nach all den Jahren. Und so war er nach Deutschland zurückgekehrt, an seinen geliebten Gorreg. Die großen, offenen Poren des Holzes im Haus waren getränkt von Siiri. Sie hatte diesen Ort noch mehr geliebt als er.

Er erinnerte sich an etwas, was sie während einer langen

Autofahrt gesagt hatte. Der ewige finnische Winter hatte hinter ihnen gelegen, der deutsche Sommer am Gorreg vor ihnen, und sie waren beide aufgeregt und voller Vorfreude gewesen. Mehr als zwei Monate würden sie im Haus im See verbringen, die gesamten Schulferien, und ihre Eltern würden diese Zeit nutzen, um zusätzliches Geld zu verdienen und den Kontakt zur Familie ihrer Mutter, die aus Deutschland kam, nicht zu verlieren. Eine herrliche Zeit voller Freiheit und Unbeschwertheit erwartete sie, alles schien möglich. Sie dachten nicht an ein Später, denn das gab es für sie nicht. Sie dachten nur an Sonne und Wasser und lange Abende auf dem Steg. Sie dachten an Regengeprassel auf dem Holzschindeldach des Hauses und das Plätschern der Wellen an den Eichenpfählen, die es trugen.

«Ich bin immer am Gorreg, auch wenn ich fort bin», hatte Siiri auf der Rückbank des Autos zu ihm gesagt.

Es lag Wahrheit in diesen Worten, sie tat ihm weh, und er wollte nicht weiter darüber nachdenken.

Lieber beschäftigte er sich mit seiner Rache an Stiffler.

Heute war ein wichtiger Tag. Der wichtigste überhaupt in seinem Plan. Mit der Frau, die er im Bootsschuppen gefangen hielt, würde er Stiffler hierherlocken, und dann würde dieser Mistkerl für alles, was er gesagt und getan hatte, um Verzeihung bitten. Nicht ihn, sondern Siiri.

18

Lavinia bewegte ihren rechten Arm und berührte die Stelle an ihrem Hinterkopf, von der die Schmerzen ausgingen. Sie ertastete eine große Beule.

Sie war von Dunkelheit umgeben, aber die war keineswegs undurchdringlich. Lichtpunkte tanzten wie Sterne darin, kamen näher, entfernten sich dann wieder. Bei genauerem Hinsehen stellte Lavinia fest, dass sie an Ort und Stelle blieben, mal mehr, mal weniger Licht spendeten.

Zudem hörte sie Geräusche.

Plätschern, es klang wie Plätschern. Nicht gleichmäßig, sondern auf- und abschwellend, in einem sich ewig wiederholenden Rhythmus. Eine ganze Weile lag Lavi einfach nur da, konzentrierte sich auf diesen Rhythmus und versuchte, ihn zu ergründen. Sie wurde ein Teil davon, und als sie die Augen schloss, überkam sie das Gefühl, ihr Körper läge nicht auf festem Boden, sondern auf einer Planke, die auf Wellen schwankte. Vielleicht trieb sie ja auf einem Boot unter dem nächtlichen Sternenhimmel vor jener Steilküste vor Taormina, in die sich ihr Haus wie ein Schwalbennest an den grauen Stein schmiegte.

Da stach der Schmerz in ihrem Kopf erneut zu. Sie erinnerte sich.

Frank!

Sie war bei Frank gewesen. Er hatte in seinem Sessel geschlafen. Sie erinnerte sich, dass in der gesamten Küche nichts Essbares zu finden gewesen war. Weil ihr Magen aber vor Hunger schon knurrte, war ihr nichts anders übrig geblieben, als die Wohnung zu verlassen, um Brötchen zu holen.

Die frühe Morgensonne hatte ihr Gesicht gewärmt, es war still gewesen auf der Straße, fast ein wenig einsam. Und dann ... dann war er da gewesen. Nach all den Jahren, trotz ihrer Vorsicht, und obwohl sie doch gewarnt war, hatte er sie gefunden.

Er hatte den denkbar günstigsten Moment erwischt. Diese Nacht bei Frank hatte einiges verändert. Endlich hatte sie mit jemandem über ihre schrecklichen Erlebnisse sprechen können. Jedes einzelne Wort hatte ihre Seele erleichtert, so als würde sie Ballast abwerfen. Der Sonnenaufgang auf dem Balkon war wie eine Erleuchtung gewesen,

Taormina war wieder ganz nah gewesen. So beschwingt wie seit Jahren nicht mehr hatte sie sich auf den Weg zum Bäcker gemacht, und ihr Kopf war ausgefüllt gewesen mit ihrem Plan. Sie hatte sich die Farbe vorgestellt, in der sie das Haus in den Klippen streichen würde, hatte über die Auswahl der Möbel nachgedacht und sich auf den Besuch im Reisebüro gefreut.

Und dann hatte er zugeschlagen.

Er hatte sie im günstigsten aller Momente erwischt, als ihr Instinkt blind und sie wehrlos gewesen war.

19

Es war bereits halb eins, als Manuela in die Ratsstraße einbog. Sie hatte eine Weile nach Kollege Bader gesucht, ihn aber nicht gefunden, und weil niemand anderes abkömmlich war, war sie schließlich doch allein aufgebrochen. Eine simple Zeugenvernehmung würde sie auch ohne Unterstützung hinbekommen.

Ein silberfarbenes Taxi fuhr mitten auf der engen Straße, sodass sie scharf bremsen musste.

«Blödes Arschloch!», fluchte sie, wohl wissend, dass der Fahrer sie nicht hören konnte. Es tat trotzdem gut.

Das Taxi quälte sich an ihr vorbei. Sie erhaschte einen Blick auf das Gesicht des Fahrers und glaubte, es schon einmal gesehen zu haben.

Dann war es weg, und sie konzentrierte sich wieder auf die Suche nach der Hausnummer. Nach Auskunft des zentralen Melderegisters wohnte Lavinia Wolff in der Ratsstraße 17a.

Manuela fand die Adresse, parkte den Wagen und stieg aus. Es war ruhig in dem abseitsgelegenen Wohngebiet, und es roch nach Mittagessen. Manuela ignorierte ihren knurrenden Magen und ging den schmalen Fußweg hoch, der zu dem Mietsblock führte.

Das Umfeld erinnerte sie an die Gegend, in der sie selbst aufgewachsen war. Ihre Eltern hatten es nie zu einem eigenen Haus gebracht, dafür hatte ihnen der Antrieb gefehlt. Ihr Vater hatte zeit seines Lebens als Staplerfahrer in einem Getränkemarkt gearbeitet, und ihre Mutter hatte das Haushaltsgeld mit verschiedenen Putzjobs aufgebessert. Geld war bei den Sperlings immer knapp gewesen. Dennoch hatte Manuela hauptsächlich schöne Erinnerungen an ihre Kindheit und Jugend. Sie war öfter mit Jungs losgezogen als mit Mädchen, weil sie sich nie für Shoppingtouren und Schminktipps interessiert hatte. Das hatte nichts mit dem fehlenden Geld zu tun gehabt, sondern mit ihrem Charakter. In der Siedlung, in der alle zur Miete wohnten und in der ihre Eltern heute noch lebten, hatte sie sich immer wohlgefühlt. Es war eine in sich geschlossene Welt. Jedenfalls bis zu jenem Nachmittag, an dem Larissa verschwand. Larissa war eines der Shopping-Mädchen gewesen, mit denen Manuela nicht viel zu tun gehabt hatte, aber natürlich hatte sie sie gekannt. Sie war nie wieder aufgetaucht. Manuela, dreizehn Jahre alt und das einzige Mädchen der Familie Sperling, war mit Ratschlägen, Vorhaltungen und Verhaltensregeln nur so zugeschüttet worden, und ihre drei Brüder hatten ihr beigebracht, wie man richtig zuschlug. Manuela erinnerte sich noch, wie entsetzt sie damals darüber gewesen war, in einer Welt zu leben, in der man sich Gewalt antrainieren musste, um nicht zum Opfer zu werden. Damals war in ihr der Wunsch gekeimt, Polizistin zu werden. Natürlich suchte sie nicht immer noch nach Larissa, das zu sagen wäre albernes Psychogeschwafel, aber sie stellte sich gern vor, eine verlässliche Größe in einer Welt zu sein, in der es scheinbar keinen Verlass mehr gab.

Sie stand jetzt vor der Haustür. Auf dem Klingelschild stand der Name *Wolff.* Wenigstens auf das Melderegister konnte man sich noch verlassen. Sie drückte auf den Knopf und wartete.

Sie klingelte noch einmal und wartete wieder.

Nach ein paar Minuten stand fest, dass niemand zu Hause war. Frau Wolff war wahrscheinlich bei der Arbeit. Das war zwar zu erwarten gewesen, aber Manuela hatte dennoch gehofft, sich sofort mit der Frau unterhalten zu können. Einer ihrer Ausbilder auf der Akademie hatte immer wieder gepredigt, in der Ermittlungsarbeit sei Geduld die wichtigste Eigenschaft und dass gerade die Geduldigen am Ende mit Erfolg belohnt wurden.

Oft aber erst nach Jahren.

Bei Manuela reichte die Geduld nicht einmal für ein paar Stunden.

Dass sie hier nicht weiterkam, wollte sie einfach nicht akzeptieren. In solch einer Gegend kannte jeder jeden, und einige wussten alles. Sie würde versuchen, in der Nachbarschaft herauszufinden, wo Frau Wolff arbeitete.

Als sie den schmalen Weg zurücklief, kam ihr ein uniformierter Polizist entgegen. Er war zwei Köpfe größer als sie, hatte breite Schultern und einen leichten Bauchansatz. In der neuen schwarzen Uniform wirkte er martialisch, wie der Kämpfer eines futuristischen Computerspiels.

Er blieb abrupt stehen und sah sie an.

«Sind Sie Frau Wolff?», fragte er mit dunkler Stimme.

Ihn nach Frau Wolff fragen zu hören überraschte Manuela. Dass er sie nicht als Kommissarin erkannte, war nicht verwunderlich, viele hielten sie für jünger, als sie war, und sie war ja erst ganz kurz im Präsidium, aber warum suchten zwei Beamte gleichzeitig nach dieser Frau?

Sie zog ihren Dienstausweis hervor.

«Sperling. Mordkommission.» Zum allerersten Mal stellte sie sich offiziell vor. Sie fand, es klang einfach phantastisch. Hoffentlich nutzte sich die Freude daran nicht so schnell ab.

Der verblüffte Polizist stellte sich als Holger Kraul vor.

Er erzählte ihr von dem vermeintlichen Einbruch, zu dem er und sein Kollege gestern Abend gerufen worden waren. Er berichtete von einem Taxifahrer, der durch den Briefschlitz geschaut hatte und dabei von den Nachbarn erwischt worden war. Angeblich war er mit Frau Wolff verabredet gewesen. Da sie nicht öffnete, hatte er sich Sorgen gemacht. Derselbe Taxifahrer war am Vormittag, als Holger Kraul noch nicht im Dienst gewesen war, auf dem Präsidium erschienen, um Frau Wolff vermisst zu melden. Er hatte seinem Kollegen eine hanebüchene Story aufgetischt, die völlig unglaubwürdig klang.

«Aber als mein Kollege mir bei der Schichtübergabe davon berichtete, wurde ich hellhörig. Dieser Taxifahrer scheint es wirklich ernst zu meinen, und ich dachte mir, na ja, es kann vielleicht nicht schaden, einmal bei Frau Wolff vorbeizuschauen.»

Vor Manuelas geistigem Auge erschien das silberfarbene Taxi, das sie vom Parkplatz vor dem Präsidium verscheucht hatte, und das Taxi, dem sie vor ein paar Minuten auf der Fahrt hierher ausgewichen war. Manuela war sich nicht sicher, ob es sich bei dem Fahrer um ein und denselben Mann handelte, an einen Zufall mochte sie aber nicht glauben.

«Dann haben Sie sicher die Personalien des Taxifahrers», sagte sie laut.

Holger Kraul nickte.

«Sicher. Sind in meinem Wagen. Warum?»

«Ich muss im Zuge einer Mordermittlung dringend

mit Frau Wolff sprechen. Dass sie jetzt anscheinend verschwunden ist, macht mir große Sorgen. Haben Sie Zeit? Können Sie mit mir zusammen diesen Taxifahrer besuchen?»

Holger Kraul zuckte mit den breiten Schultern.

«Kein Problem. Ich gebe es nur schnell an die Zentrale durch.»

20

Lavinia krabbelte auf Händen und Knien durch die Dunkelheit. Sie stieß an eine Wand, tastete sich daran empor und zuckte zusammen. Sie hatte sich einen Splitter in den rechten Zeigefinger gerissen. Sie steckte die Kuppe in den Mund und saugte daran. Irgendwie hatte der süßliche Geschmack ihres Blutes etwas Tröstliches. Es schmeckte wenigstens lebendig.

Ihre Beine zitterten, sie musste sich an der Wand abstützen, um aufzustehen. Erneut schoss ein dumpfer Schmerz durch ihren Kopf, und ihr wurde schlecht. Das waren die Symptome einer Gehirnerschütterung, das wusste sie, aber sollte sie sich deswegen in ihr Schicksal ergeben? Nein, das kam gar nicht in Frage.

Sie begann, die Wand abzutasten. Sie bestand aus dem gleichen Holz wie der Boden, war aber nicht so feucht, sondern trocken und rissig. Sie konnte Spalten ertasten, und an ein paar Stellen drang sogar etwas Licht hindurch. Das also waren die kleinen leuchtenden Punkte, die sie nach dem Erwachen aus der Bewusstlosigkeit gesehen hatte. Lavinia drückte ihr Gesicht an das Holz und versuchte, durch einen Spalt hinauszuschauen, doch das gelang ihr nicht. Zu sehr wurde sie von dem einfallenden Licht geblendet.

Das Holz war nicht nur angenehm warm, es hatte auch einen eigentümlichen Geruch, den Lavinia von irgendwoher kannte. Vor dem Haus auf dem Lande, in dem sie bis zu ihrem sechsten Lebensjahr gelebt hatten, hatte ein Strommast aus Holz gestanden. Dieser Mast war mit einer dickflüssigen schwarzen Farbe getränkt gewesen, die aus dem Holz herausquoll, wenn es im Sommer richtig heiß wurde. Dann hatte dieser Mast einen intensiven Geruch ausgeströmt, der Bienen und Ameisen anzog. Sie waren in der klebrigen Masse hängen geblieben, und Lavinia hatte Stunden damit zugebracht, sie zu befreien, ohne wirklich alle retten zu können.

Wer würde sie retten?

Wer würde nach ihr suchen?

Lavinia presste ihren Rücken gegen die Wand und tastete sich in der Dunkelheit nach rechts. Sie kam nur vier Schritte weit, dann stieß sie an die nächste Wand. Diese Prozedur wiederholte sie, bis sie die Maße des Raumes, in dem sie gefangen gehalten wurde, erkundet hatte. Drei mal drei Meter, in der Höhe kaum mehr als eins achtzig, denn sie konnte dicht über sich die massive Holzdecke spüren.

Sie war von Holz umgeben.

Wie in einem Sarg.

Mit dem Unterschied, dass es unter ihren Füßen plätscherte.

Sie musste in einem Bootshaus oder etwas Ähnlichem sein.

Wasser, Bootshaus, See – es passte alles zusammen.

Er hatte sie gefunden. Drei Jahre waren vergangen, seit er Susan getötet hatte. Warum kehrte er jetzt zurück? Was hatte sie ihm nur angetan, dass sein Zorn nicht verraucht war?

Aber das war jetzt nicht wichtig. Sie musste darüber

nachdenken, wie sie hier herauskommen konnte. Auf Hilfe durfte sie nicht hoffen. Selbst wenn Frank die Polizei alarmierte – wo sollten die nach ihr suchen? Der Polizist an ihrer Haustür hatte sie gewarnt und ihr zu verstehen gegeben, dass die Polizei auch nicht wusste, wo sich der Täter aufhielt. Er hatte ihr geraten abzuhauen. Nein, nicht nur geraten. Sein Tonfall war gebieterisch gewesen und respektlos. Er hatte sie wie eine Nutte behandelt. Diesen Ton erkannte sie sofort wieder. Er schien eine Polizistenspezialität zu sein. Damals, unmittelbar nach Susans Tod, hatte sie sich sehr darüber geärgert, wie der Bulle, der die Ermittlungen leitete, sie behandelt hatte. Von oben herab, na klar, gleichzeitig war er aber auch anzüglich gewesen und hatte auf ihren Schock und ihre Trauer keine Rücksicht genommen. Heute stand sie darüber, es war ihr egal, aber sie wusste auch, dass die Bullen sich nicht viel Mühe geben würden, sie zu finden.

Nur sie selbst konnte sich helfen.

Und sie hatte auch schon eine Idee, wie.

Sie musste ihn provozieren.

Lavinia begann, mit der rechten Faust gegen die Wand zu schlagen. Das Holz erwies sich als erstaunlich stabil, es zitterte nicht einmal unter ihren Schlägen. Also nahm sie auch noch die andere Faust dazu und begann zu schreien. Sie schrie laut um Hilfe und hörte erst auf, als ihr Hals brannte und ihre Hände taub wurden.

Dann lauschte sie.

Und hörte, nein, sie spürte etwas.

Vibrationen im Holz, hervorgerufen durch Schritte, die sich aus der Entfernung langsam näherten.

Lavinia hielt den Atem an. Eine Hand hatte sie flach gegen die Wand gepresst, um die Vibrationen zu spüren. Sie wurden immer stärker.

Ihr fiel ein, dass sie bei der Erkundung des Raumes

keine Tür gefunden hatte. Gab es eine? Er könnte plötzlich neben ihr auftauchen, und sie hatte dann nichts, um sich zu verteidigen. Sie trat von der Wand zurück, drehte sich in der Dunkelheit und versuchte zu ergründen, von woher er sich näherte.

Die Schritte verstummten.

«Sei still», sagte eine gedämpfte Stimme.

«Lass mich raus!», schrie Lavinia.

Die Schritte erklangen erneut. Über ihr. Er war über ihr! Schon quietschten alte Scharniere, und etwas polterte so schwer, dass der Boden erzitterte. Ein Viereck aus Licht fiel von oben in ihr Gefängnis. Staub führte einen irren Tanz darin auf, und langsam schob sich ein Schatten ins Licht.

«Nimm das», sagte er. Seine Hand tauchte am oberen Rand der Luke auf.

Was sie hielt, konnte Lavinia erst erkennen, als sie danach griff.

Es war ihr Handy.

«Nimm es und drück die Wahlwiederholung.»

Lavinia konnte den Mann im Gegenlicht nicht erkennen, nur seine Hand. Sie war schlank und hatte dünne, lange Finger.

«Was soll das?», fragte sie und blieb in sicherer Entfernung zur Hand stehen.

«Dies ist deine einzige Chance, Hilfe zu holen.»

Lavinia trat vor und nahm ihm das Handy ab. Dabei warf sie einen schnellen Blick nach oben, doch das Sonnenlicht blendete sie so stark, dass sie nichts sehen konnte.

«Und wen rufe ich an?»

«Drück die Wahlwiederholung. Beschreib, wo du dich befindest. Und dann bestellst du einen Gruß vom Wassermann. Hast du das verstanden?»

«Ich weiß nicht, was ...»

«Hast du das verstanden?!», brüllte er, und Lavinia hätte beinahe vor Schreck das Handy fallen lassen.

«Ja», murmelte sie und drückte die Wahlwiederholung.

Die Mobilnummer, die daraufhin im Display auftauchte, kannte sie nicht.

Sie presste sich das Handy ans Ohr und wich einen Schritt von der Luke zurück. Doch es klingelte und klingelte, und niemand ging ran. Schließlich meldete sich eine weibliche Bandstimme, verriet ihr die Nummer, die sie schon im Display gelesen hatte, und forderte sie auf, auf die Mailbox zu sprechen.

Lavinia beendete die Verbindung.

«Da geht nur die Mailbox ran», sagte sie.

«Was?»

Er klang überrascht und – verunsichert?

«Versuch es noch mal, sofort.»

Sie hatte die Hoffnung schon aufgegeben und erwartete abermals die Mailboxstimme, als doch noch jemand abnahm.

«Ja», krächzte eine Stimme, die kaum nach Mensch klang.

Lavinia war so verdutzt, dass sie zu sprechen vergaß.

«Verdammt, wer ist da?!», brüllte die Stimme.

«Hier ... Hier ist Lavinia Wolff. Ich ... ich wurde entführt.»

21

Frank Engler wusste, dass es zwei Arten von Hilflosigkeit gab. Die eine machte sich die Wut zum Partner, die andere Verzweiflung. Er hatte schon unter beiden gelitten, deshalb hätte es ihm nicht derart zusetzen dürfen. Aber das tat es. Denn am schlimmsten war es, wenn sich beide Arten miteinander mischten. Dann zerriss es einen von innen heraus und lähmte einen gleichzeitig. Genau so fühlte er sich, als er seine Wohnung endlich erreichte. Jeder Schritt die Treppe hinauf fiel ihm schwer, und als er den Schlüssel ins Türschloss steckte, zitterte seine Hand vor aufgestauter Wut. Er wollte und konnte nicht glauben, dass mitten im dichtbesiedelten, perfekt organisierten und total überwachten Deutschland ein Mensch einfach so verschwand und niemand etwas unternahm.

Er warf die Tür zu. Das Schlüsselbund landete auf der Anrichte.

Sein erster Weg führte ihn in die Küche, wo er die große Schublade aufriss, in der er allen möglichen Krimskrams aufbewahrte. Wegen des heillosen Durcheinanders darin dauerte es eine Weile, bis er die kleine rote Packung mit der weißen Aufschrift fand. Er zog sie hervor und starrte sie an.

Heilsbringer. Ruhigsteller. Menschenveränderer.

Er hasste Tabletten, die in die Psyche eingriffen.

Damals, nachdem die Narkolepsie bei ihm diagnostiziert worden und die Sache mit seinem Opa im Wald passiert war, hatten seine Eltern und die Ärzte ihn überredet, es mit einer Medikamententherapie zu probieren. Er hatte sich mit jeder einzelnen Pille dafür bestraft, dass er seinem Opa nicht geholfen hatte. Kein halbes Jahr später hatte er fünfzehn Kilo zugenommen, ein weiteres Jahr später knapp dreißig Kilo. Er hatte noch eine ganze Weile durchgehalten und die Pillen brav geschluckt. Immerhin hatte er den Medikamenten seinen Führerschein und damit seine jetzige Existenz zu verdanken – aber auch sein aufgedunsenes Gesicht und den erhöhten Blutdruck. Mit zwanzig hatte er nicht mal mehr mit einem entsprechenden Film und intensiver Handarbeit einen Ständer bekommen. Da hatte er die Therapie von sich aus abgebrochen und sich geschworen, nie wieder eine dieser Pillen zu nehmen. In den folgenden Jahren hatte er diesen Schwur nur zugunsten der Beruhigungsmittel gebrochen.

Mit dem Schlafmangel kam er zurecht, mit den Schlafattacken ebenfalls. An die Halluzinationen hatte er sich gewöhnt und an sein beschissen einsames Leben ebenfalls. Aber nicht an die Kataplexien. Nein, daran nicht, sie waren einfach zu furchteinflößend. Mit zunehmendem Alter waren sie zwar seltener und schwächer geworden, aber nie ganz verschwunden. Er war ein paarmal gestürzt deswegen, hatte sich die Lippe aufgeschlagen, einen Zahn ausgeschlagen, ein Handy ruiniert und Spott auf sich gezogen.

Sie würden immer wiederkommen, das wusste er, und wenn er nicht aufpasste, würden sie vielleicht irgendwann wieder ein Menschenleben kosten.

Frank starrte die Packung an.

Seine Hand zitterte.

Er hatte keine Ahnung, wie er Lavinia helfen sollte. Aber ohne die Pillen würde es gar nicht gehen.

Also riss er die Packung auf, warf sich eine ovale Tablette in den Mund, ließ Wasser in ein Glas laufen und spülte sie hinunter.

Sie fühlte sich an wie ein in Sandpapier eingewickelter Football.

Als er das Glas abermals mit Wasser füllen wollte, klingelte es an der Haustür.

Hastig eilte er zur Tür, stieß sich dabei die Hüfte an der Anrichte, riss die Tür auf und ...

Keine Lavinia. Stattdessen eine kleine Frau mit schmalem Körperbau, halblangem braunem Haar und einem überaus neugierigen Blick. Hinter ihr stand ein Polizist. Frank erkannte ihn sofort wieder: Es war Holger Kraul, der Mann, der ihn gestern Abend vor dem Grillkommando gerettet hatte.

«Herr Frank Engler?», fragte die Frau.

«Ja.»

Sie hielt ihm einen Dienstausweis vors Gesicht.

«Manuela Sperling, Kriminalpolizei. Dürfte ich Sie kurz sprechen?»

Franks Magen zog sich schmerzhaft zusammen, und das lag nicht an der Pille, die sich langsam aufzulösen begann. Er hatte eine Ahnung, aus welchem Grund die beiden Beamten vor seiner Tür standen.

«Was ist mit ihr?», fragte Frank.

«Mit wem?»

«Mit Lavinia, was ist mit ihr? Haben Sie sie gefunden? Geht es ihr gut?»

«Herr Engler, würden Sie uns bitte hineinlassen, dann können wir uns in aller Ruhe darüber unterhalten.»

Frank sah von der kleinen Frau zu Holger Kraul auf, der mehr als einen Kopf größer war als sie und sich wie ihr Bodyguard ausnahm. Sein Gesichtsausdruck war ernst und undurchschaubar.

«Okay», sagte Frank und ließ die beiden eintreten.

Er schloss die Tür, führte sie in die Küche und bot ihnen an dem kleinen runden Esstisch einen Platz an.

Die Polizistin entdeckte sofort die Medikamentenpackung auf der Arbeitsplatte, nahm sie in die Hand und las die Aufschrift.

«Geht es Ihnen nicht gut?», fragte sie und sah ihm aufmerksam ins Gesicht.

Frank schüttelte den Kopf.

«Nein, alles in Ordnung. Ist nur gegen … Magenschmerzen.»

Sie nickte, legte die Packung weg, ließ ihren Blick durch den Raum wandern, setzte sich aber nicht.

«Herr Engler», begann sie schließlich. «Sie waren heute Vormittag auf dem Präsidium, um Frau Wolff vermisst zu melden. Ist das richtig?»

Frank nickte.

«Aber der Beamte wollte mir nicht glauben. Er hielt mich für einen Stalker. Was ist denn mit Lavinia? Haben Sie sie gefunden? Geht es ihr gut?»

«Lassen Sie uns das bitte der Reihe nach klären.»

Sie setzte sich und deutete auf den zweiten Stuhl. Frank ließ sich darauf sinken. Holger Kraul blieb mit vor der Brust verschränkten Armen im Türrahmen stehen.

«Warum haben Sie Frau Wolff vermisst gemeldet?»

«Habe ich alles schon erzählt», sagte Frank.

«Aber nicht mir. Also, bitte.»

Frank holte tief Luft und erzählte die Geschichte noch einmal. Er fügte noch hinzu, dass er vorhin abermals an Lavinias Haustür gewesen war, sie aber wieder nicht angetroffen hatte. Einzig seinen kataplektischen Anfall erwähnte er nicht.

Manuela Sperlings braune Augen signalisierten sowohl Interesse als auch Mitgefühl, und es fiel Frank nicht schwer, ihrem Blick standzuhalten.

«Wo waren Sie gestern Abend zwischen siebzehn und zwanzig Uhr?», fragte sie.

«Wo ich ...? Was soll die Frage?»

«Beantworten Sie sie doch einfach.»

«Ich bin Taxi gefahren.»

«Und das kann Ihr Arbeitgeber bestätigen?»

«Ich bin selbständig. Aber mein Bruder, dem das Unternehmen gehört, kann es bestätigen, ebenso wie die Fahrgäste. Die kann ich Ihnen sogar mit Namen und Adresse nennen.»

Frank hörte seine Stimme lauter werden und fühlte seinen Puls ansteigen. Er dachte an die Pille in seinem

Magen, deren Wirkstoff sich bestimmt noch nicht gelöst hatte. Er musste unbedingt ruhig bleiben, aber es fiel ihm so schwer. Schon wieder wurde er verdächtigt, und das kotzte ihn an.

«Jetzt habe ich aber die Schnauze voll», sagte er. «Ich habe den ganzen Vormittag nach Lavinia gesucht, und ich sage Ihnen, da stimmt etwas nicht. Sie wurde verfolgt, und jetzt ist sie verschwunden. Wann fangen Sie endlich an, nach ihr zu suchen?»

«Bleiben Sie bitte ruhig, Herr Engler», sagte die Polizistin. «Wir helfen Ihnen ja. Würde es Ihnen etwas ausmachen, uns aufs Präsidium zu begleiten?»

Frank setzte sich mit einem Ruck auf und spürte Holger Kraul hinter sich.

«Bin ich verhaftet?»

Manuela Sperling schüttelte den Kopf.

«Auf keinen Fall. Aber es gibt dort einen Kollegen, der ihre Geschichte unbedingt hören muss. Ich verspreche Ihnen, wir suchen nach Frau Wolff.»

Frank fixierte sie aus schmalen Augen.

«Heißt das, Sie glauben mir?»

«Ich habe allen Grund dazu.»

Sie wich seinem Blick nicht aus. Frank spürte große Erleichterung. Endlich schenkte ihm jemand Glauben. Er hätte ihr um den Hals fallen können, so glücklich war er in diesem Moment.

«Dann komme ich mit», sagte er und lächelte.

22

Der Druck in seinem Kopf wurde von Minute zu Minute schlimmer und steigerte sich ins Unerträgliche. Die kleinste Bewegung schien seine Schädeldecke wegsprengen zu wollen, deshalb lag er ganz still da, rührte sich nicht und starrte gegen die mit Fliegendreck übersäte Zimmerdecke.

Wie lange lag er schon hier?

Er wusste es nicht. Er konnte sich schwach daran erinnern, dass Nielsen geduscht und sich an seinem Kleiderschrank zu schaffen gemacht hatte. Eric war so weggetreten gewesen, dass er auf keine der Fragen oder Vorhaltungen seines Kollegen hätte reagieren können, aber er hatte durch den Nebel seines Rausches wahrgenommen, wie sauer Nielsen auf ihn war. Zu Recht oder nicht, dass interessierte Eric nicht. Er war froh, als Nielsen endlich gegangen und Ruhe eingekehrt war.

Es war dunkel im Schlafzimmer, und auf eine Uhr konnte er nicht schauen, ohne sich zu bewegen, deshalb wusste Eric nicht, ob und wie lange er geschlafen hatte, nachdem Nielsen verschwunden war.

Langsam kehrte die Erinnerung an die letzte Nacht zurück. Der Alkohol hätte einiges davon in den Orkus spülen sollen, und vielleicht fehlte ja auch ein großer Teil, aber an die peinlichen Einzelheiten konnte Eric sich leider erinnern. Die zwei Jungs von der Spurensicherung, die ihn angesprochen und an ihm gerüttelt hatten, hatte er zwar wahrgenommen, ihnen aber nicht antworten können. Irgendwann war Nielsen aufgetaucht. Der würde sicher den Mund halten, aber war die Sperling nicht auch am See gewesen? Oder brachte er da etwas durcheinander? In seinem Kopf war alles voller Wasser und badender Frauen, und immer wieder schob sich das neugierige Gesicht der Sperling dazwischen. Die würde bestimmt nicht den Mund halten, das konnte sie gar nicht. Irgendwie war die blöde Kuh sogar schuld an dem ganzen Desaster. Mein Gott, wie er sie hasste!

Eric stöhnte auf und fasste sich an die Stirn. Kalter Schweiß stand darauf. Er stank wie ein Schwein und sehnte sich nach einer heißen Dusche, traute sich aber nicht, aufzustehen. Am liebsten wäre er für immer da draußen an dem See geblieben. Die Nacht mit ihren beruhigenden Geräuschen, der Sonnenaufgang mit seinen lieblichen Farben, der beginnende Tag, so frei von Lärm und Stress, so anders, so lebenswert. Er war stockbesoffen gewesen und hatte es trotzdem genossen. Als die Sonne aufgegangen war und die Wasseroberfläche für ein paar Minuten mit einem rötlichen Schimmer überzogen hatte, da hatte er sich seine Dienstwaffe zum letzten Mal in den Mund gesteckt. Es war der richtige Moment gewesen, das hatte er gespürt, und doch hatte ihm die Kraft gefehlt. Zum vierten Mal, seit er das Präsidium verlassen hatte, war seine Hand mit der Waffe zurückgesunken zwischen seine Beine, und anstelle einer Kugel hatte er einen weiteren Schluck Rum genommen. Das war zwar nicht dasselbe, aber es half zumindest für den Moment.

Jetzt ließ seine Wirkung nach, und Eric wünschte sich, er hätte die Kraft aufgebracht, sich eine Kugel in den verdammten Schädel zu jagen.

Zu feige, Stiffler, du bist zu feige ...

Annabells Gesicht in dem Treibguthaufen tauchte auf, ihr anklagender Blick.

Warum hast du mir nicht geholfen?

Unvermittelt schossen ihm Tränen in die Augen, und er presste die Knöchel seiner Hände so fest darauf, dass er Sterne sah.

Sie badet, Stiffler ... sie badet ...

Die Stimmen mussten weg, er hielt das nicht länger aus. Und den Gestank ertrug er auch nicht länger.

Mühsam kämpfte er sich auf die Ellenbogen hoch und unterdrückte den Würgereflex. Sein Kopf freute sich über die Chance, den Druck noch steigern zu können, und machte ausgiebig Gebrauch davon. Zwei Minuten musste er in dieser Position verharren, ehe Eric sich vollständig im Bett aufsetzen konnte. Dann wartete er erneut, bis der Sturm in seinem Inneren sich legte, der Druck in seinem Kopf etwas nachließ und der Pegel in seiner Speiseröhre abfiel.

In dieses Warten hinein klingelte sein Handy.

Es steckte in der Innentasche seiner Wildlederjacke, die er noch immer trug und von der ein Großteil des üblen Gestanks ausging. Die Vorderseite war verdreckt und klebrig, zwischen den Zähnen des Reißverschlusses hingen kleine gelbe Brocken. Die Jacke war im Eimer. Schade, es war sein Lieblingsstück.

Das Klingeln hielt an.

Aber Eric wollte mit niemandem sprechen, nie wieder. Er wartete, bis die Mailbox ansprang, aber der Anrufer sprach nicht darauf. Stattdessen klingelte es wenige Sekunden danach erneut.

Eric wusste, wer da anrief. Zwar kannte er die Nummer im Display nicht, aber das spielte keine Rolle. Es konnte nur der Wassermann sein. Eine neue Nummer, ein neues Handy, ein weiteres Opfer.

Nein, er wollte da nicht drangehen. Trotzdem drückte sein Daumen auf die Empfangstaste.

«Ja.»

Schon dieses eine Wort fiel ihm ungeheuer schwer.

Am anderen Ende herrschte Schweigen.

«Verdammt, wer ist da?»

«Hier ... ist Lavinia Wolff ... Ich ... Ich wurde entführt.»

Eric schloss die Augen. So und nicht anders hatte es kommen müssen. Alles fügte sich nahtlos ineinander.

«Wo sind Sie?», fragte er leise.

«Ich ... Ich weiß es nicht. Alles ist aus Holz hier, und ich kann Wasser hören. Bitte, mit wem spreche ich?»

«Polizei», sagte Eric, «ich bin von der Polizei.»

«O bitte, helfen Sie mir! Sie müssen mir helfen. Dieser Mann hat schon einmal versucht, mich zu töten, und er wird es wieder tun, er ...»

Sie wurde von einer männlichen Stimme unterbrochen, die dennoch einen weichen Klang hatte und so weit vom Telefon entfernt war, dass Eric nicht verstand, was sie sagte.

«Ich bin im Haus auf dem See», meldete sie sich schließlich wieder. «Und ich bin das nächste Geschenk vom Wassermann.»

Dann wurde die Verbindung unterbrochen.

23

Während Frank Engler seine Geschichte vor Peter Nielsen in dessen Büro wiederholte, beobachtete Manuela bei ihrem Kollegen die gleiche Reaktion, die sie bei sich selbst festgestellt hatte. Sie konnte nur hoffen, ihre Mimik vorhin besser im Griff gehabt zu haben, denn Peter waren Zweifel und Überraschung deutlich ins Gesicht geschrieben. Falls Frank Engler es bemerkte, ließ er sich dadurch jedenfalls nicht abhalten, die komplette Geschichte mit allen Details noch einmal zu wiederholen.

Der Mann war Manuela ein Rätsel. Sie hatte schon von Narkolepsie gehört, aber noch nie war ihr jemand begegnet, der darunter litt, deswegen waren ihr die Symptome und das Ausmaß dieser Krankheit nicht geläufig gewesen. Engler schien ein aufrichtiger Typ zu sein, einer von der Sorte, die nichts Böses im Schilde führte und gerne half. Er schien sich wirklich Sorgen um die Frau zu machen und hatte Angst, das sah sie in seinen außergewöhnlichen Augen, in denen sie lesen konnte wie in einem offenen Buch.

Dennoch erzählte er nicht die ganze Wahrheit, denn bei den Tabletten hatte er gelogen. Das Präparat wurde nicht gegen Magenschmerzen verschrieben. Es handelte sich dabei um ein starkes Beruhigungsmittel, das wusste sie.

Es gab Passagen in seiner Darstellung, die ihr nicht plausibel erschienen. Warum war Lavinia Wolff gestern ein zweites Mal in sein Taxi gestiegen? Warum war sie zum Flughafen geflüchtet, ihm dann aber in seine Wohnung gefolgt? Verhielt man sich so, wenn man Angst hatte? Sie hätte doch auch selbst zur Polizei gehen können.

Oder war das naiv gedacht? Prostituierte, auch ehemalige, hatten in der Regel kein gutes Verhältnis zur Polizei. Und in diesem Fall hatten ihre Kollegen nach dem Mord an ihrer besten Freundin auch noch versagt.

Einiges gefiel ihr an der Sache nicht, aber dennoch konnte Manuela den Zusammenhang mit den Ereignissen der letzten beiden Tage sehen.

Vor drei Jahren hatte ein Mann, der sich Tom nannte, versucht, Susan Hoffmann in einem See außerhalb der Stadt zu ertränken. Ob es derselbe See war, in dem jetzt die Prostituierte Anna Meyer und Stifflers Exfrau ertränkt worden waren, stand nicht fest. Frank Engler kannte die Einzelheiten offenbar nicht. Dem Täter war es damals nicht gelungen, Susan Hoffmann zu töten, da ihre Freundin Lavinia Wolff ihr zu Hilfe geeilt war. Dass Frau Hoffmann nicht allein dort hinausgefahren war, klang plausibel. Der Täter muss über diesen Fehlschlag sehr wütend gewesen sein, vielleicht war die Hoffmann aber auch kein willkürliches, sondern ein gewolltes Opfer gewesen, das er nicht davonkommen lassen wollte. Wie auch immer: Die beiden Frauen zeigten den Vorfall nicht an, und ein paar Wochen später drang der Täter in deren gemeinsame Wohnung ein, fand dort nur Frau Hoffmann vor und ertränkte sie in der Badewanne. Der Bezug zum Wasser und zum Tod durch Ertrinken war offensichtlich und stellte die Verbindung zu den heutigen Morden dar.

Andere Verbindungen gab es jedoch nicht.

Warum verfolgte er jetzt, nach drei Jahren, Frau Wolff? Und warum dieser Hass auf Eric Stiffler?

Vor drei Jahren musste etwas vorgefallen sein, was nicht in der Ermittlungsakte stand und von dem auch Frank Engler nichts wusste. Irgendwas hatte Stiffler seinen Kollegen vorenthalten, genau wie Manuela geahnt hatte.

Frank Engler hatte geendet, und sie sah, wie erschöpft der Mann jetzt wirkte. Er hatte dunkle Ringe unter den müden Augen und machte den Eindruck, als würde er jeden Moment einschlafen. Aber vielleicht sahen Narkoleptiker ja immer so aus.

«Haben Sie die Handynummer von Frau Wolff?», fragte Nielsen, und Manuela ärgerte sich, weil sie nicht selbst daran gedacht hatte. Sie musste aufpassen wegen dieser dummen Anfängerfehler.

«Nein», sagte Engler.

«Aber sie hat Sie doch vom Flughafen aus angerufen.»

Engler schüttelte den Kopf.

«Sie hat bei der Zentrale angerufen, und die hat mich informiert.»

«Könnten wir dort die Nummer erfahren?»

«Das wird schwierig. Seitdem sind Hunderte von Anrufen eingegangen. Die Nummer ist sicher längst aus dem Speicher gelöscht.»

«Aber wir können ein Verbindungsprotokoll für den Anschluss der Taxizentrale anfordern und auf diesem Weg die Nummer herausfinden», überlegte Nielsen laut.

«Wie lange dauert so etwas?», fragte Engler.

«Ein paar Stunden, vielleicht einen Tag, kommt darauf an.»

«Und wenn es dann zu spät ist?»

Nielsen seufzte und lehnte sich zurück.

«Was soll ich denn Ihrer Meinung nach tun?»

«Nach Lavinia suchen, was denn sonst?», begehrte Frank Engler auf.

«Hören Sie», begann Nielsen und fuhr sich mit den Händen durchs Haar. «Sie sind kein Familienmitglied. Sie führen keine Beziehung mit Frau Wolff und können somit keine Aussage zu ihrem Tagesablauf oder Lebensrhythmus treffen. Streng genommen können Sie die Frau gar nicht vermisst melden. Zudem haben Sie nichts beobachtet, was eine Entführung bestätigt. Und erschwerend kommt hinzu, das muss Ihnen klar sein, dass Ihre Aussagen wegen Ihrer Erkrankung nicht besonders hieb- und stichfest sind. Am Ende haben Sie das alles nur geträumt? Sie sagen doch selbst, Sie leiden unter Halluzinationen und Albträumen.»

Mit jedem Satz von Nielsen waren Frank Engler seine Gesichtszüge ein wenig mehr entglitten, und Manuela sah ihm an, dass er kurz davor stand, die Beherrschung zu verlieren. Auch sie verstand ihren Kollegen nicht. Warum schenkte er dem Mann keinen Glauben? Sie waren auf der Suche nach dem möglichen nächsten Opfer des Wassermannes, und dass es sich dabei um Frau Wolff handeln könnte, lag nach der Aussage des Taxifahrers doch auf der Hand.

«Aber was ist mit diesem Polizisten, der Lavinia gewarnt hat?», hakte Engler nach, und Manuela sah Hoffnung in seinen Augen aufglimmen.

«Welcher Polizist?», fragten sie und Peter zugleich.

«Da war ein Polizist an ihrer Haustür, gestern Abend. Er hat sie vor diesem Mann gewarnt, der sie verfolgt. Das hat sie mir erzählt, deswegen ist sie ja in Panik geraten und zum Flughafen gefahren.»

«Davon haben Sie vorhin aber gar nichts gesagt», sagte Manuela.

«Ich hatte das total vergessen.»

Manuela und Peter wechselten einen Blick; sie wusste, dass er dasselbe dachte wie sie: Bei diesem Polizisten konnte es sich nur um Stiffler handeln. Aber warum war es ihm so wichtig gewesen, Frau Wolff zu warnen? Eine Frage mehr in einem Fall voller offener Fragen ...

«Wir werden das überprüfen», sagte Peter.

«Überprüfen», echote Engler. «Wir haben keine Zeit für irgendwelche Überprüfungen ... Verdammt, wir müssen Lavinia finden!»

«Beruhigen Sie sich, Herr Engler», sagte Manuela und löste sich von der Wand. «Wir werden uns darum kümmern, das habe ich Ihnen doch versprochen. Mein Kollege wollte nur zum Ausdruck bringen, dass die Beweislage nicht einfach ist. Die Polizei kann nicht ins Blaue hinein nach jemandem suchen. Es gibt aber eine konkrete Spur, die wir bereits verfolgen.»

Nielsen warf ihr einen missbilligenden Blick zu.

«Was für eine Spur?», fragte Engler.

«Das sind Ermittlungsinterna», fuhr Nielsen dazwischen und erhob sich. «Am besten fahren Sie jetzt nach Hause oder zur Arbeit oder was auch immer, aber sorgen Sie bitte dafür, dass Sie ständig erreichbar sind, falls wir noch Fragen haben.»

«Wie? Das war es jetzt?», fragte Engler und stand unsicher auf.

«Fürs Erste war es das für Sie», bestätigte Nielsen. «Um den Rest kümmern wir uns. Wie meine Kollegin schon sagte: Wir verfolgen bereits eine Spur.»

Nielsen bugsierte den perplexen Mann in Richtung Tür.

«Einstweilen danke für Ihre Hilfe, Herr Engler. Wir melden uns, sobald es Neuigkeiten gibt.»

Manuela sah dem Taxifahrer an, dass er aufbegehren wollte. Sie sah Enttäuschung, Wut und Angst in ihm aufsteigen und hatte den Eindruck, er würde jeden Moment etwas sehr Dummes tun. Sie ging rasch zu ihm, nahm ihn beim Oberarm und schob ihn zur Tür hinaus auf den Gang.

«Kommen Sie, ich begleite Sie noch hinaus.»

Er sträubte sich nicht, schien sich in sein Schicksal ergeben zu haben. Sie hatte Mitleid mit ihm.

«Wir werden sie finden», sagte sie mit fester Stimme.

Frank Engler blieb stehen und sah sie an.

Sie hatte sich vorhin nicht getäuscht: Seine Augen waren wirklich bernsteinfarben, und sie wären noch wesentlich schöner ohne die tiefen Schatten darunter. Noch nie hatte Manuela so müde Augen gesehen, hinter denen gleichzeitig eine solche Energie loderte.

«Das hörte sich bei Ihrem Kollegen aber nicht danach an», entgegnete er.

Manuela nickte. «Ich weiß. Hören Sie, er muss das alles erst einordnen, aber dann wird er seine Meinung ändern, da bin ich mir sicher.»

«Ist er Ihr Vorgesetzter?», fragte Frank Engler.

«Ja. Ich bin neu hier», antwortete Manuela. Eigentlich sollte sie das nicht zugeben, aber sie fand, der Mann habe ein wenig Ehrlichkeit und Vertrauen verdient.

Er lächelte zaghaft. «Also können Sie gar nichts ausrichten.»

«Doch, kann ich. Ihre Sache hat offensichtlich sehr viel mit einem aktuellen Fall zu tun, an dem ich dran bin, und deshalb werde ich nicht lockerlassen. Das verspreche ich Ihnen.»

Frank Engler sah ihr direkt in die Augen, und Manuela spürte seinen Blick irgendwo tief in sich.

«Kann ich mich auf Sie verlassen?», fragte er mit rauer Stimme.

Sie nickte, erwiderte seinen Blick und sagte:

«Ich werde sie finden.»

«Ein narkoleptischer Taxifahrer, der sich für Sherlock Holmes hält, nicht zu fassen», sagte Nielsen, als sie wieder in seinem Büro saß.

«Der Mann macht sich wirklich Sorgen», sagte sie.

Es war nicht in Ordnung, dass ihr Kollege sich über Frank Engler lustig machte.

«So ein Zufall, dass er Frau Wolff gerade jetzt kennenlernt, kurz bevor sie entführt wird», sagte Nielsen, und es klang sarkastisch.

«Verdächtigst du den Mann etwa?»

«Ich glaube nur nicht an Zufälle.»

«Ich ebenfalls nicht, und es ist auch keiner. Frau Wolff wurde verfolgt und hat sich aus ihrer Angst heraus ein Taxi genommen. Kein Zufall also, sondern Ursache und Wirkung. Wenn wir dem Täter dadurch näherkommen, dann war es doch gut.»

«Oh, noch ein Sherlock Holmes», bemerkte er.

Manuela holte tief Luft und setzte zu einer passenden Erwiderung an, schluckte sie aber im letzten Moment hinunter. Sie durfte es sich nicht mit Nielsen verderben. Okay, er verhielt sich gerade nicht sehr fair, aber er war auch nur ein Mensch und stand unter großem Druck. Polizeichef Bender erwartete von ihm, dass er den Fall löste und gleichzeitig auch noch Stiffler ersetzte.

Apropos Stiffler.

«Hast du eigentlich schon mit Eric gesprochen?», fragte Manuela, um das Thema zu wechseln.

Peter schüttelte den Kopf.

«Ich wollte gerade los, als du mit dem Taxifahrer aufgetaucht bist.»

Er hielt kurz inne.

«Und ehrlich gesagt habe ich auch keine große Lust dazu.»

«Kann ich verstehen», sagte Manuela. «Aber er ist der Einzige, der uns weiterhelfen kann.»

«Das bezweifle ich.» Peter sah sie mit seinen blauen Augen traurig an. «Willst du mitkommen?»

«Gern. Aber wird er irgendwas zugeben, wenn ich dabei bin?»

Er zuckte mit den Schultern.

«Wer weiß, am Ende werdet ihr beiden noch ein richtig gutes Team.»

24

Es kostete Lavinia Überwindung, ihr Handy wieder herzugeben, diese Schnittstelle zur Außenwelt und damit zu ihrer Rettung. Aber was sollte sie tun?

Das Rechteck der Luke schob sich vor den blauen Himmel. Mit Getöse fiel sie in den Rahmen, der Boden erzitterte unter ihren Füßen, Lavinia zuckte zusammen und duckte sich, und von einer Sekunde auf die andere war es wieder dunkel. Sie würde sich nicht mehr von ihrem Platz rühren. Was, wenn sie die Luke in der Dunkelheit nicht wiederfände? Das durfte nicht passieren, sie musste sich alle Chancen offenhalten.

Seine Schritte wurden leise und leichter und verschwanden schließlich ganz.

Was hatte dieses merkwürdige Telefonat zu bedeuten? Mit wem hatte sie gesprochen? War das wirklich ein Polizist gewesen? Und wusste dieser Polizist, wo das Haus auf dem Wasser war? Durfte sie sich Hoffnung auf Rettung machen?

Lavinia versuchte, sich die Stimme des Polizisten in Erinnerung zu rufen, der sie gestern Abend an ihrer Haustür gewarnt hatte. War es die gleiche wie die am Telefon? Das war schwer zu sagen, denn die Stimme am Telefon hatte merkwürdig, fast unmenschlich geklungen.

Das war alles so verwirrend. Sie konnte sich nicht konzentrieren, und dabei musste sie doch all ihre Kraft darauf verwenden, hier rauszukommen!

Lavinia streckte die Arme über den Kopf, berührte das Holz und befühlte es. Schließlich fand sie den umlaufenden Spalt, der die Umrisse der Luke markierte. Sie drückte dagegen. Sie bewegte sich! Einen halben Zentimeter konnte sie sie anheben, bevor sie einen Widerstand spürte.

Mist!

Sie hatte zwar nichts gehört, aber er musste sie verriegelt haben.

Sie ließ sich auf die Knie sinken. Vielleicht fand sie ja eine morsche Stelle, immerhin stand das Haus im Wasser und schien sehr alt zu sein.

In der stickigen Hitze ihres Gefängnisses begann sie, systematisch den Boden abzutasten.

25

Sich zu betrinken war wesentlich angenehmer, als den Alkohol wieder aus dem Körper herauszubekommen. Unter der Dusche sehnte sich Eric Stiffler nach einer Flasche Rum. Er stellte das Wasser abwechselnd auf heiß und kalt. Der Temperaturwechsel machte ihn zwar wach, konnte aber nichts gegen dieses wattige Gefühl in seinem Kopf ausrichten. Immerhin verhinderte es klare Gedanken, das war durchaus angenehm.

Leider musste er klar denken.

Denn jetzt hing alles davon ab, ob er sich in den Griff bekam.

Der Wassermann hatte ihm mit diesem Anruf eine Chance geboten, und die würde Eric nutzen. Er hatte Lavinia Wolff entführt, aber sie lebte noch und hatte ihm verraten, wo sie sich befand. Der Wassermann wollte ihn an den Ort locken, an dem alles begonnen hatte.

Gut. Wenn dieser Irre es so wollte, dann würde er schon erleben, was dabei herauskam, wenn man ihn in die Ecke trieb. Eric war sich sicher, dass er mit ihm fertigwerden würde. Wie alle Psychopathen war auch der Wassermann ein Feigling, der sich immer nur schwächere Opfer aussuchte. Frauen, die sich nicht gegen ihn wehren konnten. Bekam er es aber mit einem gleichwertigen oder sogar stärkeren Gegner zu tun, würde er das Weite suchen. Das hatte er schon einmal getan. Aber diesmal würde Eric ihn nicht entkommen lassen. Diesmal würde er es zu Ende bringen.

Als er zitternd vor Kälte aus der Dusche trat, torkelte er nicht mehr so stark wie noch auf dem Weg ins Bad – er hatte sich den kleinen Zeh und den Kopf am Türrahmen gestoßen –, war aber auch noch nicht standfest.

Eric widerstand dem Impuls, sich abzutrocknen. Stattdessen ging er nass, nackt und frierend in die Küche, schüttete drei gehäufte Teelöffel starkes Instantpulver in eine große Tasse und setzte Wasser auf. Der Kaffee würde seinem Kopf schon auf die Sprünge helfen. Der Kaffee und die Aussicht, sein Leben vielleicht doch noch retten zu können.

In jeder Katastrophe lag auch eine Chance.

Alles, was seit gestern Nachmittag passiert war, konnte er mit dem grausamen Tod seiner Exfrau erklären, die er trotz allem ja immer noch geliebt hatte. Jeder im Präsidium würde dafür Verständnis haben. Er würde alle Auflagen, die ihn zweifellos erwarteten, erfüllen, würde mit dem Psychoheini quatschen und sein Innerstes nach außen kehren. Nach einer ausreichenden Pause, in drei oder vier Monaten vielleicht, würde er in den Dienst zurückkehren. Natürlich in eine andere Dienststelle. Dort würde er die letzten acht Jahre abreißen, ohne sich noch einmal in so eine beschissene Situation zu bringen.

Das Wasser kochte. Eric goss es über das Pulver und rührte um. Mit der Tasse in der Hand lief er ins Schlafzimmer hinüber und verschüttete dabei Kaffee auf den Teppich, aber das war in dieser Bude sowieso völlig egal. Da er vergessen hatte, ein Handtuch aus dem Bad mitzunehmen, trocknete er sich mit der Bettdecke ab. Er musste sich aufs Bett setzen, um Socken und Unterhose anzuziehen, und für die Jeans musste er sich mit der Schulter an den Schrank lehnen. Sein Gleichgewichtssinn litt noch unter dem billigen Fusel. Als er die Schranktür öffnete, um ein Hemd herauszunehmen, zwang ihn der Schwindel, sich abermals zu setzen.

Er griff nach der Tasse, die er auf dem Boden abgestellt hatte, und nahm einen Schluck heißen Kaffee. Das tat gut. Nach und nach beruhigte sich das Karussell in seinem Inneren. Hätte er gestern Nacht an der Tankstelle bloß nicht diesen billigen Rum gekauft. Aber was anderes hatte es da nicht gegeben.

Sein Blick fiel in den geöffneten Schrank. Weiße Spitze lugte am Schrankboden unter der Bettwäsche hervor. Kathis Brautkleid. Sie hatte es nicht mitgenommen. Er solle sich doch Gardinen daraus machen lassen, hatte sie vorgeschlagen, die könne er dann vorziehen, damit die Nachbarn es nicht mitbekämen, wenn er sich wieder eine Nutte nach Hause einlud.

Sie konnte sehr bissig sein.

Die Erinnerung kam wie ein Keulenschlag. Kathi hatte

wirklich klasse ausgesehen in dem Kleid, auch wenn es nicht teuer gewesen war. Eric wusste noch, wie sicher er sich gewesen war, den Rest seines Lebens mit ihr verbringen zu wollen. Bis dass der Tod uns scheidet. Damals hatte er es ernst gemeint, die Worte des Pastors voller Inbrunst wiederholt und sich sehr heroisch gefühlt dabei.

Da hatte er noch nichts von Kathis Geheimnis gewusst. Von ihrem Vater, der mit seiner kranken Neigung alles kaputt gemacht hatte. Ihm war doch gar nichts anderes übrig geblieben, als zu den Nutten zu gehen. Der Job mit seiner Anspannung und dem ewigen Druck, dafür hatte er doch ein Ventil finden müssen. Es war kein Betrug, sondern nur eine Art Entspannung gewesen.

Die Nutten hatte er ohne großes Gerede und ohne Erklärungen ficken können. Die machten für vage Versprechen von Schutz gern die Beine breit, dumm, wie sie waren.

Bis auf die eine. Susan Hoffmann. Die war nicht dumm gewesen, sondern richtig ausgekocht. Erst hatte sie mitgespielt, dann aber den Spieß umgedreht und ihn wahrscheinlich sogar an seine Frau verraten.

Na ja, gebracht hatte es ihr am Ende nichts.

Eric kippte den Rest Kaffee in sich hinein, stand auf, zog ein blaues Hemd an und ging hinüber in die Küche.

Er sah sich um.

Seine Dienstwaffe hatte Nielsen mitgenommen, dieser illoyale Scheißkerl. Eric hatte nicht vor, völlig unbewaffnet hinaus zum Gorreg zu fahren, er zog eine Schublade in der Küchenzeile auf, griff hinein und holte die drei größten Messer heraus. Nacheinander prüfte er sie und entschied sich für das mittlere. Es lag gut in der Hand, die Klinge war lang genug, aber nicht so lang, dass sie sich nicht verstecken ließ.

Im Flur zog er eine leichte schwarze Stoffjacke über. Mit dem Messer trennte er das Futter der Innentasche so weit auf, dass er es darin verschwinden lassen konnte.

Bevor er ging, warf er einen Blick zurück.

Er sehnte sich zurück ins Bett. Es war, als stieße sein Körper einen gellenden, verzweifelten Schrei nach Alkohol aus.

«Reiß dich zusammen!», sagte er laut zu sich selbst und wandte sich zur Haustür. «Beweise, dass du kein Feigling bist!»

26

Langsam zog das Gewitter ab, der Regen ließ nach. Stille senkte sich übers Land. Über dem Wasser lag eine dünne Dunstschicht, als wolle die Natur einen Schleier des Vergessens über das Geschehene legen.

Er fror stärker denn je. Gleichzeitig war seine Stirn glühend heiß, und dahinter wüteten üble Schmerzen. Sie wurden mit jedem Ruf stärker, der über den See zu ihm herüberschallte.

«Siiriiiii …! Wo seid ihr …?!»

Mama und Papa. Sie suchten nach ihren Kindern. Hin und wieder hörte er auch seinen eigenen Namen.

Er stand auf. Die Rinde des Baumes hatte sich tief in seine Haut am Rücken gedrückt, und es schmerzte, als er sich davon löste. Mit unsicheren Schritten stakste er durch den nassen Wald auf den Schilfgürtel zu. Dunstig warme Feuchtigkeit umgab ihn wie ein schwerer Mantel, überall perlte Wasser von den Blättern, das Schilf stand gebückt unter der Last Tausender Tropfen. Er fand die Stelle wieder, durch die er in einem anderen Leben ans Ufer gewatet war. Eine schmale Schneise, wahrscheinlich vom Rotwild geschlagen, das zum Trinken an den See kam, führte zwischen den mannshohen Pflanzen hindurch.

Sein vollkommen ausgekühlter Körper sehnte sich nach Wärme. Die Oberfläche des Sees war nach den heißen Tagen noch angenehm warm an seinen Füßen. Dennoch hielt er nach drei Schritten inne und starrte auf den offenen See hinaus. Der Nebel, der darüber lag, war fein und beinahe durchsichtig, so wie man sich einen Geist vorstellte. Vielleicht schwebte der Geist seiner kleinen Schwester über dem Gorreg.

Er zog seine Füße aus dem knöcheltiefen Schlick und tastete sich rückwärts ans Ufer zurück.

Noch immer hallten Rufe übers Wasser, dazwischen hörte er das Plätschern von Paddelschlägen. Sein Vater hatte das frischgestrichene Boot zu Wasser gelassen und suchte von dort aus den See ab.

Er kehrte an den Waldrand zurück und bewegte sich in östlicher Richtung daran entlang. Tannenzapfen und hin und wieder kleine Steine bohrten sich in seine nackten Fußsohlen, ohne dass er dem Schmerz besonders viel Aufmerksamkeit schenkte. Es ging ihm schlecht. Seine Beine zitterten bei jedem Schritt. Ein ums andere Mal musste er innehalten und sich an einem Baumstamm festhalten.

Je weiter er sich von der geschützten Uferseite des Sees entfernte, desto niedriger wurde das Schilfgras, und bald konnte er ihr schwimmendes Haus sehen. Der feine Dunst verdeckte die Eichenpfähle, auf denen es im Wasser ruhte. Es sah tatsächlich so aus, als ob es schwämme.

Er staunte.

Noch nie war ihm das Haus so schön, so mystisch erschienen; ein Ort, an dem Geister sich wohlfühlten, und er begriff, dass seine Schwester für alle Zeiten hier wohnen bleiben würde. In diesem Haus auf dem See würde er sie antreffen, wann immer er hierher zurückkehrte. Seine Zeit hier war vorbei.

Ganz vorn auf dem Steg stand seine Mutter. Sie hielt ihre

Hände zu einem Trichter geformt an ihren Mund und rief immer wieder die Namen ihrer Kinder. Die Verzweiflung und Angst in ihrer Stimme waren auch für ihn nur schwer zu ertragen.

Der Rettungswagen kam.

Er konnte nicht ganz bis ans Haus heranfahren, sondern musste auf der schmalen Zufahrt im Wald stehen bleiben. Das blaue Licht zuckte zwischen den nassen Bäumen immer wieder auf und erlosch. Dann ein Wagen der Feuerwehr, ebenfalls mit Blaulicht, und ein Polizeiauto. Seine Mutter rannte ihnen über den Steg entgegen.

Als er ihr Haus erreichte, konnte er sich kaum noch auf den Beinen halten. Sein Kopf war eine Höhle voll heißem Magma.

Einer der Sanitäter entdeckte ihn und zeigte in seine Richtung.

Er fiel auf die Knie und übergab sich.

Nach ewig langer Zeit, oder auch kurz darauf, war seine Mutter bei ihm, packte ihn bei den Schultern, drückte ihn kurz, aber fest an sich und schob ihn dann fort.

«Siiri ... Wo ist Siiri ...? Was ist passiert?»

Ihre Worte kamen nur bruchstückhaft bei ihm an. Sein Bewusstsein wanderte zwischen zwei Welten hin und her und konnte sich nicht entscheiden, ob es lieber bei Siiri oder bei ihm bleiben wollte.

Er wurde auf eine Trage gelegt und zugedeckt und zum Haus hinübergetragen, wo sich der Notarzt um ihn kümmerte. Irgendwann tauchte das Gesicht seines Vaters auf. Es war grauenhaft entstellt von Schmerz und Wut, und er wusste nur allzu gut, wem diese Wut galt. Die gebrüllten Fragen, das heftige Rütteln an seinen Schultern, der Streit mit den Sanitätern: All das drang wie durch einen Filter nur ganz sanft zu ihm durch.

Als er das nächste Mal die Augen aufschlug, war er allein, und es war so still, dass er glaubte, gestorben zu sein. Aber er war in einem Krankenhauszimmer.

Neben dem Bett ragte ein metallener Ständer mit einem durchsichtigen Beutel daran auf, von dem aus ein dünner, ebenfalls durchsichtiger Schlauch zu seinem linken Arm führte. Klare Flüssigkeit sickerte in seinen Körper.

Er war unsagbar müde, aber die heftigen Kopfschmerzen und die Übelkeit waren verschwunden. Auch fror er nicht mehr so erbärmlich.

Je länger er wach blieb, desto mehr hatte er das Gefühl, nicht allein im Zimmer zu sein. Jemand durchdrang ihn mit Blicken, versuchte mit aller Macht in sein tiefstes Inneres zu schauen. Dorthin, wo sein größtes Geheimnis verborgen lag.

Er hob seinen Kopf an und sah diesen Jemand.

Es war ein Mann. Dünn, mit hagerem Gesicht und schütterem Haar. Er saß auf einem Stuhl in der Zimmerecke, die Beine übereinandergeschlagen, die Arme flach auf die Lehnen des Stuhls gelegt. Er saß dort wie eine Wachsfigur, regungslos, schien nicht einmal zu atmen, und einzig der bohrende Blick verriet, dass der Mann lebte.

Bis er schließlich sprach.

«Hallo, Junge», sagte er. «Wie geht es dir?»

Vom ersten Wort an hatte er Angst vor diesem Mann. Was er fragte, war nicht das, was er wissen wollte. Er war hier, um die Wahrheit herauszufinden. Dafür würde er alles tun.

«Gut», sagte er leise.

«Erinnerst du dich, was passiert ist?»

«Ich … Ich weiß nicht genau … Das Gewitter … Ich habe meine Schwester gesucht: Siiri.»

Er stammelte, er begann zu schwitzen. Jedes einzelne Wort fühlte sich in seinem Inneren wie eine heißglühende Lüge an, und er wusste, dass der Mann Lügen erkennen würde.

«Aber du hast sie nicht gefunden, oder?»

Er schüttelte den Kopf. Am liebsten hätte er für alle Zeiten geschwiegen, denn dieser Mann würde ihm sowieso nicht glauben.

«Aber wir haben sie gefunden, deine kleine Schwester. Wie und wo, weißt du ja.»

Plötzlich scharrten Stuhlbeine über den Boden. Der Mann stand auf und trat ans Bett. Er starrte auf ihn herab mit seinem durchdringenden Adlerblick.

«Deine Schwester war eine besonders gute Schwimmerin. Sie wäre niemals ertrunken. Willst du mir also nicht erzählen, was du getan hast, Junge?»

«Ich habe aber doch nichts getan.»

Ein falsches Lächeln verzerrte das Gesicht des Mannes.

«Ich bin Polizist», sagte er. «Glaubst du, du kannst einen Polizisten belügen? Glaubst du, du kannst mich belügen?»

Er traute sich nicht zu sprechen und schüttelte den Kopf.

«Das ist gut, Junge, denn das kannst du nicht. Ich rieche es, wenn mich jemand belügt.»

Der Mann hatte die letzten Worte noch nicht ganz zu Ende gesprochen, da beugte er sich auch schon über ihn, kam ganz nah heran und begann zu schnüffeln. Er schnüffelte wie ein Hund. Dabei stützte er sich mit einer Hand auf seiner Schulter ab. Die Finger gruben sich schmerzhaft in seine Muskulatur. Er roch den Schweiß und das Shampoo, mit dem er sich das Haar gewaschen hatte.

«Was hast du getan, Junge?», flüsterten Lippen ganz dicht an seinem Ohr. «Sie war ein hübsches Mädchen, nicht wahr? So vital und gar nicht mehr so kindlich wie früher. Hast du auf eine Art und Weise für sie empfunden, die verboten ist, ja? Ich kann das verstehen, wirklich, es ist nicht immer leicht, der große Bruder zu sein. Komm, erzähl es mir, was hat sie mit dir gemacht? Hat sie dich gereizt, bis du es nicht mehr ertragen konntest? Es war gar nicht deine Schuld, nicht wahr?

Jeden Tag ihre nackte Haut zu sehen, zu sehen, wie sie immer erwachsener wurde, immer ...»

«Ich habe nichts getan!», schrie er und begann zu heulen.

Der Polizist richtete sich auf.

«Ich rieche deine Lügen, Junge», sagte er mit veränderter, harter Stimme. «Sag mir die Wahrheit. Was hast du mit deiner Schwester gemacht? Warum trieb sie nackt im Wasser?»

Die Tür zum Zimmer flog auf, und eine Krankenschwester stürzte herein. Sie stockte, als sie den Mann sah.

«Wer sind Sie und was machen Sie hier?», fragte sie barsch.

Der Mann trat schnell einen Schritt vom Bett zurück.

«Ich bin von der Polizei. Oberkommissar Stiffler.»

Stiffler ... Stiffler ... Stiffler ...

Lange hallte der Name in seinem Kopf nach und brannte sich tief ein.

27

Manuela schlug mit ihren Handflächen den Rhythmus eines Liedes auf ihre Oberschenkel, das sich irgendwo und irgendwann in ihrem Kopf festgesetzt hatte. Dazu zappelten ihre Füße in blauen Sneakers auf der Schmutzmatte herum. Manuela saß auf dem Beifahrersitz von Nielsens Toyota.

«Ich weiß, es ist da, aber ich komme einfach nicht drauf. Fühlt sich an wie zerebraler Durchfall. Verflucht noch eins, da stimmt doch was nicht an der Geschichte.»

«Vielleicht solltest du aufhören zu zappeln», sagte Peter Nielsen, der sich auf den dichten Verkehr konzentrieren musste.

«Ich kann mich nicht konzentrieren, wenn ich nicht zappele.»

«Und ich nicht, wenn du es tust.»

Manuelas Füße stellten den Stepptanz ein, ihre Hände fielen auf die Oberschenkel, dafür schüttelte sie jetzt den Kopf.

«Es liegt auf der Hand, das spüre ich. Sind doch immer die einfachsten Dinge, die einen am Ende weiterbringen, oder nicht?»

«Würde ich so nicht bestätigen», sagte Peter Nielsen. «Die meisten Fälle sind so komplex, dass man nicht einmal einen Film daraus machen könnte.»

«Trotzdem. Es ist eine Kleinigkeit, und ich komme einfach nicht drauf, und das macht mich ganz hibbelig.»

An einer Kreuzung stoppte Nielsen seinen Toyota. Vor ihnen hielt einer dieser riesigen Range Rover, der so hoch war, dass Manuela seine Stoßstange mit dem darin montierten Kennzeichen direkt auf Augenhöhe hatte.

In ihrem Kopf fiel etwas an seinen Platz.

«Ich hab's», rief sie und klatschte sich mit beiden Händen auf die Oberschenkel. Nielsen zuckte zusammen.

«Jetzt bleib mal ruhig», fuhr er sie an. «Ich bekomme noch einen Herzinfarkt deinetwegen.»

Manuela überging ihn einfach. «Weißt du, was mich stört?», fragte sie.

«Mich stört so einiges», murmelte Nielsen und behielt die Ampel im Auge.

«Erinnerst du dich daran, was der Taxifahrer über den Vorfall vor drei Jahren erzählt hat?»

«Über den Mordversuch an Susan Hoffmann am See?»

«Genau.»

«Meinst du etwas Bestimmtes?»

Die Ampel schaltete um, der Range Rover vor ihnen setzte sich in Bewegung, und auch Nielsen gab Gas. Er warf Manuela einen Seitenblick zu.

«Also», begann Manuela, und schon tanzten ihre Hände durch die Luft. «Frau Wolff bringt Susan Hoffmann zu einem vereinbarten Treffpunkt, weil die beiden nicht wollen, dass ein Kunde sie von zu Hause abholt.»

«Kann man nachvollziehen», sagte Nielsen.

«Genau. Aber ich will auf etwas anderes hinaus. Der Täter weiß nichts davon, er denkt, Susan Hoffmann sei mit dem Bus gekommen. Lavinia Wolff folgt den beiden. Die Fahrt dauert sicher mehr als zehn Minuten, und zumindest in der Stadt wird Frau Wolff dem Wagen das eine oder andere Mal sehr nahe gekommen sein. Wer weiß, vielleicht ist sie draußen am See, während sie wartete, sogar ausgestiegen und hat sich den Wagen genauer angesehen. Ich meine, bei all den Sicherheitsmaßnahmen, die die beiden praktizierten ... Ich hätte es getan.»

«Worauf willst du hinaus?», fragte Nielsen, der sich dem Kreisverkehr am Landgericht näherte und sich auf den dichter werdenden Verkehr dort konzentrieren musste.

«Sie muss das Kennzeichen erkannt haben. In dem Ermittlungsprotokoll ist aber keine Rede von einem Kennzeichen. Der Täter wurde ja auch nicht ermittelt. Mit dem Kennzeichen wäre das leicht möglich gewesen.»

Im nächsten Augenblick musste Nielsen scharf bremsen, und sie wurden beide in die Gurte geworfen. Vor ihnen stockte der Verkehr in der Ausfahrt des Kreisels. Eine alte Dame mit Rollator zockelte langsam über den Zebrastreifen.

Der Motor des Toyota war abgesoffen.

«Shit!», fluchte Nielsen, startete ihn wieder und bog dann ab.

«Nicht schlecht», sagte er schließlich, ohne sie anzusehen. «Das hätte mir auch auffallen müssen.»

«Und jedem anderen auch, der damals an den Ermittlungen beteiligt war. Und Polizeichef Bender. Der hat die Akte doch sicher auch gelesen.»

«Nicht so voreilig», sagte Nielsen. «Du kannst nicht durch die Gegend laufen und Kollegen und Vorgesetzte verdächtigen, sonst überlebst du kein Jahr im Polizeidienst. Vielleicht hat sich tatsächlich keine von den beiden Frauen das Kennzeichen gemerkt.»

Manuela schüttelte den Kopf.

«Glaub ich nicht. Sie fahren extra zu zweit da raus, zur Sicherheit, und dann merken sie sich das Kennzeichen nicht? Dazu hätten sie doch sogar noch Gelegenheit gehabt, als sie vor dem Täter geflohen sind. Nee, das glaub ich einfach nicht.»

Für einen Moment herrschte angespanntes Schweigen zwischen ihnen, bevor Nielsen sagte:

«Tja, dann bleibt nur eine Erklärung.»

Welche das war, musste er nicht aussprechen. Eric Stiffler hatte die Nummer nicht notiert. Entweder hatte er sie bewusst verschwiegen, weil er etwas zu verheimlichen hatte, oder aber er hatte einfach äußerst schlampig gearbeitet. Letzteres konnte Manuela sich bei einem so erfahrenen Ermittler nicht vorstellen. Oder hatte Stiffler schon damals ein Alkoholproblem gehabt?

Aber warum zum Teufel hat ihm niemand auf die Finger geschaut?»

«Hast du damals etwas von dem Fall mitbekommen?», fragte Manuela.

Nielsen schüttelte den Kopf.

«Das ist drei Jahre her. Ich weiß nicht einmal mehr, mit welchem Fall ich damals beschäftigt war.»

Das konnte Manuela verstehen, die Arbeitsbelastung bei der Polizei war tatsächlich hoch.

«Ich habe einen ganz furchtbaren Verdacht», sagte Manuela.

«Und welchen?»

«Was, wenn Stiffler damals mit den beiden Prostituierten verkehrte und der Täter sie deshalb töten wollte, beziehungsweise im Fall von Frau Hoffmann auch tötete? Vielleicht ging es vor drei Jahren schon einzig und allein um die Rache an Stiffler?»

Nielsen setzte den Blinker und bog nach rechts in ein Wohngebiet ab.

«Passt irgendwie nicht. Warum hat der Täter drei Jahre vergehen lassen, bis er seine Rache fortsetzte?»

«Dafür gäbe es verschiedene Gründe.»

Manuela zählte an den Fingern ihrer linken Hand ab.

«Er hat Angst bekommen, weil Stiffler ihm auf den Fersen war. Er wurde krank. Er hatte einen Unfall. Oder er ist wegen einer anderen Sache hinter Gitter gelandet.»

«Ist natürlich alles möglich», sagte Nielsen und verfiel dann in grüblerisches Schweigen.

«Das macht dir zu schaffen, oder?», fragte Manuela, die jetzt einfach nicht den Mund halten konnte, dafür war sie viel zu aufgekratzt. Außerdem tat ihr Nielsen leid.

Der zuckte mit den Schultern.

«Ich kann einfach immer noch nicht fassen, was aus Eric geworden ist. Warum habe ich nichts bemerkt? Ich meine, mir war schon klar, dass er zu viel trinkt, aber ich hätte nicht gedacht, dass er ein wirkliches Alkoholproblem hat. Das hätte ich doch erkennen müssen, oder?»

Er sah sie aus unendlich müden und traurigen blauen Augen an. Umso scheinbar harte Burschen wie Nielsen weichzukochen, bedurfte es so wenig. Nein, das stimmte nicht, es war nicht wenig. Immerhin erlebte er gerade den Zusammenbruch eines Kollegen, der einmal sein Freund gewesen war.

«Scheißalkohol», sagte sie, weil ihr nichts anderes einfiel.

Stifflers Haus kam in Sichtweite.

«Weiß er, dass wir kommen?»

«Von mir nicht, aber er wird es sich denken können», sagte Nielsen.

Als sie auf Stifflers Haus zurollten, sahen sie ihn eilig auf seinen Wagen zulaufen, der in der Einfahrt parkte.

«Er will weg!», rief Manuela.

Nielsen presste die Lippen zusammen, gab Gas und lenkte den Toyota so an den Bordstein, dass Stiffler sein Grundstück nicht verlassen konnte. Der hatte eben die Fahrertür geöffnet und sah erstaunt zu ihnen herüber.

«Bleib sitzen», sagte Nielsen und sah sie eindringlich an. «Bitte!»

Manuela, die die Hand schon am Türgriff hatte, nickte.

Nielsen stieg aus und warf die Tür hinter sich zu.

Manuela beobachtete ihn dabei, wie er auf Stiffler zuging. Er trat ganz nah an ihn heran und baute sich mit seinen breiten Schultern vor ihm auf, sodass Stiffler dahinter verschwand. Manuela legte ihre Hand erneut an den Türgriff, denn es sah fast so aus, als würde Nielsen über seinen Kollegen herfallen. Das konnte sie natürlich nicht zulassen. Sie machte sich bereit, notfalls einzugreifen. Sie war mit drei Brüdern aufgewachsen und hatte gelernt, dass es hin und wieder ganz gut war, wenn Jungs sich rauften. Sie ordneten damit die Rangfolge neu, wie Hunde, und meistens war danach Ruhe. Doch Nielsen war emotional sehr aufgewühlt, Stiffler sicher auch. Und Nielsen trug eine Waffe.

28

Neben dem gutaussehenden blonden Polizisten wirkte der andere wie ein krankes, ausgezehrtes Huhn, und unter dessen wütenden Tiraden schrumpfte er sogar noch weiter zusammen. Seine Schultern fielen nach vorn, er krümmte den Rücken und trat einen Schritt zurück.

Wer war das? Ein Verdächtiger? Die Spur, von der Manuela Sperling gesprochen hatte? Sie selbst saß immer noch im silbernen Toyota. Warum stieg sie nicht aus?

Frank war stinksauer gewesen, als der blonde Bulle ihn abserviert hatte, doch Manuela Sperling hatte ihm geglaubt, und in diesem kurzen Moment auf dem Gang, als sie sich in die Augen geschaut hatten, hatte Frank gespürt, dass er dieser kleinen, hübschen Polizistin vertrauen konnte. Sie hatte etwas Zähes, Kämpferisches an sich, einen unbeugsamen Willen und jede Menge Energie. Sie gefiel ihm, und die Hoffnung, dass die Polizei sich nun endlich auf die Suche nach Lavinia machen würde, hatte durch sie neuen Auftrieb erfahren.

Im Taxi hatte er sich erst einmal beruhigen und nachdenken wollen, doch dazu war er nicht gekommen. Nur wenige Minuten nach ihm waren Nielsen und Sperling im Laufschritt zu dem silbernen Toyota geeilt und losgefahren.

Frank war einem spontanen Impuls gefolgt und hatte sich an sie drangehängt. Die Fahrt durch die Stadt bis in dieses Wohngebiet hatte nicht lange gedauert. Was er von dem Ganzen halten sollte, wusste er noch nicht, aber ihm war klar, dass dies seine einzige Chance war, herauszufinden, was mit Lavinia passiert war. Wenn die Bullen wirklich einer Spur folgten, musste er an ihnen dranbleiben.

So jäh, wie es begonnen hatte, war das kurze Wortgefecht in der Einfahrt auch schon beendet. Auf ein Handzeichen des blonden Bullen stieg auch Manuela Sperling aus. Zu dritt verschwanden sie in dem Haus.

Frank überlegte, ob er hinübergehen und an einem der Fenster lauschen sollte, verwarf den Gedanken aber. Zu groß war die Gefahr, entdeckt zu werden, außerdem würde er durchs Fenster sowieso kaum etwas verstehen können.

Stattdessen setzte er sein Taxi rückwärts in einen schmalen Weg neben einem Kinderspielplatz, wo er durch dichtbelaubte Büsche vor Blicken geschützt war.

Zeitdruck und Angst umschwirrten ihn wie aggressive Hornissen, und wahrscheinlich sorgte nur die Pille dafür, dass ihn nicht erneut eine Kataplexie überwältigte. Hoffentlich wirkte sie. Besser, er versuchte es zusätzlich noch auf althergebrachte Weise.

Autosuggestion.

Mach dir etwas vor, tu so, als sei alles in bester Ordnung.

Was hatte der Therapeut damals empfohlen? Suchen Sie sich spezielle Bilder und Formeln und wiederholen Sie sie so oft, bis Ihr Unterbewusstsein sie als Wahrheit annimmt.

Für Alltagssituationen hatte er sich Formeln und Bilder zurechtgelegt, sogar für Überfälle. Aber für diese Situation wollte ihm nichts einfallen. Immer wieder schob sich das Gesicht der hübschen Polizistin dazwischen. Aber vielleicht war das ja genau richtig. Er konnte, nein, er musste ihr vertrauen, denn sonst war niemand auf seiner Seite.

Er lehnte sich zurück, schloss die Augen und rief sich die Situation auf dem Gang in Erinnerung. Er hatte die Nähe zwischen ihnen gespürt.

Was hatte Manuela Sperling zu ihm gesagt?

29

«Ja, mein Gott, ich habe Scheiße gebaut. Na und? Ist euch noch nie passiert, oder was?»

Manuela war mit Peter Nielsen und Eric Stiffler ins Haus gegangen, um sich drinnen in aller Ruhe zu unterhalten. Doch mit der Ruhe sah es schlecht aus. Niemand setzte sich. Eric Stiffler lief im Wohnzimmer auf und ab wie ein eingesperrtes Raubtier, während Peter Nielsen mit verschränkten Armen im Türrahmen lehnte und Manuela sich hinter der Couch verschanzte.

Stiffler war ganz anders als noch am Morgen, als sie ihn betrunken und vollgekotzt am Seeufer gefunden hatten. Er hatte geduscht, die Kleidung gewechselt und wirkte nüchtern. Auch seine Überheblichkeit und Arroganz waren wieder da. Manuela fühlte sich unwohl in seiner Gegenwart, umso mehr, da sie sich in seinem Haus befand. Sofort beim Hereinkommen waren ihr der muffige Geruch und die abgestandene Luft aufgefallen. Auf allen Oberflächen lag Staub. In diesem Haus war schon lange nicht mehr sauber gemacht worden.

«Wir machen alle Fehler», versuchte Nielsen seinen Kollegen zu beschwichtigen. «Aber du hättest uns schon zu Beginn der Ermittlungen davon erzählen müssen.»

«Ich konnte doch nicht wissen, wohin das noch führen würde», verteidigte sich Stiffler.

«Aber jetzt weißt du es. Also erzähl uns, was vor drei Jahren passiert ist. Der Fall Susan Hoffmann?»

Stiffler blieb auf seinem Weg zwischen Fenster und Tür stehen. Sein Blick schweifte zur Wanduhr hinüber. Er schien unter Zeitdruck zu stehen. Wo hatte er hingewollt, als sie vor seinem Haus aufgetaucht waren?

Schließlich seufzte er, so als müsse er sich dazu herablassen, seine Kollegen einzuweihen. Was sie selbst anging, konnte Manuela das sogar verstehen. Sie würde nicht allzu lange in seiner Abteilung bleiben. Aber warum verhielt er sich auch seinem langjährigen Kollegen Nielsen gegenüber so?

«Ich habe mich damals mit dieser Nutte getroffen», sagte Stiffler widerwillig und sah dabei aus dem Fenster.

«Mit welcher?», fragte Nielsen.

«Mit der, die später getötet wurde.»

«Susan Hoffmann.»

Manuela brachte den Namen ins Spiel, damit Stiffler sie als Person und nicht als Nutte begriff.

Aber er ging nicht darauf ein.

«Ich hab die schon während meiner Zeit bei der Sitte kennengelernt. Später haben sich die beiden zusammengetan und auf eigene Rechnung gearbeitet. Natürlich gingen die üblichen Anzeigen der Konkurrenz ein, du kennst das ja. Schwarzarbeit und so weiter. Aber die beiden waren sauber, zahlten ihre Steuern und nahmen keine Freier aus. Ich hab ihnen ein bisschen den Rücken freigehalten.»

«Was soll das heißen?», fragte Manuela und erschrak selbst, weil es so heftig klang.

Es klang, als hätte die Frau nicht freiwillig Sex mit ihm gehabt, sondern sich damit eine Art Schutz erkauft. Das war Zuhälterei. Dafür würde er seinen Job verlieren. Und sie würde dafür sorgen, dass das auch passierte.

Stiffler sah weiter aus dem Fenster. Er stützte sich mit den Händen auf der Fensterbank ab, sein Kopf hing tief zwischen den Schultern.

«Was soll das schon heißen? Es ist eben ein Geben und Nehmen da draußen. Klar habe ich auch bezahlt, aber nicht jedes Mal.»

Plötzlich fuhr er herum und zeigte mit dem Finger auf Nielsen.

«Ich werde mich hier nicht verteidigen, das habe ich nicht nötig. Jeder soll erst mal vor seiner eigenen Haustür kehren.»

Manuela sah, dass seine Hand zitterte.

«Du sollst uns von dem Täter erzählen», sagte Nielsen ruhig und souverän. «Warum ist er so sauer auf dich? Was ist damals passiert?»

Als er herumgefahren war, war Stiffler rot geworden und hatte die Augen zu schmalen Schlitzen verengt. Jetzt fiel seine ganze Gestalt praktisch in sich zusammen, und sein Blick rückte in weite Ferne.

«Diese Susan», begann er, «die rief mich damals an und bat um Hilfe. Irgendein Irrer hatte versucht, sie in einem See zu ertränken, aber sie kam davon. Sie fragte mich, ob ich den Typen ausfindig machen und ihm eine Lektion erteilen könnte. Die beiden hatten Angst, dass er es noch einmal versuchen würde, offiziell anzeigen wollten sie ihn aber nicht. Welche Nutte macht das schon? Wenn du in der Branche den Ruf weghast, mit den Bullen zusammenzuarbeiten, kannst du den Laden gleich dichtmachen.»

Manuela schluckte ihre Wut hinunter. Warum musste er sie immer wieder Nutten nennen? In seinem Weltbild schienen diese Frauen keine gleichwertigen menschlichen Wesen zu sein.

«Ich hab mich an diesem See umgeschaut und ein paar Tage in der Szene umgehört, aber nichts Brauchbares erfahren. Für mich war die Sache damit erledigt. Ich hatte sowieso gerade den Arsch voll Arbeit und keine Lust, mich auch noch mit Problemen von Nutten zu beschäftigen.»

Manuela spürte Blut heiß in ihre Wangen schießen. Sie bohrte sich die Nägel in die Handflächen, um nicht zu explodieren. Auf keinen Fall durfte sie Stiffler unterbrechen, jetzt, wo er endlich mal die Wahrheit sagte.

«Du wusstest zu dem Zeitpunkt also nichts über den Täter?», fragte Nielsen.

Stiffler schüttelte den Kopf.

«Tja, und dann wurde diese Susan in ihrer Badewanne ertränkt. Und weil ich es nicht riskieren konnte, dass meine Verbindung zu ihr publik wurde, übernahm ich den Fall.»

«Und warum wurde der Täter nicht ermittelt? Es muss doch Spuren gegeben haben», bohrte Nielsen nach.

«Keine Spuren. Sie muss ihn hereingelassen haben, also hat sie wohl einen Kunden erwartet. Ihr wurde ins Gesicht und gegen den Kopf geschlagen, aber es fanden sich nirgends Hautpartikel des Täters. Außer Hämatomen im Nacken und am Gesäß gab es keine weiteren Verletzungen, sie wurde auch nicht vergewaltigt. Es hätte jeder sein können. Ein Kunde, dem sie zu viel abgeknöpft hatte, vielleicht jemand von der Konkurrenz, du weißt doch am besten, wie es in dem Gewerbe zugeht.»

«Du hattest also nichts?», fragte Nielsen argwöhnisch.

«Absolut nichts. Okay, ich gebe es zu, ich habe mich nicht voll reingehängt, wollte den Ball in der Sache flach halten.»

«Was ist mit dem Kennzeichen?», platzte es aus Manuela heraus, die genug hatte von dieser Farce. Das hier war doch kein Geständnis, sondern wieder nur eine Lügengeschichte.

«Was für ein Kennzeichen?», fragte Stiffler, und sein Blick flog zu Nielsen hinüber.

«Das vom Fahrzeug des Täters. Er ist zusammen mit Frau Hoffmann in seinem Wagen zum See hinausgefahren und wurde dabei von Frau Wolff verfolgt. Sie muss doch das Kennzeichen gesehen haben.»

Zum ersten Mal seit Beginn des Gespräches sah Stiffler Manuela wirklich an. Seine Augen waren plötzlich hellwach und glitzerten bösartig.

«Was ist das für ein Quatsch? Frau Hoffmann wurde von Frau Wolff zum See gebracht. Ich weiß nichts darüber, dass sie von dem Täter mitgenommen wurde.»

Manuela schüttelte den Kopf.

«Wir haben eine Aussage.»

«Aussage? Was für ein Aussage?»

Wieder flog Stifflers Blick zu seinem Kollegen hinüber.

«Von jemandem, der Frau Wolff noch gestern getroffen

hat», erklärte Nielsen. Dann drückte er sich vom Türrahmen ab und ging zwei Schritte auf Stiffler zu.

«Jetzt pass mal auf, Eric. Ich habe die Nase voll. Wenn du jetzt nicht aufhörst zu lügen, dann kann ich dir nicht mehr helfen.»

Die beiden Männer standen sich gegenüber.

Schließlich senkte Stiffler den Blick.

«Ich lüge nicht», sagte Stiffler schließlich.

«Das hoffe ich. Nicht für dich, sondern für Frau Wolff. Wenn wir sie nicht bald finden, könnte es nämlich zu spät sein.»

Stifflers Blick glitt wieder zur Wanduhr hinauf.

«Ich fürchte, es ist bereits zu spät», flüsterte er.

30

Das alte trockene Holz verstärkte seine Schritte zu einem gewaltigen, angsteinflößenden Dröhnen, und mit jedem einzelnen Schritt zuckte Lavinia zusammen.

Er kam sie holen.

Ihre Zeit war abgelaufen.

Wie viel davon seit dem Telefonat mit dem Polizisten vergangen war, wusste sie nicht. Eine, vielleicht zwei Stunden, auf jeden Fall zu viel, um sich noch Hoffnung auf Rettung machen zu dürfen. Mit wem auch immer sie telefoniert hatte – er würde nicht kommen. Sie war auf sich allein gestellt, so wie schon die letzten Jahre, eigentlich ihr ganzes Leben, und wenn sie nicht allein mit diesem Verrückten fertigwurde, dann würde sie hier und heute sterben.

Sie hatte jeden Quadratzentimeter ihres Gefängnisses nach einer morschen Stelle oder einem weiteren Ausgang abgesucht. Vergebens. Sie saß mit dem Rücken an die Wand gelehnt da, die Arme um die Knie geschlungen, und wartete. Die Luft war immer stickiger geworden und ließ sich kaum noch atmen. Schweiß lief in Strömen ihren Körper hinab, und die Kleidung klebte an ihrer Haut.

Sie hatte den Kopf in den Nacken gelegt und starrte in die Dunkelheit hinauf. Trotz der Hitze zitterte sie. Sie biss sich auf die Unterlippe, spannte alle Muskeln an und war nahe daran, zu Gott zu sprechen. Lavinia war konfirmiert worden. Aber sie hatte sich immer schwergetan, an Gott zu glauben, daran hatte auch der Konfirmationsunterricht nichts geändert, eher im Gegenteil. Viele ihrer Fragen hatte der Pastor mit der stereotypen Antwort abgebügelt, dass man daran glauben müsse – oder eben nicht.

Sie hatte sich für «oder eben nicht» entschieden.

Bis zu diesem Augenblick.

«Bitte, Gott, hilf mir», flüsterte sie.

Eine Sekunde später wurde die Luke angehoben, und helles Sonnenlicht fiel in ihr Gefängnis.

Eine Holzleiter wurde herabgelassen.

«Komm rauf.»

Lavinia bewegte sich nicht, zog die Beine noch dichter an den Körper. Welche Möglichkeiten blieben ihr? In diesem Verlies konnte sie sich nicht vor ihm verstecken, und wenn er wollte, dass sie rauskam, würde ihm das auch gelingen. Vielleicht hatte sie oben eine Chance zur Flucht, hier unten jedenfalls gab es keine.

«Komm rauf!», wiederholte er mit mehr Nachdruck.

Lavinia entschied sich, seinem Befehl nachzukommen. Sie stand auf, trat in das helle Viereck und packte die beiden Seitenstreben der Leiter. Vorsichtig stieg sie die Stufen hinauf. Ihre Beine zitterten, und sie hatte unfassbare Angst. In ihrer Kehle wurde es eng, sie spürte Tränen aufsteigen. Aber sie würde ihm nicht den Gefallen tun zu weinen. Fünf Stufen führten nach oben, mit jeder einzelnen wurde sie langsamer. Als ihr Kopf dann aus der Luke ragte, blendete sie das Sonnenlicht so stark, dass sie automatisch verharrte und die Augen schloss.

Sofort packte er sie bei den Haaren und riss sie daran hinauf.

Der Schmerz war enorm und trieb ihr abermals Tränen in die Augen. Lavinia griff mit beiden Händen nach oben, packte sein Handgelenk und hielt sich daran fest, an dem Zug an ihrer Kopfhaut änderte das aber nichts. Die letzten beiden Stufen flog sie förmlich hinauf.

Er warf sie zu Boden.

Lavinia schaffte es gerade noch, sich mit den Händen abzustützen und das Schlimmste zu verhindern, aber der Sturz stauchte ihre Knochen bis in die Schultern hinein.

Ehe sie reagieren konnte, war er auch schon über ihr, hockte sich auf ihren Rücken und presste seine Knie schmerzhaft in ihre Wirbelsäule. Lavinia schrie auf, als er ihre Arme nach hinten zerrte. Dann spürte sie, wie er sie an den Handgelenken fesselte.

Vorbei!, schoss es ihr durch den Kopf.

Dann verschwanden seine Knie aus ihrem Rücken. Endlich von seinem Gewicht befreit, blieb Lavinia liegen und atmete schwer. Ihre linke Wange schmiegte sich an warmes Holz, das nach Sonne und Seewasser roch. Durch einen schmalen Spalt zwischen den Brettern konnte sie unter sich das Wasser sehen. Dunkel und beängstigend.

Dann packte er sie und drehte sie auf den Rücken. Lavinia schrie auf, vor Schreck und weil ihre nach hinten überdehnten Schultern schmerzten. Im grellen Sonnenlicht musste sie wieder die Augen schließen. Durch einen Tränenschleier sah sie über sich einen großen Schatten aufragen. Nach und nach schälte sich ein klares Bild aus dem Nebel.

Seine Haut war schwarz und ledrig, wie die eines Reptils.

Ein Wasserdämon!, schoss es Lavinia durch den Kopf. *Er ist gar kein Mensch!*

Doch dann gewöhnten sich ihre Augen an das grelle Licht, und sie bemerkte ihren Irrtum. Er war sehr wohl ein Mensch, nur trug er einen schwarzen Neoprenanzug, der bis auf Hände, Füße und Gesicht den kompletten Körper bedeckte. Der Anzug saß eng wie eine zweite Haut und glänzte nass, so, als wäre er gerade im Wasser gewesen.

Die langen Arme hingen wie Tentakel an seinen Seiten. Er hatte eine dünne, drahtige Figur und schulterlanges blondes Haar, das nass an seinem Schädel klebte. Große Ohren standen davon ab. Die Wangen waren eingefallen, eine hakenförmige Nase dominierte das Gesicht. Die Lippen darunter waren schmal und blutleer. Aus wässrigen Augen starrte er auf sie herab. Es war ein wilder, wirrer Blick, mehr der eines Tieres als der eines Menschen.

Die Angst fror Lavinias Muskeln ein. Noch vor ein paar Minuten hatte sie vorgehabt, ihn zu provozieren, aber sein Blick und die dämonische Ausstrahlung spülten ihren Mut fort wie reißendes Wasser Treibholz.

Auf seinem Gesicht erschien so etwas wie ein Lächeln. Er sah sie ununterbrochen an, aber sein Blick war entrückt, so als sähe er etwas ganz anderes.

«Wie meine Schwester», murmelte er. «Dein Haar, deine Haut ... Wie meine kleine Schwester.»

«Wo ist sie?», fragte Lavinia schnell, ohne darüber nachzudenken. «Ist sie hier? Kann ich mit ihr reden?»

«Sie badet», sagte er mehr zu sich selbst, hob den Blick und sah auf den See hinaus. In seinen Augen spiegelte sich das Sonnenlicht, und für einen Moment sah es so aus, als würden sie von innen heraus strahlen.

«Ruf sie doch bitte her. Ich würde deine Schwester gern

kennenlernen. Wir würden uns sicher gut verstehen, sie und ich.»

Die Worte sprudelten nur so aus Lavinia heraus. Sie hatte längst begriffen, dass sie sich körperlich nicht mehr gegen ihn wehren konnte, aber vielleicht auf einer anderen Ebene. Sie musste zu ihm durchdringen, ihm bewusst machen, dass sie ein Mensch aus Fleisch und Blut war und leben wollte. Leider hatte sie nicht den Eindruck, dass er sie überhaupt hörte. Er wirkte, als lebte er in einer anderen Welt.

«Bitte», setzte Lavinia nach. «Ich will sie unbedingt kennenlernen. Wie heißt denn deine Schwester?»

Er senkte den Blick und sah auf sie herab. Seine Augen wurden dunkler und die Pupillen enger.

«Oh, das wirst du», sagte er. «Du wirst sie sogar schon sehr bald kennenlernen.»

Lavinia spürte, dass die Stimmung kippte. Diesen Blick kannte sie nur zu gut. Beinahe alle Männer, mit denen sie für Geld geschlafen hatte, hatten ihn irgendwann gehabt. Es lag Gier darin, gepaart mit Macht. Eine unheilvolle Mischung.

«Hör zu», begann sie, aber da ging er schon auf die Knie. Plötzlich war sein Gesicht ganz nah, und seine Hände lagen auf ihrem Bauch.

«Pst!», machte er. «Wir wollen sie doch nicht stören.»

Dabei blickte er sich um, so, als müsse er sich vergewissern, allein zu sein.

Jetzt konnte sie sich nicht mehr zurückhalten. Die Angst überwältigte sie wie eine riesige Welle. «Hilfe!», brüllte sie. «Helfen Sie mir! Hilfe!»

Er schlug ihr mit der flachen Hand ins Gesicht, und ihr Kopf flog herum.

«Du sollst ruhig sein! Ein Wort noch, und ich schneide dir die Zunge heraus!»

Der heftige Schlag hatte sie betäubt. Ihre Wange brannte, und in ihrem linken Ohr piepte es laut und durchdringend. Hände schoben sich unter ihre Bluse. Er entblößte ihren Bauch, tastete an den Rippen entlang und zu den Brüsten hinauf.

«Sie schläft, weißt du, deshalb dürfen wir sie nicht stören. Aber später werden wir mit ihr baden, wir beide. Freust du dich schon darauf?»

Mit einem Ruck riss er die Bluse auseinander. Die Knöpfe sprangen leise klickend über die Holzplanken.

«Bitte nicht ... Lass das, ich will das nicht!», presste Lavinia mit tränenerstickter Stimme hervor.

Er griff zu und quetschte ihre Brüste.

«Hör auf!», schrie Lavinia ihn an. «Hör sofort auf damit!»

Abermals schlug er ihr mit der flachen Hand ins Gesicht, stärker als zuvor. Der Schmerz schoss heiß in ihren Kopf. Ihr wurde schwarz vor Augen. Sie verlor nicht völlig das Bewusstsein, sondern fiel nur in einen Zustand absoluter Wehrlosigkeit.

Er riss ihren BH entzwei. Dann rutschte er auf ihren Beinen hinunter und zog ihr Hose und Slip aus.

«Willst du mit mir tanzen?», fragte er. Es klang fast zärtlich.

31

... Ich werde sie finden ... Ich werde sie finden ...

Er riss die Augen auf. Fremde Häuser, hohe Hecken und Tannen. Die Sonne schien direkt auf die Windschutzscheibe, es war unerträglich heiß im Wageninneren.

Manuela Sperlings Stimme hallte in seinem Kopf wider.

... Ich werde sie finden ...

Wen meinte sie?

Frank schüttelte den Kopf. Sie hatte natürlich Lavinia gemeint. Er hatte an die Polizistin gedacht, war eingeschlafen und hatte wild durcheinandergeträumt.

Sofort kehrte die Erinnerung zurück. Frank richtete sich auf, sein Blick flog zum Haus hinüber. Erleichtert stellte er fest, dass der silberne Toyota noch vor der Einfahrt parkte. Er hatte vorhin nicht auf die Uhr geschaut, aber wahrscheinlich war er nur ein paar Minuten weg gewesen. Er hatte gar nicht registriert, wie sehr ihn das alles anstrengte, denn solange er etwas tun konnte und gefordert wurde, funktionierte er wie eine Maschine – aber wehe, es kam eine Ruhephase. Dann war es, als würde jemand den Stecker herausziehen.

Frank wollte gerade aussteigen, um sich ein bisschen die Füße zu vertreten, da öffnete sich auf der anderen Straßenseite die Haustür. Zuerst trat Manuela Sperling heraus, dann Nielsen und schließlich der dünne Mann, den Frank nicht kannte. Er rutschte tiefer in den Sitz, um darin zu verschwinden. Zwar parkte er gut geschützt in dem zugewachsenen Weg, aber dieser Nielsen blieb einen Moment auf dem Treppenabsatz des Hauses stehen und sah sich um.

Schließlich folgte er den anderen beiden.

Manuela Sperling stieg in den silbernen Toyota. Der dünne lange Kerl stieg auf der Beifahrerseite des Mercedes ein, Nielsen auf der Fahrerseite. Das Zuschlagen der Türen drang bis zu Frank herüber.

Kurz darauf rollten die beiden Wagen an ihm vorbei.

Er startete den Motor und folgte ihnen.

Manuela kochte vor Wut, und das war nicht einfach nur so dahergesagt. Ihre Wangen glühten, Schweiß stand ihr auf der Stirn, rann ihr das Gesicht und den Hals hinab und sammelte sich zwischen den Brüsten. Immer wieder pustete sie sich eine hartnäckige Strähne aus der Stirn, aber ihr Atem brachte keine Kühlung. Im Wagen war es heiß und stickig, er hatte fast eine halbe Stunde in der prallen Sonne gestanden. Es war heute wirklich unerträglich schwül und drückend, aber daran lag es nicht. In ihr kochte das Feuer der Wut, und die Flammen wollten und wollten nicht kleiner werden.

Stiffler wusste, wo sich der Täter aufhielt.

Unmittelbar bevor Nielsen und sie vor seinem Haus aufgetaucht waren, hatte ihn der Wassermann offenbar angerufen und ihm einen Hinweis darauf gegeben, wo er Lavinia Wolff finden würde. Der Ablauf war ähnlich wie bei der Toten aus dem Fluss, deshalb hielt Manuela das für glaubhaft. Worüber sie sich so aufregte – neben Stifflers unerträglich arrogantem Benehmen –, war, dass er die ganze Zeit über, während sie sich in seinem Wohnzimmer unterhalten hatten, kein Wort davon gesagt hatte. Beinahe zwanzig Minuten hatte sie mit ihrem Gespräch verplempert; zwanzig Minuten, die für Lavinia Wolff über Leben und Tod entscheiden konnten.

Und dieser Stiffler hatte nur mit den Schultern gezuckt und gesagt:

«Sie ist längst tot, so wie die andere Nutte auch, sonst hätte er mich nicht angerufen.»

Am liebsten hätte sie Stiffler die Augen ausgekratzt, aber da das natürlich nicht möglich war, hatte sie nur dagestanden, ihn angestarrt, alle Abscheu, zu der sie fähig war, in ihre Stimme gelegt und gesagt:

«Dafür werden Sie büßen, und wenn es das Letzte ist, was ich im Dienst tue ... Sie werden nicht davonkommen.»

Und Eric Stiffler hatte gelächelt. Er hatte tatsächlich gelächelt und ihren Blick erwidert, ohne mit der Wimper zu zucken.

Nielsen war dazwischengegangen. Er hatte Stiffler in den Flur hinausgeschubst, Manuela beiseitegenommen und auf sie eingeredet:

«Wir fahren sofort dorthin, vielleicht ist es ja noch nicht zu spät. Wir fahren mit beiden Autos, du nimmst wieder meinen und folgst uns. Während der Fahrt werde ich alles aus Eric herausquetschen, was er sonst noch weiß, das verspreche ich dir.»

Dann hatte er freundschaftlich seine Hand auf ihren Oberarm gelegt.

«Und noch etwas verspreche ich dir. Eric wird seine Strafe bekommen, ohne Wenn und Aber. Er hat jede Chance auf Verständnis verspielt. Aber jetzt brauchen wir ihn noch. Er weiß als Einziger, wo wir Frau Wolff finden, und das ist jetzt am wichtigsten. Wir müssen versuchen, sie zu retten, aber dafür muss Eric mitkommen. Schaffst du das?»

Nielsen hatte ihr tief in die Augen geschaut. Manuela war wie betäubt gewesen und hatte nur noch an Stifflers zynisches Lächeln denken können. Dieser Mann war noch viel schlimmer, als sie gedacht hatte! Er war ein Psychopath, ein Wolf im Schafspelz, und er gehörte hinter Gitter. Trotzdem hatte sie natürlich die zwingende Logik in Nielsens Worten verstanden. Ja, sie brauchten das Arschloch noch. Er musste sie zu diesem See führen, nur er allein wusste, wo sie den Wassermann finden würden.

Es war zum Kotzen, aber unvermeidlich.

Während Manuela dem schwarzen Mercedes hinterherraste, betete sie zu Gott, dass er Lavinia Wolff retten möge.

Der Geruch von Seewasser. Gleißende Hitze, die ihren Körper versengte. Und dann ein Stich, und noch einer, und noch einer. Tief eindringender Schmerz, ein greller Höhepunkt, dann abschwellend, bevor der nächste Stich folgte.

Lavinia schrie sich aus der Bewusstlosigkeit. Sie begriff, dass sie nackt auf den Holzplanken des Stegs lag und die Sonne auf sie niederbrannte. Auf ihren Oberschenkeln hockte der Wassermann. Er beugte sich tief über ihren Unterkörper und berührte mit seinem Gesicht fast ihren Bauch. Und es tat so entsetzlich weh.

«Neiiiiiin», schrie Lavinia. Er fraß sie bei lebendigem Leibe auf. Sie stieß ihre Hüften nach vorn, um ihn abzuwerfen.

Augenblicklich brannte sich etwas heiß in die empfindliche Haut ihres Bauches, und es stank nach verbranntem Fleisch.

«Halt still», fauchte der Wassermann, und es klang wie das Zischen einer Schlange.

Lavinia bäumte sich auf und riss den Kopf empor. Sie musste sehen, was er tat.

In seiner Hand hielt der Wassermann einen blauen batteriebetriebenen Lötkolben. An der metallenen Spitze klebten bereits verschmorte Hautfetzen und qualmten stinkend.

Es war ihre Haut. Während sie bewusstlos gewesen war, hatte er damit begonnen, ihr etwas in den Bauch zu brennen.

«Verpiss dich! Runter von mir!», schrie Lavinia, wandte sich hin und her und bockte wie ein wildes Pferd.

Der Wassermann blieb zwar auf ihren Oberschenkeln hocken, verlor aber das Gleichgewicht und stützte sich mit einer Hand auf dem Steg ab.

«Halt still, sonst wird das nichts.»

«Nein!», schrie Lavinia abermals laut und gellend.

Er schlug ihr in den Bauch. Sie krümmte sich zusammen und japste nach Luft, da schlug er ihr auch noch ins Gesicht. Seine Faust traf sie an der Schläfe und schleuderte sie in die Bewusstlosigkeit zurück.

Irgendwann erwachte Lavinia wieder und fühlte sich trotz der Schmerzen geradezu leicht und gelöst. Sie schaute zum blauen Himmel hinauf, vor dem einzelne dunkle Wolkenberge dahinzogen. Es war ein Anblick von solcher Schönheit, dass er fast tröstlich war. Warum sollte sie sich noch fürchten, warum aufregen, wenn in ein paar Minuten doch alles vorbei sein würde?

Sie hatte gekämpft, die letzten drei Jahre waren ein einziger, lang andauernder Kampf gewesen, der unglaublich viel Kraft gekostet hatte. Kraft, die ihr jetzt fehlte. Sie konnte einfach nicht mehr. Menschen waren nur bis zu einer bestimmten Grenze belastbar, und ihre war nun erreicht.

Das ist Bullshit, und das weißt du auch. Du hast viel mehr Kraft als ich, auch jetzt noch. Ich wurde in dieses Leben hineingeboren, du aber hast dich dafür entschieden und es durchgezogen. So etwas zeugt von wahrer Kraft. Also steh auf und tritt diesem Wichser in die Eier.

Das war Susans Stimme. Lavinia musste lächeln. Susan hatte sie mit ihrer direkten, unverblümten Art immer zum Lachen gebracht.

Und es klappte auch jetzt noch, Jahre nach ihrem Tod. Es war tröstlich zu wissen, dass manche Dinge sich nie änderten.

Susan hatte recht.

Sie durfte nicht aufgeben.

Plötzlich bekam sie einen Tritt gegen den rechten Oberschenkel.

«Vorn am Steg liegt ein Boot. Du kannst gehen, oder ich schleife dich übers Holz. Wie du willst.»

Susan verschwand, und dieser schöne Augenblick war zerstört. Der Wassermann zog sie zurück in seine Welt voller Schmerz und Abartigkeit.

Susans Stimme gehört zu haben entfachte in Lavinia ein zartes Flämmchen neuer Kraft. Ihr ganzer Körper schmerzte, vor allem der Bauch, doch sie kämpfte sich mühsam hoch. Wo er sie mit dem Lötkolben bearbeitet hatte, glänzte nasse, verbrannte Haut. Waren das Buchstaben oder Zeichen? Lavinia konnte es nicht erkennen. Alles verschwamm vor ihren Augen. Sie drohte wieder nach hinten zu kippen.

Der Wassermann packte sie unter den Armen und riss sie hoch.

Sobald sie stand, wurde ihr schwindelig, und sie wäre umgekippt, hätte er sie nicht festgehalten. Sein Griff war hart, und seine Finger bohrten sich tief in ihr Fleisch.

Verschwommen nahm Lavinia die Umgebung wahr.

Vor ihr lag ein in einem Wald eingebetteter See, dessen jenseitiges Ufer sie nicht sehen konnte. Dunkle Gewitterwolken verdunkelten den westlichen Himmel, und der Wald stand dort wie eine schwarze Mauer. Der See lag vollkommen ruhig, sein Wasser erschien undurchdringlich, und eine gespenstische Ruhe lag über allem. Kein Rascheln im Schilfgras, kein Rauschen in den Wipfeln der Kiefern. Es war die Ruhe vor dem großen Sturm, eine eigenartige, bedrückende Atmosphäre, als hielte die Welt den Atem an.

«Geh jetzt zum Boot, oder soll ich dich hinschleifen?», sagte der Wassermann.

Lavinia konnte das Ende des langen Stegs sehen. Ihr blieben vielleicht zwanzig oder dreißig Meter, um etwas zu unternehmen. Denn war sie erst im Boot, war sie verloren.

Zunächst torkelnd, dann aber sicherer, setzte sie einen Fuß vor den anderen. Ihre Gedanken rasten, suchten nach einer Möglichkeit, dem Wassermann doch noch zu entkommen. Schneller als erwartet erreichten sie das Ende des Stegs. Unten lag ein kleines Holzboot vertäut. Zwei Holzpaddel lagen darin, und auf einer der beiden Planken, die als Sitzbänke dienten, außerdem eine Tauchmaske. Vier an den Steg gezimmerte Stufen führten hinunter.

Nicht ins Boot! Du darfst auf keinen Fall ins Boot!, schoss es ihr durch den Kopf.

Sie drehte sich blitzartig um und schlug ihre Stirn gegen seine Nase. Er schrie überrascht auf, ließ sie los und torkelte zurück.

Lavinia setzte nach und rammte ihm ihre Schulter in den Bauch. Er flog nach hinten ins Wasser. Durch die Wucht ihrer Bewegung torkelte Lavinia ebenfalls an den Rand des Stegs. Sie versuchte noch verzweifelt, ihren Körper auszubalancieren, aber mit den gefesselten Händen geriet sie immer mehr in Schieflage. Sie bog den Rücken durch und klammerte sich mit den nackten Zehen an die Kante der Bohlen. Die Schwerkraft gewann.

Sie fiel.

Im nächsten Moment war sie im Wasser. Es war erstaunlich kalt, und sie hätte vor Überraschung beinahe nach Luft geschnappt. Sofort begann sie wild mit den Beinen zu strampeln, um sich an die Oberfläche zu bringen, aber ohne Einsatz der Arme war das nicht so einfach. Der Steg führte mindestens zwanzig Meter auf den See hinaus. Anscheinend war das Wasser hier schon ziemlich tief, denn sie konnte keinen Grund spüren.

Trotzdem schaffte sie es. Ihr Kopf durchbrach die Wasseroberfläche. Gierig sog sie Luft ein, schluckte dabei Wasser und hustete.

Lange konnte sie sich nicht über Wasser halten. Als sie wieder sank, riss sie die Augen auf und sah sich um.

Er war direkt vor ihr.

Wie ein schwarzer Fisch glitt er durchs Wasser und beobachtete sie. Aus beiden Nasenlöchern floss in dünnen Fäden Blut. Es verteilte sich wie ein zarter Fächer im Seewasser. Ihre Lunge schrie nach Luft. Sie sackte schnell tiefer, kämpfte verzweifelt gegen ihre Fesseln an, aber der Knoten hielt. Es wurde immer kälter, empfindlich kalt, und Lavinia begriff, dass sie zu tief sank. Mit einem Schlag wurde die Gier nach Atemluft übermenschlich groß. Es war ihr egal, ob sie Wasser schlucken würde, sie musste atmen, musste es wenigstens versuchen, jetzt sofort. Ihr Brustkorb zog sich zusammen, ihre Kehle wurde enger und enger, jede Verästelung ihrer Bronchien bettelte um Sauerstoff.

Direkt vor ihr, keinen Meter entfernt, schwebte er im Wasser wie ein fremdartiges Wesen.

34

Nach zwanzig Minuten Fahrt sah Manuela Sperling den schwarzen Mercedes mit Peter Nielsen am Steuer und Eric Stiffler auf dem Beifahrersitz von der zweispurigen Landstraße abbiegen. Sie hatte Mühe, mit Nielsens halsbrecherischem Fahrstil mitzuhalten, zumal sie mit dem fremden Wagen nicht gut zurechtkam, und erreichte die Stelle erst mit einer Minute Verspätung. Im hohen Gras neben der Landstraße stand leicht schief ein verwittertes Holzschild. Manuela hielt an, um die Inschrift zu lesen.

Gorreg.

Sie wusste nicht, warum, aber dieser Name jagte ihr augenblicklich eine Gänsehaut über den Rücken. Sie kannte diesen See nicht, folglich musste er außerhalb der Zone liegen, die sie beprobt hatten.

Manuela bog in den einspurigen, geteerten Weg. Er war übersät von Schlaglöchern, herausgebrochene Steine und Asphaltbrocken lagen auf der Fahrbahn verteilt. Rechts und links trennten tiefe Entwässerungsgräben die Straße von einer urigen Hochmoorlandschaft. Gelbbraunes Gras bildete einen dichten Teppich, aus dem hie und da niedrige Birken wuchsen. Früher mochte hier Torf gestochen worden sein, aber diese Zeiten waren längst vorbei, und für Ackerbau war der Boden wohl nicht geeignet.

Manuela spürte die Reifen hart in die Schlaglöcher federn und stieg auf die Bremse. Nielsen vor ihr raste unbeeindruckt weiter. Nach einer Bodenwelle setzte der Auspuff auf, und ein Funkenregen schoss unter dem Wagen hervor. Manuela konnte den Mercedes bald kaum noch erkennen, bis er schließlich hinter einer Kurve ganz verschwand.

Sie gab etwas mehr Gas, aber nicht viel. Die tiefen Gräben neben der Straße waren einfach zu bedrohlich. Wie grauenhaft, in dem braunen, brackigen Wasser ertrinken zu müssen!

Nach vielleicht drei Kilometern erreichte Manuela eine Kreuzung mit einem weiteren Holzschild. Nielsen hatte sie gerade passiert. Sie konnte den Wagen zwar nicht sehen, dafür aber die Staubwolke, die über der jetzt unbefestigten Straße lag.

Manuela stoppte an dem Schild. Der Arm, dem Nielsen gefolgt war, wies zum Gorreg. Der andere Arm wies nach links und war in der Mitte abgebrochen. Nur die Buchstaben *burg* waren übrig geblieben.

Manuela steuerte direkt in die Staubwolke, die Nielsen aufgewirbelt hatte. Sie konnte kaum noch den Weg vor sich sehen. Weit vorgelehnt und ans Lenkrad geklammert, versuchte sie, nicht aus den Fahrspuren zu geraten. Hartes, braunes Gras scheuerte am Unterboden entlang. Es klang unheimlich. Manuela fühlte sich wie in einer fremden Welt, und diese Welt machte ihr Angst. Allein wäre sie spätestens jetzt umgekehrt, das wusste sie. Nur weil irgendwo dort vorn ein Kollege auf sie wartete, dem sie vertraute, fuhr Manuela weiter.

Plötzlich tauchten Himmel und Landschaft von einer Sekunde zur anderen wieder auf. Hundert Meter voraus stand der schwarze Mercedes auf einer freien, geschotterten Fläche. Stiffler stand an einer hölzernen Abgrenzung, die den provisorischen Parkplatz einfriedete und eine Weiterfahrt verhinderte. Er starrte zu einem Waldgebiet hinüber. Nielsen lief mit dem Handy am Ohr nervös auf und ab.

Er winkte ihr zu.

Manuela lenkte den Wagen neben den Mercedes, stellte den Motor ab und stieg aus.

«Haben Sie die Koordinaten?», fragte Nielsen ins Handy. «Nein, wir benötigen unbedingt den Hubschrauber, das Gelände ist unwegsam. Und sehen Sie zu, dass Sie den Hundeführer auftreiben.»

Nielsen steckte das Handy weg.

«Ich habe ein SEK und einen Hubschrauber angefordert», sagte er und blieb vor ihr stehen. «Die Gegend hier ist ein absoluter Albtraum. Wenn der Täter sich hier auskennt, und davon müssen wir ausgehen, entkommt er uns wieder.»

«Wo sind wir hier?», fragte Manuela.

«Naturschutzgebiet», sagte Nielsen und sah sich um. «Hier grenzt ein ehemaliges Hochmoorgebiet an die westlichen Ausläufer der Heide. Ziemlich einsam.»

«Und was ist Gorreg?»

«Ein See. Eric hat es mir erklärt. Der Gorreg ist einer

der tiefsten Seen in Norddeutschland und soll über sechzig Meter tief sein. Deshalb ist sein Wasser auch verhältnismäßig kalt. Früher war das im Sommer ein sehr beliebter Badesee, aber dann nahm die Verschmutzung des Uferbereichs immer mehr zu. Die Umweltbehörde hat kurzerhand alles dichtgemacht. Wahrscheinlich kommen im Sommer immer noch ein paar Leute her, aber illegal.»

«Und hierher soll der Täter Frau Wolff gebracht haben?», fragte Manuela. «Ist das sicher?»

«Angeblich hat der Täter am Telefon ausdrücklich diesen See erwähnt. Eric meint, es gibt hier noch alte Hütten. Vielleicht hat er hier seinen Unterschlupf.»

«Und dann lockt er die Polizei hierher?», fragte Manuela zweifelnd.

Nielsen schüttelte den Kopf.

«Nicht die Polizei. Nur Eric.»

«Kommt die Unterstützung?», unterbrach Stiffler sie, der sich unbemerkt angeschlichen hatte.

Manuela fuhr herum und sah ihn an. Er hatte hektische rote Flecken im Gesicht, außerdem waren seine Pupillen stark erweitert. Er sah richtig beschissen aus. Es war sicher keine gute Idee gewesen, ihn mitzunehmen. Aber Nielsen hatte ja darauf bestanden.

«Sind unterwegs», sagte er jetzt. «Eine halbe Stunde werden sie aber brauchen.»

«Das ist zu lange», sagte Manuela.

«Sehe ich auch so», stimmte er ihr zu. «Ich würde sagen, wir gehen schon mal vor.»

Er zog seine Waffe aus dem Achselholster und überprüfte sie.

«Hast du deine dabei?», fragte er.

Manuela nickte und öffnete kurz ihre Jacke, um sie Nielsen zu zeigen.

«Wo hast du meine Waffe gelassen?», fragte Stiffler.

«Im Büro, im Safe, wo sonst?», erwiderte Nielsen barsch.

«Soll ich etwa ohne gehen?»

«Musst du wohl.»

Nielsen beugte sich in den Toyota, holte ein paar Handschellen hervor, die er an seinem Gürtel befestigte, und trat mit einem zweiten Paar auf Stiffler zu.

Er blickte ihm fest in die Augen.

«Nimm die», sagte er und drückte ihm die Handschellen in die Hand. «Und bau bloß keine Scheiße.»

Seine Stimme klang dunkel und bedrohlich.

Eric Stiffler senkte den Blick, strich mit dem Daumen über das silberne Metall in seiner Hand, sah dann zu seinem Kollegen auf und schließlich Manuela direkt ins Gesicht.

«Ich hab schon viel zu viel Scheiße gebaut», sagte er. «Aber vielleicht kann ich ja jetzt etwas gutmachen.»

35

«Du hast sie angefasst, nicht wahr, gib es doch endlich zu! Du hast deine kleine Schwester angefasst, du Sau!»

Der nächste Stoß war wuchtig und traf ihn vor die Brust. Er taumelte abermals zwei Schritte zurück.

«Und weil sie dich verraten hätte, hast du sie danach ertränkt. Habe ich nicht recht?»

«Neiiiiin!» Er schrie seine Angst und Wut hinaus. «Das ist nicht wahr. Niemals hätte ich so etwas getan!»

Stifflers Gesicht war gerötet, die Sehnen an seinem dünnen Hals traten weit hervor, er ballte seine Hände zu Fäusten, und Lögur Turunnen erwartete einen Schlag ins Gesicht.

Stattdessen stieß Stiffler ihn weiter vor sich her. Diesmal geriet Lögur ins Straucheln, stolperte über eine aus dem

Waldweg ragende Kiefernwurzel und fiel hart auf den Hintern. Etwas Spitzes bohrte sich in seine rechte Handfläche, doch er nahm den Schmerz kaum wahr. Zu sehr war er auf den hoch über ihm aufragenden Polizisten fixiert. Dessen bedrohliche Aura jagte ihm eine Heidenangst ein. Aber er spürte auch, dass Stiffler nur deshalb so außer sich war, weil er ihm nichts beweisen konnte.

Im Haus auf dem See waren seine Eltern mit Packen beschäftigt. In zwei Tagen würden sie nach Finnland zurückkehren, um Siiri dort, im Land ihrer Geburt, zu beerdigen. Sie würden nie mehr nach Deutschland zurückkehren, das stand fest. Und Stiffler wusste das. Er wusste, dass er dann keinen Zugriff mehr auf ihn haben würde. Von einem sechzehnjährigen Jungen eine solche Schmach zugefügt zu bekommen, das war es, was ihn so wütend machte.

Stiffler war auf dem Weg zu Lögurs Eltern. Er hatte seinen Wagen vorn am Parkplatz stehen lassen und war die letzten vierhundert Meter durch den Wald zu Fuß gegangen, weil die Zuwegung zum Haus zu schmal war für ein Fahrzeug. Im dunklen Tunnel des Waldweges hatte Lögur ihn zu spät gesehen und war ihm in die Arme gelaufen.

Er hatte umkehren wollen, doch Stiffler hatte sich ihm in den Weg gestellt.

«Na, wo willst du hin? Zu Mama und Papa? Glaubst du, die können dich vor mir beschützen? Niemand kann das, das solltest du wissen. Ich bin hier, um dich mitzunehmen, Junge. Ich bring dich in den Knast für das, was du getan hast.»

«Gar nichts habe ich getan», hatte Lögur geantwortet. Er wusste, er hätte es dabei belassen sollen, doch dann hatte ihn der Teufel geritten. «Und selbst wenn ... Sie können mir gar nichts beweisen. Und das wissen Sie auch.»

Diese paar Worte hatten gereicht, um Stiffler explodieren zu lassen. Er hatte ihn vor sich hergeschubst, und jetzt, da Lögur am Boden lag, schien der Bulle wie ein wildgewordenes

Tier auf sein Opfer losgehen zu wollen. Sein Gesicht war das eines Verrückten. Schweiß perlte von seiner Stirn. Er ließ sich mit beiden Knien auf Lögurs Brustkorb nieder, drückte ihn mit seinem Gewicht zu Boden und nahm ihm die Luft zum Atmen. Mit der rechten Hand packte er sein Kinn, die Finger gruben sich tief in seine Wangen.

«Vielleicht kann ich das nicht, Junge, aber eines kannst du mir glauben. Du hast dir den Falschen ausgesucht für dein Spielchen. Vielleicht kann ich dir nichts nachweisen, aber ich kann aller Welt erzählen, was du getan hast. Dass du Hand angelegt hast an deine kleine Schwester. An ihr herumgespielt hast. Und weißt du, was ...?»

Stiffler beugte sich noch ein wenig weiter zu ihm hinunter, brachte sein Gesicht ganz nah an das Lögurs, sodass der Junge dessen nach Alkohol stinkenden Atem riechen konnte.

«Ich fange gleich bei deinen Eltern damit an», flüsterte Stiffler. «Sie sollen wissen, wer ihren süßen kleinen Delfin getötet hat.»

Lögur wollte schreien, doch der Polizist presste seine Kiefer zusammen, außerdem hockte er noch immer mit seinem ganzen Körpergewicht auf seinem Brustkorb. Tränen schossen ihm in die Augen, und er hasste sich dafür, vor diesem Mann zu weinen.

Stiffler grinste ihn an und weidete sich einen Moment an seiner Hilflosigkeit. Dann verschwand das Gewicht plötzlich von seinem Brustkorb, und Lögur konnte wieder atmen.

«Was geht hier vor?», rief jemand.

Hustend und würgend hob Lögur den Kopf und sah seinen Vater über den vom Ufer her ansteigenden Waldweg auf sie zukommen.

«Er ist gestürzt, ich wollte ihm gerade hochhelfen», antwortete Stiffler und streckte Lögur seine Hand entgegen.

«Nicht wahr, Junge?», sagte er leise zu ihm und warf ihm aus schmalen Augen einen warnenden Blick zu.

Lögur ergriff die Hand nicht, rollte sich stattdessen von Stiffler weg und kam mühsam auf die Knie.

«Er hat mich geschubst, Papa», sagte er mit weinerlicher Stimme.

Sein Vater erreichte sie und baute sich vor Stiffler auf. Er war groß und trainiert, überragte den dünnen Polizisten um Haupteslänge und ließ ihn neben sich wie einen alten gebrechlichen Mann wirken.

«Stimmt das?», fragte er mit drohender Stimme.

Stiffler schob die Hände in die Taschen seiner Jacke.

«Sie sollten nicht alles glauben, was Ihnen Ihr sauberer Sohn erzählt.»

«Was soll das heißen?», fragte Tarvo Turunnen, und sein Blick flog zwischen Lögur, der noch immer am Boden hockte, und dem Polizisten hin und her. «Was wollen Sie eigentlich schon wieder hier? Es ist doch alles gesagt.»

«Ist es das?», sagte Stiffler spöttisch. «Vielleicht will Ihr Sohn dem ja noch etwas hinzufügen.»

Jetzt sah sein Vater ihn an. In den vergangenen vier Tagen seit Siiris Tod war das nicht oft vorgekommen, aber wenn er es getan hatte, dann stets mit einem enttäuschten Ausdruck in den Augen. Ja, sein Vater war enttäuscht von ihm, weil er nicht so auf seine kleine Schwester aufgepasst hatte, wie er es ihm aufgetragen hatte, und jetzt war Siiri tot. Aber Lögur hatte sich vorgenommen, es wiedergutzumachen. Wenn sie erst in Finnland wären, würde er für seine Eltern da sein. Er würde für seinen Vater jeden Wettkampf gewinnen, er würde die Lücke füllen, die Siiri hinterlassen hatte.

«Lögur, was soll das heißen?», fragte sein Vater streng.

Lögur schüttelte den Kopf. Sein langes, verschwitztes Haar flog von einer Seite auf die andere.

«Nichts, Papa. Hör nicht auf ihn. Er weiß gar nichts», rief er mit einer Stimme, die selbst für seine Ohren viel zu schrill klang.

Tarvo Turunnen sah Stiffler an. «Was wollen Sie? Noch mehr Leid über unsere Familie bringen?»

Stiffler schüttelte den Kopf. «Ich will die Wahrheit hören. Von ihm.» Sein dürrer Arm schoss vor und wies auf den am Boden hockenden Jungen.

Für einen Moment wurde es vollkommen still. Die Vögel in den Ästen und der leichte Wind in den Wipfeln verstummten. Die Welt konzentrierte sich auf Lögur Turunnen, und der spürte das Gewicht dieses Augenblicks auf sich wie zuvor das des Bullen. Etwas zerbrach in ihm, und das Geräusch füllte seinen Kopf aus.

«Die Wahrheit, Junge», schrie Stiffler ihn an, und Lögur war ihm fast dankbar dafür.

«Ich habe Siiri geliebt», schrie er. Er heulte Rotz und Wasser.

«Ja, aber auf eine kranke Art und Weise!»

«Was wollen Sie damit sagen?», fuhr Tarvo Turunnen scharf dazwischen.

«Sie haben es selbst gesagt», entgegnete Stiffler, «Ihre Tochter schwamm wie ein Delfin. Sie wäre nie und nimmer ertrunken. Wollen Sie mir etwa erzählen, Sie hätten noch nicht darüber nachgedacht, was sich wirklich zugetragen hat an dem Nachmittag, als Ihre Kinder allein waren hier am See? Warum zum Beispiel war Ihre Tochter nackt?»

Lögurs Vater schnappte nach Luft. Seine Hände öffneten und schlossen sich krampfartig.

«Haben Sie Beweise für diese ungeheuerlichen Anschuldigungen?», schrie er.

Stiffler schüttelte den Kopf. «Keine Beweise. Aber meinen Instinkt, und der trügt selten.»

«Hauen Sie ab», sagte Tarvo Turunnen mit leiser Stimme.

Stiffler wartete noch einen Moment, nickte dann und ging davon.

Sein Vater sah dem Polizisten eine Weile nach. Lögur hockte am Boden und wagte es nicht, sich zu bewegen.

Schließlich wandte sich sein Vater ihm zu und sah ihm in die Augen.

Es waren die Augen seines Vaters, die er in ihrem von goldenem Haar umrahmten Gesicht sah. Unnatürlich weit aufgerissen waren sie und quollen schier aus den Höhlen, aber der Ausdruck darin war der gleiche wie damals.

Was hast du getan, Junge?

Vater hatte es nicht ausgesprochen, aber das war auch nicht nötig gewesen. Nach dem Zwischenfall mit Stiffler auf dem Waldweg zu ihrem Haus war alles anders gewesen. Nicht Siiris Tod hatte ihre Familie zerbrechen lassen. Stiffler war es gewesen. Er hatte etwas Zerstörerisches hinterlassen, eine unheilvolle Saat, die in der nach Erklärung suchenden Trauer seiner Eltern aufging. Ein halbes Jahr nach ihrer Rückkehr nach Finnland und nach Siiris Beerdigung hatte seine Mutter sich umgebracht. Lögur hatte eine Ausbildung zum Schwimmmeister begonnen und war am frühen Nachmittag in ein stilles Haus gekommen. Seine Rufe waren versickert wie in einer Gruft. Seine Mutter hatte er in der Badewanne gefunden. Sie schwamm in Wasser und Blut, hatte sich selbst die Adern geöffnet. Lange hatte er einfach nur in der Tür gestanden und sie angestarrt, und da erst war ihm klar geworden, was Stiffler ihnen auf dem Waldweg wirklich angetan hatte. Die Familie Turunnen war ausgelöscht worden, und daran trug allein Eric Stiffler die Schuld.

Er blinzelte. Das hier war nicht sein Vater. Es war die Nutte, mit der Stiffler vor drei Jahren zu tun gehabt hatte. Sie war eine der vielen Frauen in dessen Leben, und genau deshalb musste sie sterben. Nicht er selbst, sondern sein gesamtes Umfeld musste sterben. Genau das hatte Stiffler auch ihm angetan.

Er hatte seine letzte Botschaft in ihren Bauch gebrannt. Es war nicht so schön geworden wie bei der anderen, dafür war sie zu unruhig gewesen, aber er hatte nicht warten können, da er nicht wusste, wann Stiffler kommen würde. Es spielte auch keine Rolle, ob sie lesbar war, denn eigentlich war sie für ihn selbst.

Ihre Lippen waren zwei fest aufeinandergepresste Striche, die Wangen bis zum Zerbersten aufgeblasen. Sie war kurz davor, den Mund aufzureißen. Diesen Moment hatte er nie begriffen. Sie alle öffneten den Mund und nahmen das Wasser in sich auf, alle sechzehn Frauen hatten das getan, mit denen er getanzt hatte. Die eine hatte länger durchgehalten als die andere, manche hatten sich stärker gewehrt, andere gar nicht, aber wenn der Atemreflex über den Überlebensinstinkt siegte, war es immer gleich.

Keine hatte den Mund langsam geöffnet, nein, alle hatten ihn mit einem Ruck weit aufgerissen, gierig das Wasser eingesogen und beinahe sofort ekstatisch zu zucken begonnen.

Sie war so weit, er konnte es sehen. Er ließ sich mit ihr sinken.

Er schoss vor, schlang seine Arme um ihren nackten Oberkörper und seine Beine um ihre Beine. Eigentlich hatte er warten wollen, bis Stiffler hier auftauchte, damit er dabei zusehen konnte, aber durch ihre eigene Schuld waren sie bereits im Wasser, und er konnte sich nicht zügeln. Sie hatte die glatte makellose Haut eines Delfins, genau wie seine kleine Schwester.

Er wollte tanzen.

Jetzt.

36

Sie folgten einem alten Trampelpfad, der durch dichtes Unterholz führte. Das heraufziehende Gewitter verdunkelte den Wald und schuf tiefe Schatten, in denen sich alles verbergen konnte. Die Baumwipfel wisperten und raunten, hier und da krachte und knackte es, und Manuelas Blick flog von einer Seite zur anderen.

Bevor sie losgezogen waren, hatten sie noch schnell auf die Umgebungskarte geschaut. Der Gorreg hatte eine eigentümliche, wilde Form und war in der Mitte beinahe zweigeteilt. Der östlich gelegene Teil war ein langer, tief in den Wald hineinreichender Schlauch, der westliche Teil hatte die typische runde Form. Zu diesem Teil waren sie unterwegs, denn dort befand sich laut Stiffler der Badestrand, bis die Umweltbehörde alles dichtgemacht hatte.

Mit der Waffe in der Hand ging Nielsen voran, Manuela folgte ihm. Der unbewaffnete Stiffler bildete die Nachhut. Manuela war froh, nicht allein zu sein. Dieser Wald jagte ihr eine Heidenangst ein. Alles hier war fremd und eigenartig. Die Schatten schienen lebendig zu werden und ihre Fänge nach ihr auszustrecken. Aus der Ferne grollte es, und das fahle Licht der ersten Blitze zuckte zwischen den Stämmen der Kiefern und Fichten hindurch. Manuela hielt ihre Dienstwaffe fest umklammert. Eigentlich war es Wahnsinn, sich in diesem riesigen, unübersichtlichen Areal nur zu dritt auf die Suche nach Lavinia Wolff zu machen. Ein-, zweimal glaubte Manuela, eine Frau schreien zu hören, doch da die beiden Männer nicht reagierten, schrieb sie es ihrer Angst zu.

Warum lockte der Täter sie ausgerechnet hierher? Auf dem Parkplatz hatte Stiffler nichts dazu gesagt, und seit sie losgegangen waren, hatte keiner mehr ein Wort gesprochen. Die Anspannung war beinahe körperlich spürbar.

Unvermittelt blieb Nielsen stehen und hob die Hand. Manuela schloss zu ihm auf und spürte einen Augenblick später Stifflers schnellen, mühsamen Atemrhythmus in ihrem Nacken. Ihr eigenes Herz schlug ebenfalls viel zu schnell. Nielsen hingegen schien die Ruhe selbst zu sein.

«Da», sagte er leise.

Manuela folgte seinem Blick. Es dauerte einen Moment, bis sie sah, was er meinte.

Im Schutz des Waldes hob sich wie eine schwarze Festung ein Holzhaus vor dem Hintergrund des Sees ab.

«Was ist das?», fragte Manuela flüsternd.

«Hier gab es mal einen Kiosk und einen Bootsverleih», raunte Stiffler, der viel zu dicht bei ihr stand und nach Alkohol stank.

«Hält er sie dort fest?», fragte Manuela und rückte ein Stück von ihm ab.

«Das werden wir herausfinden», antwortete Nielsen und ging voran.

Manuela zögerte. Von dem dunklen Gebäude ging etwas Bedrohliches aus, und sie hatte plötzlich das Gefühl, in Gefahr zu sein.

Stiffler stieß sie von hinten an.

«Was ist? Hosen voll?»

Sie antwortete nicht, sondern setzte sich in Bewegung. Während ihrer Ausbildung hatte sie ähnliche Situationen zigfach trainiert, und Manuela war sich sicher gewesen, auf alles vorbereitet zu sein. Bis jetzt. Denn dies hier war die Realität, hier lauerte echte Lebensgefahr. Sie hatte zwei erfahrene Kollegen an ihrer Seite, na gut, eigentlich nur einen, denn Stiffler zählte in seiner Verfassung nicht, und trotzdem fühlte Manuela sich nicht sicher.

Hinter sich hörte sie Stiffler auf Zweige treten und hätte ihn am liebsten angeschrien, er solle leise sein.

Als sie sich der Hütte bis auf wenige Meter genähert

hatten, riss das fahle Licht eines Blitzes deren Umrisse aus dem Schatten, und für einen Moment konnte Manuela sie gut erkennen.

Sie war nicht sehr groß. Die Hälfte des Schindeldachs war zerstört, und aus der Mitte ragte ein gewaltiger Ast. Die Fenster waren offene, schwarze Löcher, die wie tote Augen in den Wald glotzten. Die Holzwände faulten, Moos wuchs daran.

Nielsen näherte sich der offenen Tür, zielte kurz hinein und verschwand dann im Inneren. Manuela folgte ihm mit klopfendem Herzen und sah sich um.

Zum See hin gab es einen großen Durchlass, der auf eine zerstörte Holzterrasse führte, sodass genug Licht hineinfiel. Unter dem zersplitterten Ende des Astes lagen Deckenbalken und Schindeln auf dem Boden, Gras wuchs auf den faulenden Dielenbrettern. An den Wänden gab es ein paar hastig hingeschmierte Graffiti. Der Rest eines kleinen Feuers erzählte von langen nächtlichen Feiern an diesem abgelegenen Ort. Bis auf ein paar Bierdosen, Wodkaflaschen und Plastiktüten war die Hütte leer. Nichts wies darauf hin, dass vor kurzem jemand hier gewesen war.

«Fehlanzeige», sagte Nielsen.

«Es gibt noch ein Bootshaus», machte sich Stiffler jetzt bemerkbar. Er war vor der Hütte stehen geblieben. «Vorn am Wasser.»

Er zeigte zum See hinüber. Keine dreißig Meter entfernt stand eine langgezogene Holzhütte auf kurzen, dicken Stelzen im Wasser. Sie schien weitgehend intakt zu sein.

«Na, dann los», sagte Nielsen und winkte mit seiner Waffe. Sie traten aus dem Wald und liefen unmittelbar am Ufer entlang. Hier war es deutlich heller, und Manuela atmete innerlich ein wenig auf. Doch dann fiel ihr ein, was sich unter der undurchsichtigen Wasseroberfläche verbergen konnte, und sie wich automatisch ein paar Schritte vom Wasser fort. Die Stelle an ihrer Wade, wo der Wassermann sie berührt hatte, brannte. Mit zusammengekniffenen Augen suchte sie den See ab. Nichts.

Das Bootshaus war zehn Meter lang, aber nur drei Meter breit und hatte ein flaches, zum See hin ansteigendes Pultdach aus alten Eternitplatten, auf denen nur stellenweise dickes Moos wuchs. Das abgebrochene, zwei Meter lange Stück einer Kunststoffregenrinne hing bis zum Boden herunter. Zum Wald hin war das Bootshaus geschlossen.

Nielsen wartete am Beginn eines Holzstegs auf sie, der von einem gegossenen Betonfundament am Ufer zum Haus hinüberführte. Als sie zu ihm aufgeschlossen hatten, ging er abermals vor. Manuela ging dicht hinter ihm. Sie trat vorsichtig auf, um keine Geräusche zu machen. Nielsen verharrte kurz vor einer Ecke des Bootshauses, sein Kopf schnellte vor, wieder zurück und wieder vor. Dann verschwand er mit ausgestrecktem Schussarm um die Ecke. Zwei Sekunden später folgte ihm Manuela.

Vor ihnen lag eine zum See hin offene Halle ohne Boden, in die der Wind allerlei Treibgut hineingespült hatte. Holz, Äste, Plastikflaschen, eine schlappe violette Luftmatratze und allerlei anderen Müll. Es roch modrig. Das vom Wind aufgewühlte dunkle Wasser schwappte schmatzend gegen die Holzstelzen. Die Halle war übersichtlich, verstecken konnte sich niemand darin, es sei denn ...

Manuela hielt inne und sah sich den breiten Teppich aus Treibgut, der mit trägen Bewegungen auf dem Wasser schwamm, genauer an. Sie musste an das Treibgut unter der Weide am Fluss denken, in dem Anna Meyers Leiche festgekeilt gesteckt hatte.

Vielleicht war es hier genauso.

Was war das da, neben der violetten Luftmatratze?

Sah das nicht aus wie ein Gesicht?

Manuela trat einen Schritt vor, legte Nielsen eine Hand auf die Schulter und sagte leise: «Da vorn, neben der Luftmatratze, was ist das?»

Er sah genauer hin.

«Ich kann nichts erkennen.»

Im Inneren des Bootshauses verlief ein schmaler, kaum mehr als schulterbreiter Steg an den Seiten entlang. Ein Ausläufer ragte aufs Wasser hinaus und teilte den Treibgutteppich in der Mitte. Von diesem Steg aus waren die Gäste früher in die Boote ein- und ausgestiegen.

Nielsen testete die nicht gerade stabil wirkenden, von einem rutschig grünen Belag überzogenen Bretter vorsichtig mit dem Fuß auf ihre Belastbarkeit und wagte es schließlich. Manuela wollte ihm folgen, doch er stoppte sie mit einer schnellen Handbewegung.

«Bleibt da, das trägt uns nicht alle.»

Langsam schob er sich an den Wänden entlang. Hinter sich hörte sie Stiffler atmen.

Nielsen erreichte den Mittelsteg, der noch weniger stabil wirkte als der Rest des alten Bootshauses. Die Bohlen bogen sich unter seinem Gewicht. Er wagte sich dennoch bis zur Hälfte vor und ließ sich dort auf die Knie sinken, beugte sich weit vor, zog einen Ast aus dem Wasser und stocherte damit so lange in dem Treibgut herum, bis er die helle Stelle, die Manuela aufgefallen war, zu sich herangezogen hatte.

Was Manuela für ein bleiches totes Gesicht gehalten hatte, entpuppte sich als ein Stück weiße Plastikfolie. Auf der Spitze des Stocks hielt Nielsen es hoch, warf dann beides ins Wasser und kam zurück.

«Hier ist nichts», sagte er. Sie verließen das Bootshaus und gingen zum Strand hinauf. Regen setzte ein. Die ersten dicken, schweren Tropfen zogen die Schwüle aus der Luft, um sie im See zu ertränken.

«Schlecht für den Hubschrauber», bemerkte Stiffler, der ganz vorn am Wasser stand und auf die Regenfront deutete, die sich wie ein gewaltiger grauer Vorhang über den Wald schob.

Manuela wollte ihm schon zurufen, dass er vom Wasser verschwinden solle, da summte ihr Handy in der Innentasche ihrer Jacke.

Sie steckte ihre Waffe ins Futteral, zog das Handy hervor und drehte den Rücken in den Wind, damit der Regen ihr nicht ins Gesicht schlug.

«Sperling», meldete sie sich.

«Nina Vossfeld hier.»

«O ... Nina, du bist es, mit dir habe ich gar nicht gerechnet. Gibt es etwas Neues?»

«Ich hatte doch versprochen, wegen des alten Falls bei meinen Kollegen nachzufragen. Heinemann, mein Stellvertreter, hat damals daran gearbeitet. Er hat wirklich ein phänomenales Gedächtnis, kann sich aber an nichts Außergewöhnliches erinnern.»

«Schade, aber das hatte ich mir schon gedacht.»

«Frag doch Nielsen, vielleicht weiß der ja etwas», sagte die Pathologin.

«Hab ich schon. Der war nicht beteiligt.»

«Doch, war er. Heinemann sagt, Nielsen wäre damals bei der Obduktion dabei gewesen.»

Der Schock, den Ninas Worte auslösten, hätte nicht größer sein können. Es donnerte. Manuela zuckte zusammen und erstarrte dann in Sprachlosigkeit.

Ich weiß nicht mal, woran ich damals gearbeitet habe.

Das hatte Nielsen gesagt, als sie ihn gefragt hatte. Natürlich hatte sie ihm geglaubt

Manuela bekam eine Gänsehaut auf dem Rücken. Zwei Männer standen hinter ihr. Keinem von ihnen konnte sie vertrauen.

«Ist alles in Ordnung bei dir?», fragte die Pathologin am Telefon besorgt.

Manuela räusperte sich.

«Ich ... Ja, okay, danke. Ich melde mich wieder.»

Was sie erfahren hatte, änderte alles. Sie hatte den beiden Männern beim Telefonieren den Rücken zugedreht, hoffentlich hatten sie nicht mitbekommen, wie ihr die Gesichtszüge entglitten waren. Sie musste sich fangen, unbedingt, und zwar schnell, und dann musste sie eine Möglichkeit finden, zurück zu den Autos zu kommen. Allein.

Ihre Gedanken rasten, aber unter diesem Druck wollte ihr einfach keine plausible Begründung dafür einfallen.

«Alles in Ordnung?», fragte Nielsen unmittelbar hinter ihr. «Wer war das?»

Umdrehen oder laufen? Sie war bewaffnet. Wenn sie das Handy wegsteckte, konnte sie mit der gleichen Bewegung ihre Waffe aus dem Holster ziehen und ...

«Hat sich angehört wie die Vossfeld», fuhr Nielsen fort. «Duzen sich die Damen schon, ja?»

Dieser Ton. Er ließ sie die Schulterblätter zusammenziehen. Das war nicht mehr der verständnisvolle Nielsen, dem dieser Fall an die Nieren ging und in dem sie einen Partner und Freund gefunden hatte. Das war jemand anderes.

«Dreh dich um», forderte er.

Manuela folgte seinem Befehl. Regentropfen schlugen ihr ins Gesicht. Er hielt seine Waffe auf ihren Bauch gerichtet.

«Keine Dummheiten bitte.»

Er sah sie mit seinen blauen Augen abschätzig an. Noch vor ein paar Stunden, als sie zusammen in seinem Wagen gesessen und sich das Du angeboten hatten, hatte sie Mitleid mit diesem Mann gehabt. In seinen Augen hatte echte

Verzweiflung gestanden. Oder nicht? Ihre Menschen-kenntnis war doch immer ihre Stärke gewesen!

«Das verstehe ich nicht», sagte sie mehr zu sich selbst als zu Nielsen.

Dessen Mundwinkel verzogen sich zu einem Lächeln.

«Natürlich nicht. In deiner arroganten, selbstgerechten Besserwisserei hast du rein gar nichts verstanden. Heb die Arme hoch.»

Stiffler näherte sich ihr von der Seite.

«Na los, die Arme hoch», befahl Nielsen ein zweites Mal und wedelte dabei mit seiner Waffe.

Manuela tat, was er verlangte.

Stiffler schob sich so an sie heran, dass er nicht in Niel-sens Schussbahn geriet, und zog ihr die Waffe aus dem Futteral. Er steckte sie in seinen Hosenbund und holte die Handschellen hervor.

«Und jetzt die Arme auf den Rücken», sagte er.

«Warte», rief Nielsen. «Handschellen hinterlassen Spu-ren in ihrer Haut.»

Stiffler zögerte, nickte und steckte die Handschellen wieder weg. Dabei sah er sie an.

«Wenn du blöde Kuh einfach nur getan hättest, was ich dir befohlen habe, dann wäre es nie so weit gekom-men», sagte er. «Wie kann man nur so beschissen dickköp-fig sein?»

Manuela brachte kein Wort hervor. In Stifflers Blick lag nicht die gleiche Ruhe und Kälte wie in Nielsens. Seine Augen wirkten gehetzt und unsicher, so, als wolle er das alles gar nicht wirklich. Er hielt ihrem Blick nicht stand und wandte sich ab.

«Du erledigst das?», fragte er Nielsen.

Der nickte.

«Sieh zu, dass du ihn diesmal kaltmachst. Und denk dran, es dürfen keine Zeugen zurückbleiben. In zehn Minuten rufe ich die Verstärkung. Bis dahin müssen wir das hier erledigt haben.»

«Ist schon klar. Lass uns die Waffen tauschen.»

Manuelas Waffe landete in Nielsens Hand. Stiffler bekam die seines Kollegen, lief davon und war schon bald im Schatten der Bäume verschwunden.

«Was soll das?», fragte Manuela, die endlich ihre Stimme wiederfand.

«Was hat die Vossfeld gewollt?», konterte Nielsen.

«Nichts.»

«Erzähl keinen Scheiß. Ich konnte doch sehen, wie bei dir der Groschen gefallen ist. Weißt du, eine gute Polizistin muss auch lügen können, und das kannst du nicht.»

«Dann bist du der beste Polizist der Welt.»

Nielsen zuckte mit den Schultern.

«Ist bei einem Frischling wie dir keine große Kunst. Du hast doch nach jemandem gegiert, dem du vertrauen konntest. Also noch mal: Was wollte die Vossfeld?»

«Nichts», wiederholte Manuela und sah ihm dabei fest in die Augen.

Er erwiderte ihren Blick, ohne mit der Wimper zu zucken. Sein Blick in dem charismatischen Gesicht war kalt, ohne eine Spur von Mitleid oder gar Skrupel.

«Ganz wie du willst. Geh zum Wasser.»

«Damit kommt ihr niemals durch!», warnte Manuela. Nielsen war ein perfekter Lügner und Schauspieler, und sie war ihm auf den Leim gegangen. Stiffler dagegen war die ganze Zeit über einfach nur Stiffler gewesen. Mit seinem Verhalten hatte er sie in die Fänge seines Kollegen getrieben, der einfach nur den Verständnisvollen hatte spielen müssen. Aber warum tat er das? Wieso hatte Stiffler ihn derart in der Hand?

«Mach dir nichts vor», sagte Nielsen. «Natürlich kommen wir damit durch. Du bist das nächste Opfer des Wassermanns. Schon wieder bist du voreilig ins Wasser gesprungen, um Frau Wolff zu retten. Leider kam ich zu spät. Eric wird den Wassermann mit meiner Waffe erschießen, deine landet im See, es passt also alles. Kein Mensch wird meine Version dieser dramatischen Ereignisse anzweifeln. Ist ja auch nicht das erste Mal, dass ein Frischling aus eigener Dummheit ums Leben kommt.» Er grinste.

«Das … Das kannst du doch nicht tun», stotterte Manuela.

«Geh zum Wasser, na los.»

«Nein!»

Er schüttelte den Kopf und seufzte.

«Immer noch die Störrische, was?»

Dann schlug er ihr in den Bauch.

Sie klappte zusammen und fiel auf die Knie. Die Schmerzen waren enorm, sie bekam keine Luft mehr. Er packte sie bei den Haaren und zerrte sie hinter sich her. Manuela konnte gar nicht anders, als ihm stolpernd zu folgen.

Am Ufer stieß er sie ins flache Wasser. Manuela fiel auf die Knie und konnte gerade noch verhindern, mit dem Kopf voran ins Wasser zu fallen.

Sie drehte sich halb zu ihm um.

«Bitte … Warum tust du das? Du willst das doch gar nicht. Egal, was Stiffler gegen dich in der Hand hat, ich helfe dir … Ich sage für dich aus, aber bitte, tu das nicht.»

Nielsen richtete seine Waffe auf ihren Hinterkopf.

«Du bist neugierig und hältst dich für ganz schlau, dabei hast du nichts kapiert. Wie kommst du darauf, dass ein Feigling wie Stiffler mich in der Hand hat? Dafür fehlt so einem wie dem doch die Kraft. Ich bin es, der dauernd seinen Dreck wegräumt. Er ist nichts weiter als ein Handlanger. Und am Ende des Tages ist er genauso tot wie du.»

Dann trat er ihr in den Rücken, und Manuela schlug der Länge nach aufs Wasser.

Nielsen packte sie mit einer Hand im Nacken, mit der anderen zwischen den Beinen und schob sie weiter auf den See hinaus. Als das Wasser tief genug war, drückte er ihr Gesicht in den Schlamm.

37

Eric Stiffler lief durch den Wald und bemühte sich, so leise wie möglich zu sein. Hin und wieder knackte ein dünner Zweig unter seinen Füßen, aber der Wind und das Donnergrollen waren lauter. Das Unwetter kam zum rechten Zeitpunkt. Dank dessen Hilfe konnte er sich dem abseits gelegenen östlichen Teil des Gorreg nähern, ohne zu früh entdeckt zu werden.

Er fühlte sich nicht wohl dabei, allein dorthin gehen zu müssen, genau genommen hatte er sogar eine Scheißangst, aber noch mehr Angst hatte er vor dem, was Nielsen gerade tat. Er war froh, das nicht mit ansehen, geschweige denn, es selbst tun zu müssen. Es war notwendig, die Sperling zu ertränken, so hatten sie es besprochen auf der Fahrt hierher. Aber das bedeutete, sie zu berühren, sie zu halten, während sie starb. Und das war eine unerträgliche Vorstellung.

Manuela Sperling war gefährlich. Sie war neugierig, ließ sich nicht einschüchtern und hatte viel herausgefunden. Dass sie auf die Sache mit dem Kennzeichen gekommen war, hatte den Ausschlag gegeben: Sie musste verschwinden. Susan Hoffmann, diese Hure, hatte Eric damals tatsächlich ein Kennzeichen genannt, als sie ihn darum gebeten hatte, dem Irren, der sie ertränken wollte, eine Lektion zu erteilen.

Er hatte einen Mietwagen benutzt. Eric hatte den Vermieter aufgesucht, sich die Kopie des Personalausweises zeigen lassen und herausgefunden, dass der Wagen von einem Finnen namens Daniel Korhonen gemietet worden war. Das Foto auf dem Personalausweis hatte ihn schlagartig in die Vergangenheit zurückversetzt. Dieser Korhonen sah Lögur Turunnen verdammt ähnlich. Nach einigen Telefonaten hatte Eric herausgefunden, dass der echte Daniel Korhonen drei Monate zuvor seinen Ausweis als gestohlen gemeldet hatte. Eric hatte geahnt, dass Lögur Turunnen etwas damit zu tun haben musste. Schließlich stand Susan Hoffmann mit Eric in Kontakt. Er hatte die Nutte oft genug gevögelt, sie ein paarmal sogar von zu Hause abgeholt und sie anschließend wieder vor der Haustür abgesetzt. Turunnen konnte ihn dabei beobachtet haben. Warum er die Hoffmann töten wollte, wusste Eric nicht. Wahrscheinlich war dieser kleine Mistkerl einfach nur rachsüchtig.

Aber er hatte ja gewusst, wo er nach ihm suchen musste.

In dem Haus im See, zu dem er jetzt wieder unterwegs war.

Zusammen mit Nielsen war er damals, vor drei Jahren, um fünf Uhr am Morgen, noch vor Sonnenaufgang, hingefahren. Sie hatten ihn tatsächlich dort gefunden. Er schlief in dem heruntergekommenen Haus in einem Schlafsack auf dem Fußboden. Das Haus gehörte seiner Familie noch, aber seit sie nach Finnland zurückgezogen waren, verfiel es langsam. Es gab keine Möbel darin, keine Toiletten. Turunnen kochte sich seine Mahlzeiten auf einem kleinen mobilen Gaskocher. Aus dem Jungen, der seine kleine Schwester begrapscht hatte, war ein zäher, wenn auch blasser junger Mann geworden. Sie hatten ihn im Schlaf überrascht und nach allen Regeln der Kunst verdroschen. Anschließend hatten sie ihm zu verstehen gegeben, dass er verschwinden sollte, und ihn blutend und zitternd in dem alten Haus zurückgelassen.

Eric hatte schon eine ganze Weile nicht mehr daran gedacht. Der Junge musste wirklich wütend auf ihn sein, wenn er sich traute, nach der Lektion noch mal hier aufzutauchen. Er hatte aus seinem Fehler von damals gelernt und sich diesmal geschickt angestellt. Aber er war längst nicht so schlau, wie er glaubte, wenn er sich zum zweiten Mal mit dem Falschen anlegte. Dieses Mal würde er nicht lebend davonkommen. Dafür hatte er zu viel Staub aufgewirbelt.

Durch die Baumreihen hindurch sah Eric jetzt das große Holzhaus. Es ruhte auf unzähligen Eichenpfählen zwei Meter über dem Wasser. Ein drei Meter langer Steg verband es mit dem Land. In der Dunkelheit veschwanden die Pfähle, und es sah tatsächlich so aus, als schwämme das alte Haus auf dem Wasser. Zum See hinaus hatte es vier Fenster, zwei auf jeder Seite der breiten Tür, die direkt auf den Steg führte. Er ragte gut zwanzig Meter weit in den Gorreg hinein.

Eric war sich nicht sicher, aber er glaubte, vor dem Steg ein Boot im Wasser treiben zu sehen.

38

«Aufhören!», schrie Frank gegen den Lärm der Naturgewalten an. Der Mann hatte ihn nicht bemerkt, und jetzt stand er zwei Meter hinter ihm.

Kommissar Nielsen stand bis zu den Knien im Wasser und drückte Manuela Sperling unter Wasser.

Frank verstand gar nichts mehr, aber er wusste, er musste handeln. Als er an der verfallenen Holzbude vorbeigerannt war, hatte die Polizistin sich noch gewehrt und mit Armen und Beinen um sich geschlagen, aber jetzt bewegte sie sich nicht mehr. Ihre Arme trieben leblos auf der Wasseroberfläche.

Nielsen riss erschrocken den Kopf herum. Frank streckte den rechten Arm aus. In seiner Faust hielt er das Tierabwehrspray, das er aus seinem Taxi mitgenommen hatte. Die Düse befand sich keine zehn Zentimeter vom Gesicht des Polizisten entfernt. Bei dem Wind und Regen musste das auch sein. Er sprühte dem Mann eine ordentliche Ladung direkt in die weitaufgerissenen Augen. Er selbst wandte den Kopf beiseite, damit der Wind ihm das Zeug nicht in die Augen trieb. Der Überfall durch den Stinker vorgestern war also doch zu etwas gut gewesen.

Nielsen schrie auf, als hätte ihm jemand ein Messer in die Rippen gejagt. Im selben Moment zuckte ein greller Blitz über den dunklen See, und die Luft zischte und knisterte. Hoffentlich hatte er nicht ins Wasser eingeschlagen – aber nein: Am anderen Ufer explodierte förmlich eine Kiefer. Der folgende ohrenbetäubende Donner ließ Franks Lunge vibrieren.

Nielsen war ins Wasser gefallen, rappelte sich wieder auf, riss die Hände hoch und rieb sich die Augen.

Frank war für einen Sekundenbruchteil unschlüssig. Was sollte er tun? Manuela Sperling trieb leblos mit dem Gesicht nach unten im Wasser. Eine gutgezielte Ladung Pfefferspray setzte einen Mann mindestens zehn Minuten außer Gefecht. Zeit genug, sich um die Polizistin zu kümmern und sich davon zu überzeugen, ob sie wirklich nicht mehr lebte.

Er watete auf Manuela zu, packte sie unter den Achseln und zog sie aus dem Wasser. Selbst in der nassen Kleidung war sie nicht besonders schwer. Er presste sie sich gegen den Brustkorb und ging rückwärts das flache Ufer zum

Strand hinauf, stolperte, fiel hin, geriet unter Wasser, verschluckte sich daran. Spuckend und hustend kämpfte er sich wieder hoch, packte sie fester und schleifte sie weiter aufs Trockene.

Am Ufer unter den Bäumen legte er Manuela auf den Rücken. Dann sah er sich nach dem Polizisten um. Der stand immer noch vornübergebeugt im See und spritzte sich wieder und wieder Wasser in die Augen. Der würde noch eine Weile mit sich selbst beschäftigt sein.

Manuelas Gesicht war voller dunklem Schlamm. Er konnte nicht erkennen, ob sie atmete, deshalb suchte er ihren Puls und meinte auch, ihn zu spüren. Aber sicher war er nicht. So aufgeregt und außer Atem, wie er war, konnte es sich auch um seinen eigenen handeln.

«Ruhig, bleib ganz ruhig», sagte er zu sich selbst. Wie gut, dass er vorhin die Pille genommen hatte. Dass er bisher noch keine Kataplexie bekommen hatte, war Beweis genug für die Wirksamkeit des Medikaments, das er so verabscheute.

Sein Bruder Helmut bestand darauf, dass alle Fahrer, die für ihn arbeiteten, einmal im Jahr ihre Kenntnisse in der Ersten Hilfe auffrischten. Frank war fit in diesen Dingen und wusste, was zu tun war.

Er schlug ihre Jacke auseinander und riss die Bluse entzwei. Dann positionierte er seinen rechten Handballen in der Mitte des Brustkorbs auf das Brustbein, legte seine linke Hand darüber, verschränkte die Finger ineinander, kniete sich aufrecht hin, brachte seinen Oberkörper direkt über den Brustkorb der Frau, drückte seine Ellenbogen durch und begann zu pumpen.

Um ihn herum öffnete die Hölle ihre Pforten, Regen fiel wie ein Wasserfall aus dem schwarzen Himmel und rauschte sogar lauter als der Donner, der in kurzen Abständen auf die Blitze folgte. Heftige Böen fuhren in die

Wipfel der Kiefern, und die schlanken Stämme bogen sich beängstigend weit.

Frank pumpte dreißigmal, dann legte er eine Hand unter Manuelas schmales Kinn, eine auf ihre Stirn, überstreckte ihren Kopf und beatmete sie zweimal durch den Mund. Ihre Lippen waren ganz weich und schmeckten nach Schlamm und Seewasser.

Er richtete sich wieder auf und fuhr mit der Herzdruckmassage fort.

Plötzlich musste er an seinen Großvater denken, den er nicht hatte retten können, dem er nicht einmal ansatzweise eine Hilfe gewesen war. Verzweiflung stieg in ihm auf. Das durfte, durfte, durfte nicht noch einmal passieren! Diese Frau musste leben! Frank zählte und pumpte, zählte und pumpte. Dann presste er abermals seinen Mund auf ihren, blies seinen Atem in ihren Körper, betete dabei, dass Gott ihm doch wenigstens dieses eine Mal im Leben helfen solle.

Er legte seinen Kopf auf ihre Brust. Aber da war nichts. Kein Herzschlag.

«Nein, nein, nein», schrie Frank in den tosenden Regen und begann abermals wild zu pressen.

Bis zwanzig kam er, dann spuckte Manuela plötzlich Wasser aus und hustete. Frank stieß einen Freudenschrei aus und drehte sie schnell auf die Seite, damit sie das Wasser loswerden konnte.

«Ja, so ist's gut, raus damit», rief er und hörte sich selbst lachen.

Er stützte sie und hielt ihr das Haar zurück. In diesem kuriosen Moment fühlte er sich absolut glücklich. So glücklich war er nicht mehr gewesen, seit sein Großvater damals im Winter zu seinen Füßen gestorben war. Er weinte und vergaß alles um sich herum. Den Regen, den Sturm, die Blitze, was spielte das für eine Rolle? Er hatte ein Menschenleben gerettet!

Da fiel ihm der Polizist ein. Er erschrak, riss den Kopf hoch und drehte sich um.

Nielsen stand bereits aufrecht und kam über den Strand auf ihn zugewankt. In der rechten Hand hielt er eine Waffe, mit der linken wischte er sich über die Augen.

Frank sprang auf, sah sich suchend um. Er brauchte etwas, um sich zu verteidigen.

Neben der Hütte entdeckte er ein abgebrochenes Kantholz. Es war gut einen Meter lang und stark genug, um einen Schädel einzuschlagen.

Frank hastete dorthin und hob es auf.

Als er sich aufrichtete, war Nielsen schon bedrohlich nah. Er taumelte, schüttelte den Kopf, riss die Waffe hoch und schrie: «Weg damit!»

Bevor Frank reagieren konnte, gab Nielsen einen Schuss ab. Etwas zischte heiß an seinem Kopf vorbei und schlug etwa drei Meter entfernt in die Hüttenwand ein.

Die Mündung der Waffe glotzte ihn an.

«Weg damit!», wiederholte Nielsen ruhiger.

Diesmal gehorchte Frank. Er warf das Kantholz fort, hob abwehrend die Hände und ging ein paar Schritte zurück.

«Nicht schießen», sagte er.

Nielsen kam weiter auf ihn zu und fummelte an einer kleinen schwarzen Tasche herum, die an seinem Gürtel hing. Die Tränen liefen wie Sturzbäche aus seinen stark geröteten Augen. Der Mann konnte kaum etwas sehen, aber auch durch einen Zufallstreffer konnte man sterben. Aus den Augenwinkeln sah Frank, wie Manuela sich auf die Knie kämpfte und zu dem Kantholz hinüberkroch, das er gerade weggeworfen hatte. Frank tat noch einen Schritt rückwärts.

«Bleib stehen», rief Nielsen.

Frank machte noch zwei Schritte und gehorchte dann.

Der Bulle warf ihm ein paar Handschellen zu. Sie landeten im nassen Sand.

«Leg sie an, sofort, sonst knall ich dich ab!»

Frank zögerte. Manuela hatte das Kantholz in den Händen und kam schwankend auf die Beine. Zwischen ihr und Nielsen lagen drei bis vier Meter. Er musste weggucken, um den Bullen nicht zu warnen.

«Wie du willst», sagte er und bückte sich, um die Handschellen aufzuheben.

Als er wieder hochkam, flog das Kantholz von links heran und traf Nielsen am Hinterkopf. Blut spritzte in hohem Bogen. Die Waffe fiel zu Boden. Nielsen verdrehte die Augen und schlug mit dem Gesicht voran lang hin.

Manuela Sperling stand mit schlammverkrustetem Gesicht und zerrissener Bluse wie eine Rachegöttin vor einem von Blitzen durchzuckten schwarzen Himmel. Sie holte noch einmal aus, um dem bewusstlos daliegenden Nielsen den finalen Schlag zu verpassen.

Doch plötzlich durchlief ein heftiges Zittern ihren schmalen Körper. Sie ließ das Kantholz fallen, sackte schwer auf die Knie und übergab sich.

Frank stieg über Nielsen hinweg und sah Blut aus der Wunde an dessen Hinterkopf in den Sand sickern.

Als er Manuela an der Schulter berührte, zuckte sie erschrocken zurück.

«Keine Angst ... Ich bin's, Frank Engler.»

Sie starrte ihn an. Ihr Haar klebte nass an ihrem Schädel und ließ sie dünn und verletzlich erscheinen. Ein Speichelfaden hing an ihrem Kinn.

«Wie ... Wie ...», brachte sie hervor, brach dann aber ab und wurde erneut von Krämpfen geschüttelt.

Frank half ihr und zog sie ein paar Meter von Nielsen und ihrem eigenen Erbrochenen fort. Im Windschatten der Hütte lehnte er sie mit dem Rücken gegen die Wand.

Sie beruhigte sich, das starke Zittern ließ nach, und schließlich deutete sie auf Nielsen.

«Kannst du ... ihm Handschellen anlegen?»

Frank glaubte zwar nicht, dass Nielsen so schnell wieder auf die Beine kommen würde – aber er stand gehorsam auf und ging zu ihm hinüber. Bevor er sich näher herantraute, beobachtete er eine Weile Nielsens Brustkorb, um herauszufinden, ob der Mann noch atmete. Es sah nicht so aus, aber sicher war Frank sich nicht. Er holte die Handschellen, die er fallen gelassen hatte. Dann überwand er seine Angst und ließ sich neben dem bewusstlosen Polizisten nieder. Der warme metallische Geruch des Blutes stieg ihm in die Nase. Durch eine klaffende Wunde am Hinterkopf sah er den weißen Schädelknochen. Etwas stieg unaufhaltsam in Franks Innerem auf. Er wandte den Blick ab, konzentrierte sich darauf, Nielsens Arme auf den Rücken zu drehen und ihm die Handschellen anzulegen.

Dann nahm er die Waffe an sich und gab sie Manuela.

Sie ließ sie kraftlos zwischen ihre Beine fallen und sah ihn aus großen, ängstlichen Augen an.

«Danke», flüsterte sie.

Frank nickte.

«Wo ist der andere Mann?», fragte er.

Manuela deutete auf den Wald.

«Da hinüber ... zum anderen Teil des Sees.»

Sie ließ ihren Kopf an die Hüttenwand sinken und atmete schwer. Ihr Gesicht war unter dem Schlamm ganz weiß geworden, der Brustkorb hob und senkte sich mühsam.

Frank legte ihr behutsam die Hand auf die Schulter. Ihre Lider flatterten, dann schlossen sie sich erschöpft.

«Stiffler ... Wir müssen ihm nach ... Hilf mir auf», sagte sie mit brüchiger Stimme.

Manuela versuchte, mit seiner Hilfe auf die Beine zu

kommen, schaffte es auch, musste sich stehend aber erneut an die Hüttenwand lehnen. Mit zitternden Fingern zog sie ihr Handy aus der Jackentasche. Sie probierte es aus, aber da es nass geworden war, funktionierte es nicht mehr.

«Hast du eins dabei?», fragte sie.

Frank gab ihr seines.

Manuela wählte, hielt es sich ans Ohr, wählte erneut, sah aufs Display und schüttelte dann den Kopf.

«Der Akku ist leer.»

Sie gab ihm das Handy zurück.

«Was machen wir jetzt?», fragte Frank.

«Wir folgen Stiffler. Er kann nicht weit sein.»

Manuela sah erbärmlich aus, zitterte am ganzen Körper und konnte sich kaum auf den Beinen halten.

«Das schaffst du nicht», sagte Frank.

Manuela stieß sich von der Hüttenwand ab.

«Doch», entgegnete sie und blickte ihn entschlossen aus blutunterlaufenen Augen an. «Dieses Schwein entkommt mir nicht.»

39

Wild, ungestüm und rau war der See. Millionen schwere Tropfen stürzten in den Gorreg und wühlten die Wasseroberfläche auf. Der stark böige Wind trieb das kleine Ruderboot zum Steg zurück.

Eric sah es auf den Wellen tanzen wie eine Nussschale, konnte aber aus der Entfernung nicht erkennen, ob jemand darin saß. Die Sicht war durch den starken Regen zu schlecht. Vielleicht von der erhöhten Position des langen Stegs aus.

Er lief am Ufer entlang auf das Haus zu, der Regen klatschte ihm ins Gesicht. Immer wieder musste er sich über die Augen wischen. Er erreichte das Haus, blieb stehen und sah sich um. Natürlich konnte der Wassermann sich hier irgendwo verstecken, doch das glaubte Eric nicht. Wahrscheinlicher war, dass er im Wasser lauerte. Er überprüfte die Haustür: verschlossen. Ebenso die beiden Läden vor den Fenstern. An der linken Seite des Hauses führte eine schmale, umlaufende Veranda zur Rückseite. Eric schlich dicht an die Wand gepresst darauf entlang, bis er die dem See zugewandte Seite erreichte.

Das kleine Holzboot war nur noch zwanzig Meter vom Steg entfernt und hüpfte auf dem aufgewühlten Wasser.

Eric überprüfte die rückwärtige Tür. Sie war nicht verschlossen, aber der Schlüssel steckte von außen im Schloss. Er drehte ihn kurzerhand herum, ging dann rückwärts ein paar Schritte auf den Steg hinaus und zielte dabei mit Nielsens Waffe auf die beiden Fenster.

Niemand.

Schließlich drehte er sich um. Wind und Regen schlugen ihm direkt ins Gesicht. Geduckt und breitbeinig, die Waffe nach vorn gerichtet, ging er weiter vor und blieb ein paar Meter vom Ende des Stegs entfernt stehen. Wieder wischte er sich das Regenwasser aus dem Gesicht und starrte zu dem Boot hinüber.

Lag darin nicht jemand flach auf dem Boden?

Er war sich nicht sicher. Langsam schob er sich weiter vor und blickte immer wieder unruhig über die Schulter. Vielleicht war das Boot genau die Falle, mit der er rechnete, aber hier draußen auf dem Steg konnte der Wassermann sich ihm nicht nähern, ohne dass er ihn rechtzeitig sah. Und falls er es war, der da im Boot lag, würde Eric einfach darauf schießen.

Ein heftiger Donnerschlag ließ die Planken unter seinen Füßen erzittern.

Eric hatte Angst. Er wäre am liebsten fortgelaufen.

Aber er wusste, dass dies die letzte Chance war, sein Leben wieder in den Griff zu bekommen. Er war fest entschlossen zu töten. Für Anna Meyer, für Kathi, für sein eigenes Leben, das er erst fortführen konnte, wenn der Wassermann tot war.

Am Ende des Stegs brachen sich unter ihm wilde kleine Wellen an den Holzpfählen. Die langen Algenfäden daran bewegten sich gespenstisch. Wie das Haar toter Frauen. Dunkel, tief und unergründlich lag der Gorreg zu seinen Füßen.

Jetzt war das kleine Holzboot vielleicht noch zehn Meter entfernt. Von oben konnte Eric einigermaßen hineinsehen.

Er hatte sich nicht getäuscht.

Darin lag jemand flach auf den Boden gepresst. Und dieser Jemand trug einen schwarzen Tauchanzug.

Er war es!

Erics Herz begann zu rasen. Er brachte sich in Schussposition. Ein besonders guter Schütze war er noch nie gewesen, und die Bedingungen waren denkbar schlecht, aber das Boot war nicht weit entfernt, und er hatte ein ganzes Magazin zur Verfügung.

Er visierte über das metallene Korn, begriff, dass er den Wassermann wegen des ungünstigen Winkels über die Seitenwand hinweg nicht treffen würde, und zielte direkt auf die Planken. Bei der geringen Entfernung würde das Geschoss sie durchschlagen und trotzdem noch tödlich sein.

Er zog den Abzug durch.

Der Mündungsknall ging unter im Lärm des Wetters.

Holz splitterte am Bug des Bootes.

Gar nicht schlecht, dachte Eric und zog dreimal schnell hintereinander durch.

Die Kugeln rissen knapp oberhalb der Wasserlinie nah beieinander drei Löcher in den Rumpf des Bootes. Ob er die Person darin getroffen hatte, konnte Eric nicht erkennen. Hatte sie gezuckt?

Er wischte sich Wasser aus den Augen und legte erneut an.

Bevor er dazu kam, einen weiteren Schuss abzugeben, spürte er, wie das Holz unter ihm vibrierte.

40

Manuela lief beinahe täglich sechs Kilometer, gleich nach dem Aufstehen, aber sie konnte sich nicht daran erinnern, dass ihre Beine jemals so schwer gewesen waren wie jetzt. Es war, als versinke sie bei jedem Schritt im Schlamm, es fiel ihr unglaublich schwer, die Füße zu heben. Sie bekam nur schlecht Luft, aus den Tiefen ihrer Lunge kamen schleimig-rasselnde Atemgeräusche, außerdem dröhnte ihr Kopf, als hätte sie viel zu viel Alkohol getrunken.

Ohne Franks Hilfe wäre sie nicht weit gekommen.

Er hielt sie abwechselnd am Arm oder um die Taille, stützte sie, wartete auf sie, wenn sie vornübergebeugt nach Atem rang und gegen den Wunsch ankämpfte, sich einfach hinzulegen. Letztes Jahr war sie zum ersten Mal den Hamburg-Marathon gelaufen, da hatte sie nach dreißig Kilometern denselben Drang gespürt. Damals war Timmy ihr an der Strecke gefolgt und hatte im Ziel auf sie gewartet, nur deswegen hatte sie nicht aufgegeben und Schmerzen und Erschöpfung mit der Vorstellung niedergerungen, wie er sie ansehen würde, wenn sie aufgab – ihr kleiner Bruder, der seine Schwester schon immer für ihre Kraft und Entschlossenheit bewundert hatte.

Jetzt hielt die Wut auf Stiffler sie aufrecht, und das war eine Wut, wie sie sie nie zuvor in ihrem Leben gespürt hatte.

Das, und Frank Engler.

Gemeinsam stolperten sie durch den tropfenden, finsteren Wald, kletterten über umgestürzte Baumstämme hinweg, wichen moosbewachsenen Stümpfen aus, immer auf den hellen Streifen zu, der zwischen den Fichten hindurchschimmerte.

Immer wieder zuckten Blitze und warfen für den Bruchteil einer Sekunde ihr fahles Licht zwischen die Bäume. Aus allen Richtungen sprangen dann Schatten auf sie zu, und ein ums andere Mal zielte Manuela mit der Waffe auf diese Gespenster, die alle aussahen wie Peter Nielsen. Sie würde niemals sein Gesicht vergessen, kurz bevor er versucht hatte, sie zu ertränken. Keine Gefühlsregung war darin zu erkennen gewesen, nicht einmal Hass oder Wut, nur kalte Berechnung. In diesem Moment hatte Manuela gewusst, dass Nielsen nicht zum ersten Mal tötete.

Sie stolperte, wurde von Frank gehalten, lief zwei weitere Schritte, fühlte sich aber immer schwächer. Frank nahm ihren linken Arm, legte ihn sich über die Schulter und trug sie mehr, als dass sie selbst lief.

Sie kamen nur langsam voran, und als Manuela schon glaubte, es doch nicht zu schaffen, endete der Wald, und sie fanden sich unvermittelt an einem hohen grasbewachsenen Ufer wieder.

Manuelas Knie gaben nach. Frank ließ sie zu Boden sinken, stützte sich selbst auf seine Oberschenkel ab und atmete keuchend.

Sie schauten auf den anderen, langgezogenen Teil des Gorreg und auf das große schwarze Haus, das über dem Wasser zu schweben schien. Es war unheimlich und unwirklich. Eine hochaufgeschossene Gestalt stand draußen auf dem See am Ende des Stegs.

Stiffler.

Breitbeinig stand er dort, die Knie leicht angewinkelt, beide Arme nach vorn gestreckt. Vom Wetter umtost schlotterte seine Kleidung um seinen dürren Körper.

«Da», sagte Manuela zu Frank.

Erst als das Mündungsfeuer aufblitzte, begriffen beide, dass Stiffler auf das kleine Boot schoss, das die Wellen vor dem Steg hin und her warfen.

«Nein!», schrie Manuela, doch ebenso wie der Knall des Schusses ging ihr Schrei in einem mächtigen Donnerschlag unter.

Sie legte auf Stiffler an, begriff, dass sie ihn auf diese Entfernung und in ihrem Zustand niemals treffen würde, gab aber trotzdem schnell hintereinander zwei Schüsse ab.

Wie erwartet hatten sie keine Wirkung.

«Lauf!», schrie sie Frank an und reichte ihm die P2000.

Der sah erst die Pistole, dann sie an, griff im nächsten Moment aber zu und spurtete los.

Manuela sah ihm nach. Einen Zivilisten dorthin zu schicken war nicht richtig, aber es war die einzige Möglichkeit, um Lavinia Wolff vielleicht doch noch zu retten. Sie selbst war einfach zu schwach und würde es nicht mehr rechtzeitig schaffen.

Bevor Frank das Haus erreichte, meinte Manuela, unter dem Steg eine Bewegung zu sehen. Es war dunkel dort, irgendwas Helles hatte ihre Aufmerksamkeit erregt.

Sie sah genauer hin.

Tatsächlich: Eine Gestalt entstieg dem Wasser und kletterte wie eine bleiche Spinne an dem Traggerüst des Stegs empor. Mit einer fließenden Bewegung überwand sie den Rand, blieb einen Moment hocken und erhob sich dann. Aufrecht, die Arme ausgebreitet, stand dieses unheimliche, dem Wasser entstiegene Wesen keine zwei Meter hinter Stiffler. Es war nackt. Nur deshalb hatte Manuela es unter dem Steg überhaupt entdeckt. Vor dem nachtschwarzen Himmel sah es wie eine geisterhafte Erscheinund aus.

Der Wassermann.

Manuela vergaß zu atmen.

War das überhaupt ein Mensch, oder etwas völlig anderes?

Dann schoss die Gestalt vor, riss Stiffler von den Füßen und verschwand mit ihm im See.

41

Wasser. Überall. Kalt, dunkel, entsetzlich.

In Panik strampelte Eric mit den Beinen, schlug wild mit den Armen um sich, verlor die Waffe, schaffte es aber, sich nach oben zu kämpfen. Er durchbrach die Wasseroberfläche, riss den Mund auf und atmete gierig ein.

Dann drehte er sich im Kreis, blickte sich hektisch um, suchte nach einem verräterischen Schatten im Wasser, konnte nichts entdecken. Aber er war nicht allein, das spürte er. Er war unter ihm, neben ihm, umkreiste ihn wie ein hungriger Hai auf der Jagd. Eric spürte ein Kribbeln in den Beinen, so als würden sie ihm jeden Moment abgerissen.

Er musste raus aus dem Wasser, sofort. Dies war das Element des Wassermanns, hier war er ihm hoffnungslos unterlegen.

Der Steg befand sich keine fünf Meter entfernt. Eric fixierte die vier Stufen aus Holz an, die hinauf in die Sicherheit führten, sah sich selbst bereits daran emporklettern und sich über den Rand auf die Bohlen wuchten.

Er schwamm. Da war etwas – eine leichte Berührung an seinem rechten Bein. Zuerst glaubte er noch, sich getäuscht zu haben, doch da – da war es schon wieder. Er schrie auf, riss das Bein zu sich heran, schluckte Wasser und spie es würgend wieder aus. Im nächsten Moment packte es ihn am Fußgelenk und zog ihn unter Wasser. Er konnte gerade noch einatmen und die Lippen fest aufeinanderpressen. Eric versuchte, gegen das Gewicht anzuschwimmen, schaffte es aber nicht. Es zog ihn tiefer hinunter.

Er trat mit dem linken Bein aus, immer wieder, aber seine Tritte gingen ins Leere. Sein Blick flog nach oben zu der aufgewühlten Wasseroberfläche, von der er sich immer weiter entfernte und die von unten betrachtet wie der stählerne Deckel einer Gruft wirkte.

Die Luft wurde jetzt knapp. In seinem Brustkorb entstand ein immenser, nach innen gerichteter Druck, dem er kaum noch standhalten konnte. Er musste da hoch, musste atmen, musste das Gewicht an seinem Fuß loswerden.

Er hatte den Gedanken noch nicht zu Ende gedacht, da verschwand das Gewicht tatsächlich. Aber noch ehe er reagieren konnte, tauchte der Wassermann vor ihm auf und umarmte ihn, presste ihm die eigenen Arme gegen den Körper und schlang seine Beine um ihn, sodass Eric sich nicht mehr bewegen konnte. Der Druck quetschte ihm die Luft aus dem Körper.

Eric wand und schüttelte sich, verschaffte sich etwas Spielraum und tastete mit der rechten Hand in der Innentasche seiner Jacke. Dort steckte das Küchenmesser. Er fühlte den Griff, legte seine Finger darum, bekam es nur schwer aus dem Futter, konnte dann aber seinen Unterarm nicht bewegen, weil der Wassermann den Druck erhöhte. Eric nahm noch einmal all seine Kraft zusammen, wehrte sich, drehte seine Hand mit dem Messer darin und stach zu. Da er nicht ausholen konnte, war es kein kraftvoller Stich. Er spürte die Klinge ins Fleisch eindringen und an einer Rippe abrutschen.

Trotzdem ließ der Druck nicht nach. Wie ein Oktopus hielt der Wassermann ihn umschlungen. Sie sanken gemeinsam hinab. Sein Gesicht war ganz nahe.

In Erics Brustkorb kollabierte etwas. Er spürte einen furchtbaren Krampf, ein Stechen, und sein Körper begann zu zucken, als gehöre er ihm nicht. Sein Kopf flog hin und her, dann sah er noch einmal sehnsüchtig zur blass schimmernden Wasseroberfläche.

Er riss den Mund auf, dankbar, es endlich tun zu dürfen. Er musste atmen, auch wenn es Wasser war statt Luft.

Blasen stiegen vor seinem Gesicht auf, seine eigenen widerlichen Würgegeräusche drangen an seine Ohren.

Und der Wassermann lächelte dazu.

42

Frank rannte vor bis zum Ende des Stegs. Die Planken bebten unter seinen Füßen, der Wind trieb ihm den Regen ins Gesicht. Beinahe wäre er auf dem nassen Holz ausgerutscht. Er war völlig außer Atem. Sein Herz wummerte hart im Brustkorb, der Puls raste, und er wusste, selbst wenn er es wollte und sämtliche Tricks anwendete, würde er es jetzt nicht mehr schaffen, sich zu beruhigen.

Als er das Haus umrundet hatte, musste etwas geschehen sein, denn der Mann, der vorn am Steg gestanden und geschossen hatte, war nicht mehr da.

Frank sah zurück zum Ufer. Manuela stand dort, ruderte mit den Armen und schien irgendwas zu rufen, aber der Wind kam vom See her und trug ihre Worte ungehört in den Wald.

Verwirrt starrte Frank in das aufgewühlte Wasser hinab. Das kleine Boot, auf das der Mann geschossen hatte, hatte eine Windbö ein Stück weit vom Steg weggetrieben. Frank war sich nicht sicher, glaubte aber, jemanden darin liegen zu sehen.

«Lavinia!», schrie er gegen das Gewitter an.

Im selben Moment bemerkte er eine Bewegung im Wasser.

Knapp unter der Wasseroberfläche schnellte etwas Helles, Schlankes auf das Boot zu.

Ohne auch nur eine Sekunde darüber nachzudenken, sprang Frank ins Wasser. Er spürte sein Herz einen Schlag aussetzen, und in seinem Inneren machte sich ein merkwürdiges, aber nicht unbekanntes Gefühl breit.

O nein! Bitte nicht! Nicht jetzt!

Und dann war er da, der kataplektische Anfall.

Alle Muskeln an seinem Körper erschlafften. Er wurde zu einem schweren Sack voll Knochen. Die Augen fielen ihm zu, durch die geöffneten Lippen drang Wasser in seinen Mund, und das Letzte, was Frank dachte, war, dass ihn die Scheißkataplexie schon wieder zum falschen Zeitpunkt erwischte.

Aber wenigstens würde es die letzte sein.

ZWEI TAGE SPÄTER

43

Es war die Badewanne, die nicht ins Schema passte.

Das wurde Manuela Sperling schlagartig klar, als sie auf der Toilette saß und auf die Wanne in ihrer eigenen Wohnung starrte.

Eigentlich war sie spät dran und hätte schon unten vor der Tür stehen sollen, denn ihr Fahrer würde jeden Moment eintreffen, aber ihre Blase ließ sie nicht in Ruhe. Im kalten Wasser des Gorreg hatte sie sich eine Erkältung mit Blasenentzündung zugezogen. Ihre geröteten Augen tränten heftig, die Nase lief wie ein undichter Wasserhahn, und ihre Blase schlug dauernd falschen Alarm. Sie hatte sich schon besser gefühlt, aber wenigstens lebte sie noch. Andere waren gestorben.

Vor Aufregung wurde ihr plötzlich ganz heiß.

Warum war ihr das nicht schon früher aufgefallen?

Lögur Turunnen, den alle nur den Wassermann nannten, hatte seine Opfer draußen in der freien Landschaft in natürlichen Seen ertränkt. Sie konnten ihn nicht fragen, warum, und sie würden seine Beweggründe wohl nie erfahren, aber nach allem, was Manuela bisher herausgefunden hatte, musste es etwas mit dem Tod seiner Schwester im Gorreg zu tun haben. Das war jetzt aber nicht so wichtig. Wichtig war, dass es nicht zum Verhalten des Wassermanns passte, ein Opfer in einem geschlossenen Raum in der Badewanne zu ertränken. Es musste jemand anderes getan haben.

Aber ihre Vermutung und ihre Intuition reichten nicht. Sie würde es beweisen müssen. Und das hatte sie vor. Menschen waren gestorben, weil Nielsen und Stiffler korrupt waren. Manuela würde sie nicht davonkommen lassen. Für Stiffler spielte es keine Rolle mehr, der war tot. Man hatte seine Leiche im Gorreg gefunden. Er war ertrunken.

Aber Nielsen lebte, und wahrscheinlich war er sogar der Schlimmere von beiden. Der Anführer. Ein Soziopath in den Reihen der Polizei, der es verstanden hatte, andere für sich zu gewinnen. Sie selbst eingeschlossen. Manuela schämte sich, wenn sie daran dachte, wie sehr sie sich gefreut hatte, jemandem vertrauen zu können. Ihm vertrauen zu können.

Es klingelte an der Tür.

«Mist», sagte Manuela, sprang auf, spülte, zog sich an und warf einen Blick in den Spiegel über dem Waschbecken. Sie sah beschissen aus und wollte ihm so nicht gegenübertreten, aber ihr fiel ein, dass er sie bereits in schlechterem Zustand gesehen hatte. Kotzend und heulend und am Boden zerstört. Es spielte also keine Rolle. Trotzdem fuhr sie sich schnell noch durchs Haar, legte Lippenstift auf und eilte dann an die Tür.

«Willst du das auch wirklich?», fragte Manuela, während sie den Gurt anlegte. «Du musst nicht.»

«Nein, nein, ist schon okay», sagte Frank Engler. Er startete den Motor seines Taxis und sah sie an. «Ich mach das schon.»

Er sah gut aus, fand Manuela. Ausgeruht. Ohne tiefe Ringe unter den Augen. Bis gestern Abend hatte er im Krankenhaus gelegen und sich mal so richtig ausgeschlafen. Als Manuela ihn aus dem Wasser gezogen hatte, war er mehr tot als lebendig gewesen, aber sie hatte ihn nicht wiederbeleben müssen. Seine Kataplexie hatte nur ein paar Sekunden angedauert, deshalb hatte er kaum Wasser geschluckt.

«Wie geht es dir?», fragte Manuela ihn, nachdem er losgefahren war.

Frank zuckte mit den Schultern.

«Ich weiß nicht ... schwer zu sagen. Körperlich jedenfalls gut.»

«Das ist schön, aber das meinte ich nicht.»

Frank presste die Lippen zusammen und schlang die Finger so fest ums Lenkrad, dass die Knöchel die Haut spannten. Er starrte durch die Windschutzscheibe und suchte nach einer Antwort.

«Sie ist tot», sagte er schließlich so leise, dass Manuela es kaum verstehen konnte. «Weil ich in dieser Nacht in meiner Wohnung eingeschlafen bin, ist sie jetzt tot.»

Er rang um Fassung und war den Tränen nah. Manuela hatte geahnt, dass die ganze Sache bei ihm noch dicht unter der Oberfläche lauerte. Niemand steckte so etwas in ein paar Tagen weg. Sie selbst nicht und auch kein Mann. Aber Frank hatte ihr das Leben gerettet, deshalb durfte sie nicht zulassen, dass er sich mit Vorwürfen quälte.

«Das ist totaler Quatsch», sagte sie, ohne groß darüber nachzudenken. «Du trägst überhaupt keine Schuld daran. Und wenn ich dich noch einmal so etwas sagen höre, sperre ich dich zu deinem eigenen Schutz in eine Zelle und quatsche dich so lange voll, bis du mir glaubst. Hey, du hast mir das Leben gerettet. Du bist mein Held. Du darfst um Lavinia trauern, und es wäre auch schlimm, würdest du es nicht tun, aber Vorwürfe machen darfst du dir nicht. Das ist polizeilich verboten. Hast du mich verstanden?»

Er sah sie kurz an, rang sich ein Lächeln ab und nickte.

Manuela warf ihm einen argwöhnischen Blick zu.

«Das war nicht überzeugend. Gleich noch mal.»

«Vielleicht hast du recht», sagte Frank.

«Ganz sicher habe ich recht», sagte Manuela und berührte ihn an der Schulter.

Er zuckte zusammen. Da war noch eine ganze Menge Überzeugungsarbeit nötig, dass begriff Manuela. Aber genauso, wie sie die Wahrheit herausfinden würde, würde sie auch dafür sorgen, dass Frank Engler nicht die Schuld bei sich suchte. Zumindest das war sie ihm schuldig.

Ihr Handy klingelte.

Hauke Schröder war am Apparat.

Manuela hatte ihn und seinen Kollegen Torsten Berg in den vergangenen Tagen gut kennengelernt. Insgeheim nannte sie die beiden wegen ihres Aussehens immer noch Dick und Doof, aber sie waren in Ordnung. Sie gaben ihr nicht die Schuld daran, dass zwei verdiente Kollegen der Korruption und Erpressung überführt worden waren. Das war längst nicht bei allen Kollegen im Präsidium so. Habermann, zum Beispiel, der trotz seiner erkennbaren Loyalität zu Stiffler rehabilitiert worden war und wieder zum Team gehörte, sprach nicht mit ihr. Polizeichef Bender war nur noch schlecht gelaunt und brüllte herum, hatte aber gar nicht anders gekonnt, als sie an der Aufklärung des Falls weiterarbeiten zu lassen.

«Diese Frau, die vor drei Jahren ertränkt wurde, wie hieß die noch gleich?», fragte Schröder am Telefon.

«Susan Hoffmann», antwortete Manuela. «Warum?»

Schröder schwieg einen Moment. «Vielleicht kommen Sie besser vorbei», sagte er dann mit dunkler Stimme, in der etwas Verschwörerisches mitschwang.

«Jetzt?»

«Ja.»

Manuela legte auf. Plötzlich war sie sehr nervös. Ihre Füße begannen zu tanzen. Hauke Schröder leitete die Spurensuche in Stifflers Haus, und so, wie er klang, hatte er etwas sehr Wichtiges gefunden. Die Identifizierung musste noch warten.

«Hast du Zeit?», fragte sie Frank.

«Soviel du willst. Ich hab frei.»

«Fahr mich bitte zu Stifflers Haus. Du weißt ja, wo das ist.»

Hauke Schröder erwartete Manuela schon an der Haustür. Er blickte düster drein.

«Ich habe Sie zuerst angerufen, danach Bender», sagte er. «Das sollte er aber nicht wissen. Immerhin leitet er die Ermittlungen.»

Manuela nickte. «Ich verstehe. Ich tue so, als sei ich zufällig vorbeigekommen. Warum haben Sie das getan?»

Schröder presste die Lippen zu schmalen Strichen zusammen, warf einen Blick zurück ins Haus, um sich zu vergewissern, dass niemand zuhörte, und beugte sich dann zu ihr hinab.

«Weil diese Scheiße endlich aufhören muss. Hier stinkt es schon seit Jahren nach Vetternwirtschaft und Korruption. Es hatte nur nie jemand den Mumm, etwas zu sagen.»

Dann klopfte er ihr freundlich mit seiner Riesenpranke auf die Schulter, wandte sich ab und ging voran ins Schlafzimmer.

Die Türen des großen Kleiderschrankes, der für zwei Personen gedacht war, standen offen. Kleidung quoll heraus. Auf dem Fußende des Bettes lag ordentlich ausgebreitet ein Brautkleid. Manuela blieb stehen und starrte es an. Es wirkte auf groteske Weise völlig fehl am Platz.

«Hier unten», sagte Hauke Schröder und wies in den Schrank.

Manuela sah genauer hin.

Dort lag eine weiße Plastiktüte mit dem grünen Aufdruck eines Supermarktes.

«Die war unter dem Brautkleid versteckt», sagte Schröder. «Ich hab nur einen kurzen Blick hineingeworfen und das hier rausgenommen.»

Er deutete auf einen silbernen Armreif, der ebenfalls auf dem Bett lag, den Manuela aber wegen des Brautkleides gar nicht gesehen hatte. Sie ging in die Hocke und betrachtete ihn genauer, ohne ihn anzufassen. Augenscheinlich bestand er aus echtem Sterlingsilber, war recht massiv, mit abgerundeten Kanten, und auf der Vorderseite befand sich in geschwungener Schrift eine Gravur.

Ein Name.

Susan.

Manuela atmete scharf ein, presste die Lippen zusammen, schloss kurz die Augen und kam dann aus der Hocke hoch. Ihr wurde ein bisschen schwindelig.

«Sie denken das Gleiche wie ich, oder?», fragte Hauke Schröder.

Manuela nickte.

«Susan Hoffmann. Die junge Frau, die in der Badewanne ertränkt wurde», murmelte sie.

«In der Tüte ist noch mehr Schmuck.»

«Betrachten Sie jedes Einzelne als Beweisstück», sagte Manuela. «Und ... Danke. Gute Arbeit.»

Schröder schenkte ihr ein Lächeln. «Dafür bin ich da.»

Manuela wandte sich ab. Sie verließ Stifflers Haus und dachte über den Fund nach. Also war er es doch gewesen. So konnte man sich täuschen. Vielleicht war es im Streit geschehen. Vielleicht hatte Susan Hoffmann Eric Stiffler zu sehr in Rage gebracht, sodass er sie im Affekt getötet hatte. Das wäre möglich. Dazu gehört nicht unbedingt Mut.

Schade, dass sie ihn nicht mehr befragen konnten.

Manuela trat in die Morgensonne hinaus. Die heftigen Gewitter hatten dem schwülen Wetter ein Ende bereitet. Der Himmel war klar, die Temperaturen mild. Es war, als wolle das Wetter sie besänftigen und Frieden schließen mit ihr.

Frank wartete im Wagen am Straßenrand, genau an der Stelle, an der sie selbst vor drei Tagen auf Nielsen in dessen Wagen gewartet hatte. Manuela ging über den Rasen auf den silbernen Škoda zu. Plötzlich runzelte sie die Stirn und blieb auf der Hälfte des Weges stehen.

Sie hatte eine Art Déjà-vu.

Sie drehte sich um, sah zur Haustür, dann wieder zum Wagen, und ihr wurde heiß.

Sie erinnerte sich daran, wie Peter Nielsen aus dem Haus gekommen war, nachdem er den betrunkenen Stiffler hineingetragen hatte.

Er hatte den Kofferraumdeckel seines Autos geöffnet und war mit einer weißen Plastiktüte zurück ins Haus gelaufen. Sie hatte gedacht, dass Kleidung zum Wechseln darin war. Aber wenn sie genau darüber nachdachte, hatte sie schwer heruntergehangen. Zu schwer für ein paar Kleidungsstücke eigentlich.

Zwanzig Minuten später war er frisch geduscht und mit einem neuen Shirt ins Auto gestiegen.

Ohne Plastiktüte.

Im Angesicht des Todes verhärteten sich Frank Englers Gesichtszüge. Er nickte und presste mühsam ein «Ja, das ist sie» zwischen den blutleeren Lippen hervor, dann wandte er sich ruckartig von dem Leichnam ab und fragte nach der Toilette.

Manuela begleitete ihn bis zur Tür.

«Alles in Ordnung?», fragte sie.

Frank nickte. «Geht schon … ich muss nur mal raus.»

Seine Stimme klang brüchig, und Manuela begriff, dass er für ein paar Minuten allein sein musste. Die Ansprache vorhin im Wagen hatte natürlich nicht gereicht, um ihm seine Schuldgefühle zu nehmen. Wie könnte sie auch? Manuela hatte das Gefühl, Frank sei vielleicht ein wenig verliebt gewesen in Lavinia Wolff. Das machte es umso schwerer. Manuela würde ihn in den nächsten Tagen nicht allein lassen. So lange, bis sie sicher sein konnte, dass er zurechtkommen würde.

Lavinia Wolff war ertrunken. Man hatte sie noch am Tag der Geschehnisse in fünf Metern Tiefe eingeklemmt unter dem durch Schüsse leckgeschlagenen Ruderboot gefunden. In ihrem Rücken steckte eine Kugel, abgefeuert von Eric Stiffler. Manuela ging davon aus, dass er sie wegen des schwarzen Tauchanzugs für den Wassermann gehalten hatte. Warum Turunnen ihr den Anzug angezogen hatte – vielleicht aus genau dem Grund, damit Stiffler in seine Falle tappte? –, darüber konnte Manuela nur spekulieren.

«Lass dir Zeit», rief sie ihm nach, während er in der Herrentoilette verschwand. Sie starrte die Tür noch ein paar Sekunden an und lauschte nach einem Geräusch, wie wenn ein Körper zu Boden fällt. Diese Sache mit den Kataplexien fand sie noch immer unheimlich und begriff nicht, wie man damit leben konnte.

Schließlich wandte sie sich ab und kehrte in den Kühlraum zurück. Nina Vossfeld wartete an der geöffneten Schublade auf sie.

«Wie geht's ihm?», fragte sie.

«Nicht so gut.»

Nina nickte. «Ich wollte dir noch etwas zeigen», sagte sie, zog das grüne Laken herunter und legte den Bauch der Leiche frei.

Die Buchstaben waren unterschiedlich groß und nur

schwer zu lesen. Man konnte erkennen, dass sie in großer Eile in die Haut gebrannt worden waren.

für Siiri

Manuela stockte der Atem, und ihr lief ein kalter Schauer den Rücken hinab. Sie fragte sich, ob sie je bis ins letzte Detail erfahren würde, was zu diesem tiefen Hass zwischen Stiffler und dem Wassermann geführt hatte. Stiffler, das wusste sie jetzt, hatte schon damals, nach dem Unfalltod der kleinen Siiri Turunnen, ermittelt. Es gab eine Akte darüber. Aus der ging jedoch nur hervor, dass das Mädchen während eines Unwetters im Gorreg ertrunken war. Ihr Bruder hatte ihr helfen wollen, hatte sie aber nicht retten können. Er war damals der einzige Augenzeuge gewesen. Stiffler hatte ihn im Rahmen der Ermittlungen vernommen. Was war dabei vorgefallen? Sie würden es nie erfahren. Die, die es wussten, waren tot.

Nina Vossfeld deckte die Leiche zu und schloss die Schublade.

Gemeinsam gingen sie hinaus und setzten sich in die blaue Sitzgruppe für Besucher. Von dort aus konnte Manuela die Toilettentür im Auge behalten. Über dem Kopf der Rechtsmedizinerin reckte ein stark vergrößerter Nashornkäfer sein nach hinten gebogenes Horn in die Höhe. Manuela fand das Bild wunderschön, aber auch bedrohlich.

«Hast du all die Fotos gemacht?», fragte sie.

«Ja.»

«Warum gerade Insekten?»

«Das sind Präparate, und sie sind im Tode genauso schön wie im Leben. Man sieht keinen Unterschied.»

Manuela schnäuzte sich die Nase und sagte:

«Ich habe nichts gemerkt.»

Nina Vossfeld wusste genau, dass sie nicht die Käfer meinte.

«Damit bist du nicht allein. Auch ich habe Nielsen immer für einen zwar etwas überheblichen, aber im Grunde doch integren Menschen gehalten», sagte sie. «Und ich kenne ihn länger als du.»

«Wie kann das sein?», fragte Manuela, und die Frage richtete sie genauso an sich selbst wie an ihre neue Freundin. «Ich dachte immer, ich kenne mich aus mit Menschen.»

«Er ist ein Meister der Manipulation. Er wusste genau, welche Knöpfe er wann bei dir drücken musste, wie du reagieren würdest. Antizipation nennt man das auch.»

Manuela nickte. «Das macht mir noch jetzt am meisten zu schaffen: wie leicht er mich manipulieren konnte. Ich frage mich, ob ich für diesen Beruf wirklich geschaffen bin.»

«Du wirst dich von einem solchen Mistkerl doch nicht aus der Bahn werfen lassen», sagte Nina eindringlich. «Dann hätte er ja nachträglich noch gewonnen! Es sind schon ganz andere Menschen auf die manipulativen Fähigkeiten von Soziopathen hereingefallen, und das wird auch immer wieder passieren. Wichtig ist doch, dass du ihn unschädlich gemacht hast.»

«Mit mehr Glück als Verstand und einem narkoleptischen Taxifahrer als Lebensretter.»

«Und wennschon. Komm, sei mal ein bisschen stolz auf dich, immerhin bist du noch in der Ausbildung. Apropos ... wie lange bleibst du noch hier?»

Manuela zuckte mit den Schultern.

«Ein paar Wochen, so, wie es von Anfang an geplant war. Bender hat mir zwar nahegelegt, sofort in ein anderes Präsidium zu wechseln, aber das wollte ich nicht. So kann ich wenigstens noch Beweismaterial gegen Nielsen zusammentragen. Ich hoffe, wir finden seine Fingerabdrücke auf der Tüte oder dem Schmuck.»

«Wenn du Hilfe brauchst, sag Bescheid.»

«Mach ich.»

Nina Vossfeld trat zu ihr und umarmte sie kurz. Manuela roch den Rest eines teuren Parfüms, überlagert von Desinfektionsmittel.

«Und es würde mich wirklich freuen, wenn dein Weg dich mal wieder hierherführen würde. Eine Kommissarin wie dich können wir hier gut brauchen.»

Manuela sah der Ärztin nach, die zu ihren Leichen zurückkehrte.

In den letzten drei Tagen hatte sie sich Feinde gemacht, aber auch neue Freunde hinzugewonnen. Solange sich das die Waage hielt, konnte sie doch zufrieden sein.

Manuela und Frank standen nebeneinander auf dem langen Steg und blickten auf den Gorreg hinaus. Unter dem hellblauen Himmel dieses ruhigen Tages wirkte er vollkommen anders als während des heftigen Sommergewitters. Man konnte kaum glauben, dass es sich um ein und denselben See handelte.

Nach ihrem Besuch in der Rechtsmedizin waren sie rausgefahren, obwohl es hier nichts zu tun gab für sie. Aus irgendeinem Grund hatten beide das Bedürfnis verspürt, diesen Ort des Schreckens noch einmal aufzusuchen. Die ganze Fahrt über hatten sie geschwiegen.

Draußen, wo der See sich weitete, sahen sie die kleinen schwarzen Boote der Polizeitauchereinheit. Acht erfahrene Männer waren seit zwei Tagen im Einsatz, und der Gruppenleiter hatte Manuela vor ein paar Minuten versprochen, dass sie erst aufhören würden, wenn sie sicher sein konnten, nichts zu finden.

Denn noch fehlte eine Leiche.

Lögur Turunnen war verschwunden.

Die Polizeitaucher meinten, sie könnte in den extrem

tiefen Bereich des Sees abgetrieben worden sein. Dort ging es über sechzig Meter hinunter in kalte Dunkelheit, und wenn sich die Leiche tatsächlich dort war, würden sie sie nicht finden.

Manuela war sich sicher gewesen, dass der Wassermann ertrunken war.

Mittlerweile war sie es nicht mehr. Sie zweifelte sogar schon an ihrer Beobachtung. Hatte sie sich, erschöpft und geschockt, wie sie war, dieses surreale Bild der nackten Gestalt, die aus dem Wasser stieg und Stiffler vom Steg riss, nur eingebildet?

Nein, das konnte nicht sein. Es gab den Wassermann, und vielleicht lebte er noch.

Ihr fröstelte bei dem Gedanken, und ihre Kopfhaut zog sich zusammen. Sie waren viel zu nah dran, viel zu nah an seinem Reich. Sie wollte weg von hier. Sie legte Frank eine Hand auf den Rücken und sah zu ihm auf.

«Können wir?»

Er nickte. Seine Augen glänzten feucht.

Als sie sich abwandten, sah Manuela aus den Augenwinkeln eine Bewegung im Wasser nahe dem Ufer. Sie sah genauer hin: Dort stand das hohe Schilf besonders dicht und dunkel, umrahmt von den hochaufschießenden Kiefern.

Für einen Augenblick hatte sie geglaubt, einen Kopf gesehen zu haben, der langsam im Wasser verschwand. Aber da war nichts. Nicht einmal Ringe auf der Wasseroberfläche. Sie musste sich getäuscht haben.

«Hab ich mich eigentlich schon bei dir bedankt?», fragte sie Frank, während sie den langen hölzernen Steg zurückgingen. «Schließlich hast du mir das Leben gerettet!»

«Mindestens zwei Dutzend Male», antwortete er und lächelte.

«Das reicht nicht.» Sie hakte sich bei ihm ein. «Danke, danke, danke.»

Er schüttelte den Kopf.

«Das nächste Mal helfe ich dir nicht. Du bist viel zu anstrengend.»

LIEBE LESERINNEN
UND LESER

Ein heißer Sommertag, das Wetter zwingt geradezu zu einem Bad in erfrischend kühlem Wasser. Nicht in gechlortem Wasser, nein, ein natürlicher, möglichst romantisch gelegener See soll es sein. Okay, das Wasser ist dunkel, man sieht nicht tief hinein, was soll's? Hauptsache, sauber.

Aber kaum ist man ein Stück weit hinausgeschwommen, berührt einen etwas am Bein. Eine Berührung wie ein Kuss, ganz zart und flüchtig. Und dann noch einmal. Jetzt fester. Fühlt sich das nicht an wie ... Finger?

Ich habe es so erlebt. Und ich hatte auch eine Nahtoderfahrung im Wasser. Es war für mich also zwingend notwendig, eine Geschichte zu schreiben, die dieses Thema aufgreift. Heute lege ich das Manuskript beiseite, es ist Februar. Bevor ich das nächste Mal Gelegenheit habe, in einen See zu steigen, vergehen noch ein paar Monate. Ob ich mich dann traue? Ich weiß es nicht. Ich weiß nur eins: Diese zarte Berührung an meinem Bein spüre ich immer noch.

Hoffentlich habe ich mit dieser Geschichte niemandem den Spaß am Baden genommen. Falls doch, bitte ich um Entschuldigung. Das wollte ich nicht. Großes Ehrenwort!

Dies ist mein erstes Buch für meinen neuen Verlag. Damit beginnt ein neuer Abschnitt meines Lebens. Die Arbeit daran hat mir außerordentlich viel Spaß gemacht.

Dafür möchte ich mich bei einer Person ganz besonders bedanken: meiner Lektorin bei Wunderlich, Katharina Naumann. Sie hat bewiesen, dass Menschen mit Visionen und Leidenschaft andere Menschen anstecken können. Außerdem ist sie schuld daran, dass ich mit Schere und Klebstoff gearbeitet habe, nicht die üblichen Werkzeuge eines Schriftstellers, sollte man meinen, aber es war eine sinnliche Erfahrung. Vor allem wegen des Blutes, das aus den Schnitten in den Fingern aufs Manuskript tropfte.

Bei Manuela S. möchte ich mich auch noch bedanken. So eine wunderbare reale Vorlage bekommt man nicht alle Tage.

Für ihre wertvolle Hilfe bei den Recherchen bedanke ich mich bei Melanie Faisst.

Ich weiß nicht, ob Hauke Schröder und Torsten Berg mich jemals wieder auf ein Glas Wein einladen, aber ich konnte nicht anders, als die beiden zu missbrauchen. Nachdem ich in einem anderen Buch bereits Torstens Frau umgebracht habe, wird es jetzt wohl langsam eng für mich.

Bei allen, die bis hierher gekommen sind (das Buch nicht von hinten anfangen, das gilt nicht), möchte ich mich fürs Lesen bedanken. Ich darf tun, was ich immer tun wollte: schreiben. Ihr, meine lieben Leserinnen und Leser, ermöglicht das erst. Und wie bedanke ich mich? Mit unheimlichen und gruseligen Geschichten, die euch um den Schlaf bringen und bestenfalls kein Trauma hinterlassen. Tja, was soll ich sagen? Ich kann nicht anders. Es macht mir eine Höllenfreude!

In diesem Sinne meine besten Wünsche für euch ... meidet dunkle Gewässer!

Euer
Andreas Winkelmann

Weitere Titel

Andreas Winkelmann
Hast du Zeit?

Die Krankenschwester Conny Goldmann hat Angst. Seit Wochen fühlt sie
sich verfolgt. Der Vater ihrer besten
Freundin, der ehemalige Polizist Lars
Erik Grotheer, der seine Dienstzeit bei
der Bundestagspolizei verbracht hat und
nun in Frührente ist, soll ihr helfen –
doch kurze Zeit später ist Conny tot.
Wenig später wird die junge Schorn-
steinfegerin Felicitas Möller aus ihrem
Wagen entführt und verschwindet spur-

416 Seiten

los. Kein Motiv, keine Spur, kein Hinweis auf den Täter. Ihre Partne-
rin, die Fotografin Lilly Costanzo, will sich nicht damit abfinden, dass
die Polizei kaum Zeit für diesen Fall hat, und sucht auf eigene Faust
nach Felicitas. Grotheer findet heraus, dass vor Jahren jemand aus dem
Umfeld von Conny Goldmann spurlos verschwand und dass es offenbar eine Reihe ähnlicher Fälle gibt, bei der die Opfer aber nichts miteinander zu tun hatten. Nach einer dreijährigen Pause scheint die Serie
nun weiterzugehen. Es gibt eine einzige Verbindung – aber gelingt es
Lilly und Grotheer, sie rechtzeitig zu erkennen?

Weitere Informationen finden Sie unter **rowohlt.de**

Hubertus Borck
Die Strafe

Ich sehe, was du tust.
Dafür wirst du bestraft.

Bei einem Brand im Müllkeller eines
Hochhauses kommt eine Frau ums
Leben. So verzweifelt sie auch versucht
zu entkommen, die Tür lässt sich nicht
mehr öffnen. Kurz vor ihrem Tod ent-
deckt sie eine Botschaft über sich an der
Decke: «Ich sehe, was du tust». Kurze
Zeit später verbrennt ein erfolgreicher
Rechtsanwalt in einem Bordell auf der

384 Seiten

Reeperbahn, eingesperrt in einen Käfig. Beide Brände scheinen nichts
miteinander zu tun zu haben, doch dann entdecken Hauptkommissa-
rin Franka Erdmann und Alpay Eloğlu vom LKA Hamburg eine
besorgniserregende Spur. Wurden die Feuer absichtlich gelegt, um
Menschen im Namen der Umwelt zu bestrafen? Dann könnte es jede
und jeden als nächstes treffen.

Ein sensationeller Fall für das Hamburger Ermittlerduo Erdmann und
Eloğlu.

Nikolas Kuhl, Stefan Sandrock
Das Dickicht

Juha und Lux vom LKA Hamburg ermitteln

Ein smartes Ermittlerduo, ein rasanter Kriminalfall in und um Hamburg und ein Twist, bei dem sich die Nackenhaare aufstellen.

Juha Korhonen und sein Kollege Lucas «Lux» Adisa vom LKA Hamburg werden zu einem Entführungsfall hinzugezogen. Schnell merkt Juha, dass der Fall frappierende Parallelen zu einem fast zwei Jahrzehnte zurückliegenden Verbrechen aufweist, einem seiner ersten Einsätze beim LKA, der ihn bis heute nicht loslässt. Damals wurde der vierzehnjährige Daniel Boysen in einer Kiste im Wald vergraben und konnte nur noch tot geborgen werden. Der Täter beging Suizid.

336 Seiten

Bei den Ermittlungen entdeckt Lux Unstimmigkeiten in der Akte Boysen. Warum hat der damalige Kommissar nach Abschluss des Falles weiterermittelt, bevor er kurz darauf starb? Juha und Lux folgen seinen Hinweisen immer tiefer ins Dickicht der Vergangenheit. Hat man sich seinerzeit vorschnell mit der falschen Lösung zufriedengegeben? Stück für Stück offenbart sich eine Tragödie, in der Opfer zu Tätern wurden und umgekehrt – und die ihren Schatten bis in die Gegenwart wirft ...

Weitere Informationen finden Sie unter **rowohlt.de**